MICHEL DRUCKER

La Chaîne

J.-C. LATTÈS

AVERTISSEMENT

Il s'agit là d'un roman.
Toute ressemblance avec des personnages ayant existé, existant, ou des situations ayant eu lieu serait pure coïncidence.

CHAPITRE PREMIER

PARIS, 1979
17 h 55

La plaque. Muller n'ouvre pas les yeux, comme il le fait normalement dès la première sonnerie du réveil. Il garde sous ses paupières la dernière image de son rêve. Une plaque de marbre blanc. Des lettres noires. La dernière image de son dernier rêve.

Ici vécut
MARCEL MULLER
(1915-1979)
« Il parla aux hommes »

La sonnerie revient, plus aiguë. C'est celle du réveil électrique posé sur la chaise, à quelques centimètres de sa tête. Annette le lui a offert l'année de la naissance de Frédéric. L'image du cadran chasse celle de la plaque. Il ouvre les yeux.

Il s'est endormi sans éteindre la grosse lampe du piano, et le salon aux rideaux tirés baigne dans une lumière jaune. Il hait cette lumière. Depuis toujours. Trop faible.

Au fond de l'appartement, une pendulette sonne. Puis une autre. Quelques instants, toutes les pièces semblent reprendre vie. La stridence remonte vers le salon, s'amplifie. Muller se dresse sur un coude. Il est reposé. A côté de lui, le réveil électronique vibre une dernière fois. 17 h 56. Le silence est revenu.

Muller s'assied au bord du divan. Son esprit est parfaitement éveillé, son corps, pas encore. Un corps de brontosaure. La vie y circule lentement, sans se hâter.

Muller se lève. Précautionneusement.

Il y a un grand miroir au-dessus de la cheminée de marbre terne. Le tapis étouffe les pas de Muller tandis qu'il traverse le salon pour s'en approcher. Les pans de sa chemise lui battent les jambes. Il pose une main sur le cadre de la glace où sont glissés de vieux cartons d'invitation. De l'autre, il dessine les contours de son visage. Ses doigts complètent ce que la lumière anémique ne lui permet pas de voir. Le nez fort; la bouche charnue; les joues larges que la barbe hérisse. Sa peau est totalement sensible, maintenant. Electrique.

Derrière lui, le carillon de bronze de l'horloge strasbourgeoise ébranle à nouveau le silence. Six coups. Au troisième, il se retourne. Il a vu toute sa vie ce cadran d'émail craquelé, ce balancier énorme. Cette horloge a sonné l'heure de sa naissance dans la grande demeure de Molsheim, et son carillon sombre ramène parfois des odeurs – le cumin, les draps pliés dans les armoires – ou des bruits. Le martèlement las des bottes de son père sur le plancher de chêne. Ce soir, c'est une autre heure qu'elle sonne.

Il a laissé son pantalon au pied du divan. Il se baisse, l'empoigne et le traîne comme une dépouille jusqu'à la salle de bain.

Il lave son visage, le rase méticuleusement devant la glace concave que cerne une rampe d'ampoules dépolies. Son reflet grossi lui sourit. Ce sont des gestes rituels.

Dans le couloir, marchant vers la chambre, il passe devant les rectangles plus clairs laissés sur le papier des murs par les portraits qu'Annette a emportés. Son père à elle, en uniforme de uhlan, le coude sur une sellette. La photographie de sa mère. Et toute la famille à Biarritz, devant la 203 Peugeot. C'était en 1952, Sylvie n'avait pas un an. Annette la tient dans ses bras. Bernard est assis sur l'aile et regarde un Muller plus jeune, plus souriant, moins imposant.

La penderie de Marcel Muller contient deux douzaines de vestes à carreaux. De toutes les couleurs et de toutes les étoffes. Ce n'est pas l'une de celles-ci qu'il choisit. Il décroche d'un cintre le veston gris qu'il a confié quinze jours plus tôt à son teinturier. Il l'enfile avant de nouer une cravate à rayures qui s'arrête bien au-dessus du pantalon.

Puis Muller passe dans le bureau, la seule pièce dont les rideaux sont ouverts. Le ciel n'est pas encore sombre, mais le halo qui nimbe déjà les réverbères de l'avenue Victoria le rassure. La nuit viendra assez tôt. Sur sa table de travail rangée comme le pont d'un bateau, il prend deux trousseaux de clefs qui se reflètent dans l'écran mort du Sony Trinitron. Un vanity-case et une petite valise métallique sont posés sur le rayon inférieur de la bibliothèque. Il les soulève lentement, les porte jusqu'à l'entrée, passe un vieil imperméable et, sans éteindre les lumières, quitte son appartement.

Avant de rejoindre sa voiture, il s'arrête au bord du trottoir. Des étudiants font la queue devant le cinéma d'en face. On joue *L'Œuf du serpent.* Muller remonte le col de son imperméable. A gauche du porche, c'est là qu'ils mettront la plaque. *1915-1979. Il parla aux hommes.* Peut-être.

Dans le flot lent des tôles, Muller emprunte la rue de Rivoli, la Concorde, le pont des Invalides. Caché derrière les vitres de la 504, il souhaite être un inconnu parmi des milliers d'automobilistes. Pas un instant, ses yeux inquiets n'ont quitté le gros rétroviseur d'aile, ce vieux rétroviseur de Cadillac à commande électrique qui lui servait naguère à contrôler sa popularité lorsqu'il dépassait un groupe de badauds. Il l'avait fait installer tout exprès à l'instar de certains de ses confrères... Mais ce soir n'est pas un soir à être reconnu...

Plusieurs fois, ses lèvres ont murmuré : « Tous ces gens..., tous ces gens... », sans jamais aller plus loin. Sa tête est vide ou trop emplie par le projet qui le hante.

Rue Camou, il gare sa voiture. Il est à proximité de la tour Eiffel.

A présent, le vanity-case et la petite valise reposent sur le capot. Muller tire sur sa manche. Les aiguilles vertes de l'Oméga marquent 19 h 17. Il fait nuit. Muller reprend ses bagages et se met en marche rapidement. Il rase les murs.

A l'angle Camou-La Bourdonnais, il croise sous la lumière d'un réverbère un couple d'Espagnols. La femme cesse de jacasser et le regarde. A son sourire, Muller peut dire qu'elle l'a reconnu. Il presse le pas. Ils passent. La femme se remet à parler. Muller entend son nom, déformé. *Donde va con estas maletas?*

Sur l'avenue, la circulation est toujours dense. Attendant de traverser, Muller laisse glisser son regard sur un banc entre deux arbres. Son banc. Il venait souvent se garer devant – maintenant c'est impossible à cause de la voie des taxis – et, les jours de soleil, il s'y asseyait vingt minutes pour lire la presse. Il regardait la tour en pensant aux dossiers de l'après-midi. Il y a longtemps de cela... Ce soir, à sa place, traîne une boîte jaune de MacDonald. Tout change. Tout a changé.

Sauf elle. Trois cent vingt mètres de poutrelles et d'entretoises. Sept mille tonnes de fer. Quatre pieds énormes ancrés dans la terre, immuablement. Trois étages, trois ponts, les deux premiers illuminés, le dernier obscur. Tout en haut, sous les antennes, deux yeux fouillent la nuit incertaine. Meissonier, Gounod,

Maupassant, tant d'autres, ne voulaient pas de cette odieuse colonne de tôle qui défigurerait Paris. Ils sont morts. Elle reste.

Muller aime la tour. Il aime sa force. Ce soir, elle sera à lui.

L'un des nombreux mythes concernant la tour Eiffel est qu'il faut gravir 1789 marches pour gagner son sommet. La commémoration discrète d'un événement de l'histoire de France. Muller sait qu'il n'y en a que 1671. De vieilles informations lui reviennent à la mémoire tandis qu'il monte vers le premier étage, le bras droit – celui qui tient la lourde petite valise – plaqué contre son corps de peur que le bagage ne heurte la rambarde. La tour est plus légère que le cylindre d'air qui la circonscrit. Vrai. Ses pieds s'équilibrent sur des bains d'huile. Faux. La surface de la première plate-forme est de quatre mille deux cents mètres carrés...

L'escalier est désert. Les clefs qu'on a fournies à Muller ouvraient les portes du pilier est, actuellement interdit au public. Il s'est glissé dans l'ombre des poutrelles aussi furtivement que le permet sa corpulence. Son ascension est rapide, régulière. S'il ne traîne pas, il sera dans les temps. Des problèmes risquent de se poser, au premier et au second, où les visiteurs sont encore nombreux. Il devra peut-être laisser passer un groupe, éviter un gardien. Ne pas être reconnu. Maintenant, c'est vital.

Ça se produit alors qu'il reprend haleine à la bouche de l'escalier, sous une roue d'ascenseur énorme et immobile. De l'autre côté de la plate-forme, des silhouettes s'agitent derrière les baies du restaurant. Muller se laisse distraire par leur ballet et ne voit pas le jeune serveur en veste noire qui surgit de l'ombre à quatre pas de lui. Le gamin sursaute, la surprise inscrite sur son visage marqué d'acné.

« Hé!... Vous m'avez fait peur! »

Il a une voix criarde. Muller détourne la tête.

Mais le gamin insiste :

« Je m'excuse, monsieur... C'est que cet escalier est fermé au... (Il s'approche davantage.) Hé!... Je vous reconnais. Vous êtes... »

Muller lève le bras. Celui qui tient le vanity-case.

« Cher monsieur, je vous en supplie, n'en dites pas plus. Le fait que vous ayez reconnu mon visage ne vous autorise pas à crier mon nom sur tous les toits de la capitale. »

Malgré l'autorité du ton, le gamin est hilare.

« Vous savez, m'sieur Marcel, moi, je vous aime bien. Quel blagueur vous faites!... »

Le bras au vanity sabre l'air, impose le silence.

« Faites-moi une faveur, jeune homme. Promettez-moi solennellement de ne raconter à personne – je dis bien à personne – que le hasard a fait se croiser nos chemins. J'attends de vous une réponse exempte d'ambiguïté, car il y va de ma vie et plus. »

Le gosse le regarde, bouche ouverte. Progressivement, son sourire s'efface.

« Promettez! » tonne Muller.

Le gosse hoche la tête. Ses doigts triturent la serviette blanche qu'il portait à son bras. Ses yeux vont des valises au visage de Muller.

« Je... Je...

– Promettez!

– Oui, je promets », souffle le gosse.

Il semble au bord des larmes.

Rasséréné, Muller reprend sa marche. Sous l'œil médusé du garçon, il tire un trousseau de clefs de sa poche et ouvre sans hâte le portillon qui interdit l'accès de l'escalier du deuxième étage.

Muller arrive en nage au second. Une couronne brûlante étreint ses tempes. Il est monté beaucoup trop vite. Quelque part dans son torse immense un œil rouge s'est allumé, rallumé, un minuscule point de douleur palpitante. La main qui tenait la valise métallique lâche délicatement la poignée et se glisse sous l'imperméable. Le battement affolé que détectent les doigts dit que Muller devrait s'asseoir, souffler un peu. Mais l'Oméga, consultée trois fois pendant l'ascension, indique que douze minutes se sont écoulées depuis qu'il a posé le pied sur la première marche de la tour.

Continuer. Il faut à présent traverser la plate-forme à découvert, jusqu'au bâtiment central d'où part l'escalier à vis qui conduit au sommet. Ouvrir des portes interdites, longer des couloirs et ne pas être vu. Si on le surprend maintenant, il sera moins simple de s'expliquer : il entre dans les zones illicites.

Cette idée stimule Muller. Il reprend la valise et sort de l'ombre de l'escalier.

La dernière étape – cette hélice de marches trop étroites, presque démunie de rambarde, vertigineuse – sera la plus pénible. Comme la *via Dolorosa.* Sa *via Dolorosa.* Muller y pense en ces termes.

Quelques silhouettes de visiteurs contre la nuit quadrillée par le grillage anti-suicide, une porte ouverte, refermée, un corridor sonore et moite comme la coursive d'un cargo, une autre porte... Les clefs sont parfaites, les serrures cèdent sans bruit... L'air libre...

Montant à nouveau, Muller découvre que l'altitude modifie la couleur du ciel, celle de la tour et surtout la ville. Paris s'est écrasé, perdant tout son relief, et ressemble à l'un de ces plans lumineux qu'on trouve dans le métro. Il faut enfoncer un bouton usé par des milliers de doigts pour que toute la ligne s'éclaire. Petits cercles multicolores..., station Châtelet..., l'heure des bureaux..., le fleuve humain...

Muller est seul au-dessus de sa grande ville muette.

Marche après marche, grincements et halètements confondus, il s'arrache au monde d'en bas. Un vent brutal siffle contre le fer des structures et couvre la rumeur du sol. Les pans de l'imperméable claquent comme des drapeaux. La valise bringuebale follement au bout du bras droit de Muller. Il a encore la force de la porter, plus celle de contrôler son balancement. L'homme qui la lui a remise avec les clefs a assuré qu'il n'y avait aucun danger...

L'œil rouge s'est rouvert dans sa poitrine, la brûlure remonte jusqu'à sa gorge. Il transpire, mais son front est glacé. Ses jambes tremblent et il lui semble que ce tremblement se communique à tout le frêle escalier. Fer fragile frémissant sous son poids...

Un palier à mi-course. Muller s'y arrête. Les paraboles des faisceaux hertziens sont installées à cette hauteur. Il se penche un peu, mais l'ombre les lui cache. Ses complices. Ses prothèses. Les voir aurait rompu cette sensation d'isolement qui le gagne.

Son imperméable le comprime, le gêne comme une peau morte. Il le jette sur la rambarde. Une mue en plein ciel. Le vent gonfle la dépouille, l'attire vers le vide. Muller ne fait pas un geste pour la rattraper. Il la regarde tomber en tournoyant lentement, puis s'accrocher dans les entretoises, une tache pâle et mouvante, trente mètres plus bas. On dit que les suicidés de la tour ne touchent jamais le sol.

Fin de la station. Monter. Le calvaire reprend. Il y a onze ans qu'il monte. Ce n'est pas une image : onze ans exactement. Monter. Ses semelles râclent..., la valise, trop lourde..., plus de force dans ce corps titubant..., l'escalier est une vis sans fin plantée dans les étoiles..., ne pas regarder vers le haut..., vers le bas. Du coin de l'œil un bout de Seine où se croisent deux bateaux-mouches enguirlandés de lumière..., petits cercles multicolores..., petites vies, allumées, éteintes, allumées...

Jadis on allumait des feux pour repousser les loups, pour guider le voyageur, chasser les brigands... Aujourd'hui leur multitude les rend effrayants. C'est ainsi que le ressent Marcel Muller : phares de voitures tournant sans but, prisonnières de la cité; balises rouges sur le désert glacé des pistes d'aéroport; constellations froides des villes-dortoirs, aux frontières du regard; à l'ouest, les tours de la Défense vides mais éclairées de haut en bas...

Les points lumineux s'enroulent autour de Muller tandis qu'il peine vers le sommet.

Fin du calvaire. Muller s'abandonne à la souffrance dans la salle obscure et vitrée du troisième étage, adossé au rideau de fer d'une échoppe de souvenirs. Il est dans le crâne de la tour. L'œil de sa poitrine est devenu un soleil. Son corps entier est parcouru de longs frissons. Sa sueur coule sans arrêt. Mais il sait que tout va s'arranger, que son cœur va retrouver une cadence régulière. Il ne *peut* pas mourir, pas ici, pas maintenant.

Son souffle rauque emplit la salle : seul bruit avec la vibration lointaine d'une machinerie d'ascenseur. Délaissant ses bagages, il s'approche des baies. Il a gagné trois minutes sur l'horaire prévu et les laisse s'écouler, trois précieuses minutes, le front collé contre la vitre fraîche.

... La première fois – sa mémoire, son arme favorite, a gardé intactes les images de sa première visite ici – c'était avant la guerre. Paris, alors, n'était pas cet amas d'étoiles solitaires. Il débarquait d'Alsace, bardé de diplômes des universités de Strasbourg, avec encore une pointe d'accent traînant et un tréma sur le *u* de son nom. Paris ressemblait à un champ de diamants.

Ce soir-là, à deux cent soixante-seize mètres au-dessus du monde, il avait su qu'il ne serait pas médecin comme le voulait son père. Le docteur William Müller était déjà un vieil homme. Epuisé par ses interminables tournées dans les fermes de Molsheim. Usé par seize heures de combat quotidien contre la maladie. Contre la mort. Et les diamants brillaient... En rentrant chez lui, dans la chambre qu'il partageait avec un condisciple, rue de l'Ancienne-Comédie, il avait mis au feu tous les papiers de l'internat. L'autre avait levé le nez de ses livres.

« Qu'est-ce que tu fais?

– Mon cher, avait dit Muller, je change de destin. Il n'y aura pas de docteur Muller. Pas davantage de professeur Muller. Il y aura Marcel Muller, un point, c'est tout. »

Et la prophétie s'était accomplie. Malgré tout, bien des années plus tard, certains journalistes avaient donné vie à un médecin imaginaire. Ils inventaient un passé à Muller. Pour eux, il avait sacrifié la belle carrière académique et humanitaire qui s'offrait à lui à l'amour exclusif qu'il portait à la télévision.

« Ils ne se trompent pas, commentait parfois Muller. Je visite les gens chaque soir à domicile... Je suis un médecin des âmes. »

Admirateurs et admiratrices lui donnaient souvent raison. Ils écrivaient pour lui demander un conseil, se laisser aller à une confidence, s'abandonner à une plainte. Ils le consultaient. En leur envoyant une photo dédicacée ou une lettre très brève, Marcel Muller éprouvait la sensation de leur prescrire une thérapeutique. C'étaient ses ordonnances à lui.

Les trois minutes sont écoulées. Muller s'écarte de la baie. Son cœur bat presque normalement.

Une chaîne barre la volée de marches qui conduit à la plate-forme supérieure appelée « le campanile ». Un écriteau annonce : ÉTAGE EN RÉFECTION – INTERDIT AU PUBLIC. Muller le soulève et se glisse dessous. Ses pas résonnent contre la paroi métallique de l'escalier.

En haut, très peu de lumière. Il distingue, devant une porte close, un fouillis de câbles, d'outils et de pots de peinture. Réfection confirmée. On a bien fait les choses, jusqu'au moindre détail. Encore une clef, la porte s'ouvre. Le vent s'engouffre, plus froid, plus violent qu'aux étages inférieurs. Muller se voûte un peu pour résister à sa poussée. La lune s'est levée. Elle fait luire le fer étiré des grillages qui encagent complètement la plate-forme. Une cage. Mais le fauve est dehors, en bas, autour... Muller claque la porte, donne deux tours de clef... Le fauve a cent mille yeux et comme toujours – non, ce soir : comme jamais – Muller va lui parler, le faire ronronner...

Un ensemble de salles occupe le centre du campanile; réservées autrefois à des expériences scientifiques, la plupart sont devenues des boutiques de souvenirs. La tour se vend bien. Ce qu'on a conservé dans l'état d'origine, c'est le petit appartement que Gustave Eiffel s'était réservé au sommet de son chef-d'œuvre. Un rêve démesuré : habiter le toit de Paris. On dit qu'il n'y vécut jamais, mais c'est une curiosité qui distrait les touristes. Des fenêtres rectangulaires semblables aux hublots des cabines de luxe d'un transatlantique leur offrent d'habitude une vue directe sur le bureau-musée de l'architecte. On ne visite pas, on regarde de l'extérieur. Ce soir, de grandes feuilles de papier kraft les occultent et seule la silhouette massive de Muller s'inscrit dans leurs vitres aveugles.

Il s'accorde une dernière pause devant la dernière porte verrouillée, comme s'il allait entrer en scène.

L'homme qui a remis les clefs et la valise a promis que tout serait prêt. Muller n'en doute pas. Pas une seconde au cours des longues semaines qui viennent de s'écouler il n'a douté de la perfection de l'organisation. Il a travaillé avec des professionnels. Lui-même est un professionnel. C'est le secret de toute réussite : ne rien laisser à l'improvisation. Muller ne croit pas au hasard. Sa foi va à l'obstination. A la persévérance. Il a confiance; si son cœur, le maillon le plus faible de la chaîne, a tenu trois étages – mille six cent soixante et onze marches – tout le reste tiendra.

La poignée de cuivre de la porte s'est réchauffée dans sa main. Il ouvre. Il entre dans le petit bureau obscur.

Le battant refermé, le silence est total. Il fait chaud. Muller arrache quelques feuilles de kraft. Des formes se dessinent dans la lumière pâle. Le verre, le bois, le bronze, l'acier habitent l'ombre de leurs reflets. Reflets anciens, patinés par le temps, et reflets neufs, précis et vifs – il y a les deux.

Il y a ce que les touristes peuvent voir, tous les jours. Un petit canapé contre le mur du fond, capitonné de velours bleu, flanqué de deux fauteuils crapauds. Dans un renfoncement, sur la droite, une armoire de bois fruitier, lourdement sculptée. Un guéridon portant un bronze en pied d'Eiffel. Contre le coffrage oblique qui cache l'une des entretoises un petit bureau, vraisemblablement Louis XV. Derrière, une chaise Napoléon III. Quelques sous-verre sur les murs tendus de bleu passé, une étude à la plume du viaduc de Garabit que le rayon de lune éclaire en plein.

C'est l'ancien, l'autrefois.

Et il y a ce que les touristes ne verront jamais. Ce que dissimulait le papier kraft.

La Microcam Thompson sur son trépied, son objectif 12 × 120 braqué vers la table de travail.

Les deux téléviseurs Sony et Barco, sur une cantine métallique à droite de la caméra.

Les deux projecteurs de 1 500 watts.

Sur une table de dactylo perpendiculaire au bureau Louis XV, le magnétoscope U-Matic à bande 3/4 de pouce, la mini-régie quatre voies Grass Valley, le commutateur son-image, le Time Base Corrector... Deux cents kilos d'un matériel complètement incongru en ce lieu... La rencontre de l'Age de Fer et de l'Age des Etoiles...

Un studio.

Un studio de télévision suspendu entre ciel et terre – « A mon usage exclusif », pense Marcel Muller.

Enjambant les serpents de câbles roulés sur le sol, il va jusqu'au bureau. Pose la valise et le vanity-case. Retire sa veste et la jette sur le dossier de la chaise. Il tire sur sa ceinture – un geste de satisfaction. Son pantalon remonte très haut sur son ventre épanoui. Il desserre sa cravate. Il est à l'aise. Il est chez lui.

Il s'assied. Sur le bureau sont installés deux postes téléphoniques, l'un ancien, à cadran, l'autre à touches et sans fil. Entre eux, une petite lampe de travail. Muller l'allume. Il décroche tour à tour les deux combinés, écoute les tonalités. Ses gestes sont précis, efficaces. Il a tout répété cent fois. Il sait ce qu'il doit faire.

Un bouton à pousser sur sa droite et les voyants du magnétoscope, du commutateur, de la régie, s'allument. Petits cercles multicolores... Une horloge digitale incorporée au U-Matic égrène les secondes. 19.49.06. Encore onze minutes. L'écran du Sony, à deux mètres du bureau, prend vie. L'image flotte un peu, se stabilise. Un comique bon enfant, cadré en gros plan, raconte des bons mots illustres. *Molière avait coutume de dire...*

Muller se baisse pour prendre le vanity-case. Une glace est encastrée dans le couvercle. Il choisit sans hâte ses produits de maquillage. Une couche de fond de teint. Un trait d'eye-liner pour donner de la profondeur au regard. La bouche au rouge pâle, cernée d'une ligne imperceptiblement plus sombre. Quelques touches, ici et là, destinées à renforcer l'autorité de ce visage qui pourtant n'en manque pas. L'écran est une loupe. Il faut savoir qu'il ne pardonne rien...

Une cascade de rires s'échappe du Sony. Rires en boîte – *canned laugh*, comme disent les Américains. « Une dame inquiète de son devenir va consulter un voyant célèbre. Elle frappe à la porte du visionnaire. “Qui est là ? ” demande celui-ci. Dépitée, la dame repart. » C'est l'une des émissions les plus populaires de la chaîne depuis plusieurs années déjà.

Muller s'examine dans son miroir. Satisfait, il range les crayons, les tubes et les pots. La valise métallique, prudemment soulevée, prudemment ouverte, prend la place du vanity. 19.52.47 à l'horloge digitale. Encore sept minutes.

C'est un travail minutieux. Les doigts épais de Muller tremblent un peu. La valise comporte deux compartiments, un grand et un petit. Du petit, il extrait un boîtier de plastique noir au centre duquel trône un gros bouton. Rouge, comme il se doit. Deux fils s'échappent du boîtier, terminés par deux jacks qu'il enfonce dans leur logement, au fond de la valise. Le petit claquement des broches le fait ciller, mais rien ne se produit. Le grand compartiment est occupé entièrement par cinq gros cylindres d'acier gris couchés l'un contre l'autre. Il les contemple. La neutralité de leur forme, de leur couleur, est effrayante, une couleur de mort. Il ne peut empêcher ses doigts d'effleurer ces cylindres. Contact neutre. Ni chaud ni froid.

Encore une rafale de rires et le générique de l'émission gaie défile à toute allure sur l'écran que Muller surveille du coin de l'œil. Des noms, une avalanche de noms que personne ne peut avoir le temps de déchiffrer. Celui du réalisateur s'attarde à peine plus que les autres. Un blanc. Puis l'indicatif joyeux qui annonce la publicité.

Muller pousse doucement la valise sur le bord du bureau, de manière qu'elle occupe l'angle inférieur droit du champ que couvrira l'œil de la Microcam. Il garde le boîtier noir près de sa main gauche.

Publicité pour un nettoyant industriel.

Il se retourne. De la poche intérieure de sa veste, il tire une chemise pliée en deux, un étui à lunettes. La chemise contient ses notes. Il chausse les verres à monture d'écaille et parcourt les trois premiers feuillets.

Une publicité pour un missile-jouet en plastique ininflammable défile sur l'écran.

Muller passe le micro-cravate autour de son cou. Il tourne un potentiomètre de la petite régie. L'unité de monitoring, sur la planche inférieure de la table de dactylo, amplifie le tapotement de son doigt sur la pastille du micro. Il se gratte la gorge et répète plusieurs fois : « Mes amis, mes chers amis.. » La voix varie, du posé au grave.

Publicité pour des nouilles précuites.

La main droite de Muller pousse un nouveau bouton. Les deux projecteurs s'allument. Une onde de chaleur, de lumière radieuse, court dans le bureau d'Eiffel.

Publicité pour un détartrant de W.-C. aux extraits naturels de menthe fraîche.

Muller enfonce une touche sur la mini-régie. Voie 1. Caméra. Son image naît sur l'écran de contrôle, à côté du Sony. Il ne lève pas les yeux.

Il repousse sa chaise, fait quelques pas dans la pièce, posant ses pieds entre les câbles. Il remet sa veste. Rajuste sa cravate. Se penche sur l'horloge du magnétoscope.

Deux minutes.

Muller se rassied. Son regard retourne vers les deux écrans. Sur celui du Sony une poupée de chiffon fait trois cabrioles. Fin de la publicité. L'autre présente une image en noir et blanc. Un morceau du bureau, un coin de la valise, le boîtier noir, la chemise de notes ouverte entre les avant-bras de Muller, Muller... Bonne lumière. Bon cadrage.

Il ôte ses lunettes, les remet, sans se quitter des yeux. Il a la bouche sèche. Le trac existe. Il ne vous lâche jamais.

Sur le Sony, le programme du soir défile en lettres lumineuses. Une heure : 19.58.44. Accord parfait avec l'horloge du U-Matic. DANS QUELQUES INSTANTS NOTRE JOURNAL... De la musique.

Les doigts de Muller cherchent le commutateur image et son. Son pouce se place sur un interrupteur à bascule.

Une minute.

Muller sent toute la tour sous ses pieds, comme un immense navire. Il en est le capitaine. Il va faire voyager ce vaisseau immobile.

Son esprit trace le parcours bondissant, infini, de l'impulsion électronique qu'il va envoyer dans les veines invisibles de la France.

A la vitesse de la lumière...

L'image du Sony – lettres et chiffres – s'estompe, disparaît. La musique meurt.

A la vitesse lumière...

Muller, dans un souffle, compte les secondes.

CHAPITRE II

PRINTEMPS 1968

« INCROYABLE ! »

La main de Muller voletait au-dessus du levier de vitesses.

« Me traiter de vieux con. Moi. De *vieux con* ! Et je me tue pour leur assurer une existence décente... Mes gosses ne manquent pas de culot, mon petit Jean-Loup. »

Jean-Loup Frankel avait vingt-trois ans. Juste un an de plus que l'aîné de Muller. Il bougea inconfortablement sur le siège de cuir. Un sourire conciliant tentait de masquer sa gêne.

« Ils n'en pensent pas un mot. Bernard et Sylvie vous adorent, Marcel. C'est... C'est une période comme ça, voilà tout. »

A la hauteur du pont au Double, la foule mouvante et colorée marchait sur la chaussée. Muller fit grincer la boîte en rétrogradant. Il regarda Frankel.

« Voilà ce que j'appelle du journalisme ! Du pris sur le vif ! Je suis heureux d'être là... »

Les yeux du jeune homme s'écarquillèrent. Quoique ayant ralenti, Muller conduisait très imprudemment. La voiture venait de frôler un passant.

« Attention, Marcel !...

– Attention, Marcel !... singea Muller. (Il lâcha une

sorte d'éternuement méprisant.) Une période comme ça! Est-ce tout ce que je vous ai appris en deux ans? La prudence? Nous vivons une des phases les plus aiguës de notre Histoire, mon garçon. Histoire avec une majuscule. Peut-être un nouveau 89. Pas une période comme ça! Analysez, nom de Dieu! *Analysez!* »

Frankel, partagé entre le rire et la contrition, s'abstint de répondre. Muller continuait.

« Quant à ce que pensent vraiment Bernard, sa sœur et même le petit Frédéric, laissez-moi vous... Allons bon, quoi encore? »

Une longue farandole de garçons et de filles coupait le quai Montebello. Leurs cheveux flottaient dans le vent tiède de mai. Muller écrasa sèchement le frein. Des têtes se retournèrent.

« Laissez-moi passer, petits crétins! Allez jouer ailleurs! »

Il enfonça l'avertisseur. Un espace s'ouvrit dans la farandole, juste assez large pour la Mercedes. Muller enclencha la première. Il cala. Il y eut des rires, des cris de joie. Un garçon maigre et barbu comme un faune approcha son visage du pare-brise et montra les dents. Une fille, les seins libres sous un tee-shirt à l'effigie du Che, était montée sur le pare-chocs. Elle essayait de faire tanguer la lourde voiture.

Le moteur toussa, repartit

Des coups sonores pleuvaient sur la carrosserie. Des poings tendus. Des hurlements.

Lentement la voiture tenta de s'arracher à sa gangue humaine. Frankel, tassé sur son siège, baissa la tête. La fille sur le pare-chocs releva son tee-shirt, montra sa poitrine provocante. Puis, brusquement, elle sauta à terre et cria :

« Salaud! Vendu de Marcel! La télé au peuple!

– Gros porc!

– Valet du capital!

– L'imagination au pouvoir! »

Muller souriait. Il accéléra. Son regard était rivé au gros rétroviseur d'aile.

Il dit :

« Vous avez vu, Jean-Loup, vous avez vu! Ces petits crétins m'ont reconnu! »

Il était aux anges.

A la hauteur de Notre-Dame, ils eurent les mêmes difficultés. Aucune autre voiture ne roulait sur le quai. Seulement des vélos, quelques vélomoteurs et des piétons, des milliers de piétons, plus que Frankel n'en avait jamais vu depuis trois ans qu'il était arrivé à Paris. Saint-Michel ressemblait à l'idée qu'on se fait d'un marché persan. Grouillement. Couleurs. Musique. Aux pieds de l'archange, on grillait des merguez.

Muller s'énervait.

« On n'y arrivera jamais. Je prends par Rivoli. »

Il vira brusquement vers le pont. La roue arrière frotta contre le trottoir.

Quatre rangs de C.R.S. Leurs casques noirs étincelaient au milieu du pont. Les visières relevées renvoyaient vers le ciel des éclats blancs.

Frankel mit sa main sur le tableau de bord, en prévision du coup de frein.

La Mercedes ne ralentit pas.

« Marcel, ils ne vont pas nous... »

Muller lui lança un regard plein de compassion amusée. Il passa au point mort et la lourde voiture parcourut sans bruit une quinzaine de mètres, perdant de la vitesse. Elle s'arrêta sans heurt à un tour de roue du premier rang.

Des visages figés leur faisaient face.

Muller baissa sa vitre.

« Allons, messieurs. Nous sommes pressés. »

Des mains étreignaient de longues matraques noires.

« Messieurs, vous m'entendez? Nous n'avons perdu que trop de temps. »

Un homme sans casque, deux chevrons dorés sur l'épaule de son blouson, venait vers la Mercedes.

« Vous allez vous écarter, oui ou non? insista Muller.

– Marcel... », commença plaintivement Frankel.

Des taches rouges étaient apparues sur le visage de Muller. Il aboya :

« Taisez-vous! »

Il ouvrit rageusement la portière et se jeta hors de la voiture.

« Que signifie ceci? »

Son index accusait le premier rang. Il s'adressait à l'homme sans casque.

« On ne passe pas, fit l'autre sèchement. Reculez et traversez à la Concorde. »

Muller secouait la tête. Incrédule. Totalement stupéfait.

« Je rêve. Je dois rêver. (Il approcha son visage de celui du gradé.) Regardez-moi. Regardez-moi bien. Ça ne vous dit rien? »

L'autre haussa les épaules. Le doigt de Muller décrivit un demi-cercle. Il pointait vers Saint-Michel.

« Là-bas, monsieur, là-bas... Même ces gauchistes savent qui je suis!

– T'as entendu le chef, crapaud? Barre-toi ou on t'arrange la gueule. »

La voix montait du dernier rang. Il y eut un peu de remous parmi les casques et plusieurs autres lui firent écho.

« Ouais, casse-toi, la star!

– Fais rouler ton char tant qu'il te reste de l'essence! »

Muller fit un pas en avant, menaçant. Le gradé lui attrapa le bras. Il répéta :

« Reculez et passez par la Concorde.

– Lâchez-moi! Vous savez ce que c'est que ça? (Muller hurlait, frappant le pare-brise du plat de la main, là où était collé le macaron PRESSE.) Espèce d'imbécile, vous savez ce que c'est?

– Insuffisant. Il vous faut un coupe-file.

– Un coupe-file? Un *coupe-file*? Mais je suis la presse, monsieur! je suis l'Information!

– Dégagez ce pont », dit le gradé.

Il le poussa vers la portière.

« Vous n'êtes pas des policiers, glapissait Muller. Vous êtes des gangsters! Vous déshonorez la France. Oh! vous aurez de mes nouvelles... (Son doigt menaçait les casques.) Tous! »

Le gradé l'obligea à remonter en voiture.

« Votre matricule... Donnez-moi votre matricule! »

Le gradé claqua la portière.

La boîte de vitesses craqua horriblement. Avec un cri rageur, Muller enfonça l'accélérateur. La Mercedes fit un bond en arrière et escalada le trottoir.

Les casques se marraient.

« Rentre chez toi!

– Planqué!

– Capitaliste! »

Frankel ferma les yeux.

PAS DE TRÊVE, LA GRÈVE
CHARLOT, ON N'EST PLUS DES VEAUX
LA PÈGRE, C'EST NOUS
QUAND J'ENTENDS LE MOT « CULTURE », JE SORS MES C.R.S.
NON À LA VOIX DE SON MAÎTRE
TÉLÉMANIPULÉS, ASSEZ!

L'imagination fleurissait sur les murs, les portes vitrées, sur les banderoles et les calicots qui barraient le grand hall de la Maison de la Télévision. Des centaines de tracts multicolores jonchaient le sol. Quand Muller le traversa au pas de charge, Frankel sur ses talons, le hall était désert, à l'exception des hommes du piquet qui montaient une garde nonchalante devant le grand studio.

« Hé! les mecs, j'ai des visions, lança un machiniste, goguenard. Vous voyez qui je vois? »

Ses copains rirent ou émirent des bruits divers.

Frankel sentit Muller sur le point de répliquer. Il le vit hésiter, puis s'engouffrer dans l'auditorium, soufflant comme un taureau.

Un brouillard de tabac épaississait l'atmosphère de la grande salle obscure. Seule une tribune de fortune, dressée tout au fond, bénéficiait de l'éclairage intense de quelques projecteurs. Un orateur y parlait, amoureusement courbé sur son micro, sa voix monotone couvrant à peine les raclements de pieds, toux et chuchotements de l'assemblée. L'odeur puissante de la sueur se mêlait à celle de la fumée.

Muller se mit à arpenter l'étroit espace libre, à la lisière de la foule, indifférent aux signes qu'on lui adressait, digne et impatient comme un empereur au terme de son exil. Frankel desserra un peu sa cravate.

« Marcel! Tu es là! »

Un petit homme en col roulé avait surgi entre eux. Il étreignait le bras de Muller avec la frénésie d'un noyé. Cent fois, Frankel avait entendu Muller qualifier Gérault de « petit réalisateur de rien du tout », de « génie de l'interlude ». Et Gérault, dans la fièvre du moment, se permettait de le palper, de lui donner du *tu*. Tout pouvait se produire.

Il ne se passa rien.

Muller dégagea son bras et dit :

« Je veux leur parler. »

L'autre acquiesça. On l'avait élu à la tête du Comité de Coordination de la Grève. Avec un rien de condescendance, il tapota l'épaule de Muller.

« C'est merveilleux, Marcel. »

Il tira de sa poche une liste, chaussa les lunettes qui pendaient à son cou retenues par une chaîne dorée.

« Voyons... Il y a Mizel, Asséa.. Taffin, de la C.F.D.T... Hmm, qui d'autre? Bergout... Figowy, de la Commission des programmes...

– Maintenant », dit Muller.

Gérault le regarda. Il hocha la tête et ses lunettes glissèrent sur son nez trop maigre.

« Maintenant. »

Il remisa sa liste et leur fit signe de le suivre. Ils contournèrent l'assistance; écrasèrent quelques pieds; firent se lever une quinzaine de types assis par terre; essuyèrent quelques insultes, des plaisanteries douteuses. Ils parvinrent au bas de la tribune.

« Pour conclure, concluait l'orateur, je demande à tous les camarades présents... »

Gérault les laissa et monta lui glisser quelques mots à l'oreille. L'expression extatique de l'orateur s'estompa à mesure qu'il parlait. La colère envahit son visage. On vit que les deux hommes s'engueulaient. Un brouhaha naquit dans la salle. Le micro captait des bribes de l'altercation.

« ... me laisser finir, merde...

– ... plus tard, Bourdin, après...

– ... intolérable. Du fascisme pur et... »

Le dénommé Bourdin tenta de reprendre la parole. Il vociféra : « Camarades... », mais le petit Gérault s'était glissé entre le micro et lui.

« Silence! Un peu de silence, s'il vous plaît... Fermez-la, nom de Dieu! »

Un calme relatif revint. Bourdin quittait la tribune avec le dépit des faibles. Gérault reprit :

« Camarades... Camarades, quelqu'un que vous connaissez bien demande la parole. Vu que ce n'est pas le genre à parler pour ne rien dire, je propose qu'on lui laisse l'antenne. Je ne vais pas vous le présenter. C'est la première fois qu'on le voit en assemblée générale, mais ça ne signifie pas qu'il n'est pas avec nous...

– Abrège », cria une voix au balcon.

Gérault leva la main. D'un ton de music-hall, il annonça :

« Le passé, le présent, l'avenir de cette grande maison... J'ai nommé... Marcel Muller! »

La salle se déchaîna. Il y eut des glapissements, des sifflets, des cris d'animaux. Les grévistes s'en donnaient à cœur joie.

Sans hâte, Muller montait à la tribune.

Frankel aperçut une chaise libre au premier rang. Il alla s'asseoir.

Devant le micro, Muller ouvrit les mains dans un geste *urbi et orbi.* La salle redoubla d'ardeur. Une nuée de projectiles, des épluchures d'orange, des tracts roulés en boule, des fusées de papier, pleuvait sur la tribune. Muller souriait, plein d'indulgence. Il attendait.

La chienlit dura quelques minutes, puis les gosiers commencèrent à se fatiguer.

Quand un silence hostile retomba, Muller ne parla pas tout de suite.

Il retira lentement sa veste et apparut en chemise. Il y eut quelques « A poil, Muller! » sans trop de conviction. Il plongea ses bras dans les manches de la veste et les retourna. Puis il remit le vêtement, la doublure dessus.

Il se pencha vers le micro.

« Ceci, mes chers amis, pour vous dire que je n'ignore nullement ce que vous pensez de moi! Oui, je retourne ma veste!... »

Frankel n'en revenait pas. Les grévistes non plus. Des applaudissements grêles montèrent des premiers rangs. Deux ou trois types sifflèrent au balcon. La tendance générale était à la stupéfaction silencieuse.

« Mais, n'est-ce pas, reprit Muller, mais, n'est-ce pas, il n'y a, comme on dit, que les imbéciles qui ne changent pas d'avis. Je l'avoue. Ce grand mouvement, cette grève, a tout d'abord heurté l'homme de traditions qu'est votre serviteur. Tout mon passé, ainsi que Gérault le faisait remarquer, toute mon histoire sont liés à cette maison. J'y suis entré plein d'illusions, en pionnier, et quinze ans plus tard mes illusions ne m'ont pas quitté. Je crois, mesdames et messieurs, que nous sommes au service de tout un peuple. Au service des téléspectateurs, donc des Français, donc de la France! (Il s'interrompit. La salle se taisait.) Mais aujourd'hui... J'arrive du Quartier latin, mes amis, et qu'ai-je vu? »

Frankel regardait autour de lui, incrédule. L'écho de la question planait sur la salle muette. Tous les visages étaient tendus vers la tribune.

« J'ai vu un monde jeune, plein de joie, plein de promesses, qui s'efforçait de naître. J'ai vu l'autre, ce vieux monde malade qui envoie ses Légions des Ténèbres parce qu'il n'en finit pas de crever! »

Une rumeur courut dans l'auditorium.

« J'ai vu la répression à l'œuvre... J'en ai fait l'expérience, personnellement. J'en ai été la victime. Pour la première fois de ma vie, je me suis senti hors la loi. Alors, oui, mes amis, aujourd'hui, devant vous, je retourne ma veste. Votre cause est juste. *Notre* cause est juste! Et je crie : vive la grève! Vive la télévision! Vive la télé en grève! »

Le tonnerre roula dans la salle.

Frankel releva la tête. Il se retourna. Il était le seul encore assis.

« Et je fais une proposition, hurla Muller, le visage baigné de sueur et de lumière. Formons sur-le-champ une délégation qui ira dire aux étudiants que nous marchons ensemble. Mon fils aîné, ma fille sont parmi eux. Je veux leur dire que je les respecte parce qu'ils vont sauver le monde! »

L'orage. La tornade. La Maison de la Télévision

tremblait sur ses fondations. Deux mille gorges hurlaient :

– MULLER AVEC NOUS!

et :

– TRAVAILLEURS - ÉTUDIANTS - MÊME COM–BAT!

et :

– ENRAGÉS - TÉLÉ - SOLIDARITÉ!

Frankel se leva et joignit sa voix à la tempête.

Bien entendu, l'idée de Muller n'avait rien de neuf. Depuis le premier jour du conflit, des délégations constituées en proportions équitables d'administratifs, de techniciens, de journalistes, d'hommes d'antenne, sillonnaient inlassablement Paris et la province pour porter partout la parole de la télé en grève. On privait le pays de télé, il fallait bien dire pourquoi. Alors on affirmait que la télé était, depuis dix ans, la créature d'un seul pouvoir, d'un seul maître. On accusait la mainmise, la censure, l'ingérence, la manipulation de l'information. On criait au pays que la télé était à lui, toute la télé au peuple, le peuple à la télé! On lançait des mots d'ordres. On expliquait. Le vrai, le faux, sans distinction. On démontait et démontrait tout et même le contraire. On était de bonne foi. A Châteauroux ou à Cambrai, dans les sous-préfectures et les chefs-lieux de cantons, à l'Opéra, à l'Odéon, on expliquait et expliquait sans relâche. Des réalisateurs bègues devenaient Cicéron, un commentateur de pétanque savait par cœur le Petit Livre Rouge, des garçons élevés entre la Pompe et la Muette retiraient leurs blazers et découvraient d'un coup la Parole et la Simplicité.

Mais Muller...

Muller était un symbole, vénéré et haï comme un symbole. Pour le pays, Muller était le visage qui, chaque soir à vingt heures, annonçait la couleur du jour. Qu'une guerre se soit déclarée quelque part, qu'on ait enlevé un enfant, décimé un peuple ou tué un président, inventé un nouvel impôt ou perdu un match de tournoi à Colombes, et le visage se montrait grave, la voix soucieuse, lourde de reproches. Qu'au contraire il apparaisse détendu, le ton enjoué ou badin, et l'on comprenait qu'on allait dîner en paix, sans l'ombre d'un remords. Le pays vénérait Muller.

Ils étaient nombreux à la télévision à critiquer Marcel Muller. Son succès indisposait comme souvent en pareil cas. Il attisait les jalousies. Les surnoms les plus saugrenus le visaient : « Œil de Moscou! Agent de la C.I.A.!... » Ses ennemis ne craignaient pas la contradiction. Mais, pour les vrais professionnels et le public, Marcel Muller était un homme qui connaissait et possédait à merveille son métier : une réelle institution.

Depuis quinze ans, l'institution était là. Et l'institution venait de rejoindre la grève.

Ils constituèrent un comité chargé de constituer la Délégation Muller. Une heure plus tard, cinq hommes et une femme quittèrent le grand studio. Muller, Frankel, Gérault – relevé pour la circonstance de la direction du Comité de coordination – un cameraman, une scripte et un électricien syndiqué. Ils s'entassèrent dans la Mercedes, qui reprit la direction du Quartier latin.

A quinze heures, ils arrivaient à la Sorbonne. Le grand amphi était comble et Muller garda la parole exactement deux minutes.

A quinze heures trente, des piquets armés de barres de fer leur ouvrirent les grilles d'une bonneterie occupée, près de la Bastille. On attendait un raid d'extrême droite pour le jour même ou le lendemain. A la fin du meeting, qui dura une heure, des ouvrières vinrent voir Muller et lui demandèrent des autographes.

Il était près de dix-sept heures quand ils entrèrent à l'Odéon. Sous la banderole qui annonçait : QUAND L'ASSEMBLÉE NATIONALE DEVIENT UN

THÉÂTRE BOURGEOIS, TOUS LES THÉÂTRES BOURGEOIS DOIVENT DEVENIR DES ASSEMBLÉES NATIONALES, Muller prit l'épaule de Frankel et lui glissa à l'oreille :

« Mon petit, c'est le plus beau jour de ma vie.

– En êtes-vous sûr, Marcel?...»

Dix minutes plus tard, debout sur la scène, le poing tendu, en proie à une folle exaltation, il ignorait encore que c'était aussi le plus sombre.

C'était un scoop. Un sacré scoop.

L'équipe, que le hasard – plus vraisemblablement que ce sixième sens légendaire qu'on prête aux journalistes – avait menée à l'Odéon cet après-midi-là, quitta discrètement le théâtre un peu après cinq heures trente et courut jusqu'au break Citroën garé deux rues plus loin par mesure de sécurité. Les effectifs étant réduits, le preneur de son faisait office de chauffeur. Le reporter monta devant et le cameraman à l'arrière, sa Coutan 16 sur les genoux.

Les manifestants bloquaient déjà Saint-Germain et Saint-Michel jusqu'à la rue Soufflot. Ils passèrent par Vaugirard.

Sur l'avenue Bosquet déserte, le preneur de son poussa la DS à cent vingt. Les trois hommes se taisaient. Ce qu'ils avaient vu et filmé les laissait songeurs. Deux d'entre eux continuaient le boulot pour des questions de salaire; ils se demandaient quels bénéfices ils pouvaient tirer du scoop. Le troisième – le reporter – avait opté contre la grève parce qu'il pensait qu'il faut toujours choisir le camp des vainqueurs. Il se demandait brusquement s'il n'avait pas choisi le mauvais camp.

Les gendarmes mobiles qui barraient l'entrée de la rue s'écartèrent devant la DS. La voiture freina devant le 15, siège de la chaîne. Les trois hommes en descendirent pour s'engouffrer dans le grand bâtiment.

Les événements avaient jeté sur cet endroit d'ordinaire assez proche d'une ruche en folie un voile de silence sépulcral. Personne dans les couloirs à l'exception des quelques techniciens chargés du programme minimum. Les cabines de montage, les studios, les plateaux étaient vides. La plupart des bureaux, inoccupés. Le cameraman fonça vers le labo.

A sept heures moins cinq, le film était développé. A sept heures, ils le visionnaient. Le hasard – le deuxième de l'après-midi pour Muller qui à ce moment regagnait le quai Kennedy, ivre d'épuisement et de bonheur – avait ramené Jacques Sidar de province deux jours plus tôt que prévu.

En l'absence de tout responsable, on avait confié à Sidar la direction intérimaire du Journal télévisé, la dernière barque encore à flot dans le raz de marée de la grève.

Petit, le sourcil broussailleux, Sidar avait été un très bon journaliste de presse écrite. Quand il opta pour la télévision, il rêva d'une grande carrière à l'antenne. Une carrière de star. Comme Marcel Muller. Hélas! le trac qui l'habitait lui joua un tour dont il ne se remit jamais. Un soir, il ne put articuler un seul mot alors que le présentateur vedette lui passait la parole. Il avait craqué devant quinze millions de téléspectateurs. Son premier « plateau », comme on le dit dans le jargon du métier, avait été une catastrophe! Ce fut poignant; il n'en retint que le ridicule.

Des amis lui conseillèrent de recommencer le lendemain comme le font les sportifs après une chute. Il fallait vaincre la peur en l'affrontant, conjurer le mauvais sort. Il refusa. Cette humiliation devint son idée fixe! Commença alors un long exil dans un journal du sud de la France. Il y rongeait son frein tandis que mûrissait en lui une froide détermination : il demeurerait dans l'anonymat, mais il ferait partie de ceux qui, dans l'ombre, sont aux postes de commande. Cet homme d'appareil, il l'était devenu.

Quand l'image de Muller envahit l'écran de la cabine de projection, Sidar émit un petit sifflement. Quand sa voix fit trembler les haut-parleurs, il se renversa dans son fauteuil et éclata de rire.

Les lumières se rallumèrent.

« Qu'est-ce qu'on fait? » demanda le reporter, vaguement mal à l'aise.

Sidar tira de sa poche une boîte de cigarillos.

« Je n'aurais voulu manquer ça pour rien au monde. Quel ridicule! Il est foutu!... C'est... (Il s'interrompit pour craquer une allumette et inspirer sa première bouffée.) C'est trop drôle. Ce qu'on fait? On garde, bien entendu. Deux minutes... non, trois. Un morceau de la harangue et toute la petite chanson. (Il agita le cigarillo vers la porte.) Roulez! »

Le reporter ne bougea pas. Il balbutia :

« Vous... On ne prévient pas le patron? »

L'agacement apparut sur le visage étroit de Sidar. Ses sourcils broussailleux se rejoignirent à la base de son nez.

« Quel patron? Clavier a fait téléphoner aujourd'hui qu'il était malade. Comme les autres. Besoin d'air pur, le pauvre chéri.

– Alors...

– Alors on est un gentil garçon et on fait comme j'ai dit. Compris? »

Le reporter hocha la tête. Il récupéra la bobine et se hâta vers le montage.

Chaque soir ou presque, Frankel dînait avenue Victoria. Annette Muller le traitait comme son fils. Mieux que son fils, depuis que Bernard passait ses nuits à Censier. « Il occupe son université, expliquait Annette. Pas tout seul, précisait-elle. Avec quelques garnements de son espèce! »

C'était une petite femme trapue, blonde et sans âge, la fille de métayers de Molsheim. Une femme d'ordre et d'habitudes. La réussite de Muller n'avait pratiquement rien changé à sa vie.

Elle leur ouvrit la porte.

« Où étiez-vous? (Son œil s'arrondit devant la tenue débraillée de Muller.) Qu'est-ce que vous avez fait? »

Muller prit sa main et la baisa.

« Tout à l'heure, ma chère. Une bonne douche et tu sauras tout. »

Il fila vers la salle de bain tandis que Frankel passait au salon. Harassé, le jeune homme se laissa tomber dans un fauteuil. Annette lui apporta un whisky léger. Elle ne lui posa pas de questions.

A vingt heures, il se releva pour allumer la télévision. Le journal, diffusé depuis le studio d'urgence du pilier ouest de la tour Eiffel, venait de commencer. Il baissa le son. Le présentateur était un inconnu, jeune et dépourvu d'assurance. *Nouvelle journée de manifestations, aujourd'hui, un peu partout en France. A Paris, où les heurts entre...* « Voilà, pensait Frankel, ça pourrait être moi. Moi, dans le cercle magique de la caméra! » On l'avait engagé à la télé. Un coup de pot. Un hasard. Une relation de son père. Il ne possédait aucune référence, aucun diplôme. Un passé de cancre.

En deux ans, il avait tout connu. Toutes les tâches subalternes. Il avait trié des dépêches au desk[1], assuré des permanences de nuit à Cognacq; il avait été la main qui tend le micro à la sortie des meetings, la voix étranglée de trac qui lit le bulletin météo; il avait même fait une ou deux apparitions à l'écran, en direct – comme on dit dans le métier : deux plateaux.

Muller l'avait pris sous son aile. Muller lui apprenait les trucs du métier. Il était son disciple. Muller lui avait conseillé de ne pas profiter de la grève pour

1. Salle de presse où sont rassemblés les téléscripteurs et où arrivent les dépêches du monde entier.

tenter de grimper les échelons. Il avait obéi. Il se demandait maintenant si c'était un bon choix.

Un cri l'arracha à sa rêverie, suivi d'un fracas de vaisselle brisée. Il se retourna.

Annette se tenait près de la porte de la salle à manger, au milieu des débris d'une pile d'assiettes. Ses yeux étaient écarquillés. Sa main cachait sa bouche ouverte. Frankel se mit debout d'un bond.

« Qu'est-ce qui se passe? »

Le regard se perdait par-dessus son épaule. Un doigt tremblant désignait quelque chose. Il pivota pour voir ce qu'elle montrait.

L'image était cadrée assez large. Chavirée, mais d'une netteté absolue. Télécinéma, seize millimètres, caméra à l'épaule – Frankel déchiffrait tout ça sans même y penser. Le bombage sur le rideau de fer, en haut de l'écran, était parfaitement lisible. JOUIR SANS ENTRAVES. Au-dessous, Muller, campé au centre de la scène en bras de chemise, refaisait le coup de la veste avec les gestes précis d'une strip-teaseuse ou d'un prestidigitateur. Une dizaine de personnes occupaient l'arrière-plan. Frankel se reconnut, à moitié caché derrière un grand type en polo.

Il se pencha pour monter le son.

« *... de cette répression intolérable. Notre cause est juste et...* » La voix de Muller émergeait à peine d'un océan de hurlements et de vociférations. Il remettait la veste. Son poing se fermait, se dressait dans la lumière d'un projecteur. La sueur lui collait les cheveux au front. Il se tut. Son visage ruisselant, les reflets moirés de la doublure, sa posture immobile... Il évoquait un bronze du réalisme socialiste. Farouche et dérisoire.

Puis sa voix s'éleva dans un silence miraculeusement revenu :

Debout, les damnés de la terre,
Debout, les forçats de la faim...

« Eteignez ça! » glapit Annette.

Frankel regardait, fasciné. Un zoom un peu heurté amenait Muller en gros plan. La salle reprenait en chœur.

« Eteignez ça! »

Elle passa près de lui, le bousculant, renversant le fauteuil. Elle se jeta sur le téléviseur.

L'écran devint noir.

Muller avait suivi la scène par la porte entrebâillée. Il entra, livide. Annette le dévisageait.

« Comment as-tu pu faire une chose pareille? (Les larmes lui montaient aux yeux.) Tu m'avais toujours dit que tu étais jounaliste et non pas partisan, toi le soi-disant chantre de l'objectivité et de la mesure... (Elle hurlait presque.) Tu te dis exaspéré par nos enfants et tu te conduis pire qu'un collégien. Mon pauvre ami, ta carrière est terminée. Aucune télévision ne saurait accepter un tel comportement. Mais le plus terrible, c'est que tu t'es renié toi-même. »

Frankel les regarda.

Ils sanglotaient tous deux.

Tous les postes ne s'éteignirent pas en même temps que celui des Muller. La plupart restèrent même allumés. Puis la séquence prit fin et certains téléphones commencèrent à sonner dans Paris. Des voix parlèrent. Des voix amusées, ironiques, coléreuses, désolées, autoritaires. Le téléphone de Muller ne sonna que beaucoup plus tard dans la soirée.

Le lendemain, Muller n'apparut pas à l'assemblée générale du quai Kennedy. Les jours suivants non plus. Il se terrait au fond du grand appartement silencieux. Son teint devint cireux. Il perdit cinq kilos en une semaine.

Le soir du drame – c'est par ce mot qu'il désignait l'événement – le coup de fil de Michel Mougin l'avait trouvé effondré dans un fauteuil, le peignoir de bain bâillant sur son torse épais, le regard perdu dans le vide. Mougin était le directeur des programmes de la chaîne. C'était un vétéran, un pionnier, comme Muller.

« Marcel, tu as fait une connerie... »

Muller n'avait pu contrôler ses sanglots.

Mougin parla un moment puis raccrocha en promettant qu'il rappellerait.

Il n'avait pas rappelé.

Ensuite... Ce fut comme s'ils avaient tous quitté Paris. Il essaya partout. Les bureaux, les domiciles, les rédactions des quotidiens. Personne pour lui dire ce qui se passait. Personne pour entendre ses explications. Il se heurta à un mur de voix subalternes, d'abord aimables, puis agacées, puis franchement agressives. Il observait cela comme on suit la progression d'un mal irréversible.

Annette se mit au diapason de son désespoir. Elle marchait dans l'appartement à pas feutrés, fermant toutes les portes pour qu'aucun bruit ne le dérange. Elle écoutait sans un mot quand il s'emportait contre les conspirateurs, dénonçait la cabale dont il était victime. Elle le veillait quand il sombrait pour quelques heures dans un sommeil agité. Elle préparait des bouillons qu'il ne buvait pas, des tisanes qu'il recrachait. Elle le consolait, le rassurait, le cajolait comme un enfant malade.

Mai s'acheva sur une grande manifestation. Un immense défilé monta les Champs-Elysées. A l'Arc de Triomphe, le pouvoir avait repris le pouvoir.

En juin, les syndicats annoncèrent que la fête était finie. La base mit quelque temps à accepter cette idée. A la Maison de la Télévision, les assemblées devenaient houleuses. On repoussait de jour en jour le vote sur la continuation de la grève. Il eut lieu, enfin, et il apparut qu'une majorité se dégageait en faveur de la reprise du travail. Le travail reprit.

Muller sortit de chez lui le 18 juin. C'était une coïncidence.

Au cours des quinze derniers jours, il n'avait essayé de joindre personne et personne n'avait essayé de le joindre. Il en arrivait à interpréter ce silence comme un augure favorable. « *On a oublié l'incident,* pensait-il, poussant la Mercedes dans Paris pacifié. *Il s'est englouti dans le grand tourbillon final.* S'il avait eu des conséquences, je le saurais déjà. On aurait été trop content de me le faire savoir. Allons, tout va bien. Le travail reprend. La vie recommence. »

Il arriva au studio plein de confiance et d'entrain. Sa retraite lui avait fait du bien. Il admira la sveltesse de son reflet dans les portes de verre.

Il y avait encore peu de monde à l'étage des journalistes. Sur le chemin de son bureau, Muller ne croisa que trois ou quatre confrères. Certains paraissaient reposés, d'autres, l'œil un peu hébété, semblaient s'éveiller d'un très long rêve. Tous le saluèrent. Il ne détecta rien de suspect ni d'alarmant dans leur attitude.

Sa secrétaire n'était pas là. Il passa directement dans son bureau. Les femmes de ménage avaient tiré les stores. Il n'alluma pas et se dirigea à tâtons jusqu'à la fenêtre. Le soleil envahit la pièce. Il regarda la cour étroite et ocre, huma l'air un peu poussiéreux. C'était bon. Il vit que la pendule murale s'était arrêtée. Il consulta sa montre et la remit à l'heure. Il allait descendre chercher son courrier. Dans moins d'une heure, la conférence de rédaction du Journal commencerait et mai n'aurait été qu'une longue et triste parenthèse. C'était très bon.

Il se laissa tomber dans son fauteuil tournant. Le cuir exhala comme un soupir approbateur. Il ferma les yeux, les rouvrit. Puis il laissa son regard glisser sur la surface lisse du bureau et il la vit.

Longue, blanche, debout contre le téléphone. Portant son nom en caractère machine, extraordinairement banale et menaçante.

L'enveloppe.

CHAPITRE III

19 h 58

MOUGIN – le président Mougin – se trouve encore dans son bureau au moment où va commencer le Journal de vingt heures. Penché sur un dossier dans le rond jaune de la lampe de travail, il laisse de temps en temps son regard glisser vers le récepteur miniature posé devant lui et pense qu'il devrait rentrer. Corinne l'attend dans leur appartement paisible de la rue de Berri. La petite bonne portugaise est partie depuis une heure. La table est mise. Corinne erre de pièce en pièce. Elle se sert un scotch, le troisième, le quatrième de la soirée. Elle prend des glaçons dans la cuisine et passe dans la chambre. Assise au pied du lit, devant le téléviseur, elle contemple son reflet dans l'écran aveugle. Le poste est cassé, c'est elle qui l'a jeté par terre dans un accès de rage. Elle n'a jamais voulu le faire réparer, mais elle le garde, comme un fétiche, comme un symbole. Elle ne regarde plus la télévision. Plus jamais. Quand Mougin doit suivre une émission, il monte s'enfermer dans son repaire, au premier étage du duplex. Mais elle revient sans cesse à cet écran mort. Mougin le sait. Il l'a épiée quand elle s'agenouillait pour encadrer son visage dans le rectangle de verre gris. Il a vu ses lèvres bouger sans qu'aucun son en sorte. Vu quelquefois une larme rouler sur sa joue immobile... Il n'a jamais osé lui dire qu'il avait surpris ce rite, son pitoyable secret...

Il l'imagine, attendant, désœuvrée; il voudrait être déjà près d'elle. Quand il est là, ses fantômes la laissent en paix. Mais il n'a pas le choix : il a voué sa vie à l'Ogre.

Un pacte. Il l'a signé voilà près de trente ans. En 1951, la télévision n'était rien. Une affaire de fous visionnaires, de bricoleurs de génie. Deux studios sur l'emplacement d'un dancing appelé *Magic-City;* un émetteur sur la tour Eiffel, un autre sur le beffroi de Lille; un seul car de reportage, quelques caméras; vingt-cinq heures de programmes par semaine et dix mille postes à peine dans tout le pays. C'était l'époque des télé-clubs, de la télé dans les cafés. L'époque de la passion. Le début : des clous, de la ficelle et du talent. Certains ne voulaient pas en entendre parler. Les snobs ricanaient, les gouvernants haussaient les épaules. La radio, c'était utile – il fallait bien que de temps en temps les Français puissent parler aux Français – le cinéma, c'était sérieux, mais la télé... Et *Magic-City* devint *Magic-World*, un monde magique que l'onde hertzienne tissa au-dessus du monde, une immense toile d'araignée qui prit les têtes et transforma la conscience de peuples entiers. Un miroir fabuleux où l'humanité pouvait enfin se voir, se découvrir sans fard dans la lumière de son quotidien. Une mémoire planétaire qui garderait mieux qu'aucune mémoire le souvenir des faits et gestes de l'homme. Dans mille ans, les historiens diront que c'était l'Age d'images, l'Ère de l'Idée-lumière. Ils oublieront peut-être qu'il fallut une poignée de fous et de visionnaires pour que tout arrive. Une poignée de Mougin.

La télévision le tient depuis le commencement. Il est cameraman et électricien et réalisateur et directeur et programmateur. Il se marie, mais avec une femme du clan. Corinne Jacquet est une créature de l'Ogre, comme lui, la première présentatrice du Journal télévisé. Elle le présente plus de cinq cents fois. Ensuite, elle participe à la réalisation de la plus grande émission hebdomadaire d'actualités que la chaîne ait connue. Puis elle passe à la production. Aucun domaine ne lui reste étranger. Et c'est elle qui crée les premières vraies émissions consacrées aux femmes, c'est elle qui ouvre la voie de la télévision aux femmes. Avec Mougin, ils sont sans doute le couple le plus populaire en France.

En 1974, on appelle Michel Mougin au gouvernement. Un poste de responsabilité absolue. Il refuse. Ce n'est plus du sang que charrient ses veines, c'est l'Onde. Il refuse de quitter sa chaîne. *La* chaîne.

On lui offre la barre. Il la prend. Alors, on ne dit plus Michel ou « Mougin »; on dit « le président Mougin ». Dans les couloirs, ses gars – les vieux de la vieille – l'interpellent : « Dis donc, Président... » Il travaille trop tard, dans un bureau trop solennel, et Corinne l'attend chez eux...

Il a levé la tête et retiré ses lunettes. Il se frotte les yeux. Ses yeux se fatiguent. C'est moins l'âge que toute cette paperasserie. Il est fait pour les images, pas pour les mots. Devant lui, le petit récepteur envoie sa luminescence bleutée. Un autre poste, énorme, est installé dans un angle de la grande pièce, à cinq ou six mètres de la table de travail. Mougin le regarde à travers les cercles douloureux que ses doigts ont laissés sur ses rétines et tout de suite il voit que quelque chose ne tourne pas rond.

Cette image-là devrait être en couleur.

Ses yeux accommodent, mais à présent c'est son cerveau qui ne parvient pas à intégrer ce qu'ils transmettent.

L'homme sur l'écran n'a pas le visage de Trembledieu, le présentateur du Journal. Autour de lui, ce n'est pas le décor familier du plateau n° 1.

En noir et blanc, c'est Muller qui occupe le centre de l'écran. Marcel Muller. Son visage est grave et tendu, son regard brûle derrière les verres de ses lunettes. Des verres neutres. Juste un vieux truc de cabot pour renforcer l'autorité du visage. Muller a une vue d'aigle. Combien de fois ils se sont foutus de lui à cause de ça...

Mougin chasse le souvenir parasite. Il faudrait comprendre. Le fond de l'image est imprécis, insuffisamment éclairé. On distingue vaguement le coin d'un tableau ou d'un sous-verre.

L'œil de Mougin glisse sur la pendule au pied de la lampe. 20 h 02. Il remet ses lunettes et parcourt à tout hasard le conducteur du Journal, la liste détaillée des séquences qu'on lui fournit pour chaque émission. Rien qui soit consacré à Muller. Impossible, d'ailleurs : deux minutes après l'ouverture, c'est toujours Trembledieu qui est en plateau et doit parler.

A moins que... Une idée bizarre traverse la tête de Mougin. Si Marcel était mort... Si c'était sa nécro... Ridicule. Impossible. On l'aurait prévenu.

Alors?

Tout ça – toutes ces réflexions – n'a pris que quelques secondes. A l'instant où Mougin tend la main pour monter le son du petit récepteur – il le coupe toujours pour travailler – le téléphone se met à sonner.

Mougin est un calme. Il a un regard bref en direction de l'appareil pendant que ses doigts trouvent le bouton du volume. La voix de Muller envahit le bureau, couvrant le bourdonnement feutré de la sonnerie. Mougin ne décroche pas. Il préfère comprendre d'abord, se faire son idée tout seul.

Muller parle. Il comprend.

C'est inattendu, mais pas tant que ça.

Sans quitter l'écran des yeux, il pêche un cigare dans son Humidor, le seul luxe vraiment à lui de ce bureau. Un Davidoff qu'il fait craquer distraitement près de son oreille. Un beau barreau de chaise, souple juste ce qu'il faut. La situation mérite bien ça.

Le téléphone s'énerve. Mougin sourit. Il se tourne vers un autre poste, sa ligne privée. Il compose sans hâte le numéro de l'appartement.

Elle répond tout de suite.

« Corinne?

– Ah! c'est toi? »

Sa voix est incertaine, un peu oppressée. Il pense : « Combien? Combien de scotches en m'attendant? »

« Chérie, j'ai un petit problème. Je ne crois pas que je vais pouvoir rentrer tout de suite.

– Ah!

– Non. Ça ira? Ne m'attends pas pour dîner... »

Il a envie de dire : « Viens me rejoindre », mais elle a juré de ne jamais remettre les pieds à Cognacq. Et si par hasard elle acceptait, ce serait encore pire.

« Comme tu veux. C'est... C'est grave? »

Il note l'hésitation, comme si elle s'obligeait à poser la question.

« Non, non, rien du tout. Long, mais pas grave. Je t'embrasse.

– Michel...

– Oui? »

Un silence. Il entend son souffle bizarrement rauque.

« Rien. Je t'embrasse aussi.

– Je te rappelle tout à l'heure. »

Il raccroche. En rentrant, il la retrouvera dans la chambre ou sur le canapé du salon, raide, évanouie plus qu'endormie. Il ramassera la bouteille de Dimple, épongera le liquide renversé et la prendra dans ses bras pour la coucher. C'est comme ça.

Son attention revient à l'écran bleu. Avec des gestes lents il coupe son Davidoff. Il l'allume. Muller parle. Mougin secoue la tête et lui murmure :

« Ah! Marcel, Marcel... »

Maintenant, les deux téléphones s'excitent en chœur, leurs sonneries se chevauchent. Il les regarde tour à tour, tirant sur son cigare, comme un parieur au pesage.

Puis il se décide et tend la main vers la ligne directe.

Maxime Trembledieu est intrigué et furieux.

Il bout derrière son bureau de plastique moulé, paralysé par les trois caméras qui le braquent et peuvent se rallumer à tout moment. Son visage s'est figé dans l'une des expressions qui ont fait sa gloire : le sérieux, le sérieux de l'élève appliqué et intelligent; la place proche du poêle, il n'a pas dû la connaître beaucoup dans son enfance...

Maxime Trembledieu inspire confiance. Si la fantaisie ne ressortit pas à son univers, la sottise non plus. Quand il parle, c'est qu'il a longuement médité ce qu'il va dire. Il est un homme de réflexion et, si rien ne semble devoir freiner sa volonté de savoir, rien non plus n'épuise son désir de plaire. Pour ce faire, il a acquis une belle maîtrise : Marcel Muller l'apprécierait en connaisseur si on l'interrogeait et si, en l'occurrence, il voulait être loyal. Quand Trembledieu commente une nouvelle alarmante, il se donne l'expression du médecin qui vous annonce que vous n'en avez plus pour longtemps, que ça ne laisse pas indifférent, mais qui en a vu d'autres. Des années de travail. Un chef-d'œuvre.

Mais derrière la façade il bout et n'y comprend rien. Un Journal, ça ne s'arrête pas comme un train à l'aiguillage. Avec quinze millions de clients de l'autre côté du tube, affamés de nouvelles fraîches, il faut au moins une bonne raison. Un putsch, une attaque nucléaire, les Russes à l'Elysée. Il y a maintenant deux minutes que la voix de Carnot est tombée de la régie, coupant Trembledieu au milieu d'une phrase. Et il attend toujours une explication. Ça ne peut pas être un pépin technique. Il le saurait déjà.

Sans bouger d'un poil, Trembledieu consulte sa montre. 20 h 03. C'est hallucinant. La première fois que ça arrive. Le gros Ferraci, sur sa gauche, respire de plus en plus fort. Il le regarde. Sa face replète transpire le désespoir. Il a la bouche ouverte, la tête levée, et une molaire en or accroche la lumière d'une gamelle. Ferraci est un paranoïaque. Il est persuadé que le monde entier se ligue pour l'empêcher de prendre la place qui lui revient de droit. Celle de Trembledieu.

Enfin, une assistante apparaît en haut de l'escalier de la régie. Le claquement de ses talons sur les marches dissipe l'apathie qui s'était abattue sur le grand plateau. Elle vient vers Trembledieu qui se lève à demi.

« Alors? »

La fille secoue la tête.

« Carnot veut vous parler. C'est incroyable. »

Trembledieu repousse sa chaise. Ferraci fait entendre un hoquet indigné.

Trembledieu se tourne vers lui. Il sourit.

« Ne craignez rien, Gabriel. Je vous raconterai tout. »

Il suit la fille, dont la croupe ondulante le distrait un moment de ses préoccupations.

En haut, c'est Houston après un lancement. Les techniciens ont quitté leurs consoles pour se masser devant les écrans de contrôle. Tout le monde parle en même temps et la voix du chef de production qui gueule dans un téléphone émerge à peine du brouhaha. L'assistante va chercher Carnot. C'est un type massif et maussade, un « ancien », un homme fidèle, compétent et bon technicien. La réalisation du Journal est son domaine. Sous ses airs blasés, il s'y donne avec ferveur et une attention jamais prise en défaut.

Il ne se plaint pas, mais ça ne le rend pas fou de joie non plus. Il rejoint Trembledieu en tirant mollement sur une pipe éteinte.

« Maxime, c'est la merde. Personne ne sait ce qui se passe. »

Le présentateur chasse une poussière imaginaire du revers de sa veste prince-de-galles et relève la tête d'un coup. Son regard est dur.

« Tu me coupes le sifflet une minute après le générique et tu ne sais pas pourquoi? Explique-moi ça, Albert. »

Une vague rougeur colore les joues de Carnot. Il arrache à sa pipe toute une série de gargouillis avant d'agiter le tuyau en direction des écrans.

« T'as qu'à aller voir. »

Trembledieu ne bouge pas. Ses bras sont croisés sur sa poitrine.

« Voir quoi? Si tu n'es pas foutu de me dire ce qui se passe... »

Carnot lui pince la manche. Un geste inattendu. Maxime Trembledieu se dégage sèchement, mais, quand Carnot hausse les épaules et retourne parmi ses hommes, il lui emboîte le pas.

La plupart des écrans de contrôle qui recouvrent tout un mur de la régie sont allumés. Ils montrent des vues fixes du plateau. Le bureau vide de Trembledieu, sous deux angles différents. Un mauvais cadrage de Ferraci qui se cure nerveusement les dents derrière sa main en éventail. Mais celui que regardent les techniciens est l'écran du poste H.F., qui transmet en permanence l'image passant à l'antenne.

Trembledieu ouvre des yeux comme des soucoupes. On ne lui a jamais vu une expression aussi sincère. Aussi sincèrement stupéfaite.

« Qu'est-ce que c'est que ça? »

Carnot mord sa pipe et ricane.

« Tu vois.

– C'est un gag, ou quoi?

– Hon-hon, c'est ça. Poisson d'avril. J'en connais qui doivent être morts de rire.

– Vous avez prévenu... »

Carnot montre le chef de production dans sa cabine de verre, qui s'époumone toujours au téléphone.

« On est dans le brouillard. Il est entré en piste en même temps que nous, à vingt heures. Dès qu'ils ont vu ça, ils ont coupé en régie finale.

– Et alors?

– Alors rien. Il n'émet pas d'ici. »

Trembledieu secoue la tête.

« Un piratage. Un foutu piratage. Et c'est sur moi que ça tombe!

– Sur nous, corrige Carnot.

– Mougin est au courant?

– Sais pas. On n'arrivait pas à le joindre. »

Trembledieu désigne l'écran d'un mouvement du menton.

« Et lui, là, le charlot. Qu'est-ce qu'il veut? Pourquoi il s'en prend à moi?

– Rien de personnel, Maxime. Tiens, écoute... »

Carnot se tourne vers une console. Il tire un curseur. La voix de Muller, jusqu'alors un murmure, bondit dans la salle et couvre les conversations.

« ... *enfreindre les lois pour vous parler. Et vous parler de quoi, mes amis, mes chers amis? Est-ce pour vous entretenir de la marche du monde que je cours ces risques inouïs? Pour discourir du sexe des anges? Eh bien, non... Ce soir, si vous le voulez bien, si nos princes se rendent à mes raisons et si le Ciel prête sa force à un homme épuisé, nous parlerons de nous. Pour la première fois, peut-être, je vous parlerai de moi, que vous croyez si bien connaître et dont vous ne savez que la légende...* »

Trembledieu lâche un ricanement crispé. Son index frappe sa tempe grisonnante.

« Pauvre vieux. Complètement givré. »

Carnot se marre.

« Complètement. »

Trembledieu lui jette un regard furieux.

« Ça t'amuse? Ça a l'air de t'amuser, Albert. »

Le réalisateur le dévisage. C'est la première fois que Trembledieu lit du mépris dans ces yeux d'habitude résignés.

« Ça me plaît. Il quitte la scène et je trouve ça bien qu'un type comme lui puisse choisir sa sortie. »

La voix criarde de Jacques Sidar fait trembler le combiné. Le ton a changé depuis que de journaliste il est passé chef de cabinet du ministre de l'Audiovisuel.

« Vous m'entendez, Michel? Pas question de laisser se poursuivre cette exhibition grotesque. C'est insensé. In-sen-sé! Nous ne pouvons admettre ça! »

Mougin souffle une bouffée de fumée dans le micro.

« Dites-moi, Sidar? Ce sont les ordres du ministre? »

Hésitation à l'autre bout du fil.

« Le ministre est... On n'a pas pu le toucher chez lui. Mais croyez bien que ce seront ses ordres, dès que nous l'aurons mis au courant. »

Mougin sourit.

« O.K. Qu'est-ce que vous attendez de moi?

– Coupez-le.

– On ne sait pas d'où il émet. On ne sait même pas comment il s'y est pris.

– Brouillez-le, alors.

– Vous ne comprenez pas, Sidar. Rien de tout ça n'est de notre ressort. Adressez-vous à la diffusion. Je peux vous donner leur numéro si vous voulez. »

La voix dans le combiné se fait plus douce. Venimeuse.

« Vous avez tort, Mougin. Il ne s'agit pas d'une plaisanterie de collégien. Imaginez que cette situation se prolonge. Imaginez qu'elle nous échappe et que cet imbécile se mette à raconter n'importe quoi. Combien de gens peuvent le voir, en ce moment?

– Tous ceux qui le désirent, je suppose. Dix, quinze millions.

– C'est votre chaîne, mon vieux.

– C'est ma chaîne, oui... Ecoutez, Sidar, il faut que je rameute mes gars. Rappelez-moi. »

Mougin raccroche. Le Davidoff s'est éteint. Il le contemple tristement, puis le lance dans le cendrier et se lève. La pendule marque 20 h 06.

Un magnétoscope est installé sous le gros téléviseur allumé, à l'autre bout du bureau. Mougin se baisse et enclenche une cassette. Pour mémoire... En se redressant, il se trouve nez à nez avec Muller. Il tapote, songeur, le haut du poste. « *Ah! Marcel, tu nous mets encore dans la merde...* »

Dans la vitrine du magasin, sous l'enseigne :

COMPTOIR ÉLECTRIQUE PARISIEN
RADIO – TÉLÉ – ÉLECTROMÉNAGER

Muller, reproduit dix fois, fait face au trottoir vide. Passé huit heures et le dernier afflux des banlieusards sur la gare de l'Est, le haut du boulevard de Strasbourg est pratiquement désert. Une prostituée, qui n'est plus jeune, attend ses habitués à l'abri d'un porche voisin. La lueur bleue des tubes cathodiques l'effleure à peine, pose sur sa joue droite une tache blafarde, irise le col levé de son minable manteau de lapin. La voix qui sort d'un haut-parleur crachotant dissimulé dans la devanture lui tient compagnie, tandis qu'elle tire avec mélancolie sur une Royale Menthol à demi consumée. Toutes les trente secondes, le grondement des voitures qui s'arrêtent et repartent au feu de l'angle Strasbourg-Magenta couvre les paroles. Elle n'essaie pas de leur trouver un sens. C'est juste une voix. Une présence.

Elle repère un type qui remonte lentement le boulevard. Elle bouge ses jambes engourdies et sort de l'ombre, faisant sonner ses talons sur le bitume. Maintenant, elle est en pleine lumière, elle rentre son ventre, se cambre. Mais le type passe sans lui laisser le temps de parler. Elle scrute les environs. Rien en vue. Lentement, elle retourne à son poste.

Un taxi s'arrête et ne repart pas quand le feu vire au vert. Est-ce un client possible? Mais le chauffeur ne la regarde pas. Son attention est requise par les écrans de télé. Il baisse la glace, coupe le contact, ouvre la portière, sort et s'approche de la vitrine du magasin.

« Merde alors!... Muller!... »

La fille demande :

« Quoi Muller?... Tu le connais?...

– Je pense bien... Un homme qui avait de la classe... Et pas prétentieux!... Je l'ai chargé plusieurs fois dans mon tacot... Je l'ai emmené à Orly... Une fois, il m'a donné une photo pour mon fils... Il me l'a signée : *A Fabien. Amitiés. Marcel...* Le soir, j'ai eu l'impression que j'étais quelqu'un pour lui en rentrant à la maison!...

– Moi je le croyais malade ou mort, dit la fille... Ça faisait une paie qu'on ne le voyait plus!...

– Trois ans, ma belle!... Je croyais qu'ils l'avaient balancé... Il a peut-être fait une connerie, n'empêche qu'ils ne l'ont pas remplacé.

– Il a vieilli... Il est plus gros... Il semble fatigué... »

Mais ils se taisent pour écouter la voix qui sort des écrans.

« *Pour la première fois, peut-être, je vous parlerai de moi, que vous croyez si bien connaître et dont vous ne savez que la légende. Il s'agit d'une expérience, oui, d'une expérience jamais tentée dans l'histoire de la télévision et pour laquelle, mes amis, votre soutien massif est indispensable. Ensemble, nous pouvons faire la preuve que cet extraordinaire instrument, auquel j'ai consacré ma vie entière, peut être autre chose que le poison, le philtre de solitude, si l'on me permet cette image, que l'incompétence et la cupidité des hommes en place l'ont laissé devenir. Ensemble...* »

La prostituée ne voit pas de quoi il est question. Sans doute un nouveau jeu. Ce qui l'intéresse, c'est la figure du grand Marcel, qu'elle détaille comme si c'était un reflet de la sienne. Avec la même application et la même tristesse. Elle y trouve tout le sale travail du temps.

« *Mais pour cela, mes amis, il faut que l'on me laisse cette parole chèrement conquise et je vous le répète : je suis dans l'illégalité. Nous sommes dans l'illégalité, moi qui vous parle et vous qui m'écoutez. Je les imagine... Je les imagine, dans leurs bureaux, dans leurs salles de contrôle, eux qui pensent nous contrôler tous, je les vois qui cherchent déjà les moyens de me faire taire. De nous faire taire. Et c'est à eux que je m'adresse à présent. Ecoutez-moi, messieurs. Voici mes conditions...* »

Une présence, dans son dos, fait sursauter la fille. Une silhouette trapue se reflète dans la vitrine, juste derrière la sienne. Elle se retourne. C'est un client.

Ils se saluent et tous deux s'éloignent.

A son tour, le chauffeur de taxi retourne à son véhicule en hochant la tête.

Marcel Muller demeure seul. A nouveau, il parle pour le trottoir désert.

CHAPITRE IV

HIVER 1968-1969

La façade de l'hôtel des Bourguignons souffrait de tous les maux propres à la pierre. Elle était rongée de lèpre, grêlée par la petite vérole et des crevasses irrémédiables couraient autour de ses colombages gonflés d'humidité. Son enseigne avait commencé à perdre des lettres longtemps avant l'invention du néon.

Mais sitôt poussée la porte d'entrée, basse, vitrée de petits carreaux presque tous fêlés, on pénétrait dans un vestibule obscur et bien tenu. De vagues relents de cuisine, l'odeur marquant la présence d'un ou de plusieurs chats se mêlaient à l'encaustique et au papier d'Arménie pour imprégner l'air d'un parfum provincial. Provincial, petit-bourgeois et presque familial. Dans l'ombre, quelques beaux objets de cuivre et d'étain voisinaient avec des fleurs artificielles qui jaunissaient inexorablement dans leurs vases de verre blanc. Deux ou trois photos ainsi qu'une poignée de cartes postales épinglées sur les murs ajoutaient encore au caractère intime du vestibule. A droite, une porte menait à la cuisine; une autre, à gauche, ouvrait sur un salon où se tenaient en permanence trois ou quatre pensionnaires, des femmes âgées le plus souvent. On louait au mois ou même à l'année. Des vieilles dames sans famille, des petits retraités, venaient entre ces murs attendre le dernier sommeil dans l'illusion d'une solitude moins grande.

Tout cela convenait à Muller. Bien qu'à un jet de pierre de la Grand-Place, l'un des hauts lieux d'Auxerre, la ruelle où se dressait l'hôtel semblait assez loin de tout pour lui donner la sensation qu'il pourrait s'y cacher. Les vieux ne le gênaient pas; ils étaient vraiment d'un autre âge. Et cette remarque s'appliquait aussi aux tarifs, un dernier avantage qu'il n'était plus en mesure de négliger.

Il signa donc le registre et donna quelques billets à la logeuse, en avance sur le premier mois. La femme rangea l'argent dans la poche de son tablier. Elle dévisageait Muller avec insistance.

« Vous savez... (Ses yeux se baissèrent sur le registre ouvert.) Vous savez, monsieur Schermesser, quand je vous ai vu, je vous ai pris pour quelqu'un d'autre. »

Muller laissa flotter un air d'ennui poli sur son visage. Schermesser était le nom de jeune fille d'Annette.

« Figurez-vous que je vous prenais pour l'autre monsieur, comment s'appelle-t-il encore? Celui de la télévision. »

Muller secoua la tête.

« Mais si. Vous ne voyez pas qui je veux dire? Il présentait les nouvelles. Ça fait un bout de temps qu'on ne le voit plus, maintenant. »

Ce fut plus fort que lui. Il murmura :

« Muller. Marcel Muller.

– Ah! vous voyez que vous le connaissez. Marcel... Moi je le trouvais bien, mais il paraît qu'ils l'ont renvoyé. Il s'était mis avec les étudiants. Ce n'est pas la première fois qu'on vous trouve cette ressemblance, alors?

– Il n'a pas été renvoyé, dit Muller. Seulement muté. Il reviendra sûrement au Journal. »

La femme lui jeta un regard plein d'espoir.

« Vous le connaissez? C'est un parent à vous? »

Muller haussa les épaules.

« J'ai lu ça dans la presse. »

Il ramassa sa valise. En passant devant la cuisine, il vit son visage dans les vitres de la porte. Une malédiction. Une tête célèbre sur les épaules d'un homme en disgrâce. Il aurait voulu pouvoir en changer.

La vague de désespoir l'atteignit dès qu'il eut refermé la porte de sa chambre. Un papier peint hideux couvrait les quatre murs. Il eut la sensation que ses fleurs rouge sang l'encerclaient, l'étreignaient comme une main froide et parcheminée. Il essaya de résister, s'obligea à accomplir les gestes habituels du voyageur qui prend possession d'un lieu de passage. Il jeta la valise sur le lit..., ouvrit les tiroirs grinçants de la table de chevet..., déplaça le paravent percé de trous de cigarettes qui masquait le lavabo et le bidet..., lutta avec la crémone de l'étroite fenêtre...

C'était inutile.

Il s'assit. Dans les odeurs de poussière tiède qui montaient de la moquette mitée et du couvre-lit, il s'abandonna. Tout revint.

Les deux derniers mois.

Il les avait perdus à essayer de comprendre ce qui lui arrivait. Puis perdus à tenter de renverser une décision irréversible. Puis perdus à faire semblant de chercher autre chose, seulement pour apaiser les inquiétudes d'Annette. Il savait qu'il accepterait toutes les disgrâces plutôt que de quitter la télévision. Perdus, encore, dans l'antichambre de ministres frappés d'amnésie, dans le bureau de directeurs atteints de surdité, auprès de confrères pleins de compassion qui lui meurtrissaient l'épaule à force de grandes claques fraternelles et promettaient la lune. « Je te le dis, tout finira par s'arranger. – Bon, tu as déconné à l'antenne. Et alors? On est en République, non? – Je les connais, là-haut. C'est facile. Tu ne bouges pas, tu fais le mort et dans quinze jours ils viennent te bouffer dans la main. – Juste une petite pénitence, mon vieux. Laisse passer la vague! » Oh! il aurait voulu les croire. Partager leur confiance. Il aurait voulu ne jamais surprendre ces clins d'œil ironiques qu'ils échangeaient dès qu'il tournait le dos...

Il n'était pas seul dans la charrette, loin de là. Les conséquences de Mai 68 avaient fait des ravages, mais il n'y trouvait aucun réconfort. Il refusait de rencontrer les autres bannis de peur qu'on l'assimile à eux. D'ailleurs, leur problème était différent. Ils avaient choisi. Ils étaient entrés délibérément en lutte contre une société. Ils avaient perdu, ils s'en allaient. C'était de bonne guerre. Eux, au moins, pouvaient se raccrocher à quelque chose. Une croyance. Un idéal politique. Mais ce qu'on reprochait à Muller, c'était un coup d'ivresse, l'ivresse d'une journée, même pas, d'un après-midi. Deux heures d'ivresse.

L'idée du complot le reprit et il perdit le reste de ces deux mois à rechercher les conjurés...

Les fleurs sanglantes se rapprochaient. Leur étreinte devint suffocante. Il se leva. Lui, Muller, dans cette chambre sordide, terré sous un nom d'emprunt, comme un criminel. Il tourna en rond dans la pièce. C'était fini. C'était la chute. Kaput. Foutu. Plus d'amis, plus personne. Il se mit devant la glace du lavabo. Les mouchetures constellaient son reflet, une longue fêlure lui cassait le visage en deux.

Il se rassit, posa la valise sur ses genoux. Il en sortit quelques feuilles, une enveloppe, et se mit à écrire. La plume de son stylo crissait sur le papier, seul bruit de cette fin d'après-midi d'été. Au bas de la première page, il commença à pleurer.

Le bout de la route. Il lui avait fallu venir jusqu'ici pour comprendre qu'il n'irait pas plus loin.

Il remplit trois pages, les relut entre ses larmes et les plia dans l'enveloppe qu'il cacheta sans hâte. Dessus il inscrivit le nom de sa femme. La dernière qui lui soit restée fidèle, qui ait accepté de le comprendre. Sur le quai, ce matin, à la gare de Lyon, elle l'avait embrassé en murmurant : « Tu reviendras. » Mais c'était trop tard. Il ne reviendrait pas.

Il tira un tabouret vers la fenêtre.

La cordelette des rideaux était solide, mais trop mince pour ses doigts fébriles. Elle se débattit comme une chose vivante. Debout sur le tabouret bancal, la poitrine soulevée de sanglots, Muller dut s'y reprendre à plusieurs fois pour assurer son nœud coulant.

Puis il jeta la boucle autour de son cou. Il ferma les yeux.

Le tremblement de ses jambes se communiquait au tabouret, qui dansait sous ses pieds. Il prit une dernière inspiration, contracta tous ses muscles et poussa vers l'avant.

Mesdames et messieurs, bonsoir.

On frappait à la porte.

Muller s'ébroua comme un boxeur sonné. Entre ses paupières papillonnantes, il vit la chambre tourner follement. Une bande de fleurs de sang. Puis la douleur commença à affluer d'un peu partout. De la hanche, du coccyx, de la nuque, du crâne... Il respirait avec peine.

On frappa à nouveau. Plus fort.

Il essaya de se lever mais retomba lourdement sur la moquette. Sa jambe gauche avait reçu tout le poids de son corps. Il pensa qu'elle était cassée.

De l'autre côté de la porte, une voix d'homme appela :

« Monsieur Muller? »

Qui connaissait son nom? Qui savait qu'il se trouvait dans cet hôtel? Un mouvement de panique le mit sur ses pieds sans qu'il s'en rende compte. La jambe ne fléchit pas. Elle était endolorie, mais intacte. Il boitilla vers la porte, puis s'arrêta. Il porta une main à sa gorge. La cordelette.

Elle s'était incrustée profondément dans la chair

molle du cou. Il eut du mal à s'en défaire. Il se retourna vers la fenêtre. La tringle et les rideaux étaient arrachés, ainsi que les pitons qui tenaient le tout et un morceau du mur dans lequel ils étaient vissés. Une poussière de plâtre recouvrait le sol tout autour du tabouret qu'il avait fracassé en tombant.

A la porte, le visiteur s'impatientait. Il y eut de nouveaux coups et des appels un peu plus anxieux.

Muller contemplait le désastre. Le mieux était sans doute de ne pas ouvrir.

« Monsieur Muller, vous êtes là? »

Cet imbécile allait ameuter tout l'hôtel. Muller se passa une main sur le crâne. Il découvrit une bosse au-dessus de la tempe gauche. Si l'imbécile avait entendu le bruit de sa chute, il ne s'en irait pas avant de savoir ce qui se passait. Il appellerait la logeuse, et la logeuse monterait avec son passe, et...

Muller remit un peu d'ordre dans sa tenue. Il épousseta sa veste, la boutonna et alla ouvrir.

La tête s'encadra dans l'entrebâillement de la porte. Une tête pâle avec une barbe et des oreilles. La barbe était en collier et les oreilles parfaitement incongrues, comme deux prothèses ou plutôt comme deux poignées de gilac rouge sur un vase d'opaline. Muller détesta cette tête dès le premier instant. Son désespoir ne le rendait pas objectif.

« Ah! monsieur Muller, commença le visiteur... Ah! je craignais que...

– Je dormais, coupa sèchement Muller. Que voulez-vous? Qui êtes-vous? Et comment m'avez-vous trouvé? »

L'autre accusa le coup. La tête se fripa et les oreilles remuèrent frénétiquement.

« Je... Ah! Robin Caroube. Directeur adjoint du B.R.T. d'Auxerre. »

Muller ne prit pas la main tendue. C'était une petite main blême, rougeaude aux articulations.

« B.R.T.? Qu'est-ce que c'est que ça?

– Bureau Régional de Télévision, énonça Caroube, l'air de s'excuser. La station régionale d'Auxerre. J'étais le... ah! l'adjoint de M. Duguéclin.

– Je connais un connétable de ce nom. Je ne pense pas qu'il s'agisse du même? »

Caroube rit poliment. Il expliqua :

« Gérard Duguéclin. C'est, ah! c'était votre prédécesseur.

– Qu'attendez-vous de moi?

– Nous... Nous avons appris votre arrivée au train de 13 h 40. On ne vous espérait que demain. Une petite fête était prévue à la station avec...

– Très bien, charmant, coupa Muller. Nous nous dispenserons des petites fêtes. »

Caroube acquiesça. Il ne comprenait pas. Il se montrait d'une grande courtoisie et tout ce qu'il disait était pris en mauvaise part.

« Cependant, monsieur Muller, au nom de mes collègues du B.R.T., de toute l'équipe et au mien propre, permettez-moi de vous souhaiter... »

La large stature de Muller lui bouchait la vue et, tout en parlant, il semblait tordre son cou dans l'espoir de couler un regard dans la chambre. Du moins Muller en eut-il l'impression. Rageur, il ouvrit la porte en grand et s'écarta d'un coup.

Caroube se tut.

« Voilà votre curiosité satisfaite, dit le gros homme. Désirez-vous d'autres précisions, cher monsieur?

– Je... Ah! je ne voulais pas... »

Les oreilles rouges palpitaient.

« Regardez bien, Caroube. (Muller parlait d'une voix sourde, hargneuse.) Une information exclusive. Le successeur de Duguéclin Gérard vient d'essayer de mettre fin à ses jours. La corde a cassé. »

Les yeux dans la tête d'opaline allaient et venaient entre la fenêtre, le sol maculé de plâtre et Muller. Le collier de barbe frémissait autour des lèvres entrouvertes.

« Passez le mot, Caroube. Dites-le à vos collègues, à toute l'équipe. Dites-leur qu'ils vont travailler désormais sous les ordres d'un paria, d'un réprouvé. »

D'un geste ample, Muller désigna le fond de la chambre.

« Sous la férule d'un suicidé! »

Les premiers jours furent atroces.

A l'hôtel des Bourguignons, les vieux observaient Muller comme une bête curieuse, chuchotant craintivement sur son passage, et les regards mauvais de la logeuse disaient combien elle lui en voulait de sa duperie. Chaque matin, il connaissait le malaise d'embarquer dans la voiture de la station régionale couverte d'autocollants. Caroube, qui conduisait, signalait son arrivée à grands coups de klaxon italien.

« Vous le faites exprès, mon garçon, grognait Muller. Je vous ai déjà dit que ce déploiement de sirènes m'était insupportable! »

Caroube bougeait ses oreilles en signe de compréhension, et le lendemain tout recommençait.

La station était située à la périphérie d'Auxerre, dans une rue perpendiculaire à la voie ferrée. Trois marches menaient à un hall exigu, royaume d'une standardiste rondelette et affable. Sur la droite, un escalier montait à l'unique plateau, tandis qu'à gauche un couloir longeait des bureaux pour aboutir à une vaste cour. Au centre de la cour cernée par les bâtiments d'une cité administrative de plus pur style H.L.M. se dressaient deux constructions préfabriquées d'un étage. L'une était le siège d'une association viticole, l'autre, vert amande avec des stores rouges, abritait le personnel de la station régionale de télévision, le B.R.T.

En découvrant l'endroit où il allait passer une période indéterminée de son existence, Muller regretta vraiment que le cordon des rideaux n'ait pas résisté à son poids. Il était profondément injuste; son désespoir allait s'empirant.

Il n'y eut ni discours de bienvenue, ni vin d'honneur, ni frivolités de ce genre. Muller prit immédiatement possession de l'ancien bureau de Duguéclin, une pièce grande et claire. Il s'y enferma et n'en sortit pas de la journée. Il boudait comme un enfant. Il ne reçut qu'une visite. Celle du directeur administratif de la station. L'homme était petit, vêtu avec recherche. Une rosette ornait sa boutonnière. Il parla seul, pendant une demi-heure, des amis parisiens qu'ils avaient en commun puis invita Muller à venir le soir même goûter les quenelles que sa femme préparait divinement; Muller refusa.

Le lendemain à dix heures, il convoqua l'un après l'autre les neuf journalistes et cameramen du Bureau ainsi que trois responsables des services techniques.

Il dit la même chose à chacun :

« Je suis ici contre ma volonté. En exil. Je me moque de vos problèmes et je ne vous demande pas de vous soucier des miens. Ceci est la condition même d'une coexistence pacifique et il faut qu'elle le soit, puisqu'elle semble appelée à durer, au moins un certain temps. Hier, votre directeur m'a proposé de reprendre la présentation du Journal. J'ai décliné cette offre. Je dirigerai sa préparation, mais je n'apparaîtrai jamais à l'antenne. Je ne souhaite ni vous voler la vedette, ni me montrer au public dans une situation aussi, disons, difficile. Si, en outre, vous vous abstenez de faire circuler des ragots sur mon compte, nous pourrons nous entendre en attendant que Paris me rappelle. »

A midi précis, Muller s'était fait douze ennemis mortels.

La première semaine, il ne se mêla de rien, regardant seulement ses hommes travailler.

Le B.R.T. produisait un Journal quotidien, plus quelques émissions hebdomadaires, toutes d'intérêt local. Au total, une vingtaine d'heures par mois. Le gros des programmes était fourni par les foires aux bestiaux, les concerts de la chorale paroissiale, les activités des divers groupes sociaux ou sportifs de la région, la météo, des reportages sur les vendanges et les caves, des intronisations, et tout cela faisait une bonne télévision, une télévision de service. L'équipe souffrait cependant de ce mal propre à la province : le complexe de la capitale.

Un matin, Caroube fit irruption dans le bureau de Muller. Il agitait un morceau de papier.

« On a un problème! »

Muller se renversa dans un fauteuil.

« Je vous écoute.

– Ah! voilà. Le Dissez et Rohrbach sont à l'inauguration du C.E.T. d'Avallon, Ballu et Crespin à l'entraînement de l'A.S. Trucy, Grimaud et Cardinal je ne sais où, ce qui fait qu'il ne reste personne.

– Personne pour quoi?

– Ah! mais pour ça. Tenez, regardez. »

Muller prit le papier et lut.

« On n'était pas au courant, ajouta Caroube. On m'a prévenu il y a cinq minutes. »

Muller laissa tomber le papier sur son bureau.

« Vous vous foutez de moi, Caroube. N'est-ce pas? C'est une blague? »

La stupeur froissa le visage opalin.

« Je... Ah! je vous assure que nous n'avons personne. Si vous le désirez, je peux...

– Est-ce que je vous parle de ça, Caroube? Vous voulez rappeler une équipe pour filmer quoi?

– Le championnat du monde...

– Le championnat du monde *de billes*, Caroube. J'ai bien lu?

– Oui. Ça commence à deux heures à Chably et... »

Muller lâcha un ricanement et montra la porte.

« Nous avons perdu assez de temps tous les deux, mon vieux. Retournez travailler.

– Mais, plaida Caroube, c'est un bon sujet. Un *sujet national*! »

Le même jour, Muller découvrit le pouvoir miraculeux de ces deux mots.

A peine dix minutes après la sortie à reculons de Caroube, la porte du bureau s'ouvrit et le directeur administratif de la station apparut, un sourire jovial sur sa face de sous-préfet.

« Alors, mon cher, quoi de neuf? Satisfait de vos nouvelles fonctions? »

Muller s'abstint de répondre. Le petit homme avait, paraît-il, quelques appuis dans la capitale.

« Vous savez que ma femme vous en veut beaucoup? Elle brûle de vous connaître et vous n'avez toujours pas accepté son invitation.

– Je viendrai », souffla Muller.

Le directeur s'était approché du bureau. Il s'y appuya, les mains à plat sur le métal gris. Ses ongles étaient soigneusement manucurés. Le sourire disparut.

« Au fait, je viens de parler à Caroube. (Il avait baissé la voix.) De vous à moi, j'ai l'impression que vous ne trouvez pas ce garçon bien brillant... C'est votre avis... Cependant... Vous me permettez un conseil?

– Faites, dit Muller.

– Vous arrivez de Paris, tout auréolé de prestige. La plupart de vos subordonnés travaillent ici depuis des années. Vous ne devriez pas décourager leurs initiatives. Ils n'y voient que du mépris et...

– Il s'agit d'un concours de billes!

– ... et le mépris ne peut engendrer que des réactions négatives.

– Un concours de billes! répéta Muller.

– Tout de même, tout de même. Le travail de ces

garçons est souvent ingrat. Il faut leur laisser des compensations. Songez-y. »

Le petit homme ponctua d'un hochement de tête et se redressa.

« Ce n'est qu'un conseil, bien entendu. Vous menez votre barque comme vous l'entendez. »

Il marcha vers la porte. Sur le seuil, il se retourna.

« Le championnat du monde de billes. Hé! ce n'est pas un si mauvais sujet! Il se pourrait même que Paris nous le prenne. »

Muller regarda la porte se refermer. Il se sentait effroyablement seul. Perdu sur une autre planète. Il rappela Caroube et, la voix mauvaise, lui dit d'envoyer une équipe à Chably. Le reportage passa au Journal du lendemain. Le surlendemain, à l'heure des E.P.R., les échanges avec la province, Paris l'ampexa sur ses magnétoscopes.

C'était un sujet national.

Ils en rêvaient. Ils guettaient l'inondation dévastatrice, le fait divers spectaculaire qui retiendraient l'attention des demi-dieux de Paris – demi-dieux discutés, souvent dénigrés, mais demi-dieux quand même. C'était un dosage délicat : il fallait un sujet important, assez pour intéresser tout le pays, mais pas suffisamment pour que Paris décide de déplacer une équipe.

Quand ça marchait, quand on trouvait le sésame pour entrouvrir quelques secondes les portes de bronze du réseau national, tout le monde se rassemblait devant les écrans, à la station ou chez Michou, le bistrot d'en face. C'était prétexte à des libations, à des tournées sans fin, jusqu'au moment où apparaissaient les images maison. Alors, on se taisait, on écoutait le commentaire rajouté par Paris, et on constatait, une fois de plus, qu'ils avaient trop coupé.

Et on se demandait pourquoi, par quelle injustice incroyable on végétait encore ici pendant qu'eux, là-bas, vraiment pas plus malins ni plus doués, jouaient les petits chefs dans leurs bureaux, entre leurs écrans de cristal et leurs caméras en or massif.

Les jours succédèrent aux jours. Muller entra dans la morne routine, comme on finit par se faire à un costume coupé trop juste.

Tous les soirs, à huit heures, il rentrait à l'hôtel des Bourguignons. La logeuse avait pardonné et préparait des dîners copieux qu'il prenait dans sa chambre. Avant de se coucher, il redescendait appeler Annette pour les nouvelles du jour. Il apprenait que Dambier d'Europe 1, ou Gougloff de *France-Soir*, ou ce type des hypermarchés Jonas avaient encore téléphoné en s'étonnant qu'il n'ait pas donné suite à leurs propositions. Est-ce qu'il était vraiment en position de refuser des offres aussi avantageuses? Tous les autres s'étaient déjà recasés, Ramoni, du Service des Sports, à la radio, Binet et Coudron à...

« Inutile, coupait Muller. Je te supplie de ne pas insister. Tu sais que si je quitte la Maison je n'y reviendrai jamais. Soyons patients, Annette, tout cela ne peut durer. Mougin n'a pas appelé? Et Clavier? »

Il apprenait encore que deux journalistes avaient attendu Frédéric à la sortie de l'école, que le photographe d'un hebdo à scandale avait mitraillé Annette au marché. Il se mettait en colère.

« Les hyènes! les charognards! Ne les laisse pas approcher, tu entends? Ne réponds à aucune question. S'ils publient quoi que ce soit, c'est le procès. Ils le regretteront! »

Il était au lit à dix heures. Pas de sorties, jamais de cinéma. Il finissait *Le Monde*, qu'il avait déjà parcouru au bureau. L'odeur de l'encre et du papier, les titres sobres, les petits caractères lui nouaient le ventre, comme les reliques d'un paradis perdu à jamais. Il s'obligeait à lire. Pour rester totalement dans le bain. Pour se tenir prêt.

Il éteignait à minuit. Jamais plus tard.

Le sommeil mettait des heures, parfois trois, parfois quatre, à venir.

Ou il ne venait pas du tout.

CHAPITRE V

HIVER 1969-1970

La voiture était arrêtée en haut de la colline. Son échappement soufflait de courtes bouffées blanches et ses essuie-glaces dispersaient la neige aussi vite que le vent glacé la levait des congères des bas-côtés. Les vitres remontées isolaient parfaitement les deux passagers des plaintes et des morsures de l'hiver. Avec un chuintement discret, la climatisation entretenait dans l'habitacle une température trop élevée.

Engoncé dans un loden de chasse, le conducteur ne semblait pas souffrir de cette chaleur. C'était un homme petit, maigre et déplumé comme un oisillon. Une pomme d'Adam saillante qui remuait sans arrêt le long de sa gorge et des gestes menus, empreints de fragilité, ajoutaient à son allure vulnérable. Mais son œil était celui d'un oiseau de proie. Vif, mobile ou fixe, avide comme celui d'un busard. Ses lèvres étroites dévoilaient deux rangées de petites dents pâles. Il souriait.

« Impressionnant, non? »

Sa voix était acide et déplaisante – un crissement d'ongle sur une ardoise. Muller ne lui répondit pas, mais tourna la tête dans la direction de ce qu'il regardait.

A cinq ou six cents mètres sur leur droite, en

contrebas de la route, un immense cratère s'ouvrait dans la plaine blanche. La neige n'adhérait que par plaques à son sol fraîchement nivelé, composant avec la terre noire et les traînées de glaise qui la veinaient une mosaïque triste et sale. Des écharpes de brume flottaient encore par endroits. Sur une aire bétonnée, quelques voitures, deux ou trois engins de chantier boueux posaient des taches de couleur. Derrière, bas et interminable, un bâtiment se confondait avec le gris du jour naissant.

« Cent mille mètres carrés de surface couverte, récitait le conducteur. Un parking de deux mille places. Plus de neuf mille tonnes de béton. Le plus grand de France. Le cinquième d'Europe. Vous n'avez pas choisi les perdants.

– Je n'ai pas choisi du tout », dit Muller sans élever la voix.

Le spectacle le désolait. Tout autour, la campagne était propre, immaculée. Rien de grandiose : des arbres nus et noirs au bord d'une mare gelée, un vol de corbeaux contre le ciel bas; une ligne téléphonique étirée de poteau en poteau jusqu'aux toits gris d'un village lointain, blottis autour du clocher d'une église. Un moutonnement blanc. Un paysage tranquille. Une gravure éternelle mutilée à jamais par ce trou ridicule et son contenu de béton.

« Attendez. Vous n'avez pas tout vu. »

Muller faillit répondre que c'était suffisant. Il se retint. Il avait besoin d'argent. Il se rencogna contre la portière et resta silencieux, frémissant de colère. Dans le tableau qui inspirait tant de fierté à son voisin, il lisait un reflet de sa propre histoire. Marcel Muller, paisible et intègre, souillé à l'image de ce coin de campagne par les profiteurs, Muller bafoué, retourné comme cette terre, subissant le pire des outrages : la dénaturation. Et rien à quoi se raccrocher. Tout était cohérent dans l'horreur. L'avorton, sa voiture surchauffée, sa joie fébrile. La situation, cette attente sans raison au bord d'une route déserte, et, par-dessus tout, la soumission qui paralysait Muller. L'année passée l'avait habitué à beaucoup de choses. Jamais, pourtant, il n'avait eu l'impression d'être tombé si bas.

Un moment passa, muet, puis le conducteur, l'œil sur la montre de bord, dit :

« Maintenant. Regardez bien. »

Il étendit un bras et fit claquer ses doigts osseux sous le nez de Muller, comme un fakir de music-hall qui réveille un spectateur hypnotisé.

Et quelque chose se produisit.

Dans la plaine, au signal des doigts, quelque chose apparut. Ça se déroula soudain vers le ciel. Muller écarquilla les yeux. C'était immense, rouge, bleu et blanc. Ça vibrait dans l'air du matin. Ça bouchait l'horizon. C'était une baleine.

Une baleine bleue posée sur le toit du bâtiment de béton gris. Une baleine stylisée, dessinée au néon de la taille d'une vraie. Dans son ventre, animé par une succession d'ampoules blanches allumées-éteintes-allumées, un bonhomme se baladait en poussant un caddy. Au-dessus – dix mètres au-dessus – des lettres énormes de néon rouge traçaient les mots :

HYPER-JONAS

comme une inscription mystique sur les nuages, un message au sens impénétrable.

« Soixante millions de centimes. (Le petit homme avait repris sa litanie.) On n'en trouve pas de plus grande en France. On peut la voir à vingt-cinq kilomètres.

– Oui », dit Muller platement.

Toutes les vingt secondes, la baleine avait un spasme et vomissait dans une gerbe d'étoiles multicolores un flot de produits symbolisant l'abondance. D'autres denrées dansaient dans le jet lumineux qui fusait sans arrêt du sommet de son crâne. Muller ne put s'empêcher de reconnaître, grossièrement stylisé : une carotte, une pomme (ou une tomate), une banane, une bouteille, une boîte de conserve, un paquet de lessive, un jambon, un poulet, etc.

« Je l'ai fait allumer en votre honneur. Pour que vous sachiez que vous avez choisi les meilleurs. (Le petit homme trépignait sur son siège.) Comment la trouvez-vous? Dites-moi! »

Muller ferma la bouche. Il murmura :

« Surprenante.

– N'est-ce pas? Je l'ai conçue moi-même en rentrant d'un voyage d'étude en Amérique. Vous connaissez Broadway. C'est à New York.

– J'ai couché dix jours à la Maison Blanche, répondit Muller, complètement à côté. (Il voulait se jeter sur l'avorton, empoigner le cou maigre et serrer. Serrer.) Pour les obsèques de Kennedy. C'était un ami.

– Ils n'en ont pas de plus belles là-bas. Même à Broadway. Avouez qu'elle vous en bouche un coin? »

Ils avaient besoin de cet argent. Annette. Les enfants. Ils en avaient besoin à cause de sa vie éclatée entre Auxerre et Paris. A cause des aller-retour incessants; de l'hôtel; de tous les frais supplémentaires... Son salaire n'avait pas bougé, mais ses dépenses, oui. Plus jamais d'invitations. Tous les repas au restaurant ou dans sa chambre. Plus rien que la peur de manquer. Il soupçonnait Annette d'économiser sur ce qu'il lui donnait chaque mois. Ça le rassurait et, en même temps, il y voyait comme une trahison. Le signe qu'elle ne croyait plus à la fin de l'exil.

L'enseigne clignotait. Rouge comme son échec. Bleue comme son chagrin. Criarde, énorme, comme l'injustice qui le frappait. Le petit homme parlait, mais Muller avait besoin de son argent et s'obligeait à ne plus l'entendre. La voiture se remit en marche. L'enseigne disparut. Le cratère dans la plaine disparut. La rage resta. La rage était en lui et le rongeait parce qu'il ne pouvait pas la laisser sortir.

Parce qu'il ne pouvait même plus la laisser sortir.

C'était un samedi. Un beau samedi d'hiver, sec, froid, et ensoleillé. A midi, il n'y eut plus une place libre sur le parking. Ils arrivaient par milliers de toute la région. En couples, par familles, ils affluaient, ils venaient rendre visite à la baleine de béton échouée sur la neige. Envahir ses entrailles de cocagne. Acheter, stocker, empiler, consommer. C'était une fête. La grande messe païenne de la bouffe. Entre les pyramides de conserves, les montagnes rouges de viande, les jungles de fruits et légumes, les grandes murailles de beurre, œufs, fromages, les niagaras de vins de table, ils avançaient comme des conquistadors ivres d'abondance, traînant leurs enfants, poussant leurs chariots, dans un vacarme de métal et de verre entrechoqué, de cris, d'appels, de rires, de pleurs, sous la lumière de grands néons blafards, dans les odeurs de terre montant des primeurs, de sciure, de vin répandu. Ils se pressaient autour d'autels où l'on ne sacrifiait que les prix, prenaient leur tour, comme pour communier, dans les files qui s'allongeaient devant les caisses. Ils repartaient rassurés : ils ne manqueraient de rien, jamais. Les coffres des voitures débordaient de victuailles. Les cartons s'entassaient sur les banquettes arrière, sur les galeries de toit. Leurs autos ressemblaient alors à ces grands voiliers qui quittaient autrefois les Indes chargés à pleins bords des richesses qui manquaient à l'Occident. Qu'importe si le thé, la soie, les épices n'étaient ici que du sucre, de la margarine ou du cirage. Ils avaient fait le plein. Ils s'en allaient heureux, parés, opulents. Et au milieu de cette foule ceux qui venaient là se réchauffer, ceux qui admiraient mais ne pouvaient acheter...

Muller les regardait tous.

Il était assis derrière le paravent de verre fumé qui tenait lieu de loge, sur le côté gauche du podium. Il soufflait. Toute la matinée, il avait animé des jeux, présenté des concours, fait parler des ménagères roses de timidité ou de plaisir, des adolescents qui criaient ou chuchotaient dans le micro qu'il leur tendait. Il avait ri, souri, remué, raconté des histoires avec toute l'aisance ronde dont il était capable. Mais, du fond de lui, il observait. Il voyait le public, son public, comme il ne l'avait jamais vu. En direct. Sans les remparts d'un objectif de caméra, d'une onde, d'un écran. C'était à la fois plus brutal et plus cru que tout ce qu'il avait éprouvé jusqu'alors. Cent, mille regards sur lui. C'était une chose que de s'asseoir dans un studio et d'imaginer son visage reproduit à quelques millions d'exemplaires, dans quelques millions de foyers. Ici, il fallait contempler les bouchés bées, les yeux avides ou émerveillés, respirer les odeurs. Ils dévisageaient tous Muller pour voir s'il ressemblait à l'image télévisée qu'ils avaient conservée de lui.

Il les regardait.

La fille qui le relayait, une petit brune bien en chair moulée dans un ensemble jersey vert, se démenait devant les candidats du radio-crochet. Le bassiste du trio qui devait accompagner les chanteurs accordait son instrument, envoyant de sourdes vibrations aux quatre coins du bâtiment. Muller les ressentait en lui.

La brune présenta la première candidate, une Giselle Proutard, de Beaune, aide-comptable, puis vint rejoindre Muller derrière le paravent. Les premières mesures de *La vie en rose* déferlèrent sur le supermarché.

« Alors, petite, pas trop fatiguée? »

La fille écarquilla ses yeux émeraude, comme étonnée qu'une telle question lui soit adressée. Elle considérait Muller avec le respect que les bergères de Thessalie devaient témoigner aux dieux tombés de l'Olympe. Craintives et incrédules. Ses seins se soulevèrent sous le chandail vert. Un bout de langue pointa entre ses lèvres pleines.

« Un petit peu.
– Courage, dit Muller. C'est bientôt l'heure du déjeuner. »

Sur le podium, l'aide-comptable achevait Piaf plus sûrement que le gin et le valium. Des quolibets commençaient à monter de la foule. Muller secoua la tête.

« Comme ces gens sont voraces... »

La brune se cambra, donnant un sens particulier à sa phrase. Elle murmura :

« J'ai l'habitude. J'ai travaillé dans des boîtes de nuit. »

Il sentit son trouble s'accroître. Sa chair le picotait. Ses paumes étaient moites. Il bougea sur sa chaise, avançant sa main vers celle de la fille.

« Dites, ma jolie, c'est pour ça que je vous paie? »

Muller sursauta comme un gosse pris en faute. L'avorton se tenait juste derrière lui. Ses doigts caressaient les revers de sa veste. Son œil de rapace était posé sur la brune. Un mauvais sourire coupait son visage maigre.

Il montra le public qui se déchaînait contre la Piaf en déroute.

« Vous attendez que ça tourne à l'émeute? »

La fille lui rendit son regard.

« Je connais mon métier, monsieur.
– Si vous voulez continuer à l'exercer, sortez-moi cette chèvre et envoyez le candidat suivant. »

Muller fit craquer la chaise en se levant.

« Inutile de le prendre sur ce ton. (Sa voix vibrait d'indignation.) Mademoiselle n'a pas à... »

L'œil glacé se tourna vers lui.

« Laissez-moi m'occuper de ces détails, Marcel.
– Je vous interdis de m'appeler Marcel! »

L'avorton sourit. Un sourire aimable.

« Monsieur Muller, nous vous avons engagé en qualité d'animateur. S'il nous avait fallu un chef du personnel, nous l'aurions mentionné sur votre contrat. »

Muller ouvrit la bouche pour répondre. L'œil était déjà reparti vers la brune.

« Remuez-vous!... Et activez le mouvement. Ils sont là pour acheter. Pas pour s'amuser. »

La fille haussa les épaules. Son regard vert glissa du directeur de l'Hyper-Jonas à celui de Muller, qui le dépassait de deux têtes. Sans un mot, elle fit demi-tour et s'avança sur le podium.

« Vous... »

Muller menaçait le patron de la grande surface de son doigt tendu.

L'autre lui fit un clin d'œil et sortit à son tour.

« Vous ne devriez pas le laisser vous parler comme ça. Cet horrible type! »

Ils déjeunaient dans une stalle isolée, au fond de la cafétéria. C'était une salle immense, bruyante et moite comme une piscine couverte. Muller leva les yeux de son assiette. Sa fourchette dessina dans l'air une parabole fatiguée.

« Un nain!... Un sale nain méchant et vulgaire!... Je les connais, lui et ses pareils! Si je les connais! Qu'ils parlent, qu'ils parlent... Je n'entends rien.

– Un homme comme vous! Quand même. Qu'est-ce qui vous y oblige? »

Il regardait l'ovale plein de son visage; la moue triste qui arrondissait ses lèvres; le lent battement de ses cils.

« Quelle drôle de question.

– Je veux dire, à faire ça? De l'animation?

– Mais c'est mon purgatoire, petite! En attendant de retourner au paradis.

– Le paradis? »

Muller sourit. Elle était adorable. Une enfant.

« Là où les nains ne sont pas. J'y vivais.

– Racontez-moi? »

Il reposa sa fourchette. Dans l'assiette, la sauce au poivre se solidifiait.

« C'est un pays magnifique. Un royaume de purs esprits, dit-il, comme on commence un conte de fées. Il y a ce cercle magique... Sitôt que l'on s'y installe, on devient plus léger que l'air, plus vif que la lumière. On se grise... On parle sans élever la voix et l'on peut vous entendre aux quatre coins du monde. On voyage... C'est une sensation curieuse. L'impression de piloter un grand vaisseau qui file dans l'espace, ou bien d'être le centre de quelque chose, quelque chose d'indéfinissable... Hors d'atteinte...

– Que s'est-il passé?

– Vous n'avez pas lu les journaux? »

Elle hocha la tête. Une mèche brune tomba devant son œil.

« Si. J'ai trouvé ça tellement injuste. »

Il eut envie, à nouveau, de lui prendre la main. Il murmura :

« J'attends. J'accepte tout. C'est ma pénitence.

– Vous allez attendre longtemps? »

Il rit.

« Toutes pareilles, les femmes! Si promptes à éperonner nos ambitions. Non. Pas très longtemps. »

Il se sentait bien pour la première fois depuis un an. Il reconnaissait à peine sa propre voix. De sa poche il tira une feuille de papier pliée en quatre et la tendit à la fille par-dessus les plateaux.

« Dites-moi ce que vous en pensez.

– Qu'est-ce que c'est? »

Elle ouvrit la feuille. Son petit nez se fronçait.

« Lisez », dit Muller.

Elle lut, à mi-voix :

« *Monsieur le Directeur... Spectateur assidu de votre chaîne, je me permets de vous écrire pour vous faire part de...* »

Il détacha son regard de la bouche charnue et le

laissa errer dans la grande salle. C'était un endroit sinistre, indigne de lui, mais il s'y trouvait bien. Mieux que nulle part pailleurs.

« *... et réclamer avec fermeté la réintégration immédiate de Marcel Muller...* (La fille leva la tête.) C'est une pétition! »

Il acquiesça, un peu inquiet. Il ne parvenait pas à déchiffrer son expression.

« *Vox populi...* Je fais circuler ces feuilles à chaque fois que j'en ai l'occasion.

– Pour que les gens... Je comprends. Ça marche?

– Ça devrait. »

Elle replia le papier, en passa un coin dur sur ses lèvres.

« Si vous m'en donnez, je peux les faire circuler aussi.

– Pourquoi feriez-vous ça?

– Pour vous. Pour que vous retourniez plus vite au paradis. »

Il se dit qu'il était idiot de ne pas lui prendre la main. Il demanda :

« Vous n'avez jamais fait de télévision? »

Les yeux émeraude devinrent immenses.

« Jamais.

– Vous aimeriez en faire? »

Quelque chose se déroula entre eux, comme un pont de cristal : son rire.

« Qui refuserait le paradis? »

Il lui dit de parler d'elle. Elle le fit. Le temps s'arrêta. Une serveuse vint enlever les plateaux et les remplacer par des cafés qu'ils laissèrent refroidir. La cafétéria se vidait et se remplissait sans arrêt. Personne ne les remarquait dans leur stalle en retrait.

Pendant qu'elle racontait ses débuts dans les night-clubs de la région – vendeuse de cigarettes, vestiaire, barmaid, animatrice – il ne put s'empêcher de détailler ce qu'il voyait de son corps. Il eut l'impression que c'était la première fois qu'il regardait une femme de cette manière. Ou peut-être était-ce dans son regard à elle? Elle l'admirait, mais sans cette nuance pâmée qui l'agaçait.

Muller se trouvait gros et laid. Sa force était de le savoir. Il ne tolérait pas qu'un regard de femme essaie de lui faire croire le contraire.

Laure Vernier – c'était son nom – le regarda comme il fallait et parla longtemps, de sa voix comme une caresse. Ils oublièrent ce qui les entourait, ce qui les avait réunis. Muller oublia tout, sauf cette petite patte douce et brune qu'il voulait mettre entre ses grosses mains, jusqu'au moment où un type moins maigre que l'avorton mais avec les mêmes yeux et envoyé par lui surgit entre eux et dit d'un ton aigre qu'on les attendait depuis une demi-heure au podium et que ce retard serait certainement déduit de leurs honoraires.

« Chère petite madame, nous voudrions connaître votre nom. »

Hilare, elle se tortillait contre Muller. Il la tenait serrée, un bras sur son épaule. Il accentua son étreinte pour la rapprocher du micro.

« Chassaigne, Monique. »

Il la regarda. Trente ans, des lunettes, rouge d'excitation.

« Eh bien, Monique, faut que Chassaigne! »

Un gros rire secoua l'assistance. Elle suivit, mais après un temps d'hésitation. Les gens n'aiment pas qu'on plaisante de leur nom. Il se pencha davantage vers elle. Les lèvres à distance égale de son oreille et du micro, il demanda d'une voix veloutée :

« C'est la première fois que vous venez ici? »

Nouveaux rires. Il se tourna vers son public, mimant un embarras candide. Ils adoraient ça.

« Oui, dit la fille.
– Célibataire?
– Non, mariée.

– L'heureux élu est ici? Montrez-le-moi. »

Elle tendit le bras. Un visage surmonté d'une casquette à carreaux émergea un moment de l'océan de têtes qu'endiguait le podium.

« Comment s'appelle-t-il?

– Beb... euh... Robert. »

Elle se troublait. Casquette faisait bonjour comme s'il y avait une caméra en train de le filmer.

« Vous alliez dire autre chose, Monique!

– Euh... c'est-à-dire, moi, je l'appelle Bébert. »

Il s'écarta d'elle. La foule rigolait. Il décrocha le micro de son pied et fit un pas en avant.

« Eh bien, Bébert, permettez-moi de vous féliciter. Vous devez être un homme heureux. »

Il appuya d'un clin d'œil. C'était un vieux truc et ça marchait.

« Et maintenant... Au jeu. (Il sortit une liste de la poche de sa veste.) Monique, vous jouez pour un filet-repas campagnard pour deux d'une valeur de cent francs et, bien sûr, si vous répondez à la question TILT, pour le Super-Jackpot Jonas qui s'élève actuellement à quinze cents francs. Mais ne mettons pas la charrue avant les bœufs. Voici votre première question. Prête? »

Elle hocha la tête. Il lui tendit un second micro.

« Bien. Monique, vous avez deux minutes pour citer dix villes européennes. Vous n'avez pas droit à plus de deux villes par pays et les capitales ne comptent pas. Compris?

– Compris. »

Il jeta un coup d'œil en direction de la grosse pendule au cadran de carton, au fond du podium.

« Alors, attention... Top chrono! »

Tout était prévu. Appuyer sur un bouton à la base du micro pour que la trotteuse se mette en mouvement. Le batteur et le bassiste prirent un tempo feutré, marquant le passage des secondes. La concurrente récita, très vite : Auxerre, Brest, Tarragone, Barcelone..., et s'arrêta.

« Quatre, dit Muller. On ne souffle pas. »

Son esprit vagabondait. Laure Vernier valait beaucoup mieux que ce qu'elle était. Trop jolie, trop fine pour gâcher sa vie dans les night-clubs ou des endroits comme celui-ci. Laure... Pas de problème pour la faire entrer à la station. Ensuite... Ensuite, il saurait s'occuper d'elle.

« Milan, Venise..., ânonna la concurrente.

– Six. Il vous reste, Monique, soixante-dix secondes. »

Des cris montaient du public. Ils se passionnaient vraiment pour ce jeu. Ou alors, c'était le filet-repas...

« On ne souffle pas », répéta Muller.

Laure... Il eut envie de la voir et recula de deux pas, de manière à se trouver un peu en retrait du paravent.

Ce qu'il vit...

« Berlin, Athènes... »

... ce qu'il vit le glaça. Le directeur du supermarché sur elle. Elle était assise. Il essayait de l'embrasser. Elle dérobait sa bouche, regardant affolée à droite et à gauche; la foule pouvait-elle la voir?

« Berlin et, euh, Athènes », insista la concurrente.

Un murmure parcourut l'assistance. Muller était pétrifié. Une toute petite partie de son cerveau – la zone de professionnalisme absolu, celle qui fait, par exemple, qu'un cameraman criblé de balles continue à filmer l'attaque du commando – restait connectée sur le jeu. Il articula :

« Athènes est une capitale. Sept. »

Ce salaud voulait l'enlacer. Il abusait de la situation : son rôle de patron, la peur du scandale ressentie par Laure... Laure... Derrière le paravent de verre fumé...

Le micro lui échappa des mains. Tomba avec un

bruit énorme que les grosses enceintes de la sono répercutèrent dans tout le magasin.

Les musiciens cessèrent de jouer.

Il y eut un instant de silence total, incroyablement dense.

« Knokke-le-Zoute », dit la concurrente.

Au même moment, la trotteuse acheva son second tour de cadran, le pianiste plaqua l'accord qui marquait la fin du jeu, et Muller bondit juste au moment où Laure giflait son agresseur.

Il saisit le bord du paravent à deux mains. Le verre était épais et lourd, du triplex. Il dut s'arc-bouter pour le faire basculer. L'écran fumé s'abattit dans un bruit mat, levant un nuage de poussière. Il y eut trois cris : celui de la concurrente et ceux, confondus, de Laure et du directeur.

Deux vagues contraires parcoururent la foule. Des rangs éloignés montèrent les rires. On voyait mal, on crut à un tour préparé. Les rangs rapprochés purent lire l'expression des visages – la fureur sur celui de Muller, la stupeur, sur les autres. Ils comprirent.

Dans un sursaut étriqué, le petit homme s'était écarté de la chaise. Ses lèvres étaient blanches et tremblaient. Il essayait d'avoir l'air furieux.

« Vous êtes complètement malade! »

Muller le repoussa d'un revers du bras. Il ne regardait qu'elle. Laure... Il ébaucha un geste protecteur.

« Il ne vous a pas fait mal? »

Les yeux baissés, elle rajustait son chandail.

Elle dit :

« Il m'a prise pour une... »

Sa voix était rauque.

« Ce porc...! »

Les musiciens s'étaient levés. Ils échangeaient des regards pleins d'incertitude. La concurrente tenait toujours son micro. Il pendait au bout du fil, inutile, captant le raclement de ses pieds tandis qu'elle reculait vers le bord du podium.

En bas, la foule entière comprenait qu'il se passait quelque chose. Ils se pressaient – un grand corps mouvant, frémissant d'excitation – contre la scène. Leur avidité chargeait l'air comme un orage alourdit un soir d'été. Les bouches ouvertes... Les yeux luisants... Ils se taisaient mais leur silence bourdonnait.

L'avorton tournait le dos à la foule. Il quittait le podium. Muller le rattrapa. La colère réveillait sa force, la force pesante des hommes grands ou gros. Son bras s'abattit sur l'épaule osseuse. Sa main étreignit, serra.

« Lâchez-moi, enfin!

– Viens. (Il parlait entre ses dents.) Viens avec moi. »

Il fit demi-tour. Les pieds de l'avorton quittèrent le sol. Muller l'entraîna vers le centre du podium, se baissant sans s'arrêter pour ramasser son micro. Laure s'était levée. Elle agrippait le dossier de la chaise.

« Mes amis, dit Muller, je veux vous présenter ce joli monsieur. »

Il braqua le micro sur la bouche du petit homme, comme une arme.

« Dites-moi votre nom. »

L'autre se débattait faiblement.

« Votre nom! tonna Muller. Comment vous appelez-vous? »

La foule haletait, impatiente de savoir.

« Laissez-moi, Muller. Vous êtes... »

Le bras serra plus fort. L'épaule parut craquer.

« Gérald... Gérald Doucet... Vous me faites mal...

– Vous êtes le gérant de ce supermarché, monsieur Doucet?

– Le directeur... Le directeur... Je vous préviens, Muller...

– Que faisiez-vous derrière ce paravent?

– C'est elle! cria le petit homme. C'est elle qui... »

Muller secoua lentement la tête, l'air peiné. Il serra davantage.

« Dites-nous, monsieur Doucet. Dites à vos amis ce que vous faisiez derrière le paravent?... Vous profitiez de la situation?...

– Je...

– Sur la scène?

– Attention, Muller, ne...

– C'est pas très joli, ça, monsieur Doucet... Vous espériez qu'elle se tairait par peur de perdre son emploi... »

Un cri monta de la foule, distinct, repris plusieurs fois :

« Salaud! »

Dans les rayons, les gens s'étaient arrêtés d'entasser des marchandises dans leurs caddies. Ils avaient tourné la tête vers le podium. Certains couraient dans cette direction.

« Nos amis ont raison, monsieur Doucet, dit Muller sur un ton de confidence. Vous êtes une véritable ordure. Je voudrais qu'ils sachent ce que vous pensez d'eux. »

La foule oscillait. Une première poussée contre les structures métalliques du podium fit vibrer le plancher. Laure n'avait pas bougé. Elle observait Muller, fascinée. Les musiciens, la tête basse, rangeaient fébrilement leurs instruments.

« Dites-nous!

– Vous le regretterez, Muller », glapit le petit homme.

Le micro s'était écarté et sa voix fut noyée dans la rumeur hostile qui enflait sans arrêt.

« Ils ne sont pas là pour s'amuser, mais pour...

– Lâchez-moi!...

– Mais pour...

– La police! Appelez la... »

Le bras serra encore. Doucet cria.

« Mais pour... Dites-le!

– Pour... Pour acheter... Je vous en prie... »

Muller le lâcha. Sa face maigre était de craie, ses lèvres palpitaient, verdâtres. Il voulut s'enfuir, mais ses jambes le trahirent. Il s'affala.

« Regardez-le! (Muller triomphait.) Ce pantin. Il vous méprise. Il se croit tout permis. »

Le petit homme essayait de se relever. L'orage se déchaîna. Une seconde poussée fit craquer le podium. Ils étaient plusieurs centaines à se bousculer, à conspuer, à haïr ce que Muller, leur héros, haïssait.

Un projectile traversa la lumière des spots. Puis un autre. Puis un autre. Ils tiraient des œufs, des fruits, des tomates. Muller s'écarta. Il exultait. Il chevauchait la vague. Le petit homme était à genoux. Il leva les mains pour se protéger. Une poire le frappa en plein front. Un œuf explosa sur sa chemise.

« Montrez-lui, hurlait Muller dans son micro. Ce pantin! »

Laure avait rejoint les musiciens et la concurrente au fond du podium. Ils regardaient, hébétés.

Une fausse manœuvre du personnel – au lieu de couper l'éclairage du podium, ils éteignirent celui du magasin – suivie de l'effondrement accidentel d'une immense pyramide de boîtes de conserve fit basculer la situation. Muller sentit, à ce moment, qu'elle lui échappait totalement. Il s'en moquait. C'était trop beau. Un an de soumission effacé d'un seul coup. La découverte de ce pouvoir inouï qu'il avait sur la foule. Trop beau. Fabuleux.

Ce fut un pillage. Une véritable mise à sac. Ils se battaient dans les travées, entre eux, avec les vendeurs et les manutentionnaires. Ils lançaient les caddies contre les rayons, bousculant tout, renversant tout. Ils se jetaient de pleines poignées de viande, des quartiers de bœuf entiers. Ils écrasaient les œufs, répandaient le lait, poignardaient les containers de plastique d'où jaillissait le vin, comme du sang. Ils entassaient dans leurs sacs, leurs poches, leurs cabas, tout, rien, n'importe quoi. Ils détruisaient, avec la même ferveur, la même frénésie qu'ils avaient mise, un peu plus tôt, à acheter. Ils saccageaient le ventre de la baleine. Ils profanaient ses entrailles. Certains plongeaient dans les légumes. D'autres faisaient neiger de la lessive. Les plus malins remplissaient des cartons de boîtes de crabe. Les plus forts rattrapaient des jambons au vol, se les jetaient à la manière des rugbymen. Les moins haineux sautaient le barrage des caisses et s'enfuyaient ou poussaient devant eux de petits troupeaux d'enfants effarés. L'huile et le cacao mélangés sur le sol... Le ketchup en flaques sanguinolentes... La confiture barbouillée sur les murs. Cent mille mètres carrés en folie. Cinq cents déments, cinq minutes plus tôt paisibles citoyens, bons pères de famille, électeurs, contribuables...

Plus tard, quand les journaux parisiens rapporteraient l'affaire (en omettant dans la plupart des cas de préciser le rôle de Muller), les spécialistes, psychologues, sociologues, insisteraient sur la rareté de tels accidents. On avait déjà vu des éruptions de furie collective, mais c'était généralement dans des stades, et jamais en France. Ils disserteraient sur la société de consommation, ses vices et ses vertus, sur ces temples qu'étaient les grandes surfaces, ils tireraient de l'exemple de l'Hyper-Jonas d'importantes conclusions, rassurantes ou plutôt alarmistes, affirmeraient que c'était un signe de la bonne santé mentale de la population ou au contraire de la proche décadence de l'Occident, puis se désintéresseraient de l'affaire parce qu'ils ont tout de même – les spécialistes – d'autres chats à fouetter, et de plus sérieux.

En attendant, un petit homme se traînait sur le podium, désespéré, au milieu des souillures et des détritus, et n'osait plus relever la tête de peur de découvrir ce que les vandales faisaient subir à son beau supermarché.

Il rampa jusqu'au micro abandonné par la concurrente, le prit et l'approcha de ses lèvres exsangues.

« Jean-René! (Le micro marchait encore. La voix du petit homme couvrit le vacarme.) Vous m'entendez? Prévenez la police... Vite! »

Laure avait rejoint Muller, qui contemplait son œuvre – un Néron un peu dépassé par les événements.

« On ne devrait pas s'attarder. »

Il la regarda, lui sourit.

« Vous avez raison. »

Ils allèrent récupérer leurs manteaux. Muller avait apporté un porte-documents. Il le montra à la brune.

« Les pétitions...

– Est-ce bien le moment? »

Muller secoua la tête. Il mit la serviette sous son bras.

« Allons-y. »

Ils sautèrent du podium et coururent vers une sortie.

Le parking s'était vidé. Avant de monter dans la 4 L de Laure, Muller se retourna. Il contempla l'énorme baleine bleue, le bonhomme dans son ventre, la gerbe de produits qu'elle rejetait, et se mit à rire.

Quand ils croisèrent les premières Estafettes de la gendarmerie, à plusieurs kilomètres de là, il riait encore.

CHAPITRE VI

20 h 10

La tour. Troisième étage. Le bureau d'Eiffel. En douze minutes, le rayonnement puissant des deux quartz de 1 500 watts a élevé de plusieurs degrés la température de la pièce exiguë. Dans la lumière sèche, une goutte de sueur naît à la tempe de Muller. Elle glisse lentement sur le fond de teint qui couvre la joue, bifurque sur la mâchoire, puis coule en direction du menton. Elle tombe, alourdie de quelques grains de poudre, et fait une tache rose au bas de la page que lit Muller. La tache couvre les deux premières lettres d'un mot. Le mot est : explosifs.

« ... et ceci afin d'épargner aux autorités de longues et fastidieuses recherches, lit Muller d'une voix forte. Je me trouve actuellement au sommet de la tour Eiffel. J'émets sur une fréquence de 2,3 mégahertz... »

Il énumère une série de chiffres et de données techniques. Son esprit est ailleurs, comme autrefois, quand il annonçait les résultats sportifs en fin de journal – *challenge Yves du Manoir, poule A, poule B...* Dans peu de temps, ce bureau va devenir une étuve. Il aurait dû laisser la porte entrouverte. Sa bouche est déjà sèche. Il n'a rien apporté à boire. Cet oubli minuscule, pour l'instant sans importance, lui fait peur. C'est une faille dans une organisation qu'il croyait parfaite...

Il relève la tête.

L'objectif de la caméra, penché comme le groin d'un animal à l'affût, perçoit toutes les modifications de son visage. Les lèvres qui s'étrécissent. Les yeux qui se plissent derrière les lunettes. Les deux écrans – Barco et Sony – reflètent fidèlement cette transformation. Qui attendrait de traits si empâtés qu'ils traduisent une telle dureté? Une seconde de silence – il contemple sa double image – puis sa voix s'élève. Précise. Tranchante.

« Vous savez tout. Vous pouvez dès à présent interrompre cette émission. La brouiller ou, mieux encore, la couper. Coupez-moi, si vous l'osez... »

Il se tait. D'un œil, il surveille le Sony hérissé d'antennes. Il s'attend à voir l'image vaciller. Disparaître. Son pouce frôle le boîtier noir posé devant lui. C'est un jeu... Une chance qu'il leur laisse. S'ils réagissent maintenant, avant qu'il ait repris la lecture de ses conditions – avant que les menaces définitives n'aient été proférées – il ne fera rien. L'irréparable, l'irréversible, n'est pas encore commis. S'ils se décident... Il entend ses nerfs bourdonner, tandis qu'il compte silencieusement. Sept, huit, neuf...

Il les imagine.

Dans leurs bureaux. Chez eux. Devant leur télé. Pas tous. Quelques visages familiers. Lesquels sourient? Lesquels jugent déjà? Leurs lèvres remuent. *Fou, Muller! Fou à lier!* Il a soudain envie de rire derrière le masque de marbre. Si vous saviez...

Il baisse les yeux et remarque la tache rose sur la feuille blanche.

Ils vont savoir.

Maintenant.

Trembledieu répète :

« Complètement givré! »

Il a retiré sa veste. Les manches de sa chemise sont roulées. Une Oxford à rayures bleues. Sa cravate de tricot est desserrée, négligemment. S'il se croisait dans une glace, il se trouverait beau comme un crack du *Washington Post*. Il n'y a pas de glace dans le bureau de Mougin. Ce qu'il regarde le fait seulement sourire. Sa main caresse le flanc du gros téléviseur.

« C'est un moment historique, messieurs. Voyez mourir le dernier dinosaure de la préhistoire audiovisuelle. »

Il s'adresse aux hommes qui l'entourent. Aucun ne répond. Mougin, qui est assis à l'autre bout de la pièce, derrière sa table de travail, dit simplement :

« Laissez-nous écouter, Maxime.

– Il ne parle pas. (Trembledieu montre l'écran d'un mouvement de menton.) Qu'est-ce que vous attendez? Il a dit tout ce qu'il avait à dire. Il sait bien qu'on va le couper.

– Ça m'étonnerait », murmure Carnot.

Sa pipe fume doucement.

« Qu'il le sache?

– Qu'il n'ait pas prévu une parade.

– Quelle parade? C'est un *has-been* total. Il voulait juste se montrer un peu. Autrement, il n'aurait pas communiqué toutes ses coordonnées.

– Justement », dit Carnot.

A ce moment, comme pour trancher, Muller se remet à parler. La main de Trembledieu s'écarte du téléviseur.

« Je constate que je suis toujours à l'antenne. » Le haut-parleur donne aux paroles une nuance métallique. Le ton est rapide, oppressé. *« J'ai dit que je souhaitais mener cette expérience avec la France entière. A compter de cet instant, messieurs, il faudra me laisser la poursuivre, bon gré, mal gré. »*

La menace n'émane pas que de la voix. Il y a quelque chose d'impressionnant dans cette image grise, à la définition imprécise. Quelque chose de choquant dans l'autorité de cette face lunaire, tellement familière. C'est une image de crise. Une image de putsch. Trembledieu ricane. Les autres retiennent leur souffle.

« En conséquence, dit Muller, *tous les émetteurs, réémetteurs, relais devront rester ouverts quoi qu'il advienne. Si vous tentez de me couper ou de me brouiller en un point quelconque du réseau, par quelque moyen que ce soit, j'en serai immédiatement averti. Je me trouve actuellement en possession d'une quantité importante d'explosifs... »*

« De quoi! »

Carnot regarde Trembledieu.

« Il a dit d'explosifs. »

« ... quantité suffisante, selon les experts, pour détruire plus de la moitié de l'édifice au sommet duquel je me tiens. Si la transmission de cette émission devait être altérée ou interrompue plus de trente secondes, je n'hésiterais pas à en faire usage. Il me suffira d'appuyer sur ce bouton... »

Muller tend vers la caméra, presque dans un geste d'offrande, un boîtier de bakélite d'où dépassent deux fils. On voit bien le bouton qui le surmonte. On voit aussi que sa main tremble.

« Un bluff! » lâche Trembledieu.

« Bien évidemment, ces méthodes me répugnent. Mais, puisque ce sont les seules qu'un homme usé, miné par le voile de silence qui est tombé sur son pays, ait de se faire entendre, je ne reculerai pas. Je ne souhaite exposer aucune vie humaine, à l'exception de la mienne, aussi je prie les autorités de faire évacuer au plus vite la tour et ses abords immédiats. C'est tout. »

Dans un enchaînement parfait, un téléphone sonne sur le bureau de Mougin. La tension tombe d'un coup.

Tous les hommes se mettent à parler en même temps. Leurs voix noient celle de Muller.

Carnot dit :

« Je savais qu'il gardait un as dans sa manche. »

Un type maigre en col roulé, monté de la régie finale :

« Qui l'aurait cru capable de ça? Le grand Marcel en terroriste!

– Qu'est-ce qu'il veut? demande un autre. C'est ça que je n'ai pas compris. »

Un troisième répond :

« A mon avis, il ne le sait pas lui-même. A mon avis, c'est une espèce de dépression nerveuse. »

Trembledieu intervient :

« Une dépression nerveuse comme ça, avec piratage du réseau national, ça se prépare des mois à l'avance. S'il est vraiment là-haut, avec des explosifs, ça veut dire qu'il y a du monde derrière. Un paquet de monde.

– Ce serait politique, alors? »

Trembledieu lève les yeux au ciel.

« Tout est politique. Vous ne saviez pas? C'est la mode : tout est politique. »

Il se dégage du groupe et va vers le bureau de Mougin.

« Michel... »

Mougin lève la main. Il parle au téléphone, sans quitter des yeux l'écran du petit récepteur.

« Comment voulez-vous que je vous le dise...? (Ses doigts jouent avec un cigare éteint. Sa voix est calme.) Vous le connaissez aussi bien que moi... Il est au bout du rouleau, là... Oui, ça se voit... »

Maxime Trembledieu s'assied sur le bord du bureau. Il allume une Gitane. Il regarde autour de lui. Les dossiers ouverts dans le rond de la lampe. La fumée qui envahit doucement la pièce. La nuit derrière les vitres un peu embuées. Aussi dingue que ça paraisse, il commence à croire à cette histoire. La star s'efface. Le journaliste montre ses cornes.

Un second téléphone sonne.

« Montez lui demander, dit Mougin. Oui, je sais... Sidar m'a dit la même chose... Mais ce n'est pas à moi de prendre la décision. »

Il raccroche d'une main, décroche de l'autre.

« Oui, passez-le moi... (Sa paume vient couvrir le micro. Il regarde Trembledieu.) Maxime, faites sortir tout ce monde. Restez. Albert aussi. Quelqu'un a prévenu Reigner? »

Trembledieu résume son agacement à un geste discret. Il roule la Gitane entre ses doigts. On ne lui parle pas comme à un journaliste stagiaire.

« Reigner est parti, monsieur le président. (Il insiste bien sur les derniers mots.) Il dînait avec les Américains. »

Le vieux renard a repéré le geste. Il sourit.

« Il faudrait qu'on le joigne. Le plus vite possible. »

Des piaillements s'échappent du combiné. Mougin retire sa paume.

« Bonsoir, monsieur le ministre... »

Trembledieu jette sa cigarette dans le cendrier, sans l'écraser. Il se lève, observant la fumée qui lèche le visage de Muller sur l'écran du petit téléviseur. Une association d'idées se crée dans son esprit. Il pense : *« Ça sent le roussi. »*

La pendule, au pied de la lampe, marque 20 h 16.

Ça sent le roussi.

Mais pour qui?

Debout dans l'entrée, Abrial fouille les poches de son imper. Un rai de lumière filtre par l'entrebâillement de la porte, trop étroit pour l'éclairer. Il procède à tâtons, écartant les objets à mesure qu'il les identifie. Le carnet, un mouchoir, une boîte d'allumettes... Il entend les gosses s'impatienter sur le palier.

« Qu'est-ce qu'il fait, papa? On va rater le début. »

Un bruit métallique signale l'arrivée de l'ascenseur. Le soupir de la porte qui s'ouvre. Le claquement des petits pieds impatients sur le plancher de la cabine. Abrial s'énerve.

« Tony? »

Il sursaute. Le visage revêche de Karin cache la lumière.

« Tu te fiches du monde, oui? La séance est à la demie. Tu vas encore... »

D'un geste, il coupe court aux reproches.

« Mes clefs. J'ai perdu ces foutues clefs de bagnole.

– Tu ne changeras jamais. Dans le salon, Sherlock. Sur la table chinoise. »

Il passe l'imper et remet les objets dans ses poches. Sous le regard indulgent-agacé de Karin, il perd ses moyens. Ce n'est plus un homme mûr, avec des responsabilités, deux gosses, une CX et un salaire confortable. Il a neuf ans et demi et sa mère vient de le piquer la tête dans l'armoire à confitures. Il déteste cette sensation.

Sans allumer, il retourne vers le living. Le couloir est plein de pièges. Des bronzes, des prie-Dieu, un banc d'église... La passion envahissante de Karin. La moitié de la pension doit se perdre, chaque dimanche, entre Saint-Ouen et la porte de Montreuil. Abrial se cogne trois fois le tibia avant d'arriver jusqu'au salon obscur. L'énorme téléviseur couleur est tapi près de la porte. Il bute dedans. Il a fini de le payer le mois dernier et les gosses réclament un Betamax pour Noël. Ils ont vu les affiches dans le métro.

Il trouve les clefs sur l'horrible petite table laquée, à côté du verre de scotch qu'il n'a pas terminé. Il les glisse dans sa poche. Le téléphone sonne.

« Merde. »

Il regarde l'appareil juché sur une jardinière 1900. Il

n'a aucune raison de répondre. Karin est chez elle. Chacun sa vie... Si c'est une voix d'homme...

Il y a des instincts plus forts que la raison. Abrial fait deux pas et décroche.

« Oui? »

Une voix de femme, impersonnelle, dit : « Ne quittez pas. » Il entend une série de cliquetis, puis :

« Ah! ils vous ont trouvé. Antoine? »

Cézenac. Foutus instincts.

« Antoine? Vous êtes là?

– Oui, répond Abrial d'une voix lasse au responsable de la section télécommunication à la D.S.T. Je suis là, chez ma femme.

– Parfait. Quelle chaîne regardez-vous?

– Je sortais. J'emmène... Je m'apprêtais à emmener les enfants au cinéma.

– Parfait. Vous êtes près d'un poste? Allumez-le. Chaîne un.

– Ecoutez, Raoul, si vous vouliez m'expliquer... Ils m'attendent dans l'ascenseur.

– Oui. Bien. Allumez-le. Juste une minute. »

Abrial pose le combiné et, en jurant, contourne la table chinoise. Ses doigts trouvent le bouton de mise en marche du téléviseur.

L'écran s'éclaire. Karin entre dans le living au moment où l'image se dessine.

« Tu es fou? Qu'est-ce que tu fais? »

Elle allume le lustre. Abrial montre le téléphone.

« C'est la boîte. Je ne sais pas ce qu'ils veulent.

– Mais le film! Tu le fais exprès.

– On ira à dix heures. Ne laisse pas les gosses dans l'ascenseur.

– C'est ça, à dix heures. Comme ça, ils ne seront pas au lit avant une heure...

– Va les chercher », insiste Abrial, patient.

Elle sort. Il se tourne vers l'écran. Il regarde, écoute, consulte deux fois sa montre. Ça ne colle pas. Il vérifie qu'il a sélectionné le bon canal. Chaîne un. Il retourne vers le téléphone.

« Raoul? Qu'est-ce que ça veut dire?

– Vous avez vu? Parfait. Piratage, mon vieux.

– Hein?

– Piratage. Il a pris l'antenne à vingt heures.

– Qui? Muller? C'est un gag? »

Karin revient, poussant les enfants devant elle.

« Allez-y, demandez-lui à quoi il joue.

– Papa, papa, crient les gosses. Pourquoi on y va pas, au cinéma? »

Abrial met un doigt devant ses lèvres.

« Chut. Papa téléphone.

– ... toutes ses coordonnées, continue Cézenac. Et à première vue...

– Je m'excuse, coupe Abrial. Je n'ai pas entendu ce que vous disiez.

– J'ai dit : non, ce n'est pas un gag. Il a communiqué toutes ses coordonnées. Sa position, la fréquence qu'il utilise, tout. Il est en haut de la tour Eiffel.

– En haut de... On sait ce qu'il veut?

– Rien de précis. Il s'est enfermé là-haut. Il parle. Il a des explosifs.

– Quoi?

– C'est ce qu'il prétend. Il dit que si on le coupe il fait sauter tout le bazar.

– A votre avis?

– Trop tôt pour se prononcer.

– Il est nerveux?

– Plutôt, oui. Mais plein d'assurance.

– Incohérent?

– Si on admet que l'acte lui-même est rationnel, tout le reste paraît logique.

– Il peut vérifier qu'on ne le brouille pas?

– J'ai posé la question aux spécialistes de la diffusion. Ils prétendent que c'est possible sur Paris, dans la mesure où la tour est l'émetteur. Il suffit d'un récepteur. Pour la province, c'est plus compliqué. On peut intervenir au niveau des relais. En principe, il ne devrait pas s'en rendre compte. »

Abrial réfléchit. Les gosses se sont assis devant la télé, sans retirer leur manteau. Ils regardent Muller. Karin a disparu.

Il dit :

« Ça se tient. On essaie?

– Pour l'instant, c'est la pagaille, répond Cézenac. Le ministre de l'Audiovisiuel prêche la méthode forte, mais j'attends encore l'avis de l'Intérieur. Avant tout, il faut élucider cette histoire d'explosifs. S'il bluffe, tout va bien. Sinon...

– Sinon?

– Savez-vous qu'il y a au moins cinq cents personnes à cette heure-ci sur la tour? »

Abrial laisse échapper un petit sifflement.

« Et moi? Mes instructions?

– Rassemblez une équipe. Il n'est pas monté là-haut tout seul. Je veux les complices. Aussi : entrez en contact avec la préfecture. Evacuation de la tour et bouclage du Champs-de-Mars. En douceur. Vous ne revenez pas ici. On vous attend aux studios. Tout sera centralisé sur le bureau du président de la chaîne.

– Ce vieux Mougin. Il prend ça comment?

– Comme tout le monde. Il patauge. Vous serez tout près de la tour. Je vous rappelle là-bas. »

Abrial raccroche. Assise dans le canapé Chesterfield, Karin l'observe en sirotant un scotch.

« Alors, pas de cinéma? J'ai bien compris, Sherlock? »

Le ton dépité fait se retourner les gosses.

Abrial écarte les mains.

« C'est une véritable histoire de dingue. Je te raconterai.

– Mais oui. Enfourche ton blanc destrier, et tant pis pour la veuve et les orphelins!

– Karin... »

Mais elle ne l'écoute plus. Elle a tourné la tête vers

la télévision, avec ostentation. Il traverse rapidement la pièce.

« Je vous revaudrai ça, les petits.

– Ça fait rien, dit Gaël, l'aîné. On va regarder la télé.

– Voilà. Bonne idée. »

Abrial se penche, change de chaîne et lui fait un clin d'œil.

« Restez sur la trois. Je crois qu'ils passent un vieux John Wayne. »

La 604 noire est garée au bord de la grande esplanade, le nez pointé vers les escalators illuminés du centre Beaubourg. Trois hommes se tiennent à l'intérieur. Le chauffeur regarde droit devant lui, la nuque raide et dégagée sous sa casquette plate. Son visage est dans l'ombre. A l'arrière, les deux passagers baignent dans la luminescence bleutée d'un téléviseur miniature encastré dans le dossier de la banquette. Ils se taisent. La voix vibrante de Muller emplit l'habitacle :

« Et vous, tous mes amis inconnus, je vous supplie de ne pas vous méprendre sur mes intentions. Je ne veux de mal à personne. Si les autorités respectent mes instructions, ce sera ma vie, ma vie seule, qui se trouvera exposée. Je ne veux que vous parler. Vous dire qui je suis, enfin, après tant d'années de malentendu. Et vous pouvez m'aider! »

Le passager de droite décroise les jambes. Grand et musclé, une tête de polytechnicien sur des épaules de trois-quarts centre, il tire sur une cigarette anglaise avec une expression d'ennui total. Il souffle un long trait de fumée en direction de son voisin.

« J'ai vu, Jacques. Et maintenant? »

Sidar, qui a cessé de fumer depuis six mois, inspire l'air imprégné de tabac en pensant à un cigarillo.

« J'ai besoin de votre appui, monsieur le ministre. Nous devons le faire taire le plus vite possible. »

Le bout incandescent de l'anglaise tenue entre trois doigts longs et racés désigne les structures d'acier et de plastique, de l'autre côté de la place.

« L'exposition Wenceslas, Jacques. Vous oubliez que j'inaugure. »

Sidar secoue la tête.

« C'est grave, monsieur le ministre. Trop grave. Je suis certain que vous pouvez...

– Grave? Je dirais plutôt : pathétique, non? Le chant du cygne d'un vieil homme déraisonnable.

– Muller est plus populaire que tous les Trembledieu, Favard et autres Frankel réunis. Vous ne savez pas le mal qu'il peut nous faire. Il crée un précédent qui...

– Qu'est-ce que vous racontez, Jacques? Ce n'est pas la première fois qu'on pirate nos ondes.

– Si! (Surpris par sa propre véhémence, Sidar se tasse un peu sur la banquette.) De cette manière, si.

– Je me souviens parfaitement de l'intervention de ce journaliste... Comment s'appelait-il?...

– Il n'avait fait que trafiquer la bande-son d'une bobine du journal. On a entendu sa voix exactement quinze secondes.

– Et ces syndicalistes, il y a deux ans?

– Ils étaient entrés en force sur la plateau. Ici, c'est tout différent. Muller a pris l'antenne. Je veux dire qu'il l'a confisquée à la régie finale. Les techniciens n'y comprennent rien.

– On ne peut pas le couper?

– Si, mais...

– Qu'on le fasse, alors. Qu'on le coupe. Puisque c'est si grave.

– Il y a des explosifs... »

Le ministre baisse sa vitre. D'une pichenette agacée, il envoie le mégot de l'anglaise rouler sur les pavés.

« Ça concerne la police. Qu'est-ce que vous attendez de moi? Que je monte raisonner ce vieux fou? »

Sidar fixe la nuque rasée du chauffeur. Il trouve quelque chose de rassurant à cette raideur. Un côté militaire, discipliné...

« Nous avons besoin de vous, dit-il. J'ai parlé à Cézenac, de la D.S.T. Il comprend très bien l'aspect policier de l'affaire. Pour le reste... Je crois que ni lui, ni Mougin, ni personne, n'a encore mesuré les implications politiques et, disons, sociales qu'elle pourrait avoir. »

Le ministre rectifie le pli de son pantalon.

« Expliquez-moi ça. »

Sidar compte sur ses doigts.

« Un : Muller occupe l'antenne. Deux : il est incroyablement populaire. Trois : les téléspectateurs vont l'écouter avec passion. Moins pour entendre ce qu'il a à dire, sans doute, que pour voir comment tout cela va se terminer. Quatre : tant qu'on ne l'interrompt pas, il peut raconter ce qu'il veut. Amener les gens où il veut, révéler ce qu'il veut, discréditer qui il veut. »

Il se tait. Le ministre mime toujours un ennui distingué, mais il est clair qu'il réfléchit.

« Aidez-moi! dit Muller sur l'écran. *Ouvrez les portes de vos maisons. N'ayez plus peur. Aidez-moi à faire que cette nuit soit la nôtre. Nous ne voulons plus de cette solitude, nous ne voulons plus de ce silence. Nous sommes vivants! Nous sommes vivants et nous allons le prouver. »*

Le ministre soupire.

« Conclusion?

– Agir vite et efficacement. L'isoler au maximum, puis trouver un moyen de le faire taire. Chaque minute qui passe joue contre nous.

– Et moi?

– Votre voix, votre poids sont importants. Tout le monde ne partagera pas notre point de vue. Vous me comprenez? »

Le ministre lève un sourcil.

« Pas de sous-entendu, Jacques...
– Certains verront dans ce... cet accident une aubaine. L'occasion de secouer un peu le monopole. Nous devons rassembler nos forces, dit Sidar, très vite.
– Quoi d'autre?
– Ce n'est qu'une impression. Muller n'est pas monté là-haut tout seul, n'est-ce pas? Nous ignorons comment il s'y est pris, mais...
– Qui?
– Il me paraît important de le découvrir. »
Le ministre soupire à nouveau. Il tire un paquet de Players de sa poche et un briquet en or.
« Tant pis pour Wenceslas. Nous écourterons l'inauguration... »
Un quart d'heure plus tard, le ministre s'adresse à nouveau à Sidar :
« Où allons-nous?
– On a installé un Q.G. dans le bureau de Michel Mougin. (Sidar se penche vers le chauffeur.) A Cognacq! En vitesse. »
La 604 démarre souplement.
Ils passent en cahotant le long du grand musée biscornu. Ils tournent dans la rue Beaubourg, pratiquement déserte. La voiture prend de la vitesse.
Sidar se laisse aller contre le dossier de cuir. Il se sent mieux. Déjà moins seul. Il regarde le paquet de Players posé sur le genou du ministre.
« Si j'osais, monsieur... (Il sourit.) Puis-je vous prendre une cigarette? »

Muller transpire, mais il ne souffre plus.
La lumière brûlante est son alliée. L'eau qui coule de son corps, qui trempe son front, son dos, son torse, est un bain miraculeux. Un bain de jouvence.
Le premier cap est franchi. Le cap pénible du chantage, des menaces. La caméra ronronne. Les deux

images sont à leur place, bien centrées sur les deux écrans. Il a gagné. Il vit. Il revit. Des années s'effacent d'un coup. Des années où il n'a pas été lui-même. Ses gestes étaient ceux d'un autre. Ses mots, ceux d'un autre.

A présent, ils lui viennent sans effort. Naturellement. Comme avant. Il parle.

« Aidez-moi. Vous connaissez sans doute un vieil homme, une vieille femme solitaire, dans votre immeuble, dans la maison voisine. Allez le chercher, la chercher. Invitez-les chez vous. Ouvrez-leur votre porte. Nous ne sommes plus seuls.

« Utilisez vos téléphones. Prévenez vos parents, vos amis, partout. Qu'ils nous rejoignent. Rassemblez-vous autour de vos écrans. J'ai volé l'onde comme Prométhée vola le feu, pour vous l'offrir. Elle est à vous, désormais. S'ils veulent la reprendre, ils devront compter avec vous, avec nous tous.

« Notez le numéro que je vais vous donner. Si l'image venait à disparaître, chez vous, dans votre région, s'ils tentaient quoi que ce soit, appelez. Je serai prévenu. Ce sera ma vie contre leur puissance. Nous ne sommes plus seuls. Notez... »

Muller parle. Il est heureux. Dehors... Il l'imagine, il l'entend...

Dehors, le fauve aux cent mille yeux ronronne.

CHAPITRE VII

20 h 30

« SAMMY DAVIS.
– Hein?
– Sammy Davis, Ed Sullivan, Johnny Carson[1]... Je me demandais...
– Quoi?
– Tu crois qu'ils s'appuient trois heures au volant après une journée comme celle-ci?
– Sûrement pas. Ils prennent l'avion.
– Tu devrais faire comme eux.
– Tu as peur quand je conduis?
– Pas du tout. Je trouve que tu te surmènes.
– Tu me vois demander à la production de frêter un avion pour deux jours de tournage sur la côte normande?
– Une place sur Air Inter suffirait. Une place pour toi.
– Et les autres? J'en connais au moins dix dans l'équipe qui ont autant de raison que moi de rentrer à Paris le plus vite possible. Toi la première...
– Oui, mais tu es la vedette, Jean-Loup. Tu es la star. »

1. Ed Sullivan et Johnny Carson, deux présentateurs qui ont marqué l'histoire de la télévision américaine.

Il n'y a aucune ironie dans la voix de la fille. Frankel sourit et se tourne vers elle. Son assistante. A cause de la position que le siège-baquet donne à son corps, ses jambes bottées, moulées d'une seconde peau de jean, paraissent interminables. La ceinture de sécurité barre son pull blanc, accusant la forme de ses seins. Ils n'ont jamais fait l'amour ensemble. Frankel se demande pourquoi. Par manque de temps, probablement.

Elle s'appelle Nicole. Comme beaucoup, elle a rêvé d'être journaliste. C'était sa mythologie. Rien n'est venu corrompre son rêve, l'idée qu'elle s'était faite du métier; d'un monde. Pourtant, dans le travail d'assistante qu'elle a accepté, elle est au cœur de tout. Pour Frankel, elle prépare les interviews, les dossiers. Quand il ne peut lire un livre, car le temps lui manque, elle le fait pour lui et le résume en une note concise et précise. Quand il ne peut assister à une projection privée, elle voit le film et lui en rend compte. Le matin elle est debout très tôt afin de lire la presse et d'en établir une synthèse. C'est elle qui prend les rendez-vous, encore elle qui établit des barrages pour éviter que Frankel ne soit dérangé à tout bout de champ. Le dévouement lui est si naturel qu'on n'y prête plus attention. Il coule de source. Levée la première, couchée la dernière, elle n'a pas de vie privée, ou si peu. En cela elle ressemble à presque toutes celles qui ont choisi ce métier, vivant dans l'anonymat, paraissant se suffire d'une ligne au générique des émissions mais avec le secret espoir, peut-être, que l'on mette un jour un visage sur leur nom.

Le regard de Frankel revient à la route. Toutes les bandes d'asphalte sont désertes. La Maserati dévore la sienne avec la voracité docile d'un animal cruel mais bien dressé. Le bruit du moteur est presque imperceptible. Les mains de Frankel caressent à peine le volant.

Il se voit dans le rétroviseur. Une moitié de visage

éclairée pas la lueur verte du tableau de bord et les flashes orange des grands réverbères d'autoroute. Il s'observe. Front bombé, sans rides; sourcil fin; joue régulière où bleuit une ombre de barbe; lèvres petites et pleines, bien dessinées. Ses cheveux semblent plus courts qu'ils ne le sont en réalité – c'est l'un des secrets de ce visage à la fois précis et changeant. Peignés avec soin, ils lui donnent une allure nette, un peu solennelle, parfaite à l'antenne. C'est une question de lumière et de rapport de masses. Et aussi une question de goût. Le public auquel il s'adresse n'aime pas ce qui dépasse. C'est vrai pour sa tenue et c'est vrai pour l'émission. Des costumes qu'il porte aux propos qu'il tient, rien ne doit faire tache ou saillie. C'est une règle absolue : rester sobre et neutre. Cela lui vient sans effort, c'est en lui. Il peut être chaque fois qu'il le veut ce personnage lisse, jeune mais sans âge, aux émotions mesurées, aux emportements sans conséquence, ce « garçon bien » qu'on identifie comme tel au premier regard sur n'importe quel écran, noir et blanc, couleur, 819 ou 625 lignes. On voit son visage, on entend sa voix, on pense qu'on ne les oubliera plus jamais. Et pourtant, l'instant d'après, si on essaie de les décrire, les seuls mots qui viennent tracent une impression – pas un portrait. On dit « franc », « ouvert », « sympathique », jamais « beau », « moche », « petit » ou « mince ». La clef de la formidable réussite de Frankel est là; attirer à soi les téléspectateurs sans jamais les rassasier.

Tout change quand il ébouriffe ses cheveux. Les boucles folles bousculent la froide architecture du visage, apportant une imprécision qu'on peut appeler imperfection, donc caractère. La vie apparaît, avec tous les petits coups de griffe qui sont son alphabet. Une histoire s'écrit dans les rides autour des yeux, le bleu des cernes ou les fossettes qui se creusent sous l'effet d'une certaine moue. L'histoire d'un homme. Plus celle d'un être hertzien.

Une voiture talonne la Maserati. La lumière de ses phares, inondant le rétroviseur, éblouit Frankel. Machinalement, son pouce trouve la commande du dispositif anti-éblouissant. La moitié de visage, dans le miroir, devient presque invisible.

La fille, penchée autant que le permet sa ceinture à enrouleur, tripote les boutons de la radio. Les enceintes Lansing des portières lâchent une brume de mots, de musique et de parasites, tandis que l'aiguille rouge parcourt la bande verte des fréquences. Pris dans ces impressions d'ombre, de lumière, de bruits feutrés, Frankel s'abandonne au bien-être. Il aime rouler de nuit sur les autoroutes vides. Ses sens, mobilisés par la conduite, n'envoient plus que les messages essentiels à son esprit, qui peut se libérer, s'envoler d'un bond, comme un ballon d'enfant dont le fil se rompt. Lui qui vit sans arrêt au cœur d'un blizzard d'informations découvre soudain une région d'apesanteur où les pensées sont rares et graves, où sa tête tourne au même régime, feutré et puissant, que le moteur de la voiture.

Mon Dieu, Jean-Loup! Qu'allons-nous faire de toi?

Il sursaute, comme si la voix avait vraiment retenti dans l'habitacle. C'est un très vieux souvenir, enfoui depuis longtemps. Pourquoi revient-il ce soir?

Les larmes de sa mère.

Regarde tes sœurs, comme elles sont studieuses et raisonnables...

Jean-Loup avait souvent des conflits avec ses parents. Ce n'était pas un garçon ingrat, mais sa turbulence le poussait à des actes répréhensibles que lui-même regrettait, l'exaltation passée. Son père, Jean Frankel, professeur puis directeur de lycée, avait mal supporté les études ratées de son seul garçon, éternel abonné au traditionnel : « Peut mieux faire, manque d'attention. »

Quand, adolescent, Jean-Loup fut ramené à plusieurs reprises à la maison par le commissaire de police du quartier, Jean Frankel souffrit beaucoup. Il s'interrogeait. Etait-il responsable? Avait-il raté l'éducation de son fils? Il ne s'agissait que de peccadilles, bien sûr, mais pourquoi cette instabilité? Adepte de cette discipline un peu oubliée, la morale, il n'avait jamais levé la main sur ses enfants. La méthode était-elle mauvaise pour un garçon?... Les filles, elles, lui donnaient satisfaction. Eliane, l'aînée, mariée à un brillant universitaire de Rouen. Christine avait fait les Beaux-Arts. Seul Jean-Loup...

Mais tu es la vedette, Jean-Loup. Tu es la star!

Seul Jean-Loup était un bon à rien, beaucoup plus passionné par la lecture de *L'Equipe* et les copains que par son livre de mathématiques.

La voiture qui suivait la Maserati s'est décidée à doubler. Une vieille Type E avec la conduite à droite. Frankel la regarde passer, notant le coup d'œil ironique que lui jette l'homme installé au volant. L'autoroute est déserte. Il se dit que le Frankel d'autrefois aurait relevé le défi du conducteur de la Jaguar. Mais l'homme de télévision de trente-trois ans qu'il est devenu sait contrôler ses émotions. Il est doué de raison et cette raison lui souffle que son visage fait aussi partie de son capital, qu'il faut, par conséquent, le préserver de tout choc, collision et autre pare-brise. Il lève légèrement le pied, tandis que les feux arrière de la Type E s'éloignent dans la nuit. Les névroses à caractère suicidaire, c'est bon pour les stars. Les vraies.

A côté de lui, la fille chantonne en même temps que la radio. Un truc disco français. Ils ont eu le groupe dans l'émission le mois dernier. Implosion ou Déflagration, ou quelque chose comme ça. Trois gosses dont aucun ne connaît plus de trois notes. La chanson fait penser à ces boissons à l'orange sans orange : si on retire les additifs – tout le travail des arrangeurs, les violons dégoulinants, le synthé, les equalizers – il ne reste rien. Juste un tube (espérance de vie, un à six mois) et trois gosses sans avenir pourtant persuadés – puisqu'ils y ont mordu une fois – que la grosse pomme du succès pousse sur tous les arbres.

L'information, petit! C'est la seule voie. Nous sommes des journalistes, nom de Dieu! Pas des bouffons.

Muller. La réponse de Muller à la question qu'il était venu lui poser à Auxerre en... C'était en 70. Depuis deux ans – exactement, depuis la mutation de son vieux maître en province – il avait la sensation de végéter au Journal. Muller l'avait reçu dans sa chambre d'hôtel. Une chambre sordide, au papier pisseux, mais bourrée d'un matériel audiovisuel pratiquement introuvable en France. Le magnétoscope à bande 3/4 de pouce venait des Etats-Unis, la caméra, du Japon. *Je travaille tous les jours, mon petit. En attendant qu'ils me rappellent, il s'agit de ne pas perdre la main.* Frankel avait pensé que l'expression juste, pour un homme d'antenne, était plutôt *ne pas perdre la face*, mais il s'était abstenu de le dire. Assis sur le lit défoncé, entre une pile de bobines de magnétoscope et un projecteur démonté, il avait exposé son problème. Corinne Jacquet, la femme de Michel Mougin, s'apprêtait à produire une nouvelle émission de variétés et lui demandait de venir la présenter avec elle. Il devrait s'occuper de la partie destinée aux jeunes. Muller s'était mis en colère tout de suite. Pour commencer, Mougin était un salaud dont il fallait absolument se tenir à l'écart. Il se trouvait sans aucun doute possible à l'origine de la cabale qui lui valait cet exil inique. Quant aux variétés, c'était – pour quelqu'un venant de l'information – l'une des formes les plus abouties de la déchéance. *Des journalistes, pas des bouffons!*

Dix ans plus tard, son émission « Super-Star », où se côtoient pour la première fois les hommes politiques et les vedettes de l'actualité, est devenue l'émission la plus regardée de la chaîne.

« Tu entends ça? »

La main de la fille s'est posée sur son genou. Frankel la regarde.

« Quoi?

– Ecoute... »

Elle se penche et augmente le volume de la radio.

Il reconnaît la voix avant de comprendre ce qu'elle dit. C'est celle de Philippe Courtois, le spécialiste du fait divers « à chaud » de R.T.L.

« ... *conformément aux instructions de Muller. Tandis que commence l'évacuation des deux premiers étages, les cars gris continuent à déverser leur cargaison d'hommes casqués qui prennent aussitôt position autour de la...* »

« De quoi parle-t-il? demande Frankel. Tu as compris? »

La fille secoue la tête.

« Attends. »

« *Il semble difficile d'évaluer le temps qui sera nécessaire au bouclage complet de la vaste esplanade. Pourtant, il s'agit là d'une opération indispensable, car nul ne peut prévoir ce qu'il adviendrait si le pirate décidait de mettre ses menaces à exécution. En effet...* »

Le ton de Courtois, à la fois excité et bavard, est celui qu'emploient tous les reporters obligés de tenir l'antenne dans l'attente d'un événement grave. Ce n'est pas ce qui intrigue Frankel.

« Il a prononcé le nom de Muller, non?

– Si, dit la fille. Marcel Muller.

– Qu'est-ce qui se passe?

– Une histoire de prise d'otage, je crois. A la tour Eiffel.

– De prise d'otage?

– Oui. Je n'ai pas bien saisi.

– Et Muller? Qu'est-ce qu'il fait là-dedans? »

La fille hausse les épaules. Elle montre la radio.

« Ils vont bien finir par le dire. »

Frankel s'aperçoit qu'il a laissé la Maserati quitter la voie centrale et mordre sur la ligne continue. D'un coup de volant, il redresse sa trajectoire. Ce n'est plus la voix de Courtois qui sort des enceintes...

« *Si vous tentez de me couper ou de me brouiller en un point quelconque du réseau, par quelque moyen que ce soit, j'en serai immédiatement averti. Je me trouve actuellement en possession d'une quantité importante d'explosifs, quantité suffisante, selon les experts, pour détruire plus de la moitié de l'édifice au sommet duquel je me tiens. Si la transmission de cette émission devait être altérée ou interrompue plus de trente secondes, je n'hésiterais pas à en faire usage.* »

Maintenant, la Maserati roule au pas. Frankel ne regarde plus la route, mais la radio, la petite boîte d'où sort cette voix qu'il connaît parfaitement, aux inflexions graves et calmes, qui prononce des paroles incompréhensibles. Il la regarde comme si elle venait de s'ouvrir pour lâcher dans la voiture quelques créatures démoniaques, comme si la lumière verte qui s'en échappe était soudain devenue vénéneuse.

« *Voilà*, dit la voix d'un autre journaliste, le faisant sursauter. *C'était il y a exactement une demi-heure, sur vos écrans de télévision. Le coup de force de Marcel Muller a pris la France par surprise. Pour le moment, les autorités se refusent à tout commentaire, ainsi que les responsables de la chaîne piratée. Pourtant, en ce qui concerne les problèmes techniques soulevés par ce qui semble être l'acte d'un homme seul, on peut d'ores et déjà affirmer que...* »

La suite se perd dans le barrissement d'un énorme Saviem qui cherche à doubler la Maserati. En jurant, Frankel la remet une nouvelle fois en ligne. La voiture tangue, tandis que le poids lourd la dépasse en vibrant de toutes ses tôles.

« Je... J'étais juste en train de penser à lui. »

La fille regarde Frankel.

« Tu es blanc comme un linge, Jean-Loup. Ça va?

– Marcel... Tu comprends? Je pensais à lui, et...

– Tu devrais peut-être t'arrêter un moment, tu...

– Non! »

Il a crié. Il reprend, plus doucement :

« Non, on s'arrêtera à la prochaine station-service. »

Il change nerveusement de vitesse et relance le moteur. Entre ses doigts, le volant semble glacé.

« S'ils ont une télé, on s'arrêtera. »

Devant les studios, le ballet des voitures noires a commencé. Sous le regard morne des appariteurs qui gardent les portes de verre, les CX, 504 ou 604 officielles arrivent et repartent. Les hommes qui en descendent possèdent certains traits communs : une tenue stricte, une mine soucieuse, une démarche pressée.

En amont et en aval de l'immeuble, la police a barré la rue. Une petite foule – constituée pour l'instant de gens du quartier – se masse derrière chaque cordon. S'il s'agissait d'une première de cinéma, d'un incendie ou même d'une prise d'otage, l'atmosphère serait différente.

Moins bizarre. Moins électrique.

Ici, c'est une hostilité inexplicable qui charge l'air. Les badauds se tiennent immobiles et muets. Seules les questions murmurées des derniers arrivés et le flot de paroles indistinctes s'échappant des transistors que certains gardent collés à leur oreille dérangent ce silence agressif. Le visage crispé, l'œil vide, ils évoquent une troupe de zombies figés dans l'attente du signe qui les réveillera. C'est d'autant plus effrayant que leur passivité menaçante ne vise ni les flics ni personne en particulier. On dirait qu'ils en veulent aux maisons, à la ville, au ciel où clignotent quelques étoiles froides.

Dans l'ombre de l'une des portes de l'immeuble, Maxime Trembledieu finit une cigarette.

Il tire une dernière bouffée et jette la Gitane qui rebondit sur les marches dans une gerbe de braises rouges.

« Drôle de nuit, pas vrai? »

Tourné vers le bout de la rue, Abrial acquiesce.

« Je devais emmener mes gosses au cinéma. C'est loupé. »

Il se tait un moment. Il s'aperçoit dans le panneau de verre près duquel il se tient. Le nez en bec d'aigle, le menton carré, les traits tirés, il ressemble bien à ce qu'il est. Un flic. Un poulet qui planque, les mains enfoncées dans les poches de son imper. Comme pour lui-même, il murmure :

« Je voudrais vraiment que les gars de là-haut voient ça.

– Quoi donc?

– Ça. (Il montre les badauds au journaliste.) J'ai l'impression que nos amis n'ont pas tout à fait compris la situation.

– Vous pensez qu'ils en sous-estiment la gravité?

– Ils se bloquent sur cette histoire de bombe. Ce qui est explosif, à mon avis, c'est l'effet que produit Muller sur ces gens. Regardez-les.

– Qu'est-ce qu'ils veulent?

– Je ne sais pas. Sûrement pas qu'on le fasse taire.

– Qu'est-ce que vous comptez faire? »

Abrial hausse les épaules.

« Ce qu'on me dira. Dans l'immédiat, essayer d'élucider cette histoire de numéro de téléphone.

– Trouver des complices, hein? Vous voulez mon opinion? »

Une Ford blanche vient d'apparaître au bout de la

rue. Abrial descend les quelques marches qui mènent au trottoir.

« Pourquoi pas? »

Trembledieu le suit.

« Vous vous embarquez pour un drôle de safari. »

La voiture franchit le cordon. Le conducteur est seul dedans. Jeune, avec un costume en velours prune. Il vient se ranger devant Abrial.

« Un safari? »

La main sur la portière, le flic regarde Trembledieu en souriant. Le journaliste dit :

« Les types qui ont mis Muller là-haut ne sont pas n'importe qui. Du gros gibier. »

Abrial monte dans la Ford. L'homme au volant le salue d'un signe de tête.

« Qu'est-ce que c'est? Une impression ou une déposition? »

Le journaliste lui jette un regard mi-figue mi-raisin.

« Une certitude, commissaire Maigret. Une opération comme ça n'est pas à la portée du premier groupuscule venu. »

Abrial claque la portière puis baisse sa vitre.

« Qui pourrait avoir intérêt à donner l'antenne à Muller? »

Trembledieu secoue la tête.

« Si je le savais, Maigret, je vous jure que je vous le dirais. »

La Ford démarre.

« Résumons-nous, dit Abrial en guise d'entrée en matière. (Le jeune inspecteur passe la troisième et le regarde comme s'il commençait une conférence.) Tout tient dans cette question : pourquoi a-t-il communiqué le numéro de ce canard aux téléspectateurs?

– Pour qu'ils préviennent si jamais on coupait dans leur région.

– D'accord. Qu'ils préviennent qui?

– Les journalistes.

– Et après. »

L'autre a une moue d'ignorance.

« Ce numéro de téléphone, reprend Abrial, c'est le seul moyen pour Muller de savoir s'il est toujours reçu en province. Bon. Il compte sur les gens pour appeler le journal. Ensuite?

– Le journal appelle Muller.

– C'est ça. Et toute l'affaire n'est qu'un canular monté par la rédaction du plus important quotidien français. Trouvez mieux, mon vieux.

– *Quelqu'un* du journal appelle Muller », propose le jeune flic, imperturbable.

La Ford traverse le pont de la Concorde. La place est presque vide. Abrial réfléchit.

« Eh oui, dit-il au bout d'un moment. (La voiture franchit le feu de Rivoli à l'orange.) C'est la seule solution. Quelqu'un de là-bas est forcément en contact avec Muller.

– Il faut trouver qui. »

La rue Saint-Florentin est déserte. La Ford l'avale en quelques secondes. Ses pneus gémissent quand elle tourne dans le faubourg Saint-Honoré.

Abrial consulte sa montre.

« Neuf heures moins le quart. Leur première édition tombe à minuit. On risque d'avoir un sacré paquet de suspects.

– On finira bien par trouver qui, dit le jeune flic.

– Vous êtes rudement optimiste », dit Abrial.

Le téléviseur est installé dans un coin de la salle, très en hauteur, de manière qu'on puisse le voir de partout. Une vingtaine de personnes se tiennent devant, silencieuses. Il y a très peu de clients, six ou sept en comptant Frankel et son assistante. Les autres font partie du personnel du restoroute ou de la station Shell.

L'image est mauvaise. De temps à autre, peut-être à

cause du passage d'un poids lourd sous le pont du restaurant, elle vacille et devient indéchiffrable. Les vues d'un petit village aux maisons hautes et étroites se succèdent. Vues enneigées, vues ensoleillées, une ruelle pavée, un pré, une église, une rivière étroite...

« *C'est dans ce coin de campagne alsacienne que votre serviteur vit le jour, un matin du mois d'octobre 1915. La folie meurtrière des hommes faisait déjà entendre ses sourds grondements et les envoyait rouler sur les toits du paisible village...* »

Malgré le son infect, la voix de Muller reste identifiable. Un peu en retrait du cercle des spectateurs, Frankel les observe. Leur attitude est déroutante. Quand il est entré avec la fille, c'est à peine si on leur a jeté un regard. Personne, en tout cas, ne l'a reconnu. Il avait mis des lunettes noires, mais généralement c'est insuffisant. Il se trouve toujours un petit malin pour éventer l'astuce.

Ils sont fascinés.

Fascinés par ces images tremblotantes et ces phrases creuses.

Qu'espèrent-ils? Qu'attendent-ils?

Ils attendent qu'il tombe.

Un instant, Frankel imagine Muller – le gros Marcel – en équilibre sur un fil, au milieu du vide.

Il est monté, il faudra bien qu'il retombe!

Mais ce n'est pas ce qu'ils veulent. Il ne pourrait pas expliquer pourquoi. Il le sent. Il les sent envoûtés, bouleversés. C'est une faculté qui fait partie de son métier. Et bizarrement la perception de cette fascination incompréhensible renforce en lui le sentiment que Muller court un grand danger. Il ne pense ni aux explosifs, ni à la précarité de la situation du gros homme. Le danger est dans les forces qui sont en train de se libérer. Parce que la télévision est un instrument parfaitement asservi, parfaitement quotidien, d'aucuns en sont arrivés à considérer sa puissance comme tout à fait contrôlable. C'est oublier qu'il y a dans chaque image une part d'irréductible qui télescope directement l'inconscient de celui qui la reçoit. Toute image est un fusil silencieux tirant vers la psyché des balles invisibles. Certains des projectiles ont un impact dévastateur, d'autres ratent ou font long feu. On peut sans doute expliquer ainsi le succès de certains films, la renommée de certaines toiles ni plus belles ni plus accomplies que d'autres, moins célèbres.

Ou la popularité de certains visages.

La plupart des gens baptisent ça hasard ou chance. Mais quand on possède une gueule qui peut entrer tous les soirs dans des millions de foyers, capter des dizaines de millions de regards, on sait que c'est autre chose. Une fascination du désir. C'est parce qu'on incarne une chose qu'ils désirent profondément, prodigieusement, qu'ils ouvrent leurs portes – leurs postes – aussi facilement.

Et ce que Frankel craint, sans parvenir à se l'expliquer clairement, c'est la combinaison de cette attirance, de l'extraordinaire charisme de Muller et du caractère exceptionnel de la situation.

C'est dangereux, parce que subversif.

Il détourne les yeux de l'écran et touche le bras de son assistante, qui sursaute.

« On va y aller. Je passe un coup de fil et on fonce. »

La fille bat des paupières.

« Tu crois qu'on peut l'aider?

– L'aider? Je ne sais pas. Je ne pense pas qu'il ait besoin d'aide. »

Frankel sort du cercle et traverse le snack désert. Par de grandes baies, on voit l'autoroute en contrebas. Les voitures sont rares et passent comme des traits de lumières. Il y a deux cabines téléphoniques près de la porte. Il tire une poignée de monnaie de sa poche et entre dans la première.

Tandis que la ligne directe du bureau de Mougin commence à sonner, Frankel les regarde encore à travers la cloison vitrée. Assemblés autour de la boîte à images, ils semblent prier. Ou guetter une apparition.

Ou attendre un signal.

CHAPITRE VIII

ÉTÉ 1970

Le tournage de *Pique-Nique* se termina à cinq heures. Le soleil commençait seulement à décliner sur Auxerre et ses rayons obliques léchaient les façades anciennes de la place principale. C'était superbe. A la lisière de la zone délimitée par des barrières Nadar derrière lesquelles s'attardait une poignée de badauds, trois caméras abandonnées regardaient le sol. Il n'y avait plus rien à filmer ou à voir. Les chanteurs qui avaient mimé leurs play-backs devant les façades gothiques ou sur les marches des hôtels du XVIIe étaient repartis depuis longtemps et Louis Matthieu grillait une cigarette avec son réalisateur sur le seuil du car-régie.

Laure se demandait s'il fallait regretter que Muller ait refusé – catégoriquement – de rencontrer l'équipe de l'émission. Elle était restée près des caméras pendant tout le tournage et la seule personne à lui avoir vraiment adressé la parole était l'un des électriciens qui reprenaient à présent possession du territoire, lovant sans hâte d'interminables longueurs de câble. Très mignon, avec son jean élimé, ses cheveux en bataille et son air de s'en foutre, mais elle n'était pas venue pour ça.

Pourquoi, alors? Elle s'interrogeait tout en louchant

du côté de Matthieu qui riait aux éclats – trop fort – la tête renversée et la cigarette pincée entre le pouce et l'index. Elle l'avait su clairement puis l'avait oublié. Ce qu'elle avait espéré? Rencontrer les gens de Paris. Voilà. Rencontrer le grand, le célèbre, l'irrésistible Louis Matthieu. Caroube l'avait présentée. « Notre speakerine, monsieur Matthieu. » Il lui avait serré la main et, quand elle avait levé les yeux, il regardait ailleurs. Il parlait à une scripte. Puis Caroube était reparti comme il était venu : discrètement. Elle était restée. Elle avait regardé l'émission se faire, avec intérêt car elle voulait apprendre, mais avec la conscience de plus en plus pénible, à mesure que les vedettes défilaient, d'être parfaitement transparente, de ne pas exister.

Evidemment, si Muller l'avait accompagnée... Il les connaissait tous. Il était leur égal et même plus. Mais justement. Les voir aurait été trop douloureux pour lui. Elle le comprenait. Il s'était arrangé pour ne pas être là. Mieux que ça. Il était tombé malade. La patronne de l'hôtel avait téléphoné la veille à la station pour annoncer qu'il était au lit avec la grippe. La grippe en juin. C'était bien un truc de Muller. Inventer des prétextes incroyables de façon que tout le monde comprenne à quel point il était malheureux.

Les machinistes rangeaient les barrières. On rembarquait les caméras. Laure, les jambes lourdes d'être restée debout si longtemps, se disait qu'elle allait rentrer. Rentrer chez elle, et tant pis. Des gens de Paris, il en viendrait d'autres.

Puis Matthieu fut près d'elle.

« Ça vous a plu, jolie speakerine? »

Elle ne l'avait pas vu arriver. Lui parut content de la voir sursauter.

« Je... C'était formidable. »

Elle parlait comme une fan. Elle chercha mieux. Elle dit :

« Très professionnel. »

Il rit. Son rire sonnait faux à force de condescendance.

« Professionnel. (Il répéta le mot plusieurs fois comme pour le vider de son sens.) Il y a longtemps que vous faites de la télé? »

Il l'avait vexée. Elle put le regarder.

« J'ai été engagée en janvier. Six mois. »

Sous son allure enjouée et élégante, elle le vit tel qu'il devait être. Un homme vieillissant et qui le savait. Ce que le hâle pouvait prétendre cacher de loin devenait, de près, parfaitement évident. Sa peau était sèche et coupée de dizaines et de dizaines de petites rides comme si son visage était passé au travers d'un tamis. L'avance de l'âge était aussi dans ses dents, trop blanches pour être vraies, dans le battement fragile des paupières, trahissant une vulnérabilité qui n'était encore apparue nulle part ailleurs. Et il y avait ses mains. Les taches brunes sur le dos de ses mains.

Laure sut comment elle devrait le prendre.

« ... ce qui prouve bien que le professionnalisme n'existe pas. Vous m'écoutez? »

Soudain pleine d'assurance, elle n'hésita pas à acquiescer.

« C'est passionnant. J'ai tout à apprendre. »

Il lui prit le bras.

« Je vous dirai tout. On dîne ensemble? »

Elle baissa les yeux.

« Je ne voudrais pas...

– Je voudrai pour deux. (Il eut encore ce rire forcé.) Hôtel Central. Huit heures au bar. »

Il serra un peu son bras puis la lâcha et s'éloigna sans attendre sa réponse.

Elle regagna son studio, dans une ruelle proche de la gare, et se doucha longuement. Puis elle ouvrit la penderie. Elle possédait sept robes. Elle les passa en revue. Au bout du compte, elle décida qu'elle porterait un jean. Un jean, avec des bottes, une chemise d'homme et pas de soutien-gorge. Ensuite, elle alla s'asseoir devant une glace et entreprit de se maquiller.

Elle pensait à Muller.

« On va vous prendre pour ma fille. »

A voir son air ravi, elle sut qu'elle ne s'était pas trompée.

Elle sourit.

« Vous voulez que je retourne mettre une robe?

– N'en faites rien, surtout. Vous êtes ravissante.

– Merci. »

Elle s'assit. Le bar était désert, mais prêt pour la nuit. Musique et lumière douces. Le barman secouait un shaker avec mélancolie. Matthieu montra son verre.

« Je marche au Manhattan. Qu'est-ce que vous en dites? »

Elle sentit qu'il était alcoolique. Vieillissant *et* alcoolique. Elle en était sûre. Elle parut se troubler.

« Je bois très peu..., pour ainsi dire jamais...

– Vous n'allez pas me faire le coup du Coca? On va *vraiment* croire que je sors ma fille!

– Conseillez-moi, alors. »

Il tapota la main qu'elle laissait sur la table, puis se retourna pour commander un Alexandra.

Elle connaissait les alcooliques. Il avait bien fallu qu'elle apprenne à les manœuvrer. Quand Tusselier était parti à l'armée, le lendemain de leurs fiançailles, il ne buvait pas plus que les autres garçons du bourg. Trois mois plus tard, à la fin des classes, il était tombé ivre mort jsute avant de couper la pièce montée. Il avait des excuses. Ce n'est pas tous les jours qu'on se marie. Il avait vomi pendant toute la nuit de noces. Elle l'avait aidé à se nettoyer. Elle pensait l'aimer encore. Les cinq jours qu'avait duré leur lune de miel à Palma de Majorque, il avait tenu le coup. Il n'avait bu que de la bière qu'il appelait en riant *la bibina*. Puis tout s'était dégradé. A chaque permission, les choses s'aggravaient. Elle venait le chercher à la gare dans la 4 L que lui prêtait sa sœur. Il titubait en descendant du train avec quelques copains braillards et insistait pour qu'ils aillent tous ensemble « fêter ça » au buffet. Quand elle réussissait à l'en dissuader, il lui faisait la gueule, interminablement, à la manière des ivrognes, c'est-à-dire en s'apitoyant sur lui-même, en pleurnichant. Elle se disait que tout s'arrangerait à la fin de son service. Le service se termina. Ils s'installèrent. Pendant un an, dans le F2 de la Z.U.P. de Chenove loué pour eux par leurs parents, elle le regarda se détruire. Il ne travaillait pas. Il buvait n'importe quoi pourvu que ça dépasse dix degrés. Il était soûl à midi, malade à quatre heures, raide à six. Elle ne comprit jamais cet instinct de mort, mais elle apprit à s'en protéger. Il y avait en elle une force, un élan vital, qui s'affirmait à mesure que Tusselier sombrait. Calmement, elle attendit que la force grandisse. Un jour, il eut une crise et cassa tout dans l'appartement. Elle sut qu'elle ne pourrait plus le laisser seul dans la journée. Elle quitta son emploi. Le patron d'un bistrot où elle avait travaillé un temps comme serveuse lui trouva quelque chose dans un night-club de Dijon. Elle ne partait pas au boulot avant neuf heures du soir et à ce moment-là Tusselier dormait déjà, d'un sommeil lourd, hébété. Dans la journée, elle ne l'empêchait pas de boire, jamais, mais seulement de se blesser en balançant ses bouteilles n'importe où. Elle le faisait sans colère, sans haine, comme une chose inévitable. Elle n'essayait pas de le raisonner, ou de lui parler. Quand il ne pouvait plus se lever de sa chaise, c'était elle qui descendait chercher le vin au supermarché. Elle avait l'impression de l'aider. De l'aider à mourir. Tout se termina un matin de novembre. C'était une aube sale, sans lumière. Elle rentrait du night-club. Pour une fois, Tusselier était réveillé. Encore saoul de la veille. Il ne l'avait plus touchée depuis des mois. Pourquoi essaya-t-il ce matin-là? Elle eut l'impression qu'il rompait un pacte. Elle le repoussa. Il riait, sortant du lit défait. Elle pensa : « C'est injuste. » Elle sentait son haleine, l'odeur de fleurs mortes, de choses décomposées. Elle le repoussa à nouveau. Elle était glacée. Tusselier l'injuriait. Il la prit par les cheveux. Sa veste de pyjama toute tachée était ouverte. Elle voyait sa poitrine maigre, semée de poils roux. Sous les côtes, elle eut l'impression d'apercevoir le cœur. Son cœur usé qui s'emballait. Qui éclatait dans un flot de vin et de sang. Il lui tirait les cheveux, essayant de l'embrasser, marmonnant des jurons. Alors elle le frappa, une seule fois, derrière l'oreille, avec la bouteille qui traînait sur la table de chevet. Puis elle mit ce qui lui appartenait dans une valise et s'en alla. Elle avait vingt ans. Elle voyagea un peu. Une lettre de sa mère lui apprit la mort de Tusselier. Il s'était simplement jeté par la fenêtre, le lendemain de son départ. Elle n'éprouva rien. Ni regret ni remords. Elle avait fait ce qu'il fallait. Elle rentra à Dijon, régla les formalités et reprit son job au night-club. Il lui restait beaucoup à faire.

« Vous ne buvez pas, Laure? »

La main de Matthieu vint la chercher dans son passé. Il lui sembla ouvrir les yeux. Elle vit le verre embué posé devant elle, plein d'un liquide crémeux et blanc, puis le sourire de l'homme vieillissant. Il souriait de toutes ses dents. *Au moins trente-six*, pensa-t-elle. *Au moins quatre de rechange*! Elle eut envie de rire et se dit que ce n'était pas avec des idées comme ça qu'elle arriverait à quelque chose.

« Vous ne buvez pas.

– Etes-vous si pressé? »

Elle mit dans sa voix quelques promesses.

« Parlez-moi de vous », murmura-t-il.

Elle but une gorgée de son cocktail. C'était sirupeux et déjà tiède. Elle passa la langue sur ses lèvres charnues, lentement.

« Il n'y a pas grand-chose à dire.

– Je suis sûr que si. (Il finit d'un trait son Manhattan et agita le verre dans la direction du barman. Ce serait au moins son troisième.) C'est Muller qui vous a amenée à faire de la télévision? »

Il n'avait pas dit : « qui vous a pistonnée », mais le sous-entendu était le même : en échange de quoi? Il se renseignait.

« C'est lui qui m'a tout appris.

– Tout? »

Elle baissa les yeux.

« Tout. »

Elle lui raconta leur rencontre et l'émeute du Jonas. Il connaissait l'histoire. Il demanda ce qui s'était passé ensuite. Elle lui dit que Muller l'avait emmenée dans sa chambre et l'avait enregistrée sur sa vidéo. Il lui avait montré comment se coiffer, comment se maquiller. Il lui avait appris à parler, à bien accentuer les syllabes. Il l'avait fait engager à la station d'Auxerre.

Sur le reste – ce qui intéressait vraiment Matthieu – elle laissa planer un joli doute. Il n'avait pas besoin de savoir.

Il l'écouta sans cesser de sourire, sans cesser de descendre des Manhattans.

Quand ils se levèrent pour quitter le bar, il en avait bu six. Elle laissait la moitié de son Alexandra.

Il lui prit le bras et l'entraîna vers le restaurant de l'hôtel.

Il titubait légèrement.

« Tu as couché avec lui? »

Ils fumaient sur le lit saccagé.

« De qui parles-tu? »

Il lâcha un interminable jet de fumée.

« De Muller, voyons. Tu as couché avec Muller? »

Elle se redressa sur un coude et joua la surprise, le temps d'examiner toutes les réponses possibles.

« Pourquoi demandes-tu ça?

– Ça m'intrigue... Mais tu n'es pas forcée de... (il craignait tout d'un coup de l'avoir vexée. Excellent.)... de me dire. Tiens, si on buvait une coupe de champagne? »

Il se leva et traversa la chambre jusqu'au petit réfrigérateur installé sous le téléviseur.

« Non, dit Laure sans le regarder. Il voulait, mais je n'en ai jamais eu envie. »

C'était la vérité. Pratiquement la vérité. Il se retourna. La lumière du frigo éclairait la moitié de son corps. Il était mince, mais à la manière des gens âgés. Sec.

« Jamais? (Il pointait vers elle la bouteille embuée.) Tu m'as dit que tu l'aimais.

– Pas comme ça. Comme... comme un père. »

Matthieu resta muet. C'était elle, maintenant, qui craignait de l'avoir vexé. Le bouchon fit en sautant un petit bruit dérisoire.

« Tu sais mon âge? »

Il s'approchait du lit, balançant la bouteille un peu comme une massue. Elle écarquilla ses yeux émeraude, le plus possible.

« Pourquoi?

– Deux ans de moins que lui. »

Il ajouta, très vite :

« Cinquante-trois.

– Et alors?

– Moi aussi, je pourrais être ton père. Pourquoi?

– Mais je ne sais pas. »

Il rit. La bouteille s'envola vers ses lèvres. Il but au goulot, longuement.

Elle n'osait plus bouger. Elle le regarda s'essuyer la bouche d'un revers de la main.

« Je vais te dire... (Sa voix était pâteuse, à nouveau.) Ce qui t'intéresse, ce n'est pas ma jolie gueule d'amour. Pas vrai, petite speakerine?

– Louis, souffla-t-elle. Qu'est-ce qui t'arrive? Je ne comprends pas.

– Tu crois pouvoir rouler le vieux singe? »

Elle était incapable de répondre. Incapable d'acquiescer.

« Je vais te dire, reprit Matthieu. Muller t'a suffi pendant six mois parce qu'ici il est le pape. Mais à Paris il ne vaut plus un clou. Sa carrière est finie. Ruinée. Plus personne ne veut de lui. Et il se trouve que Paris est le prochain nom sur ta liste. Je me trompe? »

Elle avait baissé la tête, elle n'osait plus le regarder.

« Je me trompe? Réponds, bon Dieu! »

Elle sentit qu'il ne servirait à rien de nier. Il était trop fort pour elle. Trop lucide. Elle dit « C'est ça » d'une toute petite voix.

Quelque part en elle, une plaie s'ouvrit. Une plaie qui ne guérirait jamais. Elle ferma les yeux.

Elle l'entendit rire et boire.

« Qu'est-ce que tu veux? demanda-t-il.

– Emmène-moi. »

Elle ouvrit les yeux. Il vacillait, tout près d'elle, la bouteille au bout de son bras pendant.

« Emmène-moi, dit-elle plus fort.

– Tu n'auras rien sans rien. Je ne suis pas Muller, moi.

– Merde, hurla-t-elle. Merde! Tu ne comprends pas? Je m'en fous, de Muller. Je ne voulais pas rester animatrice de Prisunic toute ma vie! Je veux être quelqu'un.

– Un jour, tu me trahiras comme tu es en train de le trahir. »

Elle lui avait pris le bras. Elle le serrait.

Il se remit à rire.

Il riait. Il ne pouvait plus s'arrêter.

« Tu seras quelqu'un, petite Laure!... Je t'engage. »

Il riait et secouait la bouteille. Le liquide gicla, l'aspergea.

« Je te baptise, au nom du Père, du Fils et du Box-Office! »

Sur les joues de Laure, les larmes se mêlèrent au champagne.

CHAPITRE IX

21 h 15

« Vous exagérez, Sidar. Ce n'est pas Superman, tout de même! »

Les neuf hommes sont assis un peu partout dans le bureau de Mougin. Ils se taisent. A travers l'air bleu de fumée, leurs regards convergent vers Raoul Cézenac, qui vient de parler. Le responsable de la rue des Saussaies affiche un sourire plein de flegme, assorti à son élégance britannique. La voix de Muller s'échappe en sourdine des deux téléviseurs. De l'autre côté de la pièce, Sidar se ronge le pouce.

« Vous ne vous rendez pas compte du pouvoir dont il dispose actuellement, grogne-t-il. Et nous sommes pratiquement impuissants.

– Le fait est que nous n'arriverons nulle part de cette manière, messieurs. (Le délégué de l'Intérieur renifle avec mépris. C'est un petit homme terne et sévère comme un maître d'école.) Nous sommes ici pour rechercher des solutions concrètes.

– La force! » dit Sidar, se tournant à demi pour quêter l'approbation de son ministre qui s'est tu jusqu'à présent et se comporte comme un géant fourvoyé dans une assemblée de lilliputiens.

Quelques ricanements lui font écho. Mougin et Reigner, le patron de l'information de la chaîne, échangent un coup d'œil complice. Sidar est un ancien de la maison et le souvenir qu'il a laissé n'incite pas spécialement à l'amour.

« Expliquez-vous, je vous prie. »

L'homme de l'Intérieur le regarde avec intérêt.

Il se lève et commence à arpenter la pièce tout en parlant.

« Montrons que nous sommes les plus forts. Immédiatement. Reprenons cette situation en main... (Il s'arrête devant Cézenac.) Je crois que certains d'entre nous n'ont pas compris encore que nous nous trouvons en présence de phénomènes qui nous dépassent. Ils dépassent aussi Muller, d'ailleurs, qui les a enclenchés. Je parle de phénomènes de masse. De réactions en chaîne. C'est très grave. »

Cette fois, Cézenac se contente de hocher la tête. Personne n'intervient, personne ne ricane.

« D'abord, reprend Sidar, se remettant en marche, il a prouvé notre vulnérabilité en s'emparant tout seul – au moins en apparence – de notre réseau...

– Permettez! »

Le responsable de la Société de diffusion jaillit de son siège comme un diable de sa boîte. Sa grosse cravate bariolée est desserrée, le col de sa chemise déboutonné. Il s'exprime avec un accent du Midi que souligne encore son indignation.

« Permettez. Nous aurions pu le sortir de l'antenne en dix minutes si on nous avait laissés faire. Il est encore là à cause de ces explosifs, hein. Il ne faut pas confondre!

– Où serions-nous intervenus? (Sidar sourit.) Je veux dire en quels points du réseau?

– Eh bien, on aurait coupé aux centres hertziens, à Meudon et Préampaille, et aussi au niveau des relais de province...

– Et Paris?

– Paris?

– Vous ne pouvez pas couper sur Paris. Ça lui laisse quelques millions de spectateurs. Pas mal.

– On pouvait demander à E.D.F. de ne plus alimenter la tour. »

Le Marseillais se trouble. Sous le regard glacé de Sidar, ses joues se colorent.

« Et interrompre en même temps la diffusion des deux autres chaînes! Vous savez ce qui se passe quand on prive un pays de télé d'un seul coup? Les travaux les plus récents prouvent...

– Où voulez-vous en venir? tranche la voix calme de Mougin. (Son cigare est braqué directement sur Sidar.) Nous sommes tous d'accord pour croire que les menaces de Muller sont fondées. Dans ces conditions, savoir qui pourrait le couper, où et comment, paraît dénué de tout intérêt. Non? »

Sidar pivote vers le bureau. Il ne regarde pas le président, mais le bout incandescent de son cigare. Ses yeux sont pleins de mépris, comme s'il savait que c'est une arme enrayée qui le menace.

« Cher ami, votre bon sens est légendaire, mais pour une fois... »

L'homme de l'Intérieur lève la main.

« Messieurs! Ces querelles sont stériles. Reprenons, je vous prie. »

Mougin hoche la tête et, tranquillement, porte le cigare à ses lèvres. Il tire une longue bouffée, fermant les yeux à demi. Sidar s'est déjà retourné vers le représentant de la diffusion.

« Où en étions-nous? »

Mais le Marseillais a repris du poil de la bête. Il toise le petit homme, qu'il dépasse d'une bonne tête.

« Nulle part. Je suis d'accord avec mon ami Mougin. On ne peut pas couper. Vous savez ce qui se passe s'il allume ses pétards? »

Surpris par la vivacité du ton de son interlocuteur, Sidar semble se tasser un peu. Son regard fait le tour de l'assemblée, comme s'il comptait ses alliés.

« La tour est évacuée, dit-il. Et la police boucle le Champ-de-Mars.

– Je ne parle pas de ces dangers-là. Mon domaine à moi, c'est la distribution des images. Et je peux vous dire que si Muller se sert des explosifs... Bonne Mère! Il prive les Parisiens de télé pour un an.

– Mais...

– Un an sans télé! Vous savez ce que ça signifie. Vous connaissez les travaux effectués sur le sujet, vous en parliez. En Allemagne..., vous vous souvenez de ces expériences..., des volontaires, des familles qui acceptaient une cure sans télé. Ils ont tous craqué au bout d'un mois. Ils étaient comme fous. Un manque. C'est ce que vous voulez?

– Ce que nous voulons, crie Sidar, c'est le faire taire. Un point c'est tout!

– Comment? »

Il se tourne vers Cézenac, qui vient de parler.

« Dans votre bouche, cette question semble pour le moins inattendue, monsieur le commissaire divisionnaire. Avez-vous conscience de ce qui est en train de se produire? Un homme seul nous défie. Non seulement il nous menace et nous nargue, mais il le fait en direct, devant plusieurs millions ou dizaines de millions de Français. Cet homme n'est pas un dangereux criminel ou un terroriste, mais l'une des figures les plus populaires de notre mythologie contemporaine. Une vedette de télévision. Le grand Marcel! L'ami de tous les Français. A votre avis, que va-t-il se passer? »

Sans se départir de son sourire, Cézenac l'incite, d'un signe de tête, à continuer.

« Il va se passer ce qui arrive dans n'importe quel zoo quand l'éléphant est en rut ou quand le gorille secoue les barreaux de sa cage. Si nous n'intervenons pas immédiatement, la situation va nous échapper et...

– Vraiment, Sidar, j'admire votre cynisme. »

Reigner est grand et maigre. Il se lève du bureau de Mougin, sur lequel il était à demi assis, et marche vers la fenêtre.

« Si je vous comprends bien, nous sommes les gardiens du zoo. »

Sans attendre de réponse, il se retourne vers les vitres embuées et se perd dans la contemplation du ciel obscur.

« Ce que je puis dire, intervient Cézenac, feignant de ne pas avoir remarqué l'incident, c'est que mes hommes, sous la direction du commissaire Abrial, vont faire tout leur possible pour retrouver les complices de Muller. Car il a des complices, n'est-ce pas?

– C'est tout ce que vous prévoyez? Votre action se limiterait à...

– Avez-vous d'autres suggestions?

– Je suppose, dit Reigner, montrant son dos à l'assemblée, qu'il va nous proposer d'envoyer des tireurs d'élite. Pas vrai, Sidar?

– Je pense, en effet, que le troisième étage de la tour Eiffel n'est pas une citadelle imprenable. (La voix du petit homme est glacée.) Mais les solutions que j'entrevois pour l'instant sont moins radicales. Il y a le problème des médias. Il faut freiner les radios qui font du battage autour de cette histoire. Inutile d'offrir un surcroît d'audience à Muller. Egalement...

– Regardez! »

Trembledieu est resté tout le temps à l'écart de la discussion. Il surveillait le gros téléviseur. A présent, il montre l'écran, sur lequel le visage rond et grave vient de réapparaître.

« Le petit documentaire est terminé. Vous voulez écouter un peu notre ami? »

Il se penche et pousse le curseur du volume. La voix de Muller s'élève :

« *... et j'ai pu, tandis que défilaient les images de mon passé, sortir un peu respirer l'air de cette nuit. Ce que j'ai vu de mon perchoir, mes amis, m'a réchauffé* *le cœur. D'ici, pourtant, le monde paraît bien éloigné; aucun de ses bruits ne parvient jusqu'à moi. La ville se réduirait à un glacial enchevêtrement de points lumineux, s'ils n'étaient pas venus, eux. Eux, je veux dire les milliers de Parisiens qui ont répondu présent à l'appel. Car ils sont des milliers, tout autour de moi, et je peux les voir, une marée humaine contenue par les digues de la police. Ils sont venus de partout, des quatre points cardinaux, ils se sont assemblés sur l'esplanade du Trocadéro, sur les quais de la Seine, et je les imagine, le regard levé vers le ciel, scrutant la nuit, un point dans la nuit sous les yeux rouges de la vieille dame de fer, d'où tombe une voix – la voix de votre serviteur – qui leur dit, qui vous dit : NOUS NE SOMMES PLUS SEULS! »*

« Voilà votre terrible menace, lance Reigner, sarcastique. Vous voyez, Sidar. Que peut-il faire d'autre que parler? »

Ceux qui s'étaient installés à l'écart du poste se sont levés et rapprochés. Il y a dans la voix de Muller une chose indéfinissable – peut-être une vibration, ou une couleur – qui apporte une émotion contagieuse. La remarque de Reigner est tombée à plat. Personne ne lui répond et lui-même prend conscience de son erreur. Si eux, les hommes du pouvoir, ceux de la télévision, écoutent Muller avec une telle ferveur, qu'en est-il du téléspectateur ordinaire?

Un téléphone sonne dans son dos. Mougin décroche et parle à mi-voix. Sur l'écran, Muller s'est tu. Sa main gauche, abandonnant le boîtier de bakélite du détonateur, est sortie du champ. Elle revient, tenant un combiné téléphonique. Il l'approche de son oreille et écoute, sans pour autant quitter la caméra des yeux.

On dirait que Mougin et lui sont en train de bavarder.

Il n'en est rien. Le président raccroche bien avant que Muller ait lâché un « merci » laconique dans son propre appareil et reposé à son tour le combiné. Il paraît soudain plus détendu. Un sourire vient de flotter un instant sur sa face lunaire.

Alors, le ministre se fait entendre pour la première fois depuis qu'il est entré dans le bureau.

« J'ai une idée, dit-il. Je vais lui parler. Donnez-moi un moyen de l'appeler et je le raisonnerai. Ce doit être possible, il suffit de trouver le numéro. »

Sidar le regarde. Il semble atterré.

« Eh ben, cocotte, tu rêves? C'est à toi. »

Laure sursaute et décolle ses épaules du mur couvert de moquette brune. D'un coup de pouce, elle fait tourner la molette de son transistor et l'éteint. Le petit poste de radio rouge se balance à son poignet, au bout de la dragonne de plastique. La tête hirsute de l'assistant flotte dans l'entrebâillement de la lourde porte du studio.

« Bouge tes miches, princesse. Si tu débordes, Diméo va encore nous chier une pendule. »

Elle déteste ce type. Elle les déteste tous, ceux qui se croient autorisés à la traiter ainsi. Elle lui lance un regard de mépris en marchant vers la porte, mais il ne remarque rien.

Il s'efface pour la laisser entrer.

« Allez, roulez! »

Pour s'installer à son pupitre, rectifier l'inclinaison du micro, passer son casque, Laure a des gestes machinaux. Elle est professionnelle, vraiment, c'est même tout ce qui lui reste.

Elle relève les yeux. Frank Diméo, le réalisateur, lui envoie un sourire de l'autre bout du petit studio. Lui, c'est différent. Il sait ce qu'elle vaut et à quoi elle a droit. « Comme toujours, ce sont les sous-fifres les pires. »

Il fait un geste de la main. Laure commence à lire :

« Il faisait beau, ce jour-là, sur le court, et, depuis

deux heures, Marie-Paule disputait toutes les balles. Depuis deux heures sa chevelure souple ondulait joyeusement sur ses épaules. Travailler son revers c'est bien, mais quand on est une femme sportive et dans le vent, il faut aussi rester fraîche et bien coiffée. Aujourd'hui, la liberté du cheveu, c'est Super-Net. »

Les messages suivants sont pré-enregistrés. Tandis que Diméo lance les jingles, Laure se renverse en arrière. Une bouffée de compassion pour l'inconnu qui a écrit ce texte la submerge soudain. Ils partagent quelque chose. Elle n'a rien contre le tennis, ou les apéritifs, ou les laques, ou la pub en général, et lui non plus, sans doute. Mais leurs vies doivent se ressembler. Leurs vies sont bourrées de Récur'net, de Clean-Odor, de Femme Impec, des vies entières vouées aux guerres antirides, aux croisades contre la séborrhée, les sept taches terribles, les odeurs interdites, contre le tartre de vos W.-C. et l'eau croupie de vos cellules... Oui, leurs vies se ressemblent, la sienne et celle de ce mec, parce qu'elles se consacrent à l'avènement d'un monde meilleur, lisse et blanc comme une pâte dentifrice, avec juste un soupçon de menthol pour la bonne haleine.

Il est presque là, ce paradis sous cellophane. Pour un peu, on y croirait. C'est-à-dire s'il n'y avait pas l'imprévisible. L'incasable, l'inclassable. A son poignet, Laure sent peser la petite radio rouge. Ce soir, cette radio est une ancre. Elle l'amarre à un continent ancien, qu'elle croyait à jamais englouti. L'Atlantide de sa mémoire. Et elle prend conscience de sa dérive. Elle a dérivé, oui. Dans les eaux où elle flotte, tout est prévu, prévisible. Tout, sauf le passé. Quand tout était possible, encore... Et soudain elle ne veut plus faire semblant de croire aux Super-Net, aux Clean-Odor, de croire que c'est une vie, parce qu'un fou du passé est monté sur la tour. Comme aux échecs. Le Fou a pris la Tour. Les échecs, pourtant, c'était pour Muller, pour

Matthieu, les *losers*, les beaux perdants... Que s'est-il passé, Laure?

Elle a envie de tourner la molette pour entendre encore les journalistes parler de lui. Ou de descendre dans le hall, comme tout à l'heure, pour le regarder sur le téléviseur portatif des filles de la réception. Ou simplement de ne plus être dans ce studio comme une sotte, à lire des pubs entre deux chansons pendant que Muller, qui l'a aimée, qui l'a créée, devient l'imprévisible.

« Ça ne tourne par rond, princesse? (Dans le casque, la voix de Diméo est pleine de douceur. Il sait. Il comprend.) Passe-m'en encore deux, et tu auras un quart d'heure avant la prochaine page. »

Laure hoche la tête avec reconnaissance. Il sourit derrière sa vitre. Le dernier jingle s'achève. Elle baisse les yeux et se remet à lire.

Sur le seuil du studio, elle croise Guido qui regagne sa place en courant. Tout marche de travers, ce soir. Le cheveu en bataille, l'animateur lui lance :

« Il est pas mal, ton pote. »

Elle se retourne et le regarde interloquée. Quel pote? Le casque déjà sur les oreilles, Guido gonfle les joues et se dessine un ventre d'un geste rond des mains. Elle lui répond par un haussement d'épaules. « Ce n'est pas spécialement mon pote. » Elle sort en claquant des talons.

En descendant vers le hall par l'escalier désert, elle cherche à se rappeler depuis combien de temps elle ne l'a pas vu.

Longtemps. Elle le croyait vraiment sorti de sa vie.

Il y a foule, maintenant, autour du téléviseur des réceptionnistes. En plus des deux filles et de leurs copines, trois gars du service technique et une poignée de journalistes de nuit sont accoudés au comptoir de plastique imitation écaille. Ça discute ferme.

« C'est dingue, dit Houssin, le blondinet des Sports.

Europe, R.T.L. et tous les autres sont là-bas. Y a que nous.

– J'ai écouté, renchérit un technicien. Des flashes tous les quarts d'heure, sur toutes les stations. Pourquoi on n'a rien fait au bulletin de 21 heures? »

Gouvion, le présentateur des journaux de la nuit, montre le ciel de son index tendu.

« *Black-out.* Consigne formelle.

– Le vieux a la trouille, ricane Houssin. Vous savez comment il est. »

Il tire la langue et se met à haleter.

« Le toutou à son pépère!

– Qui fait le beau place Beauvau! »

Les hommes rigolent.

« C'est une raison pour faire comme lui? »

Tous se retournent vers Laure. Elle n'aurait pas voulu intervenir aussi sèchement. Ils cessent de rire. Leurs regards sont durs.

Dans le silence, la voix de Muller redevient audible. Il raconte sa vie. Il parle de lui. A-t-il jamais fait autre chose?

Laure désigne l'écran. Plus doucement, elle dit :

« Il nous montre l'exemple, non? On n'est pas obligé de tout accepter, toujours.

– Qu'est-ce que tu proposes, Vernier? La révolution? »

Elle regarde le blondinet.

« Sérieusement, Laure, intervient Gouvion, que voulez-vous que nous fassions? La consigne...

– Si vous l'oubliiez, la consigne? Juste un soir? Juste ce soir?

– Vous êtes drôle. On voit bien que...

– Très bien. Dans ce cas, ne venez pas vous plaindre. Ou vous foutre du vieux Floriandre parce qu'il monte aux ordres.

– Vous ne comprenez pas, Laure.

– Elle comprend très bien. Elle oublie seulement

qu'on n'a pas tous déjà flingué notre carrière. Pas vrai, Vernier? »

Gouvion regarde Houssin.

« Ça, ce n'est pas très chic, Paul. »

Laure secoue la tête.

« C'est idiot, surtout. J'ai peut-être ma carrière derrière moi, mais la vôtre ne s'annonce pas tellement brillante. Celle que vous pourrez faire ici, au moins.

– Elle a raison, dit une fille. J'ai vu les derniers relevés. Les indices sont en baisse sur toutes les tranches.

– Ça vous étonne? (Laure lève le bras auquel est attaché le petit poste rouge.) Vous le disiez vous-mêmes. Tous les autres couvrent l'événement. Nous sommes les seuls à ne pas avoir le droit de le faire. Même France-Inter en a parlé. Qui va nous écouter?

– Moi, je suis d'accord avec Laure, dit l'un des techniciens. On devrait faire quelque chose, que Floriandre soit d'accord ou pas.

– C'est ça. (Houssin fait mine de s'en aller.) Rendez-vous à la Soupe populaire. »

Laure pose une main sur son épaule. Il s'arrête.

« Une toute petite question, Paul. A ton avis, ces consignes de silence ne s'appliquent qu'à notre station?

– Je... Ça me paraît...

– Comment font les autres, alors? »

A nouveau, c'est le silence, seulement troublé par la voix de Muller. Laure sent qu'ils sont en train de se rallier à ses raisons et se demande de quoi elle cherche à les convaincre. De quoi et pourquoi. Veut-elle se prouver qu'elle a sur eux plus d'ascendant que ne devrait normalement en avoir une fille qui lit les pubs entre les disques? Ou bien est-ce pour rendre à Muller ce qu'elle lui doit? Que lui doit-elle?

Elle s'entend dire :

« Les autres ont dû recevoir les mêmes consignes.

En haut lieu on ne tient pas à ce qu'on fasse de la publicité à Muller. Seulement ils n'en ont pas tenu compte. Parce que leur intérêt passe avant tout. Leur intérêt, c'est de donner ce qu'il veut à l'auditeur pour que l'auditeur n'aille pas ailleurs et avec lui les annonceurs. Ça vous paraît idiot? »

Gouvion et les autres secouent la tête. Seul Houssin fait la gueule.

« C'est idiot, Paul?

– Suicidaire. »

Quelqu'un dit :

« Au point où on en est...

– Qu'est-ce qu'on risque?

– On essaie?

– Mais comment?

– On rassemble tout le monde. On en parle.

– Vite, alors.

– Tout de suite.

– Faut trouver une idée.

– Frapper fort.

– Plus fort que les autres. »

En groupe compact, ils marchent vers l'escalier. Quelqu'un demande encore :

« Et Floriandre? »

Ils rigolent.

Abrial n'aime pas l'onctuosité du directeur du *Soir*. Il se tient près de la porte, à bonne distance du grand bureau derrière lequel le petit homme en tenue de soirée se frotte lentement les paumes tout en parlant. Un téléviseur gros comme trois paquets de cigarettes fait une tache bleue sur le sous-main.

« Je comprends fort bien votre problème, commissaire. Si cet idiot possède des complices, dans mon journal ou ailleurs, il paraît naturel que vous les recherchiez. Mais qu'attendez-vous de moi, au juste? »

Abrial se racle la gorge. Il avance d'un pas dans la grande pièce aux boiseries sombres.

« Je voudrais pouvoir vous répondre précisément. Malheureusement, l'action de Muller nous a pris de court, et...

– Pensez, dit le petit homme. Moi-même, je me trouvais à Beaubourg. Wenceslas... C'est un jeune peintre roumain que nous lançons. Très important. Tout le gratin était là, ministre en tête. Et ce crétin qui choisit ce moment pour flanquer sa pagaille.

– Ce moment et ce journal. Vous avez une idée à ce sujet?

– A quel sujet?

– Muller a donné à l'antenne l'un des numéros téléphoniques du *Soir*. Est-ce que ça pourrait vous nuire d'une manière ou d'une autre?

– Nous nuire? Je ne vois pas.

– En créant une association dans l'esprit des gens, par exemple. En donnant l'impression d'une complicité entre...

– Et alors? Les gens dont vous parlez sont tous du côté de Muller, ce soir. C'est sans doute agaçant à reconnaître, mais ce balourd nous fait un vrai spectacle populaire. Demain, notre *une* lui est consacrée. Nous doublerons les ventes.

– Dans un sens, Muller vous fait de la publicité.

– Vous pouvez le formuler comme ça. Depuis qu'il a donné ce numéro, le standard est saturé. J'ai demandé au personnel de jouer le jeu. Les opératrices prennent note des renseignements qu'on leur communique. On le reçoit bien à Lille, flou à Marseille, pas du tout à...

– Vous ne craignez pas d'être pris dans les remous qui...

– Quels remous? Ce soir, cette histoire vous paraît une montagne. Dans trois jours elle sera oubliée.

– Par le public peut-être. En ce qui concerne les sphères...

– Ecoutez, mon cher, je ne vois pas de quoi vous parlez. Moi, je vends l'information. Je ne la crée pas.

– Je cherche des raisons au choix de Muller.

– C'est simple. Vous l'avez dit vous-même. Il possède un complice dans la place. Que vous faut-il de plus?

– L'identifier. »

Le petit homme écarte les mains.

« Alors bonne chance.

– Quels sont les effectifs à cette heure-ci?

– Rédaction ou imprimerie?

– En tout.

– Une centaine de personnes.

– Qui peut avoir connaissance des renseignements reçus par le standard?

– Tout le monde. Les opératrices, les journalistes, tout le monde...

– Je vois. (Abrial soupire. Il se retourne vers la porte.) Je vais y aller. »

Le petit homme acquiesce.

« Ne vous gênez pas. Si vous pincez le gaillard, amenez-le-moi. J'aurai deux ou trois questions à lui poser. »

Abrial sort. Un couloir mal éclairé le conduit à l'ascenseur. Sous ses pieds, il sent vibrer les quatre niveaux du journal. Du sous-sol, où sont les rotatives, à l'étage directorial, la vie ne s'interrompt jamais tout à fait. C'est dans cette ruche un peu endormie que se cache celui qu'il cherche. Celui ou celle ou ceux. Sa seule piste.

En attendant la cabine poussive, il se demande si c'en est vraiment une.

Frankel fonce vers Paris.

Son assistante, près de lui, se tait. Ils se taisent.

Peut-être est-ce parce qu'il n'y a rien à dire. Rien pour le moment. La radio donne sans arrêt des informations qui n'en sont plus à force de rabâchage.

Le Champ-de-Mars est bouclé par les C.R.S. La tour a été évacuée en un temps record. Les curieux se pressent derrière les cordons. Le Trocadéro est noir de monde. Des embouteillages monstres bloquent la rive droite de la Concorde au pont de Bir-Hakeim. En province, on note une animation inhabituelle. La plupart des cafés restent ouverts. Les consommateurs s'y assemblent devant la télévision. A chaud, la réaction d'un ministre, qui déclare que c'est inadmissible. Un acte inadmissible. Pour l'heure, aucune formation politique n'a fait connaître ses commentaires, bien que le piratage de ce soir soulève, comme le dit si bien le journaliste, l'épineux et très actuel problème de la communication.

Peu à peu, Muller envahit les ondes, reléguant au second plan les incidents de frontière sino-soviétiques, la reprise des négociations au Moyen-Orient et la mort d'un pilote automobile français qui constituaient le gros de l'actualité du jour.

Frankel est un homme d'images. A ses yeux, quelques instantanés d'une situation sont toujours plus chargés de sens que de longues explications. Il en garde plusieurs de l'événement de ce soir qui disent toute sa gravité, toute son ampleur.

Un cercle de gens religieusement figés dans l'éclairage cru et le décor plastique d'un restoroute.

La silhouette de Muller sur un poste mal réglé, s'effaçant à moitié au passage de chaque voiture.

Au centre d'un parking vide, une dizaine d'automobilistes debout comme des santons devant la porte ouverte d'une caravane d'où s'échappe la lumière bleutée d'un écran.

Des images grises. Inquiétantes. Dérangeantes.

Alors Frankel fonce.

Il pousse la Maserati et ne craint pas d'être arrêté. Au-dessus de 185 km/h, les radars de la police n'enregistrent plus rien. Du moins Frankel le croit-il.

« Il suffisait d'y penser et de se renseigner. Il y a une extension qui monte jusqu'au bureau d'Eiffel. »

Le ministre a un geste impatient en direction des téléphones.

« Eh bien, qu'attendez-vous? Passez-le-moi dès que vous l'aurez. »

Sidar s'approche à contrecœur du bureau de Mougin. Il décroche l'un des appareils.

« Je ne sais pas si... »

Le ministre fait tourner son index tendu, l'incitant impérieusement à continuer.

Tout le monde s'est tu. On n'entend plus que le sourd ronronnement du monologue de Muller et la voix de Cézenac qui chuchote dans un autre combiné, à l'extrémité opposée de la pièce.

Le cadran tourne sept fois. Ils attendent, scrutant le visage étroit de Sidar.

Il a la bouche entrouverte. Ses yeux fixent l'écran du poste miniature. Il respire bruyamment.

Les secondes passent. Mentalement, ils comptent les sonneries.

Puis Sidar dit :

« Ça y est. »

D'un coup de menton, il désigne l'écran. Les autres se tournent vers le gros téléviseur. Muller s'est arrêté de parler. Sa main gauche est sortie du champ. Comme tout à l'heure, elle étreint un combiné téléphonique lorsqu'elle revient.

Sidar dit :

« Muller? »

Sur l'écran, une onde de surprise trouble un instant le large visage. Les lèvres s'arrondissent, lâchent un « oui » que le micro ne capte pas.

« Attendez, Muller. »

La voix de Sidar est rauque.

Le ministre s'est précipité. Il prend le téléphone des mains de son chef de cabinet.

« Muller? (Toute sa réserve s'est envolée. Il crie.) Vous m'entendez? Vous savez qui je suis? »

Une lueur amusée dans les yeux de Muller. Il hoche lentement la tête.

« Alors soyez attentif, mon vieux. La plaisanterie a assez duré, vous comprenez? (A présent, c'est la main droite qu'on voit sortir du champ. Le ministre s'énerve tout seul.) C'est fini, maintenant, vous avez fini de nous emmerder. »

« ... *de nous emmerder!* » répètent les haut-parleurs des deux postes.

« Attention, dit Sidar. Il vous a mis à l'antenne. »

Le ministre sursaute. Son regard égaré se pose sur l'écran, au centre duquel Muller sourit franchement.

« Très amusant, vraiment... »

La voix revient dans le bureau avec un retard infime qui suffit à lui donner un relief métallique.

« Très amusant. Eh bien, puisque vous voulez que nous nous expliquions en public, voici : vous avez commis ce soir un acte d'une extrême gravité. Tant par les procédés employés que par les menaces proférées, il constitue une atteinte directe aux libertés fondamentales de notre société. J'accepte de croire que vous n'en avez pas mesuré toutes les conséquences, cependant, et je prends sur moi, en tant que représentant du gouvernement et ministre de l'Audiovisuel, de vous promettre la plus grande indulgence si vous acceptez de renoncer à cette entreprise absurde et de vous rendre aux forces de l'ordre qui cernent actuellement la tour Eiffel. Vous me comprenez, Muller? »

« *Parfaitement, monsieur le ministre.* » La voix de Muller est claire et calme. « *Je vous comprends parfaitement. Mais je vous préfère en colère et grossier que grave et grandiloquent.*

– L'ironie ne vous mènera à rien, Muller!

– *Cette conversation non plus, monsieur le ministre. Comme dit l'autre : j'y suis, j'y reste.*

– Mais enfin, que voulez-vous? Qu'attendez-vous?

– *Vous préféreriez que je demande une rançon, monsieur le ministre? Ou bien la libération de prisonniers politiques?*

– Je ne préférerais rien du tout, Muller. Je vais vous dire... »

Le ministre est devenu écarlate. Sidar, la main levée, lui fait signe de se calmer, mais il ne regarde que l'écran. Il continue :

« Je vous plains. Voilà la vérité. Vous n'avez rien à raconter et vous ennuyez tout le monde.

– *Vraiment? J'ennuie tout le monde?*

– Vous sous-estimez les téléspectateurs, Muller, poursuit le ministre, malgré les gestes de plus en plus impérieux de son chef de cabinet. L'effet de surprise en a sans doute attiré beaucoup, mais il est passé à présent, et je suis sûr que votre audience baisse de minute en minute. »

Le rire de Muller fait vibrer les haut-parleurs.

« *Ah! les sondages! Toujours les sondages, monsieur le ministre! En voulez-vous un? Eh bien, nous allons jouer le jeu.* »

Sans ajouter un mot, Muller raccroche. Il repose ses coudes sur le bureau et se penche vers la caméra. Il sourit.

« *Vous avez entendu, mes amis. Il semblerait que je vous sous-estime. Après tout, c'est un ministre qui le dit. Voulez-vous que nous lui répondions? Voici ce que vous pouvez faire...* »

Cinq minutes à peine se sont écoulées.

Les neuf hommes se tiennent immobiles, figés devant les fenêtres ouvertes qui laissent entrer dans le bureau l'air froid de la nuit.

Ils se taisent. La plupart sont bouche bée, les yeux écarquillés.

Ils regardent le ciel.

Un halo flotte au-dessus de Paris. Une immense lueur bleue, comme une Voie lactée, le corps astral de la cité.

Le silence est total. La vie s'est arrêtée.

Puis la rumeur naît, monte des entrailles de la ville. Elle court dans les rues, remonte les avenues, rebondit sur les toits. Elle est d'abord fragmentée, brisée comme un miroir, en millions d'éclats, puis elle se recompose, devient compacte, cohérente.

C'est un rire, maintenant, qui souffle sur Paris.

Un rire immense.

Jamais entendu.

Le rire de cinq millions de téléviseurs.

Le rire de Muller.

Puis sa voix.

Sa voix comme un vent irrésistible.

Sa voix qui hurle :

« *LA FRANCE VOUS DIT BONSOIR, MONSIEUR LE MINISTRE.* »

CHAPITRE X

AUTOMNE 1971

« ENTREZ, Muller. Fermez la porte et asseyez-vous. »

Il s'était immobilisé sur le seuil. Sa veste bleu ciel plissait sur son ventre proéminent. Il ouvrait et fermait la bouche et semblait frappé de stupeur.

« Mais... », parvint-il à souffler.

Derrière son bureau, Sidar décroisa les mains.

« Ne faites pas cette tête-là. Entrez. »

Muller s'avança, d'un pas mal assuré.

« Où... Où est Clavier? »

Sidar esquissa un sourire et désigna une chaise d'un geste sec.

« Asseyez-vous. Il n'y a plus de Clavier. Fini, Clavier.

– Co... comment se...

– Le démon de la politique l'a saisi... Il se présente aux prochaines élections dans son patelin... Il prépare, déjà, sa campagne... C'est tout récent, d'ailleurs, ça date d'hier.

– Je ne comprends pas, Sidar...

– Appelez-moi Jacques, dit le petit homme d'une voix glacée. Qu'est-ce que vous ne comprenez pas?... »

Egaré, Muller regarda Sidar frotter son pouce contre son index.

« Et vous avez pris sa place? Celle de Clavier?...

– Attention, Muller. On m'a nommé à son poste. Je n'ai pas pris sa place. Nuance. Vous savez qu'un patron de l'information qui choisit la carrière politique doit abandonner son poste...

– Vous voilà donc...

– ... directeur de l'information. Eh oui! Ne vous plaignez pas, mon vieux. Sans cette histoire, vous croupiriez encore dans votre trou.

– Ne me dites pas que c'est vous qui... »

Jacques Sidar recroisa les mains et les glissa sous son menton. Son œil froid examinait Muller.

« Je vais seulement vous dire la vérité, mon vieux. S'il n'avait tenu qu'à moi, ce n'est pas à Auxerre qu'on vous aurait muté... Vous voyez, je joue franc jeu. Vous êtes peut-être un bon journaliste, un grand présentateur, mais ce qui me déplaît chez vous, c'est que vous ne pouvez pas vous empêcher de semer la panique partout où vous passez! »

Muller se leva d'un bond, rouge de colère.

« Je ne suis pas revenu pour me faire injurier, Sidar!

– Assis! glapit le petit homme. Assis et silence. Je n'ai pas fini. »

Muller resta debout un bref moment, oscillant d'avant en arrière, puis lâcha un long soupir et se rassit en secouant la tête.

« Nous avons suivi avec intérêt toutes vos facéties, reprit Sidar. L'affaire du supermarché, entre autres, nous a fait beaucoup rire. Et ces pétitions que vous n'avez cessé de distribuer. Je vous avoue qu'il n'en est pas revenu des tonnes.

– Pourquoi m'avoir rappelé, alors?

– Je n'y suis pour rien. Encore une décision tombée du ciel. (Sidar montrait les étages supérieurs.) Mais ne vous faites pas d'illusions quant aux anges gardiens que vous pourriez y avoir.

– Ce qui signifie?

– Que nous réorganisons actuellement la rédaction et certains ont pensé que vous pouvez être encore de quelque utilité. Je ne partage pas leur avis... Donc, vous revoilà, mais attention.

– Attention?

– Je ne plaisante pas, Muller. C'est une période probatoire pour vous. A la moindre incartade, à la moindre connerie, c'est la porte. Je ferai en sorte que vous ne remettiez jamais les pieds sur un plateau. Il faut que vous compreniez bien ça, Muller : vous ne m'êtes pas sympathique et c'est un euphémisme! Vous êtes trop imbu de vous-même pour que nous puissions un jour nous entendre. Mais, si vous y mettez du vôtre, nous pourrons nous supporter.

– C'est un homme à terre que vous frappez, Sidar.

– Laissez tomber les violons et écoutez-moi bien. Je veux que votre retour soit discret. Vous n'accorderez aucune interview. Dans un premier temps, vous n'apparaîtrez pas à l'antenne. Les méthodes ont pas mal changé depuis votre départ. Intégrez-vous à l'équipe le mieux possible. Nous ferons les présentations à la conférence du matin, demain. Des questions?

– Aucune. »

Muller se leva.

« Parfait. Dans ce cas, vous pouvez aller prendre possession de votre bureau. »

Muller hocha la tête et fit quelques pas en direction de la porte. Au centre de la pièce, il s'arrêta et se retourna. Il y avait un sourire sur son visage.

« Vous me tenez, souffla-t-il, glissant ses pouces sous les revers de la veste bleu ciel. Parce que vous savez à quel point ce retour est important pour moi. Mais un jour ce sera le contraire, Sidar. Vous devriez commencer à prier. »

Sidar avait bien fait les choses.

Ils étaient déjà trois dans le bureau. Une dactylo, un vieux reporter à deux doigts de la retraite, qu'on gardait plus par distraction que par charité, et un gamin frais émoulu d'une vague école de journalisme qui frimait au téléphone mais ne cessait de jeter à Muller des coups d'œil pleins d'anxiété.

Ils ne dépendaient pas d'un service précis, mais constituaient une sorte de main-d'œuvre de réserve que n'importe qui pouvait utiliser.

S'obligeant à la dignité, Muller s'installa derrière le bureau de métal vert qui lui était dévolu, décrocha le téléphone, écouta la sonnerie, le raccrocha et se mit à ouvrir et fermer les tiroirs vides. Celui du bas à droite coinçait nettement.

Peu de mots avaient été échangés. Le strict minimum. Ils savaient tout. Muller sentait peser sur lui leurs regards lourds. La tête baissée, il s'acharnait sur le tiroir réticent, pensant qu'il n'allait tout de même pas passer ainsi le reste de la journée.

A l'heure du déjeuner, il les laissa partir, attendit quelques minutes, puis se coula dans le couloir et rasa les murs jusqu'à l'escalier. L'étage entier était désert. Très loin, on entendait crépiter une machine à écrire solitaire. Respirer à nouveau cette atmosphère, cet air un peu confiné au parfum de poussière et de fébrilité, c'était renaître après un interminable sommeil. Un sommel de trois ans. Il éprouvait la sensation grisante et angoissante d'être invisible, réintégré dans les rassurants rouages d'une machine trop énorme pour remarquer son retour. Il descendit sans hâte les deux étages et ne rencontra personne.

Dans le hall, il reprit brutalement conscience de sa propre existence. Deux cents livres de chair bardées de tissu bleu ciel et surmontées d'un visage autrefois fameux ne pouvaient prétendre passer inaperçues dans un endroit aussi animé. La brûlure des regards lui enveloppa le corps comme un grand bain d'orties. Il fonça vers la sortie, l'œil bas, traversa une nuée de dactylos lâchées par les ascenseurs, passa entre les gardiens sans répondre à leur salut.

Dans son dos, quelqu'un cria :

« Hé! mais c'est... »

Le reste se perdit dans le battement des portes de verre.

Il était dehors.

Le soleil de septembre coulait comme du miel dans la rue Cognacq-Jay. Il faisait chaud. Muller n'avait aucune destination précise, rien à faire. Juste une heure à tuer. Il se redressa et tourna sur sa gauche.

Au kiosque de l'avenue Bosquet où chaque jour il achetait ses journaux trois ans auparavant, il demanda *France-Soir* et *Télé-Radio*. La vieille femme lui sourit en rendant la monnaie comme si elle l'avait vu encore la veille. Cette absence de surprise lui plut. C'était ainsi qu'il voulait revenir : comme s'il n'était jamais parti.

Il prit la rue de l'Université. Le trafic était dense et un voile invisible montait de la masse compacte des voitures, faisant onduler les lignes droites des immeubles. C'était bon de retrouver Paris.

Tout en marchant, il regarda le magazine de programmes. La fille en couverture souriait. Lui souriait. Elle avait coupé ses cheveux qui bouclaient à présent autour de sa tête comme un casque de mousse brune; la mauvaise qualité des encres donnait au vert de ses yeux une crudité irréelle; et son air timide paraissait à présent calculé, soigneusement travaillé. Mais c'était bien elle. Laure, comme le précisaient les lettres blanches dans un cartouche rouge au bas de la photo :

LAURE VERNIER

Quelques semaines plus tôt encore, cette couverture aurait bouleversé Muller. Laure avait quitté Auxerre pratiquement au bras de Matthieu. Pratiquement sans dire adieu. Pratiquement sans un mot tendre pour celui qui l'avait révélée.

Depuis, il avait suivi sa carrière, mais sans se l'avouer, pour ainsi dire du coin de l'œil. Il n'aurait pas supporté de regarder la vérité en face : cette fille s'était servie de lui.

Aujourd'hui, tout était différent. L'exil avait pris fin. Il revenait de ce côté-ci du paradis. Du bon côté. Que Laure, alors, s'envole vers la gloire redevenait une chose plaisante. La marque de son aptitude à découvrir des talents en herbe.

L'article occupait deux pages, avec trois photos. Muller s'arrêta au bord du trottoir et lut.

LAURE VERNIER :
« Je ne veux pas être une star! »

C'est au mois de septembre dernier que les téléspectateurs français ont découvert pour la première fois ce ravissant visage. Depuis, de dimanche en dimanche, Laure Vernier s'est révélée, aux côtés de Louis Matthieu, la plus charmante des animatrices de variétés.

« J'ai fait mes classes, raconte Laure, qui reçoit aujourd'hui plus de cinq cents lettres quotidiennes. Avec Louis, ce n'est pas de tout repos. Un vrai parcours du combattant! *Pique-Nique* étant une émission nomade, nous avons passé le plus clair de cette année sur les routes. Moi qui n'étais jamais sortie de chez moi... »

« Chez moi », pour cette Bourguignonne de vingt-huit ans, c'est Auxerre. C'est d'ailleurs cette ville qui vit le début de sa fulgurante carrière. Tout a commencé par une rencontre inespérée...

« Je faisais de l'animation dans les grandes surfaces quand j'ai rencontré Marcel Muller. S'il y a quelqu'un à qui je dois tout, c'est bien lui. Marcel n'est pas un homme de télévision, c'est la télévision faite homme. Il m'a tout enseigné... Qui aurait pu rêver meilleur professeur? »

Après des débuts prometteurs à la station régionale d'Auxerre, Laure « monte » à Paris. Elle espère se présenter au concours de recrutement des speakerines. Mais le destin et... Louis Matthieu en décident autrement.

« Louis m'avait remarquée au cours d'un passage à Auxerre. Il m'a tout simplement proposé de venir travailler avec lui. »

Aujourd'hui, exactement un an plus tard, Louis Matthieu, l'éternel vagabond, reprend la route, laissant celle qu'il a découverte seule à la tête de l'émission.

« Plus qu'animateur, Louis est homme de théâtre, ne l'oubliez pas, dit Laure Vernier. Je trouve normal qu'il éprouve de temps en temps le besoin de retrouver la scène. »

Et quand on l'interroge sur ses propres projets, elle répond :

« Donner à *Pique-Nique* une touche plus personnelle, mais sans en transformer la formule, car c'est une émission extrêmement populaire. Continuer à vivre simplement, sans me laisser griser par le succès. Je ne veux pas être une star! »

Il ne sut pas tout de suite pourquoi les passants lui jetaient des regards inquiets. Puis il se rendit compte qu'il riait. Il riait à pleine gorge, debout au bord du trottoir, son magazine à la main. C'était trop drôle. Comment ces journalistes emballaient la réalité dans leurs paquets-cadeaux pleins de rubans roses! Une photo retouchée de la vie... Un vrai conte de fées.

En réalité, elle avait dû beaucoup se battre, la petite Laure, pour réussir. Matthieu avait dû, lui, se défendre avec les moyens qui lui restaient.

Mais ce n'était pas ce qui faisait rire Muller.

Il pensait à Sidar.

Sidar avait interdit les papiers et les interviews.

Sidar voulait un retour discret.

Il n'avait rien dit à propos des témoignages de gratitude.

Celui de cet article – les trois phrases élogieuses de Laure – ne l'ennuierait que raisonnablement.

Ce n'était que le premier.

Au pied de la tour, Muller renversa la tête en arrière. La vieille dame de fer piquait sa coiffe dans le soleil. Il plissa les yeux et se laissa envahir par sa force immense.

« Tu vois, souffla-t-il. Je suis revenu. »

Des touristes le regardaient. Des écoliers en rang devant les ascenseurs le montraient du doigt.

Lui ne les voyait pas.

Il contemplait son avenir.

Le lendemain, avant de monter à son bureau, il alla inspecter le contenu de son casier à courrier. Il avait obtenu la veille du concierge qu'il lui rende celui qui avait porté une étiquette à son nom trois ans plus tôt. Il voulait que tout soit pareil.

La différence, c'était que le casier ne contenait ce matin qu'une enveloppe. Muller la prit et l'ouvrit – avec autant de joie qu'il en avait éprouvé autrefois à dépouiller des dizaines de lettres quotidiennes.

C'était un mot de Mougin : *BIENVENUE A BORD*.

Sa joie retomba. Il froissa la feuille et mit la boule dans sa poche.

L'interphone nasilla. C'était l'heure de la conférence de rédaction. Elle se tenait à dix heures moins le quart. Il attendit dans son bureau, jouant encore avec les tiroirs. Il avait le choix entre trois solutions. Arriver avant les autres, avec les autres, ou en retard. Il choisit la pire.

Ils étaient une vingtaine, dans la grande pièce, assis

sur des chaises alignées contre les murs. Quand il fit son entrée, ils écoutaient Sidar lire de sa voix froide le conducteur du Journal de treize heures.

Il referma soigneusement la porte et dans un silence profond s'avança au centre du bureau.

« Mesdames et messieurs, déclara-t-il, s'inclinant légèrement, pardonnez-moi ce retard, mais je reviens de loin. »

Un seul rire lui fit écho.

Sidar le fixait.

Il ignora ce regard et se tourna vers le rieur.

Il le connaissait. C'était un homme rond et fort comme un ours gris d'Amérique. Un pelage poivre et sel mangeait ses joues qui se creusaient chaque fois qu'il tirait sur le brûle-gueule qui semblait planté à jamais entre ses dents. Son sourire ressemblait à un rictus. Il fallait toute l'intelligence de ses yeux gris pour lui rendre un peu d'humour et de chaleur.

Eric Chamberlain avait vu beaucoup de choses.

Beaucoup trop de choses, beaucoup plus qu'on ne devrait pouvoir en supporter, depuis qu'il avait fait, en avril 54, dans la plaine de Dien Bien Phu, ses débuts de grand reporter.

Muller le salua d'un hochement de tête.

« Je crois qu'il est inutile de vous présenter Marcel Muller. (Les mots de Sidar se mirent à tomber comme des grêlons.) On m'a prié de le réintégrer à notre équipe. Nous ferons tous de notre mieux pour que les choses se passent comme il se doit. Vous pouvez vous asseoir, Muller. »

Vingt paires d'yeux le suivirent tandis qu'il marchait vers une chaise libre, s'en saisissait et la tirait à l'autre bout du bureau, près de celle de Chamberlain.

Il avait travaillé avec la plupart d'entre eux. Il les connaissait, mais aujourd'hui il aurait été incapable de deviner quels sentiments il leur inspirait. Trois longues années avaient passé...

Il le sut assez vite. Quand la conférence se termina,

une heure plus tard, ils avaient examiné tous les sujets des deux journaux de la journée, des titres d'ouverture aux nouvelles brèves de la fin, établi deux conducteurs presque définitifs, partagé toutes les émissions de l'après-midi, envoyé au montage et rappelé du marbre tous les documents nécessaires, et personne, pas une seule fois, n'avait adressé la parole à Muller.

Sidar avait distribué les minutes comme des bons points – quatre pour l'étranger, cinq pour l'intérieur, priorité absolue au Conseil des ministres, deux pour le foot, neuf minutes de plateau en tout pour le présentateur vedette... – et là non plus il n'y avait rien eu pour Muller. Pas même trente secondes de commentaire off; pour le premier jour, il n'aurait pas demandé plus.

Ils se levèrent tous ensemble bruyamment. Lui seul resta assis. Assommé. Désespéré. Tous ses espoirs l'abandonnaient. Ils le haïssaient. Il se sentait complètement exclu, malade. Derrière son bureau, les mains croisées sous le menton, Sidar l'observait. Il y avait maintenant un sourire sur son visage étroit.

Une main toucha l'épaule de Muller. Une voix souffla :

« Venez. »

Il se mit debout et, les jambes molles, suivit Chamberlain jusqu'à la porte. Dehors, il s'approcha d'une fenêtre qui donnait sur la cour intérieure. Il appuya son front à la vitre.

« Ne nous laissons pas abattre, dit le reporter, dans son dos. C'était une belle entrée. »

Muller se retourna.

« Qu'est-ce qu'ils ont? Pourquoi m'en veulent-ils?

– Ce n'est pas ça. Ils ont peur.

– C'est idiot.

– Ils ne vous en veulent pas. Ils se demandent ce que *vous* voulez. »

Muller secoua la tête.

« Sidar ne peut pas vous blairer, dit Chamberlain, comme s'il donnait une explication.

– Il m'a mis au courant. Ils ne sont pas obligés de penser tous comme lui.

– Ça fait quinze jours qu'il nous bassine avec votre retour. Selon lui, vous allez vous montrer gourmand. Et, toujours selon lui, il a fallu une main drôlement divine pour vous tirer de votre cambrousse. Gourmandise plus main de Dieu..., faites l'addition et comprenez qu'ils ne soient pas rassurés.

– Pas vous? » interrogea Muller.

Chamberlain ouvrit les mains. Son bizarre rictus s'accentua.

« Vous voulez mon job? Il est à vous.

– Je ne veux rien, marmonna Muller.

– Pas même un café? (Le reporter lui prit le bras.) Je vous l'offre. »

Ils marchèrent en silence jusqu'à l'ascenseur.

Quand ils montèrent dans la cabine, une fille s'y trouvait déjà. Chamberlain laissa fuser un petit sifflement. La fille rougit et détourna les yeux. Au troisième, elle descendit. Le reporter attendit que la porte se soit refermée, puis se pencha vers Muller.

« Vous *êtes* gourmand, n'est-ce pas, Muller? » murmura-t-il.

Le gros homme contemplait la paroi.

« Vous devez m'aider, Eric, dit-il. Il le faut.

– Et pourquoi?

– Parce que... parce que vous n'avez rien à craindre de moi.

– Exact. Est-ce une raison suffisante?

– Parce que vous méprisez Sidar tout autant que moi.

– Et encore?

– Parce que c'est votre intérêt! » Muller frappa du plat de la main contre la paroi. La tôle sonna comme un gong.

« A partir d'aujourd'hui, Eric, tous ceux qui ne sont

pas avec moi sont mes ennemis. Et qui peut dire si Sidar se trompe dans ses additions? »

Les deux premières semaines s'écoulèrent avec lenteur. En tout, Sidar confia à Muller trois minutes d'antenne au cours de ces quinze jours. Pas d'apparitions à l'écran, bien entendu, mais des commentaires off, en cabine. On entendit sa voix sur quinze secondes d'incendie près de la gare de Lyon, trente secondes d'épreuves cycliste sur piste et ainsi de suite.

Chaque matin, il s'arrêtait devant son casier. Il n'y ramassa qu'une lettre, quelques lignes chaleureuses de Frankel qui lui souhaitait un heureux retour à Paris. Comme Laure, le jeune homme avait commencé à se faire connaître l'année dernière. Il avait maintenant quitté l'émission de Corinne Jacquet et faisait cavalier seul. La relève arrivait.

La jeune garde, jubilait Muller, planté au milieu du hall, oubliant soudain qu'il tenait en main tout le courrier de deux semaines. *La télévision de demain.*

Et il les avait dans son camp.

Le rouge était mis au-dessus de l'énorme porte du plateau n° 15 quand Muller trouva enfin le couloir qui y conduisait. Etant homme de l'information, il n'avait jamais eu l'occasion de se familiariser avec le dédale poussiéreux des studios des Buttes-Chaumont, où la télévision de divertissement avait établi ses quartiers. Ici se tournaient les dramatiques, les téléfilms, les émissions à grand spectacle. Cela donnait à l'endroit l'allure d'un immense théâtre. Un théâtre aux scènes multiples, doté de coulisses, de loges, bourré de décors et d'accessoires, mais auquel il manquait quelque chose. Le public. Pas d'orchestres ou de magazines, pas de rangées de fauteuils cramoisis. Seulement quelques caméras rattachées par leurs nerfs optiques à ces centres cérébraux, les régies – elles-mêmes reliées aux vastes mémoires des magnétoscopes. D'une certaine manière, le théâtre était son propre spectateur. Un colossal spectateur électronique.

Sous le regard indifférent du pompier de service, Muller se glissa à l'intérieur par l'entrebâillement de la porte. Un groupe de machinistes se tenait au pied de l'escalier métallique de la régie. Il s'en approcha.

Les énormes projecteurs des cintres convergeaient vers le fond du plateau, délimitant dans cet espace grand de plusieurs ares une petite zone de lumière chaude et lourde. Le mur éclairé était uniformément bleu, ce qui suggérait l'emploi de surimpressions électroniques. Devant, sur un praticable, une fille en costume blanc et canotier dansait au milieu de quatre boys portant une tenue semblable. Sa bouche articulait les mots d'une chanson diffusée par des enceintes invisibles. Trois caméras, dont une montée sur grue, s'activaient sans heurt.

Muller repéra Laure, également vêtue de blanc. Elle avait un micro à la main et se tenait à droite du praticable. Dès que la chanson fut finie, elle y monta et, tandis que les boys disparaissaient, commença l'interview de la chanteuse.

Sa voix chaude, un peu éraillée, envahit le plateau.

Elle avait pris une assurance folle. Muller ressentit une émotion difficile à identifier, quelque chose comme un pincement de fierté ou un élan de tendresse.

Puis l'interview s'acheva et une voix tomba de la régie :

« C'est bon pour nous, Laure. Merci. »

Elle leva la tête vers les cintres.

« O.K. Ne bouge pas, Henri. Je viens visionner ça. »

Après avoir échangé quelques mots, cette fois inaudibles, avec la chanteuse, elle sauta au sol. Les projecteurs s'éteignaient, les cameramen retiraient leurs casques; maintenant que l'attention générale n'était plus tendue vers un seul point, le plateau se mettait à ressembler à une fourmilière où une multitude de gens se déplaçaient sans but précis.

Plusieurs personnes, passant à côté de Muller, le saluèrent sans paraître s'étonner de sa présence.

Laure l'aperçut enfin.

« Marcel! »

Elle courut vers lui et se jeta dans ses bras. Elle sentait bon. Une eau de toilette d'homme.

« C'est formidable que tu sois là! »

Il fut surpris. A Auxerre, elle l'avait vouvoyé jusqu'à la fin. Il dit :

« Je suis venu dès que j'ai pu.

– Tu es de passage à Paris? »

Il l'écarta, suffoqué.

« Tu... Vous ne savez pas? »

Elle le regarda, puis renversa la tête et égrena un rire musical. Un rire très travaillé.

« Il ne changera jamais, dit-elle. Qu'est-ce que je devrais savoir?

– Mon retour... Vous n'êtes pas au courant? Ils m'ont rappelé à Paris.

– Oh! mais c'est merveilleux, fit-elle, abandonnant tout enthousiasme.

– Vous l'ignoriez, Laure. Voilà ce qui est grave. Personne ne le sait. »

Il s'efforçait, tout en parlant, de percer ce regard vert qui l'examinait sans tendresse. Il cherchait une chose qui ne s'y trouvait plus. Elle commença une phrase, mais un garçon aux cheveux longs arriva de la régie et, après un bref salut de la tête à Muller, l'entraîna à l'écart pour lui parler longuement.

Il attendit.

Il se sentait comme un canard attaché au milieu d'un étang. Un étang entouré de chasseurs.

Quand elle revint vers lui, sans s'excuser, il sourit avec maladresse.

« C'est votre... un petit ami? »

Cette fois, son regard fut glacial.

« On m'attend en régie pour visionner cette prise, Marcel. Si vous êtes à Paris, nous n'aurons aucune difficulté à nous revoir. »

Elle attendait. Sans doute qu'il s'en aille. Il hésita.

« Laure, j'ai un mot à vous dire.

– Oui? »

Il regarda autour de lui. Les machinistes blaguaient bruyamment. Un type roulait du câble en sifflotant.

« Pas ici.

– Comme vous voudrez. »

Il la suivit. Elle marcha rapidement vers la porte et sortit. Elle lui parut plus mince qu'avant. Plus élancée. C'était peut-être un tour de sa mémoire.

« Vous êtes vraiment devenue professionnelle », dit-il quand il la rejoignit près du piano auquel elle s'était accoudée.

Le couloir était encombré d'objets de toutes sortes. Une grosse chaise à porteurs leur cachait l'entrée du plateau.

« Ça n'existe pas, le professionnalisme, répondit-elle avec un sourire qu'il ne comprit pas. Que vouliez-vous me dire?

– Vous remercier.

– Quelle idée!

– Cet article dans *Télé-Radio* m'a fait un réel plaisir. »

A nouveau, elle accorda un bref sourire.

« Je le pensais vraiment, dit-elle. On n'aurait pu rêver meilleur professeur. »

Il acquiesça, l'observa.

« C'est agréable de vous revoir.

– Nous l'avons déjà dit, Marcel. (Sa voix était douce. Presque tendre.) Que voulez-vous?

– C'est difficile... »

Ils retournaient en arrière. Un an et demi plus tôt, ils avaient vécu la même scène. C'était au milieu de sa chambre d'hôtel, à Auxerre, parmi les câbles, les projecteurs, tout le matériel audiovisuel. Il s'était déclaré.

Il se sentait ce soir tout aussi emprunté. Tout aussi ridicule.

« C'est même délicat...

– Allez-y, Marcel. »

Elle paraissait soudain déborder d'indulgence.

« Vous connaissez Sidar? Jacques Sidar?

– C'est le nouveau patron de l'information. Il remplace Clavier. »

Elle eut cette grimace souriante qui signifiait je sais tout cela, continuez. Muller remarqua au coin de ses yeux des rides qu'il n'y avait jamais vues.

« Sidar me hait, dit-il d'une voix sourde. On l'a obligé à me reprendre, mais il fera tout pour me barrer la route. Il faudrait que vous m'aidiez.

– Comment? »

Il ébaucha un geste de la main.

« Comme avec *Télé-Radio*. En me citant dans vos interviews. En mentionnant mon retour.

– Je ne comprends pas, Marcel. Les journalistes ne demanderaient pas mieux que de vous interviewer. »

Il baissa la tête.

« Sidar ne veut pas », souffla-t-il.

Elle rit. Sans douceur. Sans tendresse. Elle avait ri de cette manière dans la chambre, à Auxerre.

« Alors vous avez pensé à moi. C'est gentil. C'est idiot.

– Vous n'acceptez pas?

– Non.

– La gratitude...

– Je ne vous dois rien, Muller. Je ne dois rien à personne.

– Mais... ces compliments...

– Je pensais que vous étiez toujours en province...

Comprenez-moi, Marcel, je ne peux pas me compromettre... J'ai trop connu la mouise... Je ne veux pas me faire un ennemi de Sidar...

– Tant pis, Laure. Vous avez sans doute raison. C'est très bien ainsi. »

Il secoua la tête. Il chercha quelque chose à ajouter. Il tremblait.

« Maintenant, il faut que j'y aille », dit-elle.

Il acquiesça.

Elle s'éloigna d'un pas. Elle s'arrêta, se retourna.

« Je n'ai pas de cœur, Muller, dit-elle. Ou plutôt je n'en ai plus... (Elle ne souriait pas.) Demandez donc à Louis Matthieu. »

CHAPITRE XI

21 h 45

« Du coup, je m'y remets. Vous pouvez m'en passer une? »

Maxime Trembledieu tend son paquet et le petit homme s'empare d'une Gitane. Son geste est à la fois avide et dégoûté.

« Six mois, maugrée-t-il, tout en prenant du feu au briquet du journaliste. Vous vous rendez compte? Six mois d'efforts réduits à néant.

– Encore un effet inattendu de ce piratage », plaisante Trembledieu.

Il n'éprouve pour Sidar aucune sympathie particulière. Juste une pointe de curiosité. Un être qui en veut à la terre entière ne peut être totalement dénué d'intérêt.

« Ce ne sera pas le seul, je vous le dis. »

Le regard de Sidar s'est perdu au-delà des portes du hall. Derrière les vitres de la 604 noire rangée devant l'entrée, on aperçoit le ministre. Il parle dans un téléphone. Le chauffeur à la nuque raide fixe toujours la ligne bleue des Vosges.

La portion de rue visible du hall est déserte à l'exception de cette voiture et de quelques flics en uniforme qui passent et repassent sur le trottoir.

« Vous pourriez m'en citer d'autres? »

Sans le vouloir, Trembledieu retrouve le ton de ses interviews.

« Dans quel camp êtes-vous? (Sidar le dévisage.) Je donnerais cher pour le savoir.

– De quoi parlez-vous? Quel camp?

– Vous ne m'avez guère soutenu, face à Mougin et ce crétin de la diffusion.

– J'aurais dû?

– Vous pensez comme moi.

– Ah?

– Vous pensez qu'il y a du monde derrière Muller.

– Vous croyez?

– Vous devriez m'épauler. On ignore qui va tirer profit de toute cette pagaille.

– Dites-moi, Sidar. (Trembledieu contemple le paquet de Gitanes puis relève les yeux.) Vous le haïssez?

– Qui?

– Vous savez qui. »

Le petit homme hausse les épaules.

« Aucun rapport.

– On dirait qu'il vous fait peur.

– Je défends seulement les intérêts de votre chaîne.

– Vous mobilisez contre lui...

– Ce n'est pas Muller qui me fait peur. Je crains les retombées parce qu'elles sont imprévisibles. Tout comme vous devriez les craindre, Mougin et vous.

– Qu'est-ce que je risque? Je ne suis qu'un homme d'antenne. Comme Muller. »

Sidar secoua la tête avec irritation.

« Muller n'a rien compris. C'est un mammouth. Il a toujours refusé d'admettre que la télévision était sortie de la préhistoire. Vous connaissez le terme « démocratie audiovisuelle »? Inventé par je ne sais quel journaliste en mal d'humour, je suppose. Mais il n'y a pas de quoi rire. L'avenir de notre société dépend de ce que sera la télévision. Nous ne pouvons pas nous permettre d'en perdre le contrôle... Ah! excusez-moi. »

Dehors, la vitre de la 604 s'est baissée. La tête du ministre s'encadre dans l'ouverture.

Trembledieu suit Sidar jusqu'au seuil. Il sort avec lui. Tandis que le petit homme va se pencher à la portière de la voiture noire, il examine la rue.

Aux deux bouts, côté Bosquet et côté Malar, une foule dense se presse derrière les cars gris en épi et les barrières Nadar. Une foule tout aussi silencieuse, tout aussi hostile et dix fois plus nombreuse que tout à l'heure.

Des éclats de voix ramènent le regard de Trembledieu sur la 604. Sidar s'est redressé. Il se tient d'une main à la carrosserie noire et paraît très pâle dans la lumière du hall. Il cache le ministre dont les phrases cinglantes semblent sortir de son abdomen. Un ventriloque en train de s'engueuler tout seul...

Puis, sans transition, la voiture démarre. Sidar reste planté au bord du trottoir, la bouche ouverte, la main levée. Il regarde les feux arrière s'éloigner, les stops s'allumer devant les barrières qui s'écartent, la Peugeot disparaître derrière la masse compacte des badauds.

Il revient vers le perron. Son pas est lourd. Il passe sans lever la tête devant Trembledieu. Le journaliste rentre derrière lui.

Ils attendent l'ascenseur. Ils se taisent. Sidar est décomposé.

La cabine arrive et les portes s'ouvrent. Ils y pénètrent. Trembledieu appuie sur le bouton marqué 10.

« Il s'est occupé d'une affaire qui ne le concernait pas, murmure Sidar. *A cause de moi.* Il s'est ridiculisé devant le pays entier. *A cause de moi!* Il a maintenant l'Elysée sur le dos. *A cause de moi...*

– Ça se tassera, suggère Trembledieu.

– Ça ne fait que commencer, répond le petit homme d'une voix lugubre. Vous ne pouvez pas savoir... Si le ministre a reçu l'ordre de reprendre ses billes, c'est qu'on tient encore à lui. Ça signifie simplement qu'on ne veut pas le voir dans les parages quand on commencera la danse des scalps. »

« Merci. Je te tiens au courant. »

Laure raccroche en douceur et se tourne vers Gouvion, le présentateur des journaux de la nuit. Elle agite le morceau de papier.

« Je l'ai, dit-elle. Ce n'était pas très difficile. Si ce ministre a pu l'appeler, pourquoi pas nous? »

Son camarade de la station de radio ne cache pas son admiration. Sous la grosse moustache, ses lèvres font une moue approbatrice.

« J'ignorais que vous gardiez de pareils contacts.

– Je n'ai pas lu des pubs toute ma vie, vous savez, dit Laure assez vivement. (Puis elle hausse les épaules. Son rire est clair.) Oui, d'ailleurs, vous savez. On l'appelle?

– Sans prévenir les autres?

– Ils sont d'accord. Ils ont voté.

– Nous prenons un risque énorme, Laure. Plus exactement, nous prenons parti et ce n'est pas notre rôle.

– Il fallait voter contre.

– Je l'ai fait.

– Il fallait être majoritaire. (Elle rit encore et se penche pour rapprocher le téléphone.) Trop tard pour reculer, de toute façon. C'est trop important. »

Gouvion enfonce les mains dans les poches de sa veste et se tait.

Laure reprend le bout de papier. Lentement elle compose le numéro. Le silence bourdonnant qui suit la septième rotation du cadran paraît interminable.

Puis la sonnerie. Lointaine, grêle.

Deux coups. Trois.

La sonnerie s'interrompt.

« Oui? »

Une voix. Sa voix.

Laure dit :

« Marcel? »

Et tout disparaît : Gouvion, le bureau, les murs...

Seuls demeurent ce combiné qui se réchauffe dans sa paume, ce silence métallique et les battements fous de son cœur.

« *... suscité par l'entretien que le ministre a pu avoir en direct avec le pirate. Aussitôt après, Marcel Muller, s'adressant aux Parisiens, leur demandait d'approcher leurs postes de télévision des fenêtres et de pousser le volume sonore au maximum. Démonstration de force particulièrement éloquente quand on sait que le taux d'écoute dont bénéficie Muller s'élèverait actuellement à 65 p. 100, ce qui représente...* »

Frankel coupe d'un geste sec la radio de bord. Il sortait du tunnel de Saint-Cloud quand la lumière des tubes a envahi le ciel de Paris. Aucune estimation, aucun récit ne peuvent rendre compte d'un tel spectacle. Il a entendu l'immense voix née de nulle part. Jamais il n'a douté ni de la popularité ni de la folie de Muller, mais...

Un pouvoir terrifiant. Terrifiant.

... il sait désormais que cette bataille est la dernière que livre Muller. Comme un adieu. Cette lueur sur la ville, ce sont ses derniers feux. Trop de pouvoir pour un seul homme. Il ne redescendra pas. Pas vivant.

L'ouest de Paris est mort, désert. Pas de taxi. Tous les chauffeurs sont devant la télé. Il laisse son assistante au métro Exelmans. Pas le temps de la raccompagner.

Puis il roule vers le studio, s'enfonçant dans la kermesse à mesure qu'il approche du VIIe arrondissement. C'est bien ça. Une kermesse, une fête étrange, silencieuse et sans joie. Combien sont-ils, dehors? On entend surtout le son métallique des transistors qu'ils ont descendus avec eux dans la rue. Ils parlent peu. Ils se tiennent dans les cafés ou en groupe, aux carrefours. Ils écoutent les paroles de Muller, les commentaires incessants des stations périphériques. Ou encore ils marchent. Ils convergent vers la Seine. Vers la tour.

Aux abords du Champ-de-Mars, les berges, les quais, la plupart des rues deviennent impraticables des deux côtés du fleuve. Des centaines – peut-être des milliers – de voitures sont abandonnées au milieu des chaussées. L'avenue de New York, la place de Varsovie, les jardins du Trocadéro sont noirs de monde. Là encore, de loin en loin, scintille l'écran bleuté d'un récepteur à piles. Mais les têtes sont levées, tournées vers l'autre rive, au-delà du pont d'Iéna que barrent les hommes et les véhicules des compagnies républicaines de sécurité. Ils regardent la tour. Immense et noire contre le ciel plus clair, elle ressemble à un astronef à peine posé. Tout est obscur, à bord, à l'exception des phares rouges du sommet et de la minuscule lumière blanche qui tombe du campanile et marque, comme la lampe sur le tabernacle, la présence d'une âme, d'une intelligence humaine sur ces sept mille tonnes de fer.

Le coupe-file du ministère de l'Intérieur bien en vue sur le pare-brise de la Maserati a ouvert un chemin à Frankel. Il a pu rejoindre le studio par les rues interdites.

Avant de quitter la voiture, il jette un coup d'œil à la montre de bord. 21.57.05. Belle moyenne, compte tenu de tout.

Sur le seuil, un flic en bleu fait mine de l'arrêter. Son collègue le retient par le bras.

« Laisse donc! (Il crie, comme s'il parlait dans un porte-voix.) Tu vois bien que c'est m'sieur Frankel. »

Frankel lâche un sourire et s'engouffre dans le hall.

Dix étages plus haut, il est happé par l'animation

qui règne dans les couloirs. Deux costauds en costume trois pièces font le pied de grue de part et d'autre de l'ascenseur. Les portes de la plupart des bureaux sont ouvertes et laissent échapper d'épais nuages de fumée. L'odeur du tabac prédomine. Des téléphones sonnent sans arrêt, des machines à écrire crépitent et on distingue clairement la voix de Muller reproduite par des haut-parleurs de toutes tailles. Des hommes en bras de chemise vont et viennent entre les différentes pièces. Une fille passe derrière une table roulante chargée de porcelaine. Une grosse cafetière fume entre les tasses et les soucoupes.

« Excusez-moi, monsieur. Où allez-vous? »

Le bras tendu de l'un des costauds barre la route à Frankel. Il ne faut pas des tonnes d'imagination pour deviner la bosse sous son aisselle.

« Jean-Loup Frankel. Le président Mougin m'attend. »

L'homme acquiesce lentement. Ses yeux observent. Reconnaît-il Frankel? Son visage demeure impassible.

« Je vous conduis. »

Frankel le suit.

« Vous craignez quelque chose? »

L'homme secoue la tête.

« C'est la consigne. »

Un calme inattendu règne dans le bureau présidentiel. Sept ou huit hommes s'y tiennent – Frankel voit Reigner, Sidar, Trembledieu – tous muets. Répartis en deux groupes, ils encerclent un gros Thomson et le récepteur miniature posé sur la table de travail de Mougin.

La voix de Muller emplit la pièce.

« *Enfin, ces années d'exil parviennent à leur terme et votre serviteur retrouve la capitale, pénétré de la conviction que tout va reprendre comme avant. Il a purgé sa peine, n'est-ce pas? Il a expié. C'est un retour direct que ne salue aucunement la presse du moment. Sans doute me croit-on mort, ou bien...* »

Mougin s'est levé. Il salue Frankel d'un sourire, lui prend le bras et l'entraîne vers les fenêtres.

« Vous avez grillé quelques feux. »

Frankel opine.

« Où en êtes-vous? » demande-t-il.

Sans le vouloir, il a parlé à voix basse.

« Stationnaire. Il raconte sa vie et eux cherchent toujours un moyen de le faire taire.

– Il est impensable qu'il ait opéré tout seul. Vous avez une idée? » demande encore Frankel.

Mougin se retourne à moitié et dit à mots couverts :

« C'est Cézenac qui devrait en avoir... Raoul Cézenac, c'est ce chauve avec la veste de tweed. Il dirige la section Télécommunications de la D.S.T. Il pense la même chose : Muller n'est pas seul dans ce coup. Il a mis ses hommes sur la piste des complices éventuels.

– Je veux dire une idée qui viendrait de l'entourage direct de Marcel. Ou de Marcel lui-même... »

Mougin esquisse un sourire. Ses yeux se baissent sur le bout de cigare éteint fiché entre ses doigts.

« Vous oubliez que Marcel ne me parle plus depuis longtemps, Jean-Loup.

– Annette? Elle sait peut-être quelque chose?

– Je l'ai appelée plusieurs fois sans pouvoir la joindre. Elle n'est ni à Paris ni à Molsheim.

– A qui aurait-il pu se confier? Qui voyait-il, ces derniers temps?

– Pas grand monde. Personne. On m'a raconté qu'il vivait en ermite dans cet appartement désert.

– Ça ne colle pas, Michel. Vous le connaissez. Vous l'imaginez gardant pour lui un projet pareil?

– Admettons. Très bien. On retrouve la ou les personnes qui étaient au courant. Et après?

– Elles parlent. C'est très important. Elles disent

tout ce qu'elles savent sur l'état d'esprit de Muller, ses intentions réelles, cette histoire d'explosifs et le reste. C'est le seul moyen de le sauver.

– Le sauver?

– Ils ne vont pas le laisser très longtemps avec ce pouvoir. Vous n'avez pas vu ce qui se passe dans Paris. »

Mougin regarde à nouveau son cigare. Sous ses cheveux gris, son front s'est plissé.

« Non, je n'ai pas vu, mais... (Presque affectueusement, il pose sa main sur l'épaule de Frankel.) Savez-vous ce que tout cet affolement me rappelle?...

– Oui... La nuit de la chaîne », dit Jean-Loup.

Il était 18 h 10, ce soir-là, quand l'information tomba sur les téléscripteurs. Dans la grande banlieue sud, près d'Orly, une canalisation de gaz venait d'exploser. La déflagration avait été terrifiante. Tout un pâté d'immeubles s'était écroulé. L'accident prenait des dimensions de catastrophe. On dénombrait des morts, des blessés. On savait que des hommes, des femmes et des enfants, de retour de l'école à cette heure, demeuraient sous les décombres.

Instantanément, dans la grande salle réservée aux techniciens de permanence à Cognacq, les interphones crachotèrent :

« Les H.F., vite!... Sac au dos!... Une explosion près d'Orly!... Il y a des blessés et des morts... On veut des images le plus vite possible. »

Robert, Max et Eugène avaient été désignés. Ils retrouvèrent Frankel, seul homme d'antenne disponible à ce moment-là. En moins de dix minutes, les moyens de haute fréquence étaient prêts. Tels des sapeurs-pompiers, les techniciens du direct réagissent promptement.

Tandis que Jean-Loup, dans la voiture blanc et bleu, écoutait les flashes des radios, le pilote faisait des prodiges. Devant lui, toutes sirènes hurlantes, deux motards frayaient un passage au break DS 19. La circulation était dense, trop dense. Il fallait se faufiler, prendre des risques continuels. La consigne de Michel Mougin, qui suivait en personne l'opération, était impérative : « Vite! Vite! Dès que vous serez prêts, nous vous balançons à l'antenne! » Jamais, semblait-il à Jean-Loup, les ordres n'avaient été aussi insistants, aussi vibrants. Et comme Mougin, lui-même, les avait donnés, il se disait que ce n'était pas l'exaltation qu'il connaissait chaque fois qui lui procurait cette sensation. La catastrophe devait être effroyable. De celles qui inspirent des deuils nationaux. Ce qu'il entendait à la radio le lui confirmait.

A 18 h 55, la voiture H.F. du Journal télévisé était sur place. Robert, le technicien, roi de la débrouillardise, bondit dès qu'elle stoppa. En quelques minutes il marchait sur le toit en terrasse de la maison faisant face à l'ensemble d'immeubles dévasté. En un tournemain, il installa les coupoles des antennes portables. Déjà, à l'arrière de la DS 19, les trois moniteurs de contrôle recevaient les images de la tragédie.

Pendant ce temps, aidé d'un confrère de la radio, Jean-Loup fonçait micro en main. Le gaz empuantissait l'atmosphère. Malgré le service d'ordre, il allait au plus près des décombres et des flammes que, lances en batterie, les pompiers achevaient d'éteindre. Une autre explosion était toujours possible. D'autres explosions. Max, le cameraman, suivait Frankel. Dans la voiture, Eugène, l'ingénieur du son, tentait de joindre la régie finale.

« Finale pour H.F... Finale pour H.F... Quand vous voulez... »

Le visage de la speakerine parut sur l'écran pour des millions de téléspectateurs.

« Mesdames et messieurs, l'actualité nous oblige à interrompre notre programme. Veuillez nous en excuser. Une terrible catastrophe vient de se produire près d'Orly. Nos moyens d'information sont sur place. A vous, Jean-Loup Frankel. »

Bouleversé par ce qu'il voyait, Frankel avait raconté la tragédie. Un garçonnet, le bras droit mutilé, hurlait. Il n'échappa pas au gros plan. Des civières, tantôt entièrement recouvertes ou laissant voir des visages hagards, tuméfiés, passèrent sur l'écran. Une fillette gisait près d'un bloc de béton. On entendait des cris, des appels, des pleurs. Il y avait ceux qui voulaient se jeter dans les décombres afin de gratter les gravats et ceux qui étaient en proie à des crises de nerfs. Il y avait des êtres prostrés : ils regardaient le lieu où ils avaient vécu, ce lieu qui, soudain, n'était plus que ruines. Le cameraman filmait; le preneur de son enregistrait. L'information primait; l'image, comme pour les correspondants de guerre, devait être diffusée.

« Combien y a-t-il de corps enfouis et, parmi ces corps, combien de vivants? interrogeait Frankel... Il y a quelques minutes encore, là était le pays de la vie; ce n'est maintenant que terre de désolation et de souffrance. »

La caméra montra une femme dont le silence était pathétique; auprès d'elle un homme sanglotait. Les sapeurs-pompiers qui font de l'intense et du danger leur pain quotidien se prodiguaient. Ils étaient noirs de poussière; certains étaient blessés. Leur capitaine donna le premier bilan du sinistre : trente morts, plus de cent blessés, des centaines de disparus. Presque tout un quartier avait été touché par l'explosion. Le reportage dura quarante minutes.

Dans son bureau, Michel Mougin intima l'ordre de changer les programmes de la soirée. Une émission de variétés était prévue; la rediffusion d'un concert donné par le grand orchestre de Strasbourg la remplacerait. Il demanda à sa femme d'assurer le relais avec Frankel. Quand Jean-Loup appellerait pour avoir l'antenne, c'est Corinne Jacquet qui lui répondrait. Elle devait lui poser des questions afin de mieux préciser certains faits et empêcher les trop longs monologues difficiles parfois à soutenir. Mougin connaissait l'expérience et la sensibilité de Corinne; en cette soirée tragique, il se montrait, comme tant de fois déjà, un grand homme de télévision. Un responsable.

Au Journal de vingt heures, Frankel reprit l'antenne. Il en fut ainsi toute la soirée, de demi-heure en demi-heure, jusqu'au Journal télévisé le plus tardif. Le bilan s'alourdissait. On donnait le chiffre de cinquante morts. En direct, un pan de mur s'écroula. Frankel, s'étant trop avancé, fut touché. Le sang coulait de son front, ses vêtements étaient déchirés. Il demeura quelques instants sur le sol. Corinne Jacquet, la voix tremblante, commentait la scène. Quand Frankel, étourdi, se releva et essaya de parler, elle lui donna le temps de reprendre ses esprits. Elle s'inquiétait pour lui et les téléspectateurs perçurent à quel point l'émotion était sincère et présente. Ce fut un moment de télévision inoubliable.

Les secours avaient du mal à arriver. L'ampleur du désastre déroutait les autorités. A l'hôpital voisin, le sang manquait. Devant la caméra, un médecin lança un appel. En direct, Robert, qui avait placé les coupoles des antennes portables, donna son sang. Puis ce furent Max, Eugène et Jean-Loup. Ces exemples firent sensation. Des hommes, des femmes, de plus en plus nombreux, se présentèrent à l'hôpital afin d'agir de même. Ce fut une immense chaîne de solidarité. Ce simple geste, si naturel, mais propagé par les ondes et l'image, bouleversait la France. Le dévouement, l'esprit d'entraide que chacun porte en soi, trouvait à s'employer. Dans la coulisse, Michel Mougin veillait à tout. Depuis les studios Corinne Jacquet secondait Frankel.

L'événement eut un énorme retentissement. Jamais, en France, en Belgique, en Suisse, la télévision n'avait été autant regardée. Une catastrophe entrait dans l'histoire du terrible. Les téléspectateurs avaient vécu l'atroce; mais ils avaient vécu aussi la chaleur humaine.

Le lendemain, *France-Soir* titrait sur toute la *Une :* « Une chaîne de solidarité. » Frankel, Corinne Jacquet, les techniciens y étaient félicités et le journaliste n'oubliait pas Michel Mougin. Dans *Le Monde,* on pouvait lire ce court billet : « Nos lecteurs ne pourront nous faire le reproche d'être indulgent envers notre télévision. Nous condamnons souvent dans nos colonnes ces émissions qui confondent le populaire avec le populisme le plus démagogique, la simplicité avec la vulgarité. Hier soir, cependant, dans des circonstances abominables, la Télévision française nous a montré sa grandeur et la grandeur de notre temps. Elle a été ce qu'elle ne devrait jamais cesser d'être : un moyen de communication entre les hommes, sans bassesse ni trivialité, mais dans le respect de chacun. C'est sa mission. Puisse-t-elle ne plus l'oublier. »

Professionnelle de haute lignée, Corinne Jacquet avait apprécié la maîtrise de Frankel. Elle souhaita le revoir loin du drame, du tumulte et de l'angoisse. Ils se parlèrent longtemps. Une amitié naissait. L'estime en était le ciment.

Une série d'exclamations les arrache à leurs souvenirs. Mougin se retourne. Frankel l'imite.

« Voilà pourquoi vous vouliez le faire taire, Sidar, dit Trembledieu sur un ton curieusement triomphant. Un pressentiment, hein? »

Sidar fixe l'écran du Thomson comme une souris regarde un serpent. Il est immobile. Son visage étroit s'est vidé de son sang.

Dans le silence épais, la voix de Muller paraît soudain beaucoup plus forte.

« ... *celui à qui je dois toutes ces blessures et ces vexations. A-t-il agi par devoir? Au nom de convictions politiques ou morales? S'est-il attaqué à moi parce que je menaçais un ordre établi? A-t-il bouleversé ma vie pour protéger la sienne? Rien de tout cela, mes amis. Cet homme me hait... parce qu'il me hait. Il est de ces individus à qui l'on ne doit confier aucun pouvoir, jamais, sous peine de les transformer en tyrans. Jacques Sidar! Si vous m'écoutez, ce soir, sachez que la France a désormais les yeux sur vous. C'est à cause de vous et de ceux de votre espèce que je brave les lois de mon pays pour me faire entendre. Vous occupez, je crois, un poste important au sein de la fonction publique. Chef de cabinet du ministre de l'Audiovisuel, ce n'est pas rien! Il est de ma mission de prévenir les Français de l'homme que vous êtes, puisque vous faites partie de ceux, qui, dans l'ombre, président aux destinées de leur télévision...* »

« Il déraille complètement, dit quelqu'un.

– Il se prend pour Jeanne d'Arc. »

Frankel s'est rapproché du téléviseur. Il est atterré. Muller déraille effectivement. Tout le confirme. La nervosité extrême de son débit. Ses yeux enfiévrés derrière les verres inutiles. Le tremblement léger, presque imperceptible encore, de sa lèvre inférieure. La nature même de ses propos.

Un pouvoir terrifiant entre les mains d'un déséquilibré, avec quelques kilos d'un explosif assez puissant pour démolir la moitié de la tour. Une petite boîte noire surmontée d'un seul bouton. On la voit sur l'écran. Sa main gauche la caresse sans arrêt.

Ils ne vont pas le laisser très longtemps avec ce pouvoir! D'autres images se forment dans l'esprit de Frankel.

Des hommes en tenue grise grimpent des escaliers de fer, courbés en deux; chacun porte un fusil à lunette.

Un corps tombe en tournoyant lentement.

Ils vont le faire taire.

Sidar s'est animé. Il cogne sans relâche son poing

droit dans sa paume gauche. Ses lèvres remuent, proférant des malédictions inaudibles.

Frankel retourne vers Mougin.

« Il faut faire vite, maintenant. »

Mougin acquiesce.

« Il y a plus de deux heures qu'il est là-haut, Michel! Vous êtes sûr qu'il n'a rien dit ou fait qui pourrait nous mettre sur la voie?

– Passé le premier quart d'heure, tout s'est déclenché et je ne l'ai plus suivi qu'en pointillé. Vous avez une idée?

– Aucune. Mais je le connais bien. Imaginez qu'il ait passé un message en douce à quelqu'un; j'ai des chances de m'en apercevoir. Surtout, je ne peux pas supporter de rester là à le regarder se casser la gueule. Tout est ampexé?

– Tout. Descendez au quatrième.

– J'y vais. Si je trouve quoi que ce soit... »

Avant de quitter le bureau, Frankel fait une dernière halte devant le Thomson. Muller a disparu de l'écran, remplacé par un document vidéo.

C'est un film d'assez médiocre qualité, surtout à cause de l'éclairage qu'on sent improvisé. Il montre un type maigre et chauve dans une chambre aux murs lépreux. L'inconnu est assis sur une chaise et porte un imperméable plutôt crasseux. Des lueurs inquiètes passent dans ses yeux, tandis qu'il écoute la question que pose un interviewer invisible.

« *Que faisiez-vous, à l'époque?*

– *J'étais reporter au Journal télévisé de la chaîne.*

– *Vous n'étiez pas en grève?*

– *Je continuais le travail. Je filmais les événements avec mon équipe.*

– *Comment se nommait l'homme qui vous donnait vos ordres de mission?* »

Cette fois, Frankel reconnaît la voix de l'interviewer. C'est celle, contrefaite, de Muller.

« *Il se nommait Jacques Sidar.*

– *Quelle était sa fonction exacte?*

– *Il dirigeait par intérim le Journal qui était diffusé chaque soir du studio d'urgence de la tour Eiffel.*

– *Qui vous a envoyé en mission au théâtre de l'Odéon, le 21 mai 1968?*

– *Lui.*

– *Qui? Dites son nom.*

– *Mais je l'ai dit. Sidar. Jacques Sidar.* »

Frankel en a assez vu. Devant le téléviseur, Sidar oscille à présent d'avant en arrière. Il ne ressemble plus à la souris, mais au serpent. Il va frapper.

Le temps presse.

« Laure? C'est bien vous, Laure?

– Oui, Marcel. C'est moi.

– Il y a si longtemps... J'ai lancé une cassette. Nous pouvons bavarder en paix... Combien de temps, petite?

– Longtemps. Des années.

– J'attendais... J'attendais... Vous m'en avez voulu?

– Oh! Marcel, je...

– Dites. Répondez. Vous ne savez pas ce qu'on est seul, ici. Il n'y a que le vent, le silence...

– Oui. Je vous en ai voulu, oui. Je coulais à pic et vous n'avez pas pu faire un geste... Mais c'est fini. Ce soir, plus rien n'est pareil.

– Ils ont eu leur chance de me faire taire. Ils ne l'ont pas prise. Tant pis. Je sais ce que c'est que de couler... Trop, c'est trop.

– Vous avez raison. Trop, c'est trop.

– Me mentez-vous, Laure?

– Je vous appelle de la station, je...

– La radio. Vous êtes trop jolie pour faire de la radio.

– Je veux vous aider. Nous voulons vous aider.

– Plus personne ne peut me trahir, à présent. Il faut

que vous le sachiez. C'est impossible parce que je suis tout seul.

– Je vous en prie, Marcel, j'ai une question à vous poser.

– Une, mille. Je réponds aux questions.

– Avez-vous un poste de radio, là-haut? Pouvez-vous capter les grandes ondes?

– J'ai entendu... pendant la première bande vidéo, tout à l'heure. J'ai écouté toutes les stations. On parle de moi partout.

– Pas nous. Tous les autres, mais pas nous. Floriandre veut nous obliger à respecter les consignes de silence. Nous nous sommes réunis, tous ceux de la station, et nous avons voté. Nous sommes avec vous.

– Ceux qui ne sont pas avec moi sont mes ennemis.

– Ecoutez-moi, Marcel. Vous pouvez parler aux gens, mais le contraire est impossible. Alors, j'ai eu une idée.

– Une idée?

– Ne m'interrompez pas. C'est important. Pour nous tous. Ecoutez bien... »

CHAPITRE XII

PRINTEMPS 1972

IL pleuvait.

Depuis le début de l'après-midi, les gouttes molles et tièdes martelaient les toits sans relâche, dévalant la tôle ondulée et enveloppant d'un rideau de fils liquides la petite véranda de l'hôtel de brousse.

Un verre à la main – son quatrième scotch et soda de la journée – Marcel Muller regardait la vapeur monter du sol bourbeux de la grand-place. Un peu partout sur la terre rouge, l'eau créait des flaques larges comme des mares. Le ciel s'y reflétait, un ciel lourd et plombé. Un réseau de planches noires reliaient entre elles les huit maisons qui cernaient l'esplanade. Les trente cases constituant le reste du village étaient invisibles de la véranda.

Eric Chamberlain cracha quelques noyaux d'olives au creux de sa paume et les balança par-dessus la balustrade, dans la boue.

« Juste un avant-goût de la saison des pluies, dit-il. Ça peut très bien s'arranger demain. »

L'équipe – les quatre hommes et leurs deux caisses de matériel : caméra, pellicule, etc. – avait quitté Paris deux jours plus tôt sous un soleil joyeux, et Lourenço Marques la veille à l'aube. La remontée vers le nord du pays n'avait duré, en Piper puis Land-Rover, que douze heures. Pour Muller, qui découvrait ce type d'expédition, c'était trop bref et trop facile, décevant.

« Pourquoi un peu d'eau me ferait-elle peur? (Il contemplait maintenant les glaçons tournant au fond de son verre.) Moi qui me suis fait saucer des journées entières sur le tan-sad d'une moto. Vous n'avez jamais suivi le Tour? »

Chamberlain rit et frotta sa barbe grise. Sa chemise de toile délavée laissait voir un torse couvert d'une identique toison.

« Je connais la plaine des Jarres, la rade de Bizerte, la baie des Cochons, mais pas le col du Galibier. Ça paraît bizarre, mais on ne peut pas tout faire.

– La plupart des gens s'imaginent que c'est facile, reprit Muller, qui portait une tenue de brousse flambant neuve. Ils croient qu'il suffit de savoir le nom du maillot jaune et de s'époumoner dans un micro. En fait, c'est une rude école. Dès la troisième étape, vous êtes aussi épuisé que si vous pédaliez. »

De l'autre côté de la place, un grand Noir vêtu seulement d'un pantalon passait d'une maison à l'autre en sautant au-dessus des flaques. Les deux hommes le suivirent des yeux un moment silencieux.

Puis Muller demanda

« Nous les verrons demain?

– Nos rebelles? (Chamberlain haussa les épaules.) Si ça continue à tomber comme ça, rien n'est moins sûr. Quand on laissera les voitures, on aura encore une vingtaine de bornes à faire à pied.

– Enfin de l'exercice! (Muller frotta son ventre, comprimé par la toile kaki de la chemise.) J'ai promis à Annette qu'elle ne me reconnaîtrait pas. »

Le reporter le regardait.

« Un vrai baroudeur, dit-il. Voilà ce qu'on va faire de vous. »

« Mozambique? » s'était exclamé Muller une semaine auparavant.

Deux de ses compagnons de bureau – la dactylo et le briscard – étaient partis déjeuner. Le journaliste en herbe, qui faisait mine d'écrire, cessa soudain d'agiter son stylo et releva la tête.

« Une colonie portugaise, dit Chamberlain, négligemment assis sur le dossier de l'une des affreuses chaises de fer destinées aux visiteurs. Personne dans l'équipe ne parle cette foutue langue.

– Ça ne coûterait pas moins cher d'engager un interprète sur place?

– Sûrement. (Il ricana.) Pourquoi? C'est votre fric?

– Je me demandais seulement...

– Ecoutez, Muller, ça vous intéresse, oui ou non? »

Le regard du gamin passait de l'un à l'autre, lourd, terne. Il mâchouillait stupidement son stylo. Il avait beau n'être là que depuis six mois, le gros de sa carrière était derrière lui. C'était clair. Il devait être déjà très vieux sur les bancs de l'école.

« Bien sûr..., bredouilla Muller. Ça m'intéresse, oui. Sidar est au courant? »

Chamberlain hocha la tête.

« Et il est d'accord?

– On ne lui a pas tellement demandé son avis. Ça vient de plus haut. Du dixième.

– Comment avez-vous fait? »

Le reporter scruta longuement la large face de Muller. Au bout d'un moment, il souffla :

« Vous êtes incroyable. »

Puis il se tourna vers le petit journaliste.

« Tu ne déjeunes jamais, toi? »

Le gosse devint écarlate.

« Si, bafouilla-t-il, se levant précipitamment. Faut que j'y aille, d'ailleurs... »

Les deux hommes le regardèrent sortir. Sous son blazer, ses épaules étaient voûtées. Quand la porte se fut refermée sur sa silhouette de vaincu, Chamberlain renversa la tête en arrière et, sans raison apparente, se mit à rire.

« Puisque vous voulez savoir, Muller, annonça-t-il, je vais tout vous dire... Jacquet et moi sommes très copains... Or Mougin ne peut rien refuser à sa petite femme adorée et pour le moment Sidar est à la botte de Mougin parce que sa carrière l'exige. Est-ce assez clair?

– Qui veut m'aider? Mougin? Vous lui avez demandé de m'envoyer avec vous au Mozambique?

– Indirectement. Corinne a plaidé votre cause.

– Plaidé ma cause! Mougin me déteste. Pourquoi me ferait-il une faveur? Il s'est toujours acharné sur moi.

– Je crois que vous vous trompez... Le flair et vous ne faites pas bon ménage...

– Et elle? De quel droit l'avez-vous mise au courant de mes... de mes problèmes? Vous ne manquez pas de culot! »

Chamberlain se releva. Il souleva d'une main la lourde chaise, lui fit décrire un rapide arc de cercle et la laissa retomber devant lui. Les quatre pieds caoutchoutés frappèrent le sol ensemble, avec un bruit sourd.

« J'en déduis que ma proposition ne vous intéresse pas », grinça le reporter.

Il resta un moment dressé devant Muller, comme un grizzly furieux, puis se retourna et marcha vers la porte sans un mot.

Le regard rivé au cuir du sous-main (le plus récent des cadeaux d'Annette, qu'il rangeait chaque soir dans un tiroir fermé à clef du bureau), Muller écouta le battant s'ouvrir et claquer, les pas de Chamberlain décroître dans le couloir.

Une fois de plus, il restait seul.

« Sidar est un rat », déclara Muller à la tombée de la nuit.

Ils avaient quitté la véranda pour le foyer de l'hôtel, une grande pièce confortable meublée de cuir et de bois sombre. Des peaux de bêtes étaient jetées sur le sol et le vaste divan que Chamberlain occupait seul. La pluie gouttait aux moustiquaires des fenêtres, rafraîchissant par bouffées l'air lourd du soir.

Le cameraman et le preneur de son les avaient rejoints. Tout l'après-midi, ils avaient exploré la région en compagnie du chauffeur noir de la Land-Rover. Ils étaient souples, vifs et silencieux comme deux chats sauvages.

« Un rat! répéta Chamberlain. (Il se pencha et attrapa la bouteille de J & B par le col.) Des rats! (Il remplit son verre, le leva pour un toast.) Buvons aux rats! »

Muller l'imita, renversant la moitié de son scotch.

Ils burent.

« C'est ce qui me plaît chez vous, Muller », dit Chamberlain en se resservant aussitôt.

Il posa la bouteille et ajouta :

« Vous n'êtes pas un rat.

– Ah! bon?

– Plutôt un bulldozer. Vous foncez dans le tas et vous bousillez tout. Y compris votre carrière.

– Ma carrière? Pas cette fois, Eric.

– C'est ça le plus drôle. Vous y tenez énormément.

– Pas vous? »

Le reporter prit quelques olives dans un bol et les lâcha dans son whisky comme de minuscules bombes sous-marines.

« Pas au point d'encaisser ce que vous encaissez, dit-il. Je tiens aux voyages et au baroud. Ça, oui. Et aussi au côté vie de marin... (Il cligna de l'œil.) Une femme dans chaque port – non, dans chaque guerre. Mais si un type du calibre Sidar s'amusait à faire joujou avec moi, ce serait ma main dans la gueule et bonsoir!

– Je l'ai fait trop souvent, Eric. Je sais où ça mène.

– Vous vous acharnez. Pourquoi? Quittez l'information. Allez ailleurs! »

Muller se leva et prit brusquement conscience de son ivresse. Cela le mit en colère, encore plus que les suggestions de Chamberlain. La familiarité de celui-ci l'exaspérait. Sous la désinvolture, la condescendance lui apparaissait : offensante.

Il tituba jusqu'à la fenêtre. Une odeur puissante pénétrait dans la pièce – une odeur d'animal mouillé, de henné et de bois pourrissant. Il s'en emplit les poumons.

« J'ai passé plus de trente heures à potasser ce dossier, dit-il en se retournant. Je connais toute l'histoire de ce pays depuis les accords du cap Delgado avec le sultan de Mascate-et-Oman en 1752. Je connais les chiffres d'exportation du sisal et du coprah pour ces dix dernières années. Je connais...

– Bravo! cria Chamberlain. Très bien. Qu'est-ce que ça change? »

Muller revint vers le centre de la pièce. Il mit une main sur sa poitrine.

« Vous le verrez demain lorsque nous rencontrerons ces rebelles, déclama-t-il d'une voix vibrante – la voix de ses grands commentaires d'autrefois. Savez-vous la date de la création du Front de Libération? Le nom et l'histoire des quatre chefs historiques du mouvement? On m'a coupé les ailes, Eric. Les Sidar, les Mougin m'ont limé les dents. Mais demain vous verrez travailler un véritable professionnel de l'information. C'est toute ma vie, comprenez-vous, c'est... »

Un Noir en veste blanche venait d'entrer dans le foyer. Il jeta à Muller un coup d'œil las et annonça en anglais que le dîner était prêt. Chamberlain se leva, imité par les deux techniciens. Sur les talons du serveur, ils quittèrent la pièce.

Muller resta seul, planté au milieu d'une peau de zèbre, la bouche ouverte et la main sur le cœur. Sa tirade n'avait pas eu prise sur ce public désabusé.

Ils étaient les uniques clients de l'hôtel, d'ordinaire fréquenté par les amateurs de grande chasse. On n'avait allumé pour eux que la moitié des lumières de la salle à manger. Le dîner fut long et triste. Dès le début, Chamberlain s'en prit à Muller, qui les avait rejoints. Il affichait un mépris total pour ceux qu'il appelait les « culs de plomb », les présentateurs du Journal.

« Une guerre, un attentat, qu'est-ce que c'est pour vous? (Il vacillait au-dessus de son assiette de soupe à la morue et martelait ses mots à grands coups de cuiller.) Trois lignes sur une dépêche d'agence? Un bout de film que vous visionnez les fesses dans un fauteuil? Et qu'est-ce que vous en faites? Vous prenez cette jolie petite guerre, avec tous ses jolis petits morts, vous nettoyez le sang, la boue, le pire, et vous servez le tableau aux millions de pantouflards qui se paient un jeton devant leurs tubes, sous prétexte d'être *informés.* Cette guerre, pour tout dire, ils s'en tapent. Ce qui les botte, c'est ce que vous en racontez. C'est pour ça qu'ils vous aiment. Pour cette manière inimitable que vous avez de leur servir leurs plateaux garnis. Vous vous prenez pour des journalistes? Vous êtes des hôtesses de l'air. Et encore... On n'a jamais vu un studio de télé s'écraser à l'atterrissage. »

Vers la fin du dîner, il devint franchement incohérent. Il buvait comme un trou. Il roussit la nappe en allumant son brûle-gueule et souffla la fumée dans le nez de Muller.

« Salement crapahuter, demain..., grommela-t-il. Un boulot de mec!... Pas de femmelettes à bord, nom d'un bonhomme!... »

Après le café, le cameraman et son copain durent l'empoigner chacun sous un bras pour l'aider à se lever et regagner sa chambre. Comment ferait-il demain pour marcher dans la brousse?

Muller, encore une fois, resta seul.

Il avait beaucoup bu aussi. Il repoussa sa chaise et sortit prendre le frais sur la véranda.

La nuit était silencieuse, sans aucun des bruits tropicaux auxquels on était en droit de s'attendre. Muller se demanda s'il y avait des crapauds-buffles au Mozambique. Ce trou dans sa documentation le contraria quelques minutes.

Au cours de l'heure suivante, écroulé dans un fauteuil de rotin, il se remémora les cinq derniers mois de sa vie. Le scotch donnait une jolie couleur bleue à son désespoir.

Pas une apparition à l'écran depuis son retour d'Auxerre. Sidar refusait tout. Quelques commentaires en cabine, ou un ou deux matchs de basket et la météo. *La météo! Oui, la météo, à lui, le grand Muller!...*

La sale routine... Les sujets piochés à fond et refusés à la dernière minute... Les gens qui l'évitaient dans les couloirs des studios... Laure Vernier qui ne lui parlait plus, même pas au téléphone... Annette qui ne disait rien et le couvrait de cadeaux comme un enfant complexé à qui il faut prouver qu'on l'aime autant que les autres... Ses enfants qui, eux, ne se gênaient pas pour lui faire la gueule. Le dernier, surtout, Frédéric. A l'école, c'était sans doute plus commode d'avoir un père au faîte de sa célébrité...

La pluie avait cessé. Un rayon de lune creva les nuages et fit scintiller les flaques d'eau.

Alors, Muller se fit deux réflexions.

Il se dit d'abord que cette expédition était sa dernière chance. Si le reportage sur les rebelles du *Frelimo* était bon, il passerait, on verrait Marcel Muller aux quatre coins de France et le blocus de Sidar n'aurait plus lieu d'être.

Puis il pensa que Chamberlain ne le fréquentait et ne l'aidait que par cette espèce d'anticonformisme qui le poussait à se distinguer toujours des autres journalistes. En termes clairs, qu'il ne l'avait emmené que pour empoisonner la rédaction. Peut-être même par pitié.

Cette pensée le terrifia. Il se dressa d'un bond. C'était comme si la terre venait de s'entrouvrir devant lui quelques secondes – le temps qu'il voie sa propre tombe.

Parce que Chamberlain était aussi son seul allié. Son dernier.

Il retourna à l'intérieur, titubant, toujours en proie au vertige de l'alcool. Le vestibule n'était plus éclairé que par deux veilleuses bleues. Il monta l'escalier qui conduisait aux chambres. Les marches gémirent sous son poids.

La porte du reporter faisait face à la sienne. Il s'arrêta devant. Il fallait qu'il sache. Maintenant.

Il cogna de deux doigts au battant et tendit l'oreille. Un grognement lointain lui parvint.

Alors, il posa sa main sur la poignée de cuivre et commit une grosse erreur.

Il entra.

La chambre était dans la pénombre avec, tout au fond, une lueur. La première chose qui le frappa fut l'odeur qui y flottait, celle qu'il avait connue au cours d'un bref reportage dans l'Indochine de Bao-Daï, il y avait longtemps : l'odeur de l'opium.

Puis ses yeux s'accoutumèrent et il put se repérer. Devant lui, les deux fenêtres, occultées par des stores à lames; à gauche, la silhouette vaguement humaine d'un gros fauteuil défendant le chemin du cabinet de toilette; à droite, sur le drap blanc du lit, une forme sombre.

Il s'approcha. Eric Chamberlain était couché sur le côté. La lueur était produite par une lampe à huile avec sa mèche. Une longue pipe de bambou à la bouche, Chamberlain aspirait.

Muller entendait le ronronnement du gros ventilateur de chevet; il voyait le fourneau de la longue pipe posé au-dessus de la légère flamme, avec, grésillant, le petit cône d'opium.

Ces éléments s'additionnèrent dans son esprit brumeux. Cela prit encore un certain temps, puis tout se mit en place.

En d'autres périodes, il serait ressorti aussitôt, confus. D'autant que Chamberlain ne bougeait pas. Dans le monde où il se trouvait, les importuns n'avaient pas place.

Mais Marcel était ivre. Trop ivre. Il avança d'un pas. Son indiscrétion ne le gênait nullement. Aucune honte ne l'habita quand ses genoux effleurèrent le lit et qu'il fixa le visage de Chamberlain. Au contraire. Il se sentait puissant, dominant du haut de sa taille l'homme couché.

Le ronronnement du ventilateur se faisait à présent extraordinairement intense.

« Vous n'êtes qu'un raté! hurla Muller... Un raté!... »

L'alcool, le désespoir lui faisaient perdre la raison. Il se retourna, renversa une chaise, proféra des injures.

« C'est vous qui êtes fini, Chamberlain, pas moi... »

Le journaliste ne répliquait rien. Il semblait assister à un cauchemar qui ne le concernait pas. Quand Muller lui arracha la pipe de bambou des mains et la brisa, quand il moucha la petite flamme de la lampe à huile, Chamberlain ferma les yeux.

La frénésie de Muller cessa alors progressivement. Il se tut tandis qu'une jubilation intense montait du fond de ses entrailles. Une jubilation absurde. Il riait. Un rire douloureux – une crispation que la méchanceté, peut-être, inspirait...

Il fit un pas en arrière, se prit les pieds dans la chaise renversée et tomba.

Il parla encore. Des sarcasmes.

« La vie de marin..., hoqueta-t-il. Une femme dans chaque port... Oh! oui, nous sommes des hôtesses de l'air, nous, les présentateurs!...

– Foutez le camp! » dit faiblement Chamberlain sans bouger.

Toujours dans la pénombre, Muller le regarda, assis au milieu des débris de la chaise fracassée.

« J'en ai marre de vous entendre, répéta Chamberlain. Sortez, Muller!... »

Celui-ci se mit péniblement sur ses pieds. Il avait cessé de rire. Sa lèvre inférieure commença à trembler.

« Ah! non, hein, geignit-il. Non, non, non, espèce de drogué... Tu ne vas pas me donner des ordres... »

Pourtant, il enjamba les débris de la chaise et quitta la pièce. Chamberlain eut la certitude qu'il n'avait jamais vu un être plus minable. Il regardait son matériel de fumeur détruit. Il n'aurait nulle peine à se procurer une autre pipe. Pourtant en lui la haine déferlait.

Vers six heures du matin, le premier rayon de soleil perça les lames du store et vint tacher l'oreiller à quelques centimètres de sa tête.

Muller dormait profondément, assommé de fatigue, d'émotions et d'alcool.

Il n'avait pu trouver le sommeil qu'une heure plus tôt. Ce qui s'était passé dans la chambre d'en face le laissait à la fois bouleversé et content. Dans son ivresse nullement dissipée, il se disait qu'il possédait une prise sur Chamberlain. « Un drogué! Un drogué!... » se répétait-il avec une sottise et une obstination d'ivrogne.

Il y eut des bruits de pas dans le couloir. Des portes claquèrent. Il ne se réveilla pas.

Quand il ouvrit les yeux, un garçon était debout au pied du lit. Sur le plateau qu'il tenait devant lui, un verre de jus d'orange posait une tache joyeuse.

Muller s'étira.

« Quelle heure est-il?

– Neuf heures et demie, fit le garçon.

– Bon Dieu! »

Il repoussa le drap et se leva d'un bond.

Le jeune serveur le suivit d'un regard stupéfait tandis qu'il se ruait hors de la pièce.

Il courut dans le couloir. Les portes des trois autres chambres étaient ouvertes. Dans celle de Chamberlain, une femme en boubou et turban chamarrés poussait nonchalamment un aspirateur asthmatique.

Pieds nus, en pyjama à rayures bleues et blanches, Muller dégringola l'escalier. Le vestibule était désert. Il traversa le foyer sans rencontrer personne.

Assis à une table de la salle à manger, le propriétaire de l'hôtel prenait son petit déjeuner. C'était un Portugais, un homme grand et voûté, qu'une somptueuse chevelure blanche dotait d'une fausse distinction.

« Où sont mes amis? » cria Muller.

L'autre releva sans hâte sa tête neigeuse. Le couteau qui étalait du beurre sur son toast s'arrêta au milieu de la tranche de pain.

« Ils sont partis, senhor.

– Oh! non! Quand?

– A l'aube.

– Comment? *Comment?* En voiture? »

Le Portugais acquiesça. Il n'avait que mépris pour le manque de sang-froid de cet individu en pyjama, il entendait le laisser voir.

« Ils ne vous ont rien donné pour moi? Pas de lettre, pas de message? »

Le couteau avait repris son mouvement.

« Pas à ma connaissance, senhor. »

Quel diable d'homme était donc Chamberlain!... L'alcool, l'opium, et pourtant il s'était levé à l'aube, prêt à partir et à parcourir une longue distance à pied!

Muller passa le reste de la matinée à déambuler dans le village. Il alla de case en case. Personne ne savait rien sur la direction qu'avait empruntée l'équipe. Quand il commença à parler des rebelles du *Frelimo,* à demander s'il y avait un moyen d'entrer en contact avec eux, les visages se fermèrent tout à fait.

Il revint à l'hôtel. Il écumait. L'après-midi, il s'enferma dans sa chambre et imagina jusqu'au soir toutes les vengeances possibles.

Il dîna seul dans la salle à manger. Au café, il dut admettre qu'il n'avait plus aucune raison de s'attarder ici. Le contact était rompu.

Le lendemain, un camion de ravitaillement en provenance de la ville côtière d'Antonio Enes et qui y retournait l'emmena. Le voyage fut, cette fois, interminable.

Il parvint à Lourenço Marques deux jours plus tard, sous une pluie battante. L'employée de la T.A.P. se montra pleine de patience et de compréhension derrière son comptoir. Elle accepta sans difficulté de convertir son billet sur un vol du lendemain.

Toute la soirée et une partie de la nuit, Muller erra dans la ville coloniale aux trottoirs mouillés.

Sa fureur ne l'avait pas quitté.

« Je sais tout, dit Sidar quand Muller entra dans son bureau le lundi suivant. J'ai reçu un coup de téléphone d'Eric samedi. Il m'a tout raconté.

– Toute l'histoire? Vraiment?

– C'était inévitable, Muller. (Il affectait une neutralité indifférente qui ne dissimulait en rien sa satisfaction.) J'avais prévu ce fiasco, ajouta-t-il, baissant les yeux sur ses papiers.

– Et vous saviez aussi que... » (Muller s'arrêta.)

Que Chamberlain est un drogué?...

Il s'était juré de balancer cette accusation. Mais soudain, dans le décor familier et hostile de ce bureau, il se rendit compte du ridicule de sa phrase. Mais comment avait-il pu avoir des pensées aussi niaises et aussi viles! Il s'en voulait. Les chaises vides alignées contre les murs ressemblaient à un jury au verdict connu d'avance. En la circonstance, il approuvait ce verdict qui lui était contraire.

« Je sais tout », répéta Sidar.

Muller ne demanda pas jusqu'où s'étendait ce savoir. Il battit en retraite.

« Une chose, lança Sidar, au moment où il posait sa main sur la poignée de la porte. Il y a une chose que je voudrais comprendre.

– Oui?

– Expliquez-moi, Muller. Par quel miracle finissez-vous par vous faire des ennemis mortels de tous les gens qui cherchent à vous aider? »

Huit jours s'écoulèrent.

Muller retrouva son bureau, son sous-main, le gamin sans avenir, le briscard, la secrétaire, la morne routine. Il remâchait sa rancœur; une rancœur dont il cessa vite d'être la cible pour la tourner contre le monde entier. On lui en voulait! On lui en voulait!

Afin d'expliquer son retour prématuré à Annette, il inventa une fable. Impossible, dans son esprit, de raconter son aventure à sa femme sans expliquer pourquoi il s'était autant attardé dans la chambre de Chamberlain, sans évoquer ce qu'il y avait fait. Annette l'estimait. C'était certain. Elle le croyait empêché de bassesse. Il n'allait pas lui décrire son ivresse, l'opium, son idée de chantage attisée par l'alcool et la colère... Un chantage contre un baroudeur! Et avec quel argument! Quelle folie!... Il parla d'un malaise, ce qui détourna sa femme de toute autre question, car elle s'inquiéta. Muller avait sa conception de la loyauté. Il préférait mentir tout à fait.

Il chercha avec qui il pourrait partager son pesant secret et ne trouva personne. Il pensa à Frankel, mais le petit était en route pour la gloire. Son émission lui prenait un temps fou et il ne se montrait plus guère à l'appartement de l'avenue Victoria.

Un soir, il composa le numéro des Mougin, sans trop savoir ce qu'il raconterait à Corinne s'il l'obtenait. Mais une voix impersonnelle répondit que Michel Mougin et sa femme se trouvaient aux Etats-Unis, en voyage d'étude.

Le temps passa encore.

La seule chose que redoutait Muller, à présent, était le jour où Chamberlain et lui se retrouveraient face à face.

Ce jour ne vint pas.

Dès son retour du Mozambique, le grand reporter repartit pour le Moyen-Orient, sans se montrer à la rédaction.

CHAPITRE XIII

22 h 25

L'IMAGE se reflète sur les portes de la vitrine où s'entassent des trophées glanés dans les festivals de télévision du monde entier. Elle représente un homme chauve en gabardine crasseuse, assis sur une chaise.

« *Que voyait-on sur ce film?* » interroge une voix off.

Le chauve relève la tête.

« *On voyait Muller en train de chanter...*

– *Vous parlez de Marcel Muller?*

– *Oui, Marcel Muller. Il était filmé sur la scène du théâtre de l'Odéon entouré d'une délégation de grévistes de la Maison de la Télévision. Il chantait l'Internationale...* »

Blottie sur un divan de cuir, près de la vitrine, la femme blonde fixe l'écran de l'énorme Philips. Ses yeux sont écarquillés. Son visage dépourvu de toute ride n'exprime aucune émotion. Un visage vacant. Sa main lisse ses cheveux, sans arrêt.

Entre ses cuisses nerveuses, que le tissu imprimé de sa robe d'intérieur dessine avec précision, elle serre un grand verre de cristal empli d'un liquide ambré. Des glaçons tournant lentement y fondent. Parfois, la main interrompt sa caresse machinale, s'empare du verre et le porte aux lèvres. Les paupières de la femme se ferment lorsqu'elle boit.

Corinne Jacquet est ivre.

Ce n'est pas involontaire. Sans l'anesthésie de l'alcool, elle ne supporterait pas cette épreuve. Il y a des gens qu'un rat ou un serpent rendent malades de peur. Elle, c'est une image sur le flanc d'une boîte vitrée. Les médecins ont des noms pour ça. Mais les connaître n'y change rien.

« *Pourquoi Jacques Sidar a-t-il décidé de diffuser ce film?* demande à présent la voix. *Avait-il une raison particulière de le faire?*

– *Je... je ne sais pas.*

– *Donnez-nous seulement une impression. Votre impression de l'époque.*

– *On aurait dit que Sidar voulait nuire à Mul... Marcel Muller. Le discréditer aux yeux des responsables de la chaîne. Il m'a donné l'ordre...* »

L'homme en gabardine s'interrompt. Corinne glousse nerveusement. Ce petit con prétentieux de Sidar a toujours cherché à mettre des bâtons dans les roues de Mougin. Il paie. C'est bien.

« *Parlez,* encourage la voix. *Ne craignez rien.* »

Le chauve se redresse. Un instant, son regard se fait dur, aigu.

« *Je n'ai plus rien à perdre,* dit-il, les dents serrées. *De quoi aurais-je peur? Sidar m'a ordonné de monter le film de manière que Muller soit le seul en cause. Il y avait pourtant cinq autres personnes de la boîte sur la scène avec lui...*

– *Il s'agissait donc d'une querelle d'ordre personnel. Vous avez obéi sans discuter?*

– *J'ai demandé si le patron – c'était Clavier le directeur de l'information, à l'époque, Richard Clavier – était d'accord. Sidar m'a répondu : " Clavier s'est fait porter pâle... "* »

La sonnerie du téléphone surprend Corinne Jacquet. Elle sursaute. Un peu de scotch se renverse sur ses cuisses. D'un geste mal assuré, elle pose le verre sur le sol et tend le bras vers l'appareil.

« Oui?

– Corinne? »

Elle reconnaît la voix aussitôt. Cette voix grave et un peu oppressée. Pourquoi appelle-t-il? Pourquoi maintenant?

« Corinne? C'est toi?

– Tu es fou. D'où téléphones-tu? Si jamais...

– Ecoute-moi. Je suis chez moi.

– Si jamais ils nous surprennent...

– Laisse-moi parler, bon Dieu! Ils ont mis un flic de la D.S.T. sur l'affaire. Abrial. Le commissaire Abrial. On vient de me prévenir qu'il a arrêté le gosse du *Soir*. Ça m'étonnerait que ça aille plus...

– Quoi! (Corinne secoua la tête, comme s'il pouvait la voir.) Qu'est-ce que tu as dit?

– Ne t'affole pas, je t'en supplie, souffle l'homme. Je ne crois pas que ça ira plus loin. Mais, au cas où tu recevrais la visite d'Abrial, je voulais que tu sois prévenue.

– Je ne peux pas, je ne peux pas, crie Corinne dans le combiné. (La peur la submerge soudain. Ses dents s'entrechoquent.) Je vais m'en aller.

– Ne fais pas ça. C'est idiot! Ton absence serait plus suspecte que...

– Je ne veux pas. C'est impossible.

– Corinne, ce n'est qu'un petit flic de rien du tout. Qu'est-ce que tu risques? Hein, dis-le-moi. Qu'est-ce que tu risques? »

Les dents de Corinne claquent tout près du micro. Une goutte de salive brille à la commissure de ses lèvres. Sa main tire une mèche blonde, sans douceur.

« Tu me fais confiance, oui ou non, continue l'homme de sa voix rassurante. Corinne, réponds-moi. Le temps presse. »

Soudain, elle écarte le combiné de son oreille,

comme si elle l'arrachait, et le repose brutalement sur la fourche. Elle se lève. Sa longue robe accroche le verre de whisky. La moquette épaisse boit le liquide et il ne reste qu'une trace sombre sur la laine.

D'une démarche mal assurée, Corinne rejoint la porte. Elle n'a pas un regard pour le bureau de Mougin, cet endroit soudain froid et terrifiant, cette pièce inconnue dans sa propre maison. Elle sort.

Elle dévale l'escalier qui conduit au salon.

Les lumières sont éteintes. Dans sa course, elle se cogne contre un meuble, renverse une petite table. Une lampe rose éclaire doucement la chambre à coucher. Corinne se jette au pied du lit, comme un mannequin désarticulé. Des sanglots la secouent. Il y a un téléviseur devant elle, contre le mur auquel elle fait face. Relevant la tête, elle approche son visage de l'écran mort. Ses doigts courent fébrilement sur ses joues immobiles, pincent la peau mouillée de larmes. Ses lèvres bougent. C'est le seul élément vivant de cette face sans expression. Un geignement continu s'en échappe, parfois entrecoupé de mots :

« Je m'en vais... Je m'en vais... »

« Ce malheureux Sidar. Vous le connaissiez? »

Abrial regarde le directeur du *Soir.*

« C'est si grave que ça? »

Il appuie sa question d'un mouvement de menton en direction du récepteur miniature posé sur le bureau.

Le petit homme en tenue de soirée, négligemment assis sur l'accoudoir de son fauteuil, lève un sourcil étonné.

« Pardon?

– Pour que vous parliez de lui au passé.

– Ah! Sidar! C'est vrai qu'il est solide. Vous savez d'où il sort? »

Abrial secoue la tête.

« Son père gardait des moutons dans les Causses.

Vous imaginez comme il a dû se démener pour en arriver là? »

La première chose sympathique que j'entende à son sujet. Abrial le pense, mais s'abstient de le dire.

Le petit homme s'interrompt. On frappe à la porte du bureau.

« Entrez. »

L'adjoint d'Abrial apparaît. Il pousse devant lui un grand type aux cheveux en bataille qui semble inoffensif et terrifié.

« Le voilà, commissaire, annonce l'adjoint. On l'a pris au téléphone. Il passait les informations qu'il était chargé de collecter au standard et de monter en salle de rédaction.

– Qui appeliez-vous? » demande Abrial au garçon.

L'autre rougit violemment. La grosse moustache qui barre ses traits grossiers se met à trembler.

« Qui? » répète l'adjoint.

Le garçon secoue la tête.

Le directeur du *Soir* a contourné son bureau. Sur son visage rond, il affiche : colère.

Assez mal imité, pense Abrial. Mais ça doit suffire à impressionner les débutants.

« Je ne sais pas qui vous êtes, crie le petit homme. Je suppose que vous travaillez pour moi. Alors écoutez bien. Je n'ai pas l'intention de laisser un grouillot salir la réputation de cette entreprise. Vous allez répondre aux questions du commissaire et immédiatement! »

Le garçon, qui le dépasse de plusieurs têtes, se recroqueville. Ses épaules se voûtent sous son pull-over étriqué et élimé.

« Je... »

Abrial posa la main sur le bras du directeur.

« Je crois qu'il serait préférable que je mène cet interrogatoire, monsieur. A cette heure-ci, nous allons bien trouver un bureau libre quelque part? »

Le petit homme hésite un instant, puis son visage se fend en un sourire obligeant.

« Je comprends, dit-il. Gardez celui-ci. Il faut que je descende à la rédaction. Prévenez-moi quand ce crétin aura parlé.

– Vous aussi, François », dit Abrial à son adjoint.

La porte se referme sur les deux hommes.

« Comment tu t'appelles? » demande le flic, s'appuyant au lourd bureau directorial.

Le garçon ne répond pas.

« Juste un prénom. Que je sache à qui je m'adresse.

– Pierre.

– Quel âge as-tu, Pierre? »

Silence.

« Tu ne veux pas me dire ton âge?

– Vingt-quatre.

– Tu fais du sport, non? Ça se voit. »

Le garçon relève la tête, décontenancé.

« Quel genre de sport? demande Abrial. J'ai un beau-frère de ton âge. Il est rugbyman.

– Boxe.

– Mi-lourd, hein? Chez qui tu es?

– Fini. J'en fais plus.

– Tiens? Pourquoi ça?

– C'est fini, répète le garçon.

– Des ennuis avec la fédération? C'est ça?

– Je suis pas forcé de répondre. Je connais mes droits.

– Mais non, Pierre. Tu n'es pas forcé de répondre du tout. Tu sais ce qui se passe, ce soir? »

Silence.

« Tu as bien compris la situation? Muller est là-haut. Il pirate l'antenne. Toi, d'une certaine manière, tu l'aides en communiquant des renseignements à je ne sais qui. D'accord? »

Silence.

« Jusque-là, il n'y a pas de quoi fouetter un chat. Je

dirais même que tu ne risques rien. Pas ça. Pas cent francs d'amende.

– Pourquoi vous m'arrêtez, alors?

– Ecoute la suite. Muller dit qu'il a des explosifs avec lui. C'est ce qui nous rend tous un peu nerveux, tu vois. Maintenant, imagine qu'il s'en serve, de ses pétards. Qu'il décide de se faire sauter le caisson. La moitié de la tour en fumée, peut-être une bonne dizaine de morts, un chouette paquet de blessés – on a évacué, mais tu sais comment ça se passe... Bref, un joli petit foutoir et qui est-ce qui est complice? Notre copain Pierre! »

Abrial s'approche du garçon, les mâchoires soudain crispées. Il déteste ce numéro de flic à humeur variable, mais il ne doute pas de son efficacité. Le temps n'est plus aux subtilités.

« Si ça se passe comme ça, grince-t-il, je te garantis que tous les emmerdes que tu as pu connaître sur le ring ou ailleurs deviendront des souvenirs de première communion à côté de ce qui t'attend.

– Ça va, souffle le garçon, se voûtant davantage. 355-90-53. C'est le numéro que je devais appeler.

– Explique-moi ça, Pierre.

– Il y a une semaine, j'ai reçu un coup de grelot. Un type qui me proposait cinq mille balles pour un petit boulot. J'ai dit oui. Ce matin, j'ai trouvé la moitié du blé et les instructions dans ma boîte aux lettres.

– Evidemment, tu n'as jamais vu personne?

– Ecoutez, je vous dis la vérité, là. Faut me croire.

– Continue.

– Il y avait ce numéro. Je devais appeler toutes les vingt minutes à compter de huit heures ce soir.

– Qui répond?

– Personne.

– Comment ça, personne?

– Un répondeur. J'enregistre le message. Si les nanas du standard n'ont reçu aucun appel pour signaler que c'est coupé en province, je dis : rien à signaler. Sinon, il faut que j'annonce où c'est coupé. Voilà.

– Et tu n'as pas la plus petite idée de qui te paie pour ça.

– Ben, sûrement Muller, non? »

Abrial hoche la tête. Il a la conviction que le garçon n'a pas menti. Traversant le bureau, il va ouvrir la porte. Son adjoint attend dans le couloir, adossé au mur.

« Trouvez à quoi correspond ce numéro, lui dit Abrial, tendant une feuille de son carnet. Ça commence à se préciser. »

L'adjoint hoche la tête et s'éloigne vers l'ascenseur.

Abrial rentre dans le bureau.

Le garçon s'est approché du téléviseur et regarde l'écran, fasciné.

« Plus rien à me dire, Pierre? demande Abrial sur un ton radouci.

– Si. (Le garçon se tourne vers lui.) Vous pouvez faire ce que vous voulez, le grand Marcel, il est quand même drôlement plus balèze que vous tous. »

« Stop! »

Volant au-dessus de la console, la main du technicien effleure une touche noire. Sur l'écran, un voile électronique tombe sur l'image de Muller et l'efface.

« En arrière, dit Frankel. Recale-toi au début du coup de fil. »

Sept autres machines semblables à celle devant laquelle se tiennent les deux hommes encombrent la petite salle. La salle des magnétoscopes. Cet endroit est spécial. Il y règne une atmosphère étrange, peut-être parce que c'est l'un des centres vitaux des studios, un point essentiel dans ce grand système nerveux qu'est la télévision. Les hommes qui vivent et travaillent ici huit heures par jour acquièrent une vision du monde qui n'appartient qu'à eux. Ils savent que le réel n'est qu'une suite d'images, organisées pour produire l'illusion du mouvement. Ils savent que les vérités – celles des paroles dites, celles des faits accomplis – ne sont souvent que questions de montage. Ils savent, penchés sur leurs machines, désosser la vie, la découper, la traiter, la réorganiser, tout cela aussi vite que la lumière. Les ordinateurs cliquettent, les images se mêlent; entre leurs mains, sur leurs écrans, tout arrive. Un mot de moins, et le politicien trahit sa cause. Un geste de plus : le mort est toujours en vie. Ils taillent et coupent et recousent la trame de nos existences, l'étoffe de nos songes.

« C'est bon, dit le technicien à Frankel, ramenant en arrière une mèche de ses longs cheveux, qu'il porte noués en catogan. Je t'envoie la purée. »

Muller réapparaît sur l'écran. Il refait les mêmes gestes. Il s'interrompt au milieu d'une phrase, son regard se tourne vers la gauche. La main qui ne cessait de caresser la boîte noire du détonateur s'en détache et sort du champ.

Muller se penche un peu vers la caméra et dit : « *Excusez-moi.* » La main revient. Elle tient un combiné téléphonique.

Les lèvres du gros homme bougent vivement. Son micro ne capte pas ce qu'il dit.

Puis il écoute. Son correspondant parle assez longuement. Imperceptiblement, Muller hoche la tête. Soudain sa main droite quitte la table, monte vers sa bouche.

Voilà!

C'est le geste qui a accroché Frankel. Les doigts – pouce et index – se posent sur les lèvres, les étirent un peu.

S'il n'était pas à bout de nerfs, il ne se permettrait jamais ce genre de tic devant la caméra.

Les doigts quittent la bouche, y reviennent, puis

Muller raccroche et, presque sans transition, se remet à parler.

« C'était son deuxième coup de fil, dit le technicien.

– Il y en a eu beaucoup d'autres?

– C'est régulier. Jusqu'à présent, environ un toutes les vingt minutes, sans compter le numéro de claquettes du ministre.

– Je veux voir les suivants. »

Le technicien acquiesce. Il enfonce une autre touche et des raies commencent à défiler sur l'écran, tandis que des piaillements s'échappent du ventre de la machine. Des chiffres tournent sur un compteur, orange, carrés.

Puis l'image se restabilise.

Muller est au téléphone.

Frankel guette le tic, tout en se demandant quel souvenir vague il a réveillé en lui. Il n'apparaît pas sur cette séquence, mais revient au quatrième coup de fil et encore au cinquième, seulement ébauché.

« Qu'est-ce qu'on fait maintenant? » demande le technicien.

Frankel écarte les mains. Derrière eux, de grosses bobines tournent sur les magnétoscopes. On ampexe la suite de l'émission pirate.

Le technicien regarde Frankel.

« Moi, j'ai suivi tout son truc, au Marcel. Si tu m'expliquais ce que tu cherches...

– Je ne sais pas... Une idée...

– C'est ça qui te fait faire tilt? (Portant ses doigts à ses lèvres, il imite le geste de Muller.) Comme s'il s'obligeait à sourire, hein! »

Frankel relève brutalement la tête.

« Répète ça!

– Hé! mais...

– Répète-le!

– J'ai dit : comme s'il s'obligeait à sourire, mais...

– Voilà. Ça y est. »

Frankel lui envoie une tape sur l'épaule et fonce vers la porte.

« Bravo, vieux. Tu es le meilleur. »

Le technicien le regarde sortir, les yeux écarquillés.

Dans l'ascenseur qui remonte au dixième, Frankel pianote nerveusement sur la paroi de tôle.

Comme s'il s'obligeait à sourire..., à sourire...

Le souvenir est revenu. Une vieille image d'un temps révolu. Si c'est bien ça... Mais il est trop tôt pour mesurer toutes les implications de cette idée. Il faut la vérifier d'abord.

Les gorilles plantés de chaque côté de l'ascenseur font des yeux ronds en voyant Frankel se propulser hors de la cabine comme un diable à ressort.

Dans le bureau présidentiel, c'est toujours le calme. Sidar, au fond de la grande pièce, chuchote dans un téléphone, le regard rivé au petit téléviseur.

Frankel reste sur le seuil. Il fait signe à Mougin de le rejoindre.

« Je peux vous parler une seconde, Michel? »

Ils sortent dans le couloir. Un Davidoff tout neuf fume entre les doigts du président de la chaîne. Son visage n'a rien perdu de son impassibilité, mais des rides de fatigue commencent à s'y creuser.

« Où ça en est? » demande Frankel.

Mougin sourit.

« Suite et fin de la cassette consacrée à notre chef de cabinet préféré. Pilonnage en règle. Après le témoignage accablant du reporter-martyr, que les téléspectateurs ne vont pas aimer, Sidar est cuit. »

Il se tait un instant, penche la tête et ajoute :

« A mon avis, nous sommes tous cuits.

– Pas sûr, dit Frankel. Pas encore.

– Vous avez trouvé quelque chose?

– Peut-être. »

Une fille passe près des deux hommes, portant des

dossiers sous le bras. Frankel la regarde s'éloigner avant de se retourner vers Mougin.

« Dites-moi une chose, Michel. Corinne est à Paris, en ce moment ?

– Pourquoi me demandez-vous ça ? Quel rapport avec Muller ?

– Michel, il faut que vous me fassiez confiance. C'est juste une idée. Est-elle à Paris ?

– Oui... Je lui ai parlé tout à l'heure... pour dire que je ne rentrerai pas. Mais...

– Faites-moi confiance », répète Frankel.

Il plante Mougin et s'éloigne vers le bout du couloir, de sa foulée élastique. Devant l'ascenseur, il se retourne. Le président l'observe, son cigare fumant suspendu à quelques centimètres de ses lèvres, une ride soucieuse sur le front.

« Ne vous en faites pas, lance le jeune homme avant de s'engouffrer dans la cabine. Je vous tiendrai au courant. »

CHAPITRE XIV

ÉTÉ 1972

MULLER se réveilla une heure plus tôt que d'ordinaire.

Cela n'avait rien de particulièrement exceptionnel. Depuis son retour du Mozambique, trois semaines auparavant, il dormait mal, hanté par des rêves bizarres où il finissait toujours par casser des objets de bois fragile dont les éclats lui déchiraient les doigts. Mais ce matin-là il avait d'autres raisons que l'insomnie pour ne pas rester allongé près d'Annette en attendant que le réveil sonne.

Il prit une douche et s'habilla au salon, furtivement, pour ne réveiller ni sa femme ni Frédéric. Dans la glace, il put constater qu'il recommençait à grossir. Sa chemise de nylon plissait aux épaules et il eut quelque mal à boutonner sa veste. Il mit une cravate neuve, le dernier cadeau d'Annette, et décida d'entreprendre un régime.

Un peu plus tard, dans la cuisine, il renonça aux toasts beurrés qui accompagnaient d'habitude son café noir. Il se contenta de grignoter quelques biscuits d'apéritif qui restaient au fond d'un paquet oublié.

Il sortit de chez lui à sept heures et demie. Les marchands de graines et de plantes de l'avenue Victoria tiraient déjà sur le trottoir la verdure de leurs étals.

Devant le cinéma d'en face, deux clochards finissaient leur nuit sur les grilles du métro. Un petit soleil chaud frôlait l'asphalte.

La bonne humeur de Muller n'allait jamais très loin, jamais, en tout cas, jusqu'aux régions profondes où la conscience des échecs accumulés brûlait en permanence, comme une sourde maladie. Un instant, pourtant, il put croire que tout était redevenu comme avant, aussi simple et évident qu'avant. Il marcha en sifflotant jusqu'à sa voiture.

Il avait encore une demi-heure d'avance quand il arriva rue Cognacq-Jay. Comme il l'avait prévu, le hall était désert. Il le traversa, décidant qu'il ne prendrait pas l'ascenseur pour monter à son bureau. Un peu de sport ne nuirait pas à son régime.

Avant de se lancer à l'assaut des marches salutaires, il avait quelque chose à faire. Il prit la direction des casiers à courrier.

Charles, l'homme à tout faire de la boîte, s'activait devant les compartiments, un sac postal ouvert à ses pieds. Il avait largement dépassé l'âge de la retraite et on le gardait parce qu'il faisait partie de l'immeuble. La légende voulait qu'il en ait été le concierge à l'époque où les occupants allemands y avaient installé un centre de télévision pour distraire leurs blessés de l'hôpital Beaujon. Muller l'observa un moment en silence. Il se baissait péniblement, tirait les lettres par poignées, les triait et les fourrait dans les casiers de leurs destinataires.

Muller vit que le sien était vide. Celui de Maxime Trembledieu, en revanche, débordait déjà.

Il s'avança d'un pas.

« Alors, Charles, lança-t-il. Rien pour moi, ce matin?

– Hélas! non, monsieur Muller... Vous savez bien comment c'est... Vous avez assez d'expérience!... Qui en a plus que vous?... C'est celui qui passe à l'antenne tous les soirs qui a du courrier et encore du courrier.

Vous ne faites plus de télé. A peine si on vous entend dire quelques paroles sans qu'on vous voie. C'est comme si vous faisiez un tout petit peu de radio... Alors les gens vous oublient. Et puis vous êtes parti longtemps!... On doit même ignorer que vous êtes revenu... Moi, j'aimerais vous apporter beaucoup de lettres, monsieur Muller!... Des tas!... Des sacs!... C'est bête à dire, mais, comme nous sommes entrés ensemble dans la maison, j'ai l'impression qu'en vous écrivant les gens vous remercient d'avoir un peu construit cette sacrée télé... En vous écrivant, ils remercient aussi les vieux de la vieille comme moi. C'est qu'on a mis, chacun à sa manière, trente ans à la bâtir, cette piaule! »

Trop habitué à se raconter et à se trouver captivant, Muller était rarement bouleversé par la conversation des autres. Il les écoutait peu. Là, il se laissa aller à son émotion. Etait-ce la solitude dans laquelle il se débattait? Charles l'avait touché. Il le prit par les épaules, le serra et lui dit en souriant :

« Je vais essayer de revenir...

– Ce ne serait que justice..., répliqua le vieux Charles.

– Revenir pour vous et les gens comme vous », ajouta Marcel.

Au milieu de l'après-midi, Sidar l'appela.

« Venez immédiatement », fit sa voix sèche dans le combiné.

Muller raccrocha et y alla. Cette fois, le bureau était vide. Derrière sa table de travail envahie de journaux, de bandes de télex et de papiers divers, Jacques Sidar paraissait minuscule.

« Asseyez-vous! » aboya le petit homme.

Il obéit, sans même avoir conscience de le faire. La chaise pliante d'acier et d'altuglas grinça sous son poids.

« J'ai une bonne nouvelle, coupa Sidar. Vous faites un plateau.
– Quoi?
– Un plateau. En direct. Vous n'avez pas oublié ce que c'est? »
Muller secoua la tête. Il ne parvenait pas à refermer sa bouche.
« L'histoire de cette bonne sœur qui a liquidé la moitié d'un asile de vieux, à Lucca. J'attendais des images aux échanges internationaux, mais la R.A.I. n'avait rien à proposer. »
Se penchant, il tendit une liasse de papiers à Muller, qui ne la prit pas tout de suite.
« Tout est là. Faites-m'en une minute et demie. Il ne s'agit pas encore d'un meurtre. Parlez d'euthanasie, c'est le poblème de fond que ça soulève. Je veux que le client frémisse, pas qu'il ait des cauchemars. Ça ne va pas?
– Si..., souffla Muller. Mais pourquoi?
– Pourquoi quoi? »
Le petit homme l'observait sans aménité.
« Pourquoi moi? Pourquoi maintenant?
– Ecoutez, mon vieux, si vous n'en voulez pas, je le passe à quelqu'un d'autre. »
La tête vide, Muller se leva.
« J'avais quelque chose à vous dire, balbutia-t-il.
– Eh bien, allez-y. »
Il regarda la liasse qu'il serrait dans sa main.
« Plus tard, dit-il, marchant vers la porte. Nous en parlerons plus tard. Il faut que je prépare cette histoire de bonne sœur. J'ai à peine le temps. »
Il retourna à son bureau, titubant un peu. Il pensait : « Ce n'est pas possible. Il l'a fait exprès. » Il attendait ce jour depuis cinq mois. Son premier plateau. Les téléspectateurs allaient le voir, savoir qu'il était de retour. Tout recommençait. Tout devenait possible.
Il s'assit, étala devant lui coupures de presse, dépê-

ches d'agences et télex, et se mit au travail. Pendant deux heures. A partir des maigres informations dont il disposait (sœur Angelina – soixante-sept ans, aide-soignante à l'asile de vieillards Benvenutti de Lucca, Toscane – a avoué hier soir avoir empoisonné quinze pensionnaires au cours de ces deux dernières années – « *Le Seigneur a inspiré mon geste,* a-t-elle déclaré, *le curare que j'ajoutais à leurs aliments leur ouvrait la route du ciel* »), Muller rédigea deux feuillets de sa petite écriture serrée. Puis il les relut, les corrigea et en réécrivit deux versions, l'une plus longue et l'autre plus brève. Il les déclama l'une après l'autre en se chronométrant, sous le regard fasciné du journaliste en herbe.

A huit heures moins vingt, il se leva pour rejoindre la fosse aux lions. Le studio avait pris son rythme nocturne. Couloirs déserts. Bureaux vides. C'était l'heure favorite de Muller. L'heure à laquelle devenait réelle la sensation de se promener dans un lieu magique, hanté de mille voix, de mille fantômes, où les machines semblaient soudain plus familières, plus amicales que les hommes qui les manœuvraient tout le jour.

Il entra sur le plateau bombardé de lumière lourde et le traversa, saluant indistinctement tous ceux qui s'y trouvaient.

Sous l'escalier de la régie, quelques marches menaient à la cabine de la maquilleuse. La femme qui poudrait et repeignait les heureux élus de l'antenne l'accueillit d'un bon sourire.

« Ça fait plaisir de vous revoir, m'sieur Marcel », dit-elle.

Elle était là depuis toujours. Muller lui serra le bras avec émotion. Il ne s'en fallut pas de beaucoup qu'il y aille d'une petite larme.

« Faites-moi ça bien, chère Marie », soupira-t-il, se laissant aller dans le fauteuil de cuir.

Le trac s'empara de lui quand il sortit de la cabine

pour rejoindre le bureau qui lui était attribué. La journée avait mal commencé, mais à présent il ne tenait qu'à lui qu'elle s'achève en triomphe. Oh! ce n'étaient que quatre-vingt-dix petites secondes. Mais il allait en faire un moment inoubliable. Les téléspectateurs – « les clients », comme disait Sidar – se souviendraient longtemps des crimes de sœur Angelina racontés par Muller.

Il s'installa, sous l'œil impavide d'un jeune cameraman qui feuilletait *Charlie-Hebdo,* son casque autour du cou. Un conducteur était posé sur le bureau. Il survola la liste des séquences et vit son nom en toutes lettres, en grosses lettres. Son bonheur, à cet instant, était indescriptible.

A 8 heures moins 5, Maxime Trembledieu fit son entrée. Il était entouré d'un groupe de gens, visiblement extérieurs à la boîte, qui se comportaient avec lui comme des fans envers leur idole. Quoi qu'il fasse, où qu'il aille, Trembledieu donnait toujours l'impression qu'il était en train de signer des autographes. Pour Muller, il symbolisait l'évolution de la télévision dans ce qu'elle avait de plus négatif. Sa carrière, d'abord : il ne venait pas de la radio ou de la presse écrite, encore moins d'une école de journalisme. Il avait ramé longtemps au cabaret, comme chanteur de charme, sans jamais percer. Puis il était entré au service Vie culturelle de l'information où il avait végété plusieurs mois, attendant d'être « découvert » par l'un ou l'autre des pontes de la chaîne. C'était au moment où la pluralité des programmes faisait apparaître une notion de concurrence jusqu'alors inconnue à la télévision. On cherchait des vedettes. Trembledieu avait une gueule-visage ouvert, menton carré, cheveux paille – et du bagout. On le recruta. Pour commencer, il fut envoyé en stage à Londres (B.B.C.) puis à New York, où il travailla un temps pour N.B.C., l'un des plus importants *networks* américains. Avant de le rapatrier, on le présenta aux téléspectateurs français, un micro à la main devant un wagon de métro couvert de graffiti ou en haut du World Trade Center, commentant la montée de la violence dans la mégalopole américaine. Question de prestige.

Puis on lui confia directement la tête du Journal de 20 heures. Le service de presse obtint ou accorda des interviews avec tous les journaux de télé. On fit cinquante photos de lui en studio, où l'allure, les vêtements étaient censés mettre en avant son côté « américain », c'est-à-dire à la fois professionnel et décontracté. Et, finalement, Trembledieu ne s'avéra, à l'instant de vérité, ni pire ni meilleur qu'un autre. Avec horreur, Muller constata que la différence, l'unique et seule différence entre ce type et n'importe quel journaliste doté de deux ans d'expérience intensive tenait à un gadget.

Trembledieu l'avait rapporté lui-même des Etats-Unis. Il était encore le seul à s'en servir en France, mais cela ne durerait pas.

Bientôt, le téléprompteur envahirait les studios.

C'était tout simplement une caméra vidéo filmant un texte qui défilait sur une bande de papier étroite et le retransmettait sur un écran, à l'envers. L'écran était placé sous l'objectif de la grosse caméra braquée sur le présentateur. Le texte se reflétait dans un miroir sans tain fixé à 45 degrés entre l'écran et l'objectif. Ainsi, le présentateur pouvait-il le lire sans cesser de regarder son public au fond des yeux. Et il n'y avait aucun moyen d'éventer le truc si l'on ignorait qu'il fallait pour cela surveiller de près le mouvement presque imperceptible des prunelles de l'homme que l'on prenait pour un monstre de mémoire puisqu'il semblait capable de vous débiter un journal d'une demi-heure sans bafouiller ou consulter ses notes une seule fois.

A moins deux, la voix d'Albert Carnot tomba de la régie. Muller le connaissait bien. Il avait travaillé aux sports avec lui, longtemps avant son éviction. Récemment, on avait confié à Carnot la réalisation du Journal. Un travail bien tranquille.

« En selle, les enfants! A vous dans cent secondes... »

Il y eut un instant de silence, puis la voix ajouta :

« Bienvenue à bord, Marcel. »

Muller agita la main en direction de la caméra qui le visait. Bien que le voyant rouge qui la surmontait ne fût pas allumé, il savait que son image était retransmise sur l'un des écrans de contrôle de la régie.

Trembledieu sortit de la cabine de maquillage et, calmement, souplement, gagna sa place.

« L'antenne », annonça Carnot.

Les enceintes de monitoring lâchèrent dans le studio les trilles martiaux du générique. Le cœur de Muller se mit à battre follement.

« Bonsoir, lut Trembledieu, les yeux rivés à sa caméra. Journée chargée, aujourd'hui, à Bruxelles pour les représentants de la Communauté européenne qui, pour la troisième fois cette année... »

Sur le plateau de Muller, le téléphone émit un bourdonnement sourd.

Il décrocha.

« Marcel, souffla dans son oreille la voix de Carnot. Je suis bien emmerdé, Marcel... Je viens d'avoir le big boss...

– Oui », murmura Muller, la gorge nouée.

Son cœur battait toujours aussi vite, mais il lui sembla qu'il perdait le tempo.

« Ils se sont gourés au nodal. On a reçu un truc sur la bonne sœur, tout monté. Tu gardes ton commentaire, mais c'est *off.* En cabine. Je suis désolé, Marcel. »

Muller écouta un instant la ligne vide et raccrocha à son tour.

Le monde s'écroulait.

Il promena un peu son regard éteint sur l'écran de contrôle occupé tout entier par la belle gueule de

Trembledieu. Son cœur, à présent, avait des ratés. Son crâne était léger et sonore comme une cuve vide. Des mots sans suite y rebondissaient. *Ministre de l'Agriculture... Europe verte... Réévaluation des taux...*

Personne ne faisait attention à lui. Deux des trois caméras étaient braquées sur Trembledieu, avançant et reculant à tour de rôle, sans bruit.

« Les Palestiniens ont encore frappé en Israël et les Israéliens ont une fois de plus réagi en bombardant les camps palestiniens au Sud Liban. Dix morts d'un côté, une vingtaine de l'autre. Le cycle de... »

Malgré son désarroi, Muller comprit immédiatement qu'il se passait quelque chose d'anormal. Trembledieu était livide. On devinait qu'il n'avait plus de salive dans sa bouche. Ses yeux cherchaient vainement une issue; des yeux de bête traquée. Le prompteur, l'infaillible prompteur, venait de tomber en panne. Les phrases avaient cessé de défiler. La secrétaire, chargée de moduler la vitesse de défilement du texte selon les désirs et le débit de Trembledieu, ne comprenait pas ce qui arrivait. Elle regardait, incrédule, comme assommée, le rouleau de papier et la machine à écrire du prompteur. Dix secondes... Quinze... Des secondes qui n'en finissaient plus... Vif comme l'éclair, Muller fit un signe. Une caméra fixa son œil rouge sur lui. Il ressuscitait.

« Vous avez raison, Maxime... Où et quand s'arrêtera la violence?... D'après nos informations, Jérusalem s'apprêterait à de nouvelles ripostes et d'après le bureau de Yasser Arafat les Israéliens auraient eu plus de victimes qu'ils ne l'avoueraient... »

Il fit une légère pause et ajouta :

« Mais je crois qu'aujourd'hui il y avait Conseil des ministres...

– Oui, reprit Trembledieu lentement. (Il paraissait sortir d'un abominable cauchemar et ne pas avoir retrouvé entièrement ses esprits.) Un Conseil des ministres où l'on a abordé le délicat problème de l'étalement des vacances... »

Il jeta un coup d'œil éperdu à Muller. Le prompteur était désespérément arrêté. Là-haut, Carnot faisait braquer la « caméra une » sur Marcel. Celui-ci, comme s'il avait longuement préparé le sujet, enchaîna :

« Le problème de l'étalement des vacances est celui du blocage d'une partie de notre économie. Pendant des mois notre équipement hôtelier fonctionne à vide, puis, en période de grandes vacances, il ne peut accueillir les millions de Français qui partent le même jour... Un reportage d'André Gatti auprès du président du Syndicat de l'hôtellerie française. »

Muller, certain de ne pas être entendu, micros coupés, se tourna vers Trembledieu.

« Ne perdons pas de temps... Qu'est-ce qu'il y a d'autre au sommaire ce soir?

– Le Vietnam. La maladie de Mgr Baille. Une interview de Brigitte Bardot sur le massacre des bébés phoques. Le fait divers de la religieuse de Lucca. La météo. La préparation des Verts pour leur match de Coupe d'Europe avec une interview d'Herbin. Un court sujet sur Raymond Poulidor. »

L'atmosphère sur le plateau et en régie pendant le dernier quart d'heure du Journal fut fiévreuse, intense. Les caméras, champ, contre-champ, suivaient ce match de ping-pong où Trembledieu renvoyait rapidement la balle à Muller, une balle avec laquelle ce dernier jonglait. Il n'était que dextérité. Sa connaissance des séquences qu'il traitait, sans notes, faisait dire à Carnot en régie : « Que les nouveaux rois du prompteur prennent de la graine! » On voyait bien que Marcel Muller, en professionnel accompli, n'avait jamais cessé de lire les journaux, exactement comme au temps où il était le présentateur vedette du Journal télévisé. Sa curiosité ne s'était pas émoussée, ni son appétit pour les informations et les commentaires de ses confrères de la presse écrite, ni son secret espoir d'être prêt pour le jour où il reviendrait au premier plan. Ce jour-là était-il arrivé? S'il n'avait tenu qu'à sa virtuosité...

Trembledieu était prostré. Maintenant, c'est à Muller qu'on glissait les dépêches de dernière heure. Il improvisait, faisait le point exact tel un vieux marin et respectait le timing. Ceux qui le connaissaient depuis toujours avaient la sensation de le voir rajeunir.

Quand le sujet Poulidor s'acheva, Trembledieu se secoua et commença comme tous les soirs à dire : « Bonsoir, mesdames... » Mais l'euphorie la plus grande possédait Marcel Muller. Nul garde-fou n'aurait pu freiner son impétuosité, le bonheur qu'il ressentait. Il coupa la parole à son collègue – l'avait-il entendu? – et contraignit la caméra à revenir sur lui, car il prononça en haussant le ton les rituels : « Bonsoir, mesdames... Bonsoir, mesdemoiselles... Bonsoir, messieurs... Merci de votre attention... A demain... » Il était chez lui. Son sourire et ses yeux disaient son ravissement. Il tutoyait les anges. La France était revenue des années en arrière, au temps où l'institution Marcel Muller lui parlait tous les soirs.

Sur l'écran apparurent les premières publicités qui suivent le Journal. A présent il y avait foule sur le plateau. Tout le personnel de la régie était descendu. Carnot le sec, Carnot qui en avait tant vu, embrassa Marcel. Les scriptes avaient déniché du champagne qu'elles débouchaient. Chacun parlait fort, comme pour un anniversaire. « Pas mal, la vieille garde! » s'exclamait l'un. « Quand je pense qu'un type comme ça est tricard depuis des années! » répliquait l'autre. « Les dinosaures ont la peau dure! » Muller serrait les mains, remerciait, enivré par cette ambiance et enivré de lui-même.

Trembledieu s'approcha de lui :

« Eloignons-nous un peu, s'il vous plaît... Je voudrais vous parler. »

Une caméra leur servit de relatif paravent. Ils s'y accoudèrent.

« Je tenais à vous remercier. Vous avez sauvé le Journal. Vous m'avez sauvé. Je ne l'oublierai pas.

– J'en ai peut-être fait un peu trop.

– Les gens de votre acabit en font toujours trop. Vous auriez dû me laisser terminer, mais je vous comprends... Seuls les vainqueurs ont le droit de saluer. »

Muller ébaucha une révérence.

« Voyez-vous, Trembledieu, les vainqueurs devraient être ceux qui ont l'expérience. De mon temps, on apprenait par cœur les textes que nous rédigions. Rien ne pouvait nous prendre au dépourvu. On était rodé. Aguerri. En toutes circonstances on savait improviser... Un jour, j'ai tenu l'antenne quatre heures sans aucune note. C'était pendant un défilé. Alors vous pensez! Un Journal de vingt-cinq minutes! Que voulez-vous que ce soit pour moi! »

Il avait retrouvé tout son aplomb.

« Vous avez tort, Muller, de vous comporter comme vous le faites... Vous croyez ne pas m'aimer, mais c'est notre époque que vous détestez. Les comptables qui, naguère, pendant des heures, faisaient des additions de tête ne sont plus. Finies, les petites lumières, les manches de lustrine. Aujourd'hui, les enfants apprennent à calculer avec de petites machines électroniques et un ordinateur crache un bilan en quelques minutes. Le prompteur que vous méprisez, et qui pour la première fois peut-être depuis sa mise en service est tombé en panne, permet aussi à de vrais journalistes d'écrire et de concevoir le Journal. C'est une autre méthode, c'est tout. On n'a plus besoin de savoir atteler une charrue lorsqu'on conduit un tracteur. L'essentiel est d'avoir semé le blé.

– Peut-être avez-vous raison. Mais je préfère l'homme à la machine. »

Trembledieu hocha la tête, remercia encore Muller, lui serra la main et tous deux se replongèrent dans l'atmosphère de fête qui régnait sur le plateau.

A vingt et une heures Muller fut convoqué à nouveau dans le bureau de Sidar. Il s'assit dans le fauteuil que lui désigna rageusement le petit homme. Encore sous le coup des émotions qu'il venait de vivre, Marcel était essoufflé. Il transpirait et s'épongeait le front avec son mouchoir.

Jacques Sidar fut aussitôt agressif :

« Vous n'en raterez jamais une!

– Comment? Vous osez? Moi qui ai sauvé...

– Ça y est... Le voilà qui se prend pour Jeanne d'Arc. »

Sidar n'était que sarcasmes.

« C'est monstrueux, jeta Muller, suffoquant de plus en plus.

– Et ce « Bonsoir, mesdames; bonsoir, mesdemoiselles, bonsoir, messieurs, à demain »!... Je vous jure qu'il n'y aura pas de Muller demain. Si vous vous étiez contenté de faire ce que vous aviez à faire pour secourir un camarade! Mais non! Il a fallu que vous tiriez une fois de plus la couverture à vous!... Maintenant vous pouvez partir. J'ai dit ce que j'avais à vous dire. »

Muller était rouge. Il ruisselait. Sa chemise collait à son corps. Il se leva avec peine, fit un pas, revint en arrière, appuya sa main droite sur le dossier du fauteuil, sembla chercher de l'air, s'agrippa des deux mains, puis, presque comme dans un film muet, s'effondra en tournoyant.

Sidar, frappé de stupeur, hésita un instant avant de se précipiter vers lui. Tout le corps de Muller était secoué de spasmes. Sidar se baissa, le regarda, impuissant, et courut à la porte du bureau où se tenait sa secrétaire.

« Vite! Muller vient de se trouver mal. Appelez le docteur Boujenot. »

Le docteur Boujenot était depuis des années le médecin de chaîne. Un pionnier lui aussi, ami de tous, confident de leurs faiblesses, témoin de leur ascension ou de leur purgatoire.

Quand il entra dans le bureau de Sidar, celui-ci avait défait le col de Muller et guettait sur son visage des signes de mieux. Boujenot se pencha, prit le pouls du malade à présent immobile, sa tension et écouta son cœur. Il demanda à Sidar de l'aider à enlever la veste de Marcel puis retroussa la manche droite de la chemise. Il ouvrit sa trousse et choisit de faire une injection intra-veineuse de digoxine. Lentement Muller revint à lui.

« Ce n'est rien, Marcel... Tu as eu un petit étourdissement... Ne t'inquiète pas. »

Muller était hébété. Boujenot, Sidar et la secrétaire le hissèrent sur le fauteuil.

« Détends-toi... »

Il fallut assez longtemps pour que Marcel Muller se mette à parler. Il nia son malaise qu'il avait eu.

« J'ai eu une journée chargée et beaucoup de contrariétés, murmura-t-il en fixant Sidar. Je sais que ce n'est rien... Je peux recommencer à travailler tout de suite...

– Peut-être, répliqua Boujenot. Mais en attendant tu vas te reposer encore quelques minutes et je vais te faire raccompagner à la maison...

– Pas du tout. J'ai ma voiture.

– Marcel!... C'est le vieux copain qui te parle et surtout le médecin. Alors tu vas m'écouter et m'obéir. »

Le ton du docteur Boujenot était péremptoire. Tranchant. Une grande autorité se dégageait de lui. Il ne badinait pas avec son devoir. Sidar s'approcha du téléphone et demanda un chauffeur.

Muller, vaincu, s'inclina.

« Michel, il faut que je te voie. »

Mougin était seul dans son bureau. Boujenot était au bout du fil. C'était un être qui comprenait beaucoup de choses et qui, par conséquent, se taisait souvent. Pourquoi ce ton sérieux? Le toubib de la maison, le compagnon de toujours, n'abusait jamais du temps des autres. Il avait opté pour la discrétion une fois pour toutes. Mais, quand on avait besoin de lui, il répondait toujours présent. Quelques minutes plus tard, c'est un Boujenot soucieux que Mougin avait en face de lui.

« Notre conversation doit rester secrète. Laisse même Corinne en dehors de tout ceci.

– D'accord, promit Mougin.

– Tu sais que Muller a eu un malaise.

– Oui... C'est grave?

– Très!... Quand je l'ai trouvé allongé dans le bureau de Sidar, j'ai espéré un moment qu'il s'agissait d'un vague malaise d'ordre émotif... J'aurais pu lui faire une piqûre d'atropine, mais j'ai choisi un tonicardiaque plus fort... J'espère avoir bien fait. »

Mougin regardait Boujenot. Il attendait la suite, redoutant le pire.

« La prochaine fois que Marcel aura un malaise, il n'y aura ni pouls ni tension. C'est le S.A.M.U. qu'il faudra appeler. Et peut-être sera-ce trop tard?... Tu sais, Michel, je ne m'alarme pas pour rien. Hélas! je ne me trompe pas. Je lui ai fait faire un électrocardiogramme au lendemain de son accident. Ça n'est pas joli joli... »

Le silence tomba. Mougin songeait à Muller avec peine et, en même temps, il pensait à Boujenot, à son dévouement, à sa tristesse.

« Est-ce que je peux faire quelque chose? » interrogea-t-il.

On sentait combien il était ému et combien la vie l'avait habitué à dissimuler ses sentiments les plus profonds.

« Ce sera difficile, répondit le docteur. Muller souffre de deux syndromes : l'un du cœur, l'autre est celui de la télé... S'il continue à se fatiguer au boulot, il mourra très vite; si on le prive de télévision, il mourra aussi...

– Alors?

– Je ne sais pas... J'ai fait mon travail, fais le tien...

– Mais il n'y a pas de solution!... dit Mougin.

– Et si tu l'éloignais de Paris?... Trouve-lui un poste pépère quelque part...

– Tu ne veux rien dire à Marcel?

– Non. Je ne m'en sens pas le courage. J'ai la sensation que je le tuerai tout de suite. C'est un homme qui vit à la fois dans le passé et l'avenir, car le présent lui échappe. On l'a trop puni depuis 1968. Il se débat et travaille comme au temps où il était une vedette. Et il est persuadé qu'il fera encore de grandes choses...

– Après Auxerre, si je lui redemande de quitter Paris, ça va être terrible...

– Parles-en à Annette... On ne peut lui cacher cette situation... et elle sera peut-être de bon conseil. »

Le soir même, Michel Mougin appelait Annette Muller. Ils se rencontrèrent le lendemain dans un café de la place de l'Opéra. Mougin lui rapporta la conversation qu'il avait eue avec le docteur Boujenot. Il fut d'une extrême gentillesse, plein d'attention, mais ne lui épargna rien.

Ils discutèrent longtemps et pensèrent décider au mieux pour que Muller vive. Mougin lui proposerait la direction de la station de Colmar et, quand le moment serait opportun, Annette l'appuierait en exprimant son désir de se rapprocher de la maison familiale de Molsheim. « Il faut que tu acceptes la proposition de Mougin », suggérerait-elle à son mari. Elle se montrerait lasse de la grand-ville et userait de toute sa tendresse pour le convaincre. Peut-être se laisserait-il fléchir?...

C'est une femme voûtée et désemparée que Mougin suivit des yeux avant qu'elle descende les escaliers du métro. Elle avait refusé qu'il l'accompagnât chez elle en voiture.

CHAPITRE XV

23 HEURES

Le poing de Sidar s'écrase sur le bureau à dix centimètres de la tête de Muller qui occupe tout l'écran. Quelques objets tressautent. Deux tasses vides s'entrechoquent et un bout de cigare tombe du cendrier au bord duquel il fumait encore.

« On coupe! »

Mougin se penche pour ramasser le mégot incandescent qui a commencé à attaquer le bois.

« On coupe? répète-t-il. Comme ça? D'un coup? »

Sidar agite sous son nez le téléphone qu'il étreint encore, les jointures blanchies.

« Ordre d'en Haut. Ils ont fini par entendre raison.

– Un peu tardivement, en ce qui vous concerne », dit Trembledieu.

Le ton narquois fait tiquer le petit homme. Depuis que Muller, à l'antenne, s'en est pris à lui nommément, il est dans un état second. Yeux brillants d'un éclat maladif, visage blême, gestes brusques, saccadés. Sa nervosité transforme en haut voltage la tension qui existe dans le bureau. Il est clair que ce n'est plus un principe qu'il défend à présent, mais sa peau, purement et simplement.

« Je suis toujours là, grince-t-il à l'intention du présentateur. Et j'ai connu pire, Maxime. Bien pire. »

Avant que l'autre ait pu répondre, le responsable de la diffusion sort de l'ombre. Il a enlevé sa veste. Sa sueur plaque ses cheveux à son front.

« On coupe, on coupe, c'est bien joli! Moi, je vous préviens : je ne peux rien faire sans instructions plus précises.

– Une seconde... (Sidar lève la main. Il se tourne vers le patron de la D.S.T.) Cézenac, vous êtes certain qu'Abrial tient le contact de Muller?

– Le contact ou l'un des contacts, répond prudemment l'homme chauve. Dans ce domaine, on n'est jamais sûr de rien.

– Fantastique, ricane Sidar. Belle efficacité! »

Cézenac soutient un instant son regard meurtrier. Puis il lâche un long soupir, se retourne et s'éloigne en direction des fenêtres, avec une certaine raideur.

Le silence revient. Silence lourd, relatif. Muller parle toujours. Personne ne semble vraiment l'écouter, sauf Trembledieu. Il se tient légèrement à l'écart, près du gros Thomson. Les autres ont tous plus ou moins des décisions à prendre, des arrières à protéger. Pas lui. Il n'est après tout que journaliste et ne dispose d'aucun pouvoir au sein de cette assemblée. Alors, il a endossé le rôle de l'observateur. Il surveille Muller sur son écran et les surveille, eux, tandis qu'ils s'affrontent. La partie, jusqu'à présent, est confuse, mais ne manque pas d'intérêt.

« Vous avez la carte du réseau? » aboie soudain Sidar, sortant de son mutisme rageur.

Le type de la diffusion acquiesce.

« Dans mon porte-documents. Je vais la chercher. »

Tout le monde se rapproche. Quand il revient avec la carte et la déplie sur le bureau, les têtes se penchent vers la lumière. Il promène sa main semée de poils noirs et drus sur le papier. L'hexagone est divisé en une soixantaine de zones.

« Voilà. Les triangles noirs, ce sont les réémetteurs, explique le Marseillais. Quant aux points rouges, ils représentent les relais automatiques. Il faut savoir que pour éviter l'effet d'écho – c'est-à-dire qu'un même poste capte deux sources à la fois, avec un décalage suffisant pour dédoubler l'image – nous modifions la fréquence d'émission à chaque point du réseau. 200 mégahertz au départ, puis 205 et ainsi de suite... Si je ferme ici, (l'ongle net et carré de son index frôle un triangle noir sur le nez de la France), je prive d'images la presque totalité du Finistère Sud. En revanche, si... »

Sidar l'interrompt, abattant sa main ouverte sur le Massif Central.

« Merci. C'est exactement ce que nous allons faire.

– Vous oubliez un petit problème », suggère Trembledieu.

Sidar s'oblige à sourire. C'est un rictus mauvais qui découvre ses dents.

« Les explosifs, c'est ça? »

L'autre acquiesce lentement, visiblement heureux de pouvoir une fois de plus s'opposer au petit homme.

Mais Sidar ne se laisse plus démonter.

« Enfantin, reprend-il. (Il se tourne vers Cézenac qui l'observe de loin, les bras croisés sur la poitrine.) Bonne occasion de vérifier que nos amis de la rue des Saussaies ont une utilité quelconque dans ce genre d'affaire. Nous allons choisir une région et l'isoler. Si Muller ne réagit pas, ce sera la preuve qu'il ne peut plus – comme nous l'espérons – contrôler ce qui se passe sur le réseau. En ce cas, le faire taire ne sera plus qu'une question de temps. Si l'inverse se produit, nous devrons peut-être revoir notre stratégie... »

Il laisse traîner sa phrase. Personne dans le bureau n'ajoute quoi que ce soit à ce qu'il vient de dire. Il se penche sur la carte, le front plissé, et répète, dans un murmure :

« Peut-être. »

« *Voici maintenant trois heures, mes chers amis, que se poursuit cette expérience inédite dans l'histoire de la télévision, cet extraordinaire défi lancé à un pouvoir. La vérité – vous l'avez pu constater – devient tout autre sitôt que c'est un homme dégagé des contraintes et des raisons d'Etat qui le clame. Non, ma vie ne ressemble pas à ma vie telle que vous la connaissiez... Mais assez! Je n'ai pas fait tout cela, couru tous ces risques pour vous parler de moi. Je veux à présent vous entendre. Entendre vos questions. Y répondre... Vous m'avez écouté. A vous la parole!*

« *Comment? dites-vous. Comment est-ce possible? Voici bien l'un des vices de cet instrument. Il ne fonctionne que dans un sens, du plus petit nombre vers la multitude. Mais ce soir nous ne sommes pas en peine d'imagination... Ce soir, les esprits se réveillent, les bonnes volontés se manifestent. Mon problème était de vous entendre. Laure Vernier a trouvé la solution.*

« *Vous souvenez-vous de Laure Vernier? Si son nom ne vous dit plus rien, n'en éprouvez aucun remords. Ce n'est pas votre faute. On a voulu qu'il en soit ainsi. Des complots identiques à ceux qui ont coûté tant de souffrances à votre serviteur ont eu raison de cette fragile et précieuse jeune femme. Sa notoriété, acquise au prix d'un labeur acharné, quotidien, l'a désertée à cause d'une faute qui n'en était pas une. Une faute d'amour que l'amour aurait pu pardonner si un tel sentiment avait existé chez ceux qui la jugèrent...*

« *Tout à l'heure, Laure m'a appelé. Elle travaille à présent, humble et anonyme, à la station périphérique R.B.C. Elle avait de bonnes nouvelles. Les journalistes, les techniciens de cette station ont rejoint spontanément notre mouvement...*

« *Voici ce qu'elle m'a proposé, ce qu'à mon tour je vous propose. Prenez la parole. Appelez R.B.C. A compter de cet instant, le standard de la station vous est ouvert. Vos questions passeront à l'antenne. Je dispose ici d'un récepteur. Je vous entends... Je vous écoute... Je vous réponds. Bien entendu, sincérité et vérité sont les seules règles de ce jeu... Alors appelez... Appelez maintenant...* »

« Il est bien, ton pote, ricane Houssin, le petit journaliste blond. Jusqu'aux yeux, il te mouille! »

Laure ne répond pas. Debout dans un coin de la minuscule régie, elle regarde Muller sur l'écran du poste que Diméo, le bricolo de génie, a truffé de branchements de manière que les auditeurs puissent suivre toute l'émission – questions et réponses – sans allumer leur télé. Comme tout le monde à la station, le réalisateur est excité. Ça le rend fébrile et joyeux de pirater la Télévision française.

Dans le studio, de l'autre côté de la vitre, Gouvion attend, en tête à tête avec un téléphone. Un petit écouteur est enfoncé dans son oreille droite. Il semble nerveux.

Houssin intercepte le regard de Laure.

« C'est crispant, hein? Et même injuste quand on y pense. Après tout, c'est toi qui as eu l'idée. »

La jeune femme se contente de hausser les épaules. Oui, c'est injuste. Oui, c'était à elle de conduire cette émission. Mais elle ne l'admettra pas devant le blondinet. Certainement pas.

« La hiérarchie, ça existe, continue Houssin. Même dans la révolution. Muller, ce soir, c'est de l'information. Et à qui appartient l'information, ici? à M. Gouvion, qui d'autre?

– Ça va, Paul, intervient Diméo, sans lever le nez de

sa console. On travaille, maintenant. Arrête ton cirque ou va le continuer dehors... Toi, princesse, tu devrais descendre au standard. J'ai peur que les filles cafouillent un max au début. »

Laure hoche la tête et sort. Le petit poste rouge pend à son poignet. Il paraît plus lourd que tout à l'heure. Et tandis qu'elle le laisse se balancer, remontant le couloir trop large qui mène aux escaliers, elle s'abandonne à son malaise.

Une sensation la tenaille. Persistante. Douloureuse.

La sensation d'être passée à côté de quelque chose de terriblement important.

Le doigt d'Abrial relâche le bouton de plastique. Derrière la porte de faux acajou, la dernière note du carillon s'étire interminablement. Puis le silence revient, ce silence creux propre aux appartements vides.

« Qu'est-ce qu'on fait? » demande l'adjoint d'une voix enrouée.

Abrial regarde à nouveau la petite plaque vissée au-dessus de la sonnette. 21 B.

« Vous êtes sûr que c'est ici?

– Certain. On a vérifié au central Voltaire.

– Vous avez vos petits accessoires sur vous, François? »

Avant d'acquiescer, l'adjoint jette un coup d'œil vers le bout du long couloir.

« Vous voulez entrer?

– Juste un petit tour, dit Abrial. Pas de dégâts. Vous saurez refermer ça? »

L'adjoint sort une trousse plate à peine plus épaisse qu'un portefeuille de la poche de poitrine de sa veste. Il examine un instant le verrou.

« Aucun problème. Il faudrait seulement surveiller l'ascenseur. J'en ai pour une minute. »

Sacrés flics, songe Abrial, s'éloignant vers les portes métalliques. *Sacré boulot*. Tout lui déplaît, dans cette affaire, de A à Z. Du point de départ (que fait-il là-haut, cet abruti?) à l'attitude des officiels. Tout est confus, vaseux. S'il trouve le début d'une amorce de réponse ce soir, avant que tout ne soit terminé, ce sera plus que de la chance. Voilà bien la preuve que n'importe qui, avec un peu de détermination et beaucoup de moyens, peut s'emparer de ce magnifique réseau de télévision qu'on imagine mieux protégé que Fort Knox.

La minuterie s'éteint. Abrial la rallume d'un geste las et machinal. S'il était resté avec Karin et les enfants, ils sortiraient en ce moment d'un grand café des Champs-Elysées où ils auraient pris une glace après le film. S'il était resté avec Karin...

Encore une minuterie, le temps de laisser passer deux ou trois trains de pensées moroses, et son adjoint lui fait signe de rappliquer. L'imitation acajou ne bloque plus le passage.

Le 21 B est l'un de ces cartons à chaussures qui constituent l'élément de base de toute résidence moderne digne de ce nom. Studio-douche-kitchenette. Abrial se retourne dans la minuscule entrée, referme la porte et, carrément, allume la lumière.

Murs blancs, moquette grise, ampoules nues. Odeurs de peinture et de colle. Personne ne vit ici. Il passe dans l'unique pièce. Pas de meubles. Une baie vitrée occupe tout un mur, avec un radiateur long comme un mille-pattes, extra-plat.

Il aperçoit le téléphone, posé par terre, dans un angle. A côté, le point rouge du témoin d'un répondeur automatique se repère aussi facilement que la cigarette d'une sentinelle dans la nuit de Verdun.

Abrial s'agenouille, enfonce la touche *Ecoute* du côté *Annonce émise*. Pas d'annonce. Il jure en constatant que n'importe quel flic débutant aurait pensé à faire ce qu'il n'a pas fait : préserver les empreintes. Il tire de sa poche un mouchoir blanc et s'en sert pour enclencher le rembobinage côté *Messages reçus.*

« ... *à signaler. Bip. Vingt et une heures vingt. Deux appels en provenance de Pau signalant coupures. Non confirmé. Rien à signaler. Bip. Vingt et une heures quarante...* »

Et ainsi de suite. Malgré la résonance métallique due à l'appareil, Abrial reconnaît la voix et le débit un peu poussif du correspondant. C'est Pierre, le gars du *Soir*, l'ancien boxeur.

Il n'est pas plus avancé. Tandis que la bande du répondeur se dévide, il tourne en rond sous l'œil inquiet de son adjoint.

« Je sais comment ils s'y sont pris, annonce-t-il enfin. C'est très bête.

– Ah?

– On vend des gadgets qui permettent de manœuvrer ces répondeurs à distance. La personne qui collecte l'information n'a qu'à appeler tout de suite après notre gars. Ni vu ni connu.

– Je fais venir une équipe des écoutes? Si jamais le type rappelle...

– Non, non, coupe Abrial. Trop compliqué, trop long et trop voyant. Du coup, il faudrait un mandat. Je cherche encore un peu. »

Il passe dans la salle d'eau. Bac à douche. Pas de rideau. Armoire de toilette standard. Vide.

Dans la cuisine, il plisse les narines. Une odeur flotte, floue, vaguement écœurante. Il ouvre les portes du placard, sous le bloc évier. *Nada.* Petit frigo entrebâillé, débranché. Vide aussi. Il repère le vide-ordures. La trappe métallique bascule. L'odeur vient de là. Au fond du bac triangulaire, des cendres adhèrent. Et mieux que ça. *Le plus vieux truc du monde*, pense Abrial. Une pochette d'allumettes mouillée, froissée.

Il la décolle, un peu fébrile. Improbable. Terriblement improbable. Il lit. Une pub Martini, bleu et rouge, avec le parasol. Il ouvre. L'adresse est inscrite à l'intérieur, au-dessus du sigle SEITA et de la recommandation de toujours soigneusement refermer la pochette avant de gratter l'allumette : AU TAPIS VERT – *Billard-Club de Courbevoie.* « Qu'est-ce que ça vaut? » se demande-t-il. « Rien, sûrement », répond-il.

C'est seulement une piste.

La seule.

La Maserati roule sur Orsay désert. Frankel se détend, en conduisant, des quatre-vingt-dix minutes passées à Cognacq. Beaucoup de tension, beaucoup de fumée. Une toute petite part de son cerveau reste branchée. Philippe Courtois, de R.T.L., poursuit ses improvisations. Un coup de théâtre vient de tomber, comme un ballon d'oxygène, pour ranimer l'inspiration. R.B.C., la station périphérique, a décidé de monter une émission avec Muller. En direct avec votre pirate bien-aimé. Le personnel, en assemblée générale extraordinaire, a voté la rébellion. Le vieux Germain Floriandre, président de R.B.C., a fait savoir depuis sa propriété de Saint-Clair-en-Vexin qu'une telle action ne pouvait être le fait que d'une minorité d'irresponsables et qu'il rentrait immédiatement à Paris pour reprendre la situation en main.

Frankel roule vite. Ce besoin qu'ont les gens, ceux qu'on appelle hâtivement le peuple, de sortir de leurs vie réglées et anonymes, ce formidable besoin d'aventure et d'espoir, Muller a su le réveiller. Et les gens sont sortis, mais pour une fête grave. Seulement la solitude qui se montre.

La Concorde est noire de monde. La Maserati louvoie. Rue Royale. Des cars de touristes, englués dans l'embouteillage, comme les morceaux d'un pays neutre, indifférents à ce qui se passe. La Boétie. Saint-Philippe-du-Roule.

La rue de Berri, vers l'angle du boulevard Haussmann, est cossue, calme. Frankel quitte la Maserati. Le trottoir est désert. La fenêtre entrebâillée d'un rez-de-chaussée laisse d'échapper en un murmure la voix de Muller.

La porte du 47 est lourde. Le corridor plein de glaces. Quand Frankel presse le bouton de l'ascenseur, une ampoule rouge clignote. L'escalier. Il monte, se demandant ce qu'il va raconter. Cette histoire de tic, c'est très approximatif. Muller faisait ce geste... Une image revient. Le gros homme au téléphone, debout dans le couloir sombre de l'appartement, avenue Victoria, se tirant le coin des lèvres et répondant avec un détachement trop affecté à une femme, pendant qu'Annette allait et venait de la cuisine à la salle à manger, préparant la table. Une femme... A mi-étage, entre premier et second, Frankel entend claquer la porte de l'ascenseur. Le mécanisme se réveille. La cabine descend.

Il la croise sur le palier du troisème et aperçoit une silhouette drapée dans un grand imperméable clair. Un béret mauve. Il la reconnaît. Ils se reconnaissent.

Demi-tour. Il dévale les marches.

En bas, la grille s'ouvre. Ses talons claquent sur le marbre. Elle court.

« Corinne! »

Du premier, à travers la cage de l'ascenseur, il aperçoit l'imperméable, qui disparaît dans le corridor.

Elle est devant la porte. Bouton d'ouverture. Elle s'énerve sur la poignée. Elle sort.

Elle commet une erreur. Elle s'enfuit vers Haussmann. Il n'a aucun mal à la rattraper et hésite avant de lui saisir le bras. Elle se débat. Le plus doucement possible, il la bloque contre une voiture. Une DS noire. Elle sanglote, tête baissée, puis lève les yeux sur lui. Des yeux fous, un regard d'affolement, de désarroi total. Le reste de son visage est parfaitement impassible. Sa bouche s'ouvre et se ferme sans raison.

« C'est pour lui, souffle Frankel. Si tu sais quoi que ce soit, il faut me le dire. »

Deux hommes arrivent sur le trottoir d'en face. Elle se tourne vers eux et se raidit.

Il serre son bras. Elle se contracte encore. Les passants s'éloignent, bavardant à mi-voix..., ils disparaissent. Alors, elle craque. Elle s'écrase contre lui. Les sanglots la tordent. Il respire son haleine, tiède d'alcool. Sa peau est glacée.

« Je ne veux pas... pas leurs questions... »

Il se tait et la tient. Il se souvient. C'est elle qui a tout rendu possible en lui donnant sa première émission. Il la vénérait.

Elle s'apaise un peu. Il s'écarte d'elle, l'aide à se redresser. Puis il fait un pas en direction de la porte cochère. Elle le retient par la manche.

« Pas remonter. Je reste avec toi. »

Il hoche la tête.

« Ma voiture. Elle est plus bas. »

Il l'y conduit, doucement. Il l'installe. Elle renifle et presse sous son nez un mouchoir dont le parfum envahit l'habitacle.

Frankel ne démarre pas. Il se tourne vers elle et jette son bras par-dessus son épaule.

« Il faut me dire, murmure-t-il. C'est terriblement important. »

L'émetteur de Guéret, Creuse, se dresse sur une hauteur, à l'entrée sud de la ville. C'est un morceau de sucre brun, haut et laid, posé au bord de la petite départementale 940. Un bâtiment fonctionnel sans autres marques distinctives qu'une plaque ternie de la diffusion à l'entrée, de longues antennes presque invisibles et l'oreille unique d'une parabole herztienne.

A 23 h 17, les trois hommes assurant le service de nuit ont reçu par téléphone un ordre de Paris. Cinq minutes plus tard, après vérification par liaison hertzienne au centre de Meudon, l'un d'eux a basculé le commutateur de l'arrivée de l'image. Sur tous les écrans dans un rayon de soixante kilomètres, Muller a disparu, remplacé par une mire.

Au même moment, une Estafette de la gendarmerie nationale s'est postée au bord de l'allée de terre qui conduit à la route de l'émetteur. Simple précaution de routine.

C'est à 23 h 25 qu'est arrivée la première voiture, klaxonnant tout le long de la montée depuis la sortie de la ville. Quatre hommes sont à bord. Les frères Fourost, agriculteurs à Pontarion, Gérard Mizat, restaurateur, et un postier nommé Pitance, cousin de l'un des techniciens de service à l'émetteur.

Ils sont ivres. La fête se tenait au café de la Poste, place Saint-François. Ils regardaient la télé.

Ils descendent de voiture, bruyamment, et traversent la route en chantant. Entrer dans le bâtiment, leur plan s'arrête là. Peut-être continuer à suivre, en privilégiés, l'émission interrompue.

Les gendarmes les interceptent avant qu'ils n'aient commencé à tambouriner à la porte. Ce sont des nouveaux venus dans la région, mais Pitance les connaît. Une discussion s'engage.

Peu à peu, les quatre se laissent repousser jusqu'à leur voiture. Quelques paroles fermes les font remonter à l'intérieur. Miza conduit. Il démarre, mais, juste avant qu'il ne fasse demi-tour, le plus âgé des Fourest rouvre sa portière, ramasse un caillou et le lance en direction de l'Estafette. Le projectile manque son but de plusieurs mètres.

Le gradé présent regarde s'éloigner la voiture et

renonce à signaler l'incident par radio à la gendarmerie.

Les hommes reviennent dix minutes plus tard, vers 23 h 40. Cette fois, ils sont une vingtaine, répartis dans quatre véhicules. Ils se garent assez loin de l'émetteur, près d'un petit bois de pins. Courbés en deux, ils courent vers le bâtiment. Certains tiennent des bâtons. D'autres ramassent des pierres.

Le gradé, micro en main, appelle la gendarmerie. La gendarmerie informe le préfet, que Paris a déjà prévenu de la coupure affectant sa région.

Derrière les frères Fourest, six hommes montent à l'assaut. Le bruit des cavalcades résonne étrangement dans l'air humide de la nuit. Un type isolé crie :

« Salauds! Rendez-nous la télé! »

Sa voix se perd dans la campagne.

Il y a un échange confus de bourrades dans les phares de l'Estafette. Les gendarmes repoussent les attaquants sans grande difficulté. La plupart sont trop saouls pour se battre vraiment.

Le gradé donne l'ordre de sortir les mousquetons accrochés au râtelier de la fourgonnette. Puis il reprend son micro et demande des renforts.

Trois nouvelles voitures viennent d'arriver, dont une vieille R8 Gordini, avec cinq types en jean et blouson de cuir à bord.

Les hommes – et maintenant quelques femmes – se rassemblent de l'autre côté de la route. Ils insultent les gendarmes. Parfois une silhouette se détache du groupe, fait quelques mètres sur le macadam, lance une pierre et repart. Une, deux grenades à gaz éclatent au milieu de la chaussée.

A 23 h 50, deux autres Estafettes montent de Guéret, gyrophare allumé mais sirène muette. Les lueurs bleues éclaboussent la nuit, allongent l'ombre des pins.

Dans un champ, en retrait, les assaillants empilent du bois. Quand les premières flammes s'élèvent vers le ciel, il y a trente voitures le long de la 940, plus quelques motos et mobylettes. Les pierres rebondissent sur les toits plats des Estafettes, rangées en quinconce devant l'émetteur.

Des bouteilles d'eau-de-vie circulent de main en main.

CHAPITRE XVI

ÉTÉ 1974

La minuscule salle de projection se trouvait au troisième étage du studio des Buttes-Chaumont. Quatre personnes s'y tenaient, attendant, tirant sur des cigarettes dont la fumée alourdissait lentement l'air au-dessus de leurs têtes. Le plus jeune des deux hommes s'agitait dans son fauteuil avec nervosité. C'était le réalisateur de l'émission qui allait être projetée. Sa première émission. La fille assise, très raide, à ses côtés portait les cheveux tirés en chignon et de grosses lunettes rondes sur une figure banale. Elle feuilletait des notes, l'air absent.

Un rang derrière, les deux autres étaient plus âgés. Ils bavardaient à voix haute, parfaitement décontractés. Leurs visages appartenaient à des gens habitués à se regarder plus souvent et plus complètement que deux fois par jour dans la glace d'une salle de bain ou d'une coiffeuse; habitués, donc, à manœuvrer sans défaut toute la gamme des petits muscles responsables des expressions faciales. On devinait ces traits endurcis, polis comme des galets par la caresse puissante et invisible des objectifs de caméras; on les devinait soutenus, éclairés de l'intérieur par la conscience d'être sans cesse observés.

Excepté ce point commun – l'assurance – ces deux

visages ne se ressemblaient en aucune manière. Celui de Corinne Jacquet était hâlé et hautain, capable de passer sans transition du charme à la froideur. Sur celui de Raymond Lagnol, en revanche, s'écrivait l'histoire d'un homme qui avait commencé sa carrière à dix-sept ans en plaçant des encyclopédies au porte-à-porte et se retrouvait, trois décennies plus tard, dans le costume de l'animateur et producteur d'émissions le plus célèbre de la télévision. L'histoire d'une incroyable ascension, à laquelle se superposait la marque de tous les prix qu'il avait fallu la payer. La bouche, par exemple, retrouvait automatiquement, sitôt le sourire estompé, un pli dur et amer. Les joues étaient grises et creuses, trahissant une fatigue extrême, un surmenage devenu chronique. Seuls les yeux conservaient l'éclat qu'ils avaient dû avoir autrefois. Profondément enfoncés sous une broussaille de sourcils gris, ils renvoyaient cette lumière droite et dense qui fait le regard des affamés. Faim de savoir et de pouvoir. Faim de richesse et de reconnaissance. D'un bout à l'autre du parcours, il avait su préserver cette faim, ne jamais la rassasier. La garder toujours en vie, comme le feu dans le ventre d'une locomotive. Il avait foncé, brûlé tous les feux rouges, toutes les gares. L'amitié, la haine, le mépris, les rumeurs, les humeurs, rien ne pouvait l'arrêter. Aucun sentiment. Aucune convention. Il fonçait. Le mouvement était devenu son propre but. La vitesse. La destination était oubliée depuis longtemps.

A trente-deux ans, après tous les métiers possibles, il avait échoué à la télévision. C'était en 1958, l'année où l'étrange lucarne devenait la fenêtre du monde. Lagnol en avait pris conscience tout de suite, bien avant les hommes en place, les pionniers, qui s'imaginaient encore au stade des expériences. L'information l'avait tenté un temps très court, mais il avait préféré s'orienter vers la variété. Sans regret.

C'était l'époque où rien n'interdisait à un réalisateur

de descendre donner un coup de main à ses électriciens pour terminer l'éclairage d'un plateau. L'époque où tout le monde savait tout faire. Lagnol ne possédait aucune spécialisation. Il devint très vite indispensable.

Il y eut sa première apparition à l'antenne, fagoté comme l'as de pique, trop maquillé, mais armé d'un aplomb incroyable. Puis sa première émission. Puis sa première production.

Il y eut quinze ans de travail acharné.

Aujourd'hui, à quarante-sept ans, Raymond Lagnol produisait cinq émissions – une quotidienne, deux hebdomadaires et deux mensuelles – et en animait trois lui-même. Cent vingt personnes travaillaient pour lui à temps complet. Le grand public l'adorait.

Sur ces cinq émissions, quatre étaient ou contenaient des jeux. Très tôt, Lagnol avait découvert l'importance du concours, du lot, du fait pour le téléspectateur de pouvoir – directement ou par identification – gagner ou perdre. Le suspense, l'incertitude, rendaient une sorte d'humanité à ce médium trop parfait, écrasant de froideur, qu'était la télévision.

Il avait essayé toutes les combinaisons : jeux et chansons, jeux et sports, etc. Son émission la plus fameuse, calquée sur un petit show italien, s'intitulait *Pour le Clocher!* et durait depuis huit ans. Il s'agissait simplement d'opposer deux, trois, quatre équipes représentant un village, une ville ou un quartier dans les épreuves les plus farfelues possible.

Rigolade et fanfares. Succès assuré.

Pourtant, un mois plus tôt, Lagnol avait appelé Corinne Jacquet chez elle, rue de Berri.

« Comment vas-tu, ma douce? demanda-t-il. Et comment va Michel? »

Le public, gavé des idées toutes faites que certains journalistes dispensaient sans compter, n'aurait jamais imaginé qu'une quelconque familiarité puisse exister entre deux personnages si dissemblables. Corinne Jacquet avait bâti sa carrière sur la réflexion et la recherche. Le royaume de Lagnol était celui de la distraction.

Ils échangèrent quelques ragots, puis Lagnol révéla l'objet de son appel.

« J'ai vu les derniers taux d'écoute. *Le Clocher* est en chute libre. Deux points et demi en un trimestre. Tu imagines ça?

– C'est normal, dit Corinne. C'est l'usure. Tu devrais laisser tomber.

– Tu rigoles? J'ai vingt-six permanents sur cette émission. Qu'est-ce que j'en ferais? Et puis nous sommes engagés auprès des municipalités jusqu'à l'été. Il me faut une idée.

– Change de formule.

– Trop compliqué. Pas le temps. Je cherche juste un truc, un gimmick.

– Là, comme ça, dit Corinne, je ne vois pas. Je te rappelle si j'ai quoi que ce soit. »

Elle l'avait rappelé, trois semaines plus tard.

« J'ai ce qu'il te faut, Raymond. Tu n'en reviendras pas.

– Qu'est-ce que c'est?

– Si je t'explique, tu ne vas pas me croire. Je préfère te le montrer. Mardi prochain. Retrouve-moi à dix heures en salle de projection.

– Je viendrai », dit Lagnol.

« C'est une nouvelle émission, dit Corinne, alors que les lumières s'éteignaient dans la petite salle. La séquence que tu vas voir en fait partie. On a repris le principe de Candid-Caméra, la célèbre émission de la télévision américaine. »

Une image apparut sur l'écran. L'intérieur d'une station de métro encore épargnée par la rénovation en cours sur tout le réseau R.A.T.P. Murs carrelés de faïence blanche, vieux plan lumineux, guérite du poinçonneur... Des voyageurs, en petit nombre, entraient et sortaient du champ, tête basse, l'air affairé, ignorant qu'un œil les observait et les filmait. Ils tendaient leur billet à la femme assise dans la guérite, qui le compostait et le leur rendait. Aucun regard, aucune parole n'étaient échangés.

Le manège dura une minute, puis un homme entra dans l'image, par le côté droit. Il était corpulent, grand, vêtu d'un costume bleu sombre et coiffé d'une casquette réglementaire. On le voyait de dos.

« Mais c'est... » commença Lagnol.

Corinne le regarda et hocha la tête.

« Je crois que je comprends, reprit-il. Idée géniale.

– Attends. »

Le gros homme s'était arrêté à droite de la guérite. La poinçonneuse se leva, retenant d'une main le tricot posé sur ses genoux, poussant de l'autre le portillon qui l'enfermait. Ses gestes étaient appuyés et maladroits. On l'avait mise dans la confidence. Elle jouait.

Elle sortit de l'image en riant et l'homme prit sa place. La guérite était trop étroite. Il eut du mal à s'y caser. Ses épaules touchaient les vitres de chaque côté, et le portillon refusait de fermer complètement. On l'entendit maugréer à mi-voix. Un micro caché dans sa veste captait ses paroles et tous les bruits de son installation.

La visière de sa casquette lui mangeait le haut du visage, mais son menton lourd, sa bouche, son nez proéminent constituaient des signes particuliers très suffisants.

Des passagers apparurent, présentant leur billet. Il poinçonna consciencieusement.

Penché en avant, Lagnol secouait ses cendres au-dessus d'un couvercle de boîte de film. Ses yeux plissés surveillaient l'écran.

« Si Sidar le prend pour lui, dit-il à Corinne, tu n'as pas fini d'en entendre parler.

– J'y ai pensé. J'ai demandé à Michel de lui en toucher un mot. Il s'en moque. Il a répondu que Marcel pouvait aussi bien devenir effeuilleuse au Crazy Horse si ça lui chantait... »

Sur l'écran, une femme venait de passer devant la guérite et s'était retournée, hésitante. Elle revint sur ses pas. Elle portait un manteau gris et un gros sac Monoprix gonflé de victuailles pendait à son bras. Une mère de famille. Elle s'arrêta, regarda autour d'elle. La caméra enregistrait imperturbablement ses mimiques de surprise, les mouvements très expressifs de ses sourcils. C'était à la fois impudique et drôle. Un garçon aux cheveux longs tendait son ticket. Elle se pencha, guettant sa réaction. Pas de réaction. Le garçon s'éloigna. Elle se décida. Elle s'approcha du poinçonneur et le micro capta sa question.

« Excusez-moi. Vous ne seriez pas Marcel Muller? »

Muller releva lentement la tête, faisant reculer l'ombre qui couvrait ses yeux. Son regard apparut. Intense. Triste. Il réussit à la perfection ce qu'on appelle un pauvre sourire.

« Oui, madame, souffla-t-il. Vous ne vous trompez pas. C'est bien moi. »

Le ton était pathétique. Lagnon lâcha un éclat de rire tonitruant. Corinne sourit.

« Mais comment se fait-il que... »

La mère de famille n'acheva pas sa phrase. La compassion, déjà, ruisselait sur son visage. Avant de lui répondre, Muller regarda la pince qu'il tenait à la main. Il la fit claquer dans le vide.

« Les aléas de la vie, petite madame, confessa-t-il avec des soupirs de cétacé. Une famille à nourrir, un train de vie à tenir, que voulez-vous!

– Magnifique », dit Lagnol.

La femme secouait la tête.

« Mais c'est impossible... Pas vous. Pas ici. Je vous

regardais chaque soir! A la maison, vous étiez notre préféré.

– C'est tout mon drame que vous résumez, chère madame. Oh! les gens me reconnaissent encore. Mais ils le font comme vous. A l'imparfait. Je suis célèbre à l'imparfait! »

Muller en rajoutait, gesticulant dans sa minuscule cage de verre. Un homme entre deux âges, vêtu d'un élégant loden de chasse et portant une serviette de cuir, entra dans le champ. La caméra attrapa son profil. Un zoom assez lent resserra l'image sur lui, détaillant bien sa stupeur. Son œil s'arrondit, sa bouche s'ouvrit. Il tenait son ticket devant lui dans un geste arrêté, assez stupide.

« Vous aussi, vous le reconnaissez, monsieur? » demanda la femme au manteau gris, la voix vibrante d'inquiétude maternelle.

Le nouveau venu la dissimulait presque entièrement. Il se tourna vers elle, puis son regard revint à Muller. Lent zoom arrière. L'image s'élargit.

« Je... Je crois, bafouilla l'homme. Vous êtes Marcel Muller, non? »

Sans un mot, avec humilité, Muller hocha la tête.

« Et vous ne trouvez pas ça incroyable? reprit la femme. Moi, je...

– Vous travaillez ici? »

Il y avait une trace de suspicion dans le ton de l'homme au loden.

« Les aléas de la vie, expliqua Muller. Que voulez-vous? Des bouches à nourrir, un standing à tenir... »

Le rire de Lagnol couvrit la fin de la tirade.

« Il me surprend, Marcel. Un acteur-né.

– Et attends, souffla Corinne. Ce n'est pas fini.

– Il faut faire quelque chose, disait la femme sur l'écran. Il faut l'aider. »

L'homme au loden se grattait la tête. Un peu à

l'écart, deux ou trois personnes s'étaient arrêtées et contemplaient la scène.

Muller faisait claquer sa pince.

« M'aider, m'aider, soupira-t-il, sans regarder ses vis-à-vis. Qui le pourrait? Ils m'ont chassé comme un malpropre. Pourtant, la télévision, c'était toute ma vie. Oui, mesdames-messieurs. Toute ma vie. Je leur ai dit : vous n'avez pas le droit de me faire ça. Pas à un homme de mon âge... Croyez-vous qu'ils m'aient écouté? »

Muller s'était levé. D'autres spectateurs arrivaient. Des voyageurs marchant, l'air absent ou préoccupé, ou bavardant entre eux, qui s'arrêtaient soudain devant le petit attroupement qui se créait. Impertubable, la caméra enregistrait leurs réactions. Elles étaient diverses – de l'hilarité à la stupéfaction – mais toutes comiques par contraste avec le ton forcé, mélodramatique, de la harangue.

Bientôt, la situation prit des allures surréalistes. Ce gros homme en costume étriqué, s'agitant devant sa guérite, déclamant ses malheurs d'une voix théâtrale, n'était pas seulement surprenant. Ce visage célèbre, sous une casquette repoussée en arrière, à la Raimu, outrant toutes les émotions, était plus que cocasse. C'était l'irrationnel qui, sous les traits de Muller, faisait intrusion dans le cadre banal et quotidien de cette station de métro.

« Il faut faire quelque chose », répétait sans arrêt la femme au manteau gris.

L'homme au loden ouvrit sa serviette.

« Mon gendre possède une agence de publicité, dit-il. (Il tendit une carte de visite comme, plus tôt, il avait tendu son ticket.) Si vous le désirez...

– La télévision, la télévision? criait Muller. Toute ma vie! »

Dans la foule – une vingtaine de personnes, à présent – les commentaires, les exclamations se croisaient, formant un fond sonore confus que l'unique micro ne parvenait plus à élucider.

Il y eut encore un zoom. L'image s'élargit davantage, prit tout son sel. Toute son absurdité. Derrière une forêt de têtes, Muller se démenait sauvagement. L'abattement feint avait disparu de son visage. Il s'était pris au rôle.

Il rayonnait.

L'image disparut de l'écran. Lagnol commença à se lever.

« Ce n'est pas tout à fait terminé, dit Corinne. La fin saute au montage, mais j'ai demandé qu'on la garde et qu'on la mette sur la bobine. Ça peut t'intéresser.

Les lumières ne se rallumèrent pas. Pendant quelques secondes, des chiffres et des rayures traversèrent l'écran.

Puis l'image revint.

Le son était assourdissant.

La foule avait encore grossi et occupait maintenant tout le champ de la caméra. Au fond, Muller agitait les bras, comme s'il dirigeait une chorale. La sueur baignait sa large face.

Il scandait – et tous les autres avec lui : « RENDEZ-NOUS MUL-LER! RENDEZ-NOUS MULLER! »

« Hallucinant! » dit Lagnol.

La manifestation improvisée se prolongea un peu, puis tout disparut et l'écran redevint blanc. Cette fois, la lumière revint dans la petite salle.

« Alors? » demanda Corinne.

Elle souriait. Lagnol acquiesça.

« Jamais vu autant de charisme! Cet animal en a plus que Jésus et Mao réunis.

– Tu tiens ton arme secrète, Raymond. Le vrai talent de Marcel – je devrais dire sa folie – n'a jamais été utilisé. Tu te souviens de l'histoire du supermarché?

– Il a déclenché un pillage à lui tout seul, c'est ça? J'en avais entendu parler. Mais il faut le voir pour le croire. Quel pouvoir!

– Si tu l'utilises bien, *Pour le Clocher* repart pour dix ans. J'en suis sûre. »

Lagnol contemplait le bout de sa cigarette, qui se consumait lentement. Il releva la tête.

« Pourquoi fais-tu ça, Corinne? »

Elle désigna l'écran d'un mouvement de son menton parfait.

« Pour lui. Il est au fond du trou. Plus personne ne le laisse approcher d'une salle de rédaction.

– Et tu penses qu'avec moi ce ne sera pas la même chose?

– Toi, tu peux lui donner ce qu'il cherche depuis toujours. Il ne le sait pas, mais son sang, sa drogue, c'est la foule. Il s'est mis dans la tête que la seule voie honorable était l'information et depuis vingt ans il a passé le plus clair de son temps dans un studio. C'est une aberration. Pousse-le sur un podium, donne lui cinq mille personnes et tu verras...

– Il va accepter?

– Il est aux abois, dit Corinne. Je lui ai fait faire cette pige pour cette émission, je suis sûre qu'il acceptera ta proposition. »

Pour le Clocher était une émission lourde. Chaque tournage déplaçait trois cars vidéo, deux Berliet chargés de matériel jusqu'à la gueule, quarante personnes – techniciens, machinistes, menuisiers, peintres... – et demandait au moins cinq jours de préparation intensive. Avant cela, la production avait échangé avec chacune des municipalités sélectionnées plus de cinquante lettres, télégrammes ou coups de téléphone. Une équipe de repérage avait visité les lieux au moins un mois à l'avance, sélectionné les sites, prévu avec les édiles l'emplacement des tribunes et ainsi de suite.

L'émission, partout où elle passait, était prétexte à une fête locale rarement moins fastueuse que celle du 14 juillet. Dans les villages, cela allait sans trop de problèmes. Mais dès qu'il s'agissait d'une ville de plus de trente mille habitants les questions d'organisation, de sécurité et de préséance commençaient à s'abattre sur la production comme la grêle sur un champ de blé. Il fallait des sapeurs-pompiers qui se déclaraient incapables de surveiller à la fois telle épreuve dangereuse et les incendies que pouvaient provoquer les pétards et les feux de Bengale lancés par le public. Ou bien obtenir de deux maires aux appartenances politiques diamétralement opposées qu'ils se serrent la main et se congratulent, non seulement devant leurs électeurs, mais sous le regard d'une bonne quinzaine de millions de Français.

La nuit venait. Généralement, tout finissait par se résoudre – quarante-cinq secondes avant le début de l'émission. Les responsables hagards allaient enfin s'affaler du côté des cars vidéo. Et ces épaves aux nerfs délabrés répétaient à qui voulait entendre que trois heures de sommeil en cinq nuits, c'était tout de même un peu juste.

Alors, apparaissaient les présentateurs. Ils sortaient de leurs chambres d'hôtel comme des rameurs frais du ventre d'une galère. L'œil vif, le pas léger, ils partaient, se harnachant de leur micro H.F., rejoindre les positions qui leur étaient assignées.

Il y avait une justice. En deux heures d'émission, ils allaient subir tout ce que les organisateurs avaient affronté au cours des semaines précédentes. Et pire. Ils allaient être tutoyés, rudoyés, malmenés, hués, acclamés, haïs, bombardés de projectiles divers, trop embrassés et mal étreints, étouffés, écrasés, laminés, par un public en proie à toutes les folies, à tous les débordements. Ils allaient devoir rester, en toute circonstances, dignes et intelligibles, impartiaux dans leurs décisions, vigilants à fermer leurs micros aux trop grands écarts de langage, à les tendre au contraire vers les déclarations importantes, à ne vexer personne en contentant tout le monde.

Ils finiraient – car tout a une fin – sur les rotules, la voix brisée, avec peut-être un œil poché ou une cheville en compote. Puis il y aurait les vins d'honneur, les libations, les séances d'autographes et les feux d'artifice. Ensuite les notables se les disputeraient pour un souper tranquille au cours duquel il leur faudrait répondre aux fameuses Cinquante Questions Ordinaires aux Stars de la Télévision, et encore à quelques autres concernant les chances pour l'aîné de la famille (bac A, très doué en philo et sciences nat) de faire carrière dans l'audiovisuel.

Après quoi, si aucune émission ne les rappelait à Paris dès le lendemain, ils iraient se coucher.

« C'est l'anxiété, disait Muller. Je suis de ces gens que l'anxiété fait gonfler. »

Dos à la porte, les yeux plissés derrière la fumée montant de la cigarette fichée entre ses lèvres, Raymond Lagnol regardait Marcel se bagarrer avec le dernier bouton de sa veste. Une veste grise, sur une chemise de soie blanche. Une cravate gris perle, piquée d'une grosse épingle. Dans cette tenue, Muller aurait pu assister à n'importe quelle première à l'Opéra.

Dehors, les lanceurs de pétards se déchaînaient. Feutrées par les lourds rideaux tirés devant les fenêtres, les explosions en chaîne couvraient par instant la rumeur, le sourd bourdonnement qui semblait monter de toute la ville.

« Je suis content que vous ayez accepté », dit Lagnol.

La chaleur de sa voix n'était pas feinte.

Muller releva la tête. La veste était fermée. Elle plissait un peu aux boutonnières.

« C'est pour Annette, mon épouse. Et pour mes enfants. Les deux aînés pourraient se débrouiller, à la rigueur. Mais le cadet a encore besoin de nous.

– Vous ne le regretterez pas, reprit Lagnol. (Il décolla ses épaules du battant de bois.) Si vous êtes prêt, allons-y. »

Ils sortirent de la chambre.

Le vénérable hôtel provincial n'avait jamais vu ça. Les portes claquaient sans arrêt. On s'interpellait dans les couloirs. Des groupes chahuteurs se formaient au bas des escaliers ou devant les portes de l'antique ascenseur qui se traînait d'un étage à l'autre.

Lagnol avançait. Il traversait cette cohue, se multipliant pour répondre aux saluts, questions, plaisanteries que lançaient tous ceux qu'il croisait, sans laisser dévier sa trajectoire d'un pouce.

Sur ses talons, Muller vivait une sorte de rêve. Un mauvais rêve.

Tout s'était passé trop vite. Coup de fil de Corinne. Coup de fil de Lagnol. A peine vingt-quatre heures de réflexion. La tête brouillée pour une sensation complexe, confuse. D'un côté, l'effondrement des grands principes. Adieu à l'information. Adieu aux armes. C'est pour toujours. De l'autre, la satisfaction – non, le soulagement – de savoir que l'on vaut encore quelque chose pour quelqu'un. Il avait choisi. Il avait accepté en se disant qu'il verrait bien.

Il voyait. Il était dans le hall aux côtés de Lagnol, quelqu'un lui serrait longuement la main, débitait des platitudes. Il regardait ailleurs. Dehors. Il voyait.

La panique le submergea.

Il avait tout connu, tout vu, couvert les plus grands événements du temps... Jamais encore il n'avait vu de ville en proie à une guerre civile *pour rire*. Le pandémonium commençait aux marches de l'hôtel. Masses de corps hystériques circulant comme un sang figé dans les artères palpitantes de lumières et de bruits... Hurlements des gorges, hululements des fusées, des sirènes, déflagrations, coups de tonnerre... Vaste pouls affolé battant l'ivresse... Une ville entière, soûle, rompant ses chaînes, comme une grande île à la dérive...

Lagnol lui prit le bras.

Il tourna la tête et vit qu'il souriait.

« Maintenant. C'est l'heure. »

Il se laissa entraîner vers les portes. Haie de visages. Tunnel de sourires. Il se sentait gladiateur. L'arène était au bout. Et le dernier combat. *Morituri...*

« Tout ira bien », souffla Lagnol.

Les portes s'ouvrirent.

Il traversa le chaos dans un état proche de l'inconscience. Lagnol le soutenait. Il fut happé, tiré, broyé; des voix répétèrent son nom, on lui parla; il marcha et courut, monta des escaliers, faillit tomber; des mains le touchèrent, l'agrippèrent, puis le lâchèrent.

Quand il émergea du trou noir, il était debout sur une espèce de praticable qui dansait sous son poids. Des projecteurs l'éclaboussaient, l'éblouissaient. Il sentit, dans sa paume ruisselante, le manche dur d'un micro. Ses yeux clignotaient follement.

Une voix amplifiée courait au-dessus du vacarme. Il pensa un instant que c'était la sienne. Sa gorge était si douloureuse qu'il aurait pu être en train de hurler. Il regarda autour de lui, déconcerté. Il se pencha. Au pied du praticable, Lagnol criait dans un autre micro, détachant chaque syllabe avec excès. Une caméra – énorme à cause de la grue sur laquelle elle était montée – le filmait. La lampe rouge, au-dessus du groin de verre et d'acier, était allumée.

« ... le bonheur de vous annoncer une grande première qui marque aussi une rentrée attendue de longue date... »

Lagnol, en bateleur accompli, laissa traîner sa phrase. Sans hâte, il leva et tourna la tête. La caméra imita ce mouvement, très souple sur ses articulations d'acier graissé.

Muller s'était pétrifié.

« Oui, messieurs-dames, à lui le privilège d'ouvrir cette soixante-seizième édition de *Pour le Clocher*. Il n'est pas interdit de l'acclamer... J'ai nommé : Marcel Muller! »

Il y eut des applaudissements. Des cris. Et des coups de trompe. Et des grincements de crécelle. Mais le tintamarre absorba tout.

« Marcel Muller! » répéta Lagnol d'une voix moins triomphante, presque déçue.

La panique reprit Muller.

Ils ne me reconnaissent pas. Je suis fini. Je suis fini.

La caméra était arrivée à sa hauteur. D'instinct, il percevait sa présence, il sentait son regard sur tout son corps, comme un milliard de piqûres d'aiguilles. Il fit les gestes, dit les mots qu'il avait répétés tout l'après-midi, jusqu'à l'épuisement.

Une feuille couverte d'inscriptions était apparue dans sa main. Il lut. Sa voix dérapait.

« Mesdames, mesdemoiselles, messieurs, bonsoir. Bonsoir, monsieur le préfet et monsieur le maire. Merci de cet accueil. Chers amis candidats, bonsoir à vous aussi. Et bonsoir la France! »

Son enthousiasme sonnait faux, il s'en rendit compte tout de suite. Il sentait qu'il n'était pas dans le ton. D'un revers de main, il essuya la sueur qui coulait sur sa bouche.

Le praticable surplombait l'aire de jeu, une place carrée de trente mètres de long dont un double rang de barrières Nadar réduisait la largeur à une dizaine de mètres. Derrière les barrières, un service d'ordre bénévole contenait la foule. De cette masse compacte, ondoyante, montaient des hurlements, des glapissements. Muller s'était tu. Des voix scandaient À POIL!

A POIL! Il les regarda. Ils n'avaient plus rien d'humain, plus rien d'individuel. Ils formaient une entité unique, forte et aveugle comme une coulée de lave.

Sa bouche s'ouvrit. Des sons forcèrent sa gorge bloquée. Ils formèrent des mots, dont il n'était pas maître, que le micro reprit et amplifia.

Sa voix courut au-dessus de leurs têtes, comme un vent rageur.

« Je suis avec vous, mes amis! hurla-t-il. Et je vous appartiens! »

La clameur retomba. Il annonça la première épreuve.

C'était un jeu dans la grande tradition de l'émission. Il y avait un parcours semé d'embûches – un plan incliné savonné, des piquets de slalom, des cordes tendues en travers de la place... A un bout se tenaient deux membres de chaque équipe. Ils étaient munis d'un stock de sacs en plastique et d'une louche. Derrière eux se trouvait une grande cuve remplie de peinture blanche, épaisse. Ils devaient mettre la peinture dans les sacs en se servant exclusivement de la louche. Pour compliquer la tâche, ils avaient les yeux bandés.

Servis par les « aveugles », les deux autres concurrents de l'équipe couraient d'une extrémité à l'autre de la place et transvasaient la peinture de la cuve commune à un container individuel. La partie se jouait en deux manches de trois minutes. Au bout du compte, l'équipe au container le plus plein serait déclarée vainqueur. Les gagmen qui avaient conçu le jeu n'avaient pas oublié l'élément d'incertitude et de cocasserie indispensable : une vachette aux cornes boulées qu'on lâcherait au signal de Muller.

L'épreuve mobilisait trois caméras dont l'une pouvait suivre tout le parcours, montée sur des rails de travelling.

Les concurrents étaient vêtus de costumes de bain 1900, rayés ou unis suivant l'équipe. Ceux qui transportaient les sacs de peinture étaient chaussés de palmes de plongée.

Le public adorerait les voir trébucher.

C'est en tombant du praticable que Muller modifia le cours de son destin.

Il avait fini d'exposer les règles de l'épreuve. D'en bas, Lagnol lui jeta un dernier regard et commença à s'éloigner. L'expression du producteur était sombre. Plus encore que les quolibets de la foule, ce visage fermé aiguillonna la terreur de Muller.

La caméra continuait à le braquer obstinément. Il se remit à parler sans savoir ce qu'il disait.

S'il ne se montrait pas à la hauteur, ou s'il cédait à l'une de ses colères-kamikazes, il n'y aurait pas de prochaine fois. Ce serait à nouveau le téléphone muet, les amis absents ou trop occupés pour le recevoir, les longs jours d'inaction et de désespoir.

C'était à cela qu'il pensait, s'agitant sur son estrade, glacé, trempé de sueur de la tête aux pieds.

Il y aurait ensuite l'animation dans les supermarchés. Les chambres d'hôtels tristes à crever. La vie usée et misérable. Au bout du compte, il y aurait une corde – une vraie corde, cette fois, plus solide que celle d'Auxerre.

Il ne pouvait pas les laisser tout démolir.

Il abaissa le bras. Des haut-parleurs qui cernaient l'aire de jeu jaillirent des sonneries de trompes, pompeuses et ridicules.

La porte d'un enclos s'ouvrit à l'autre bout de la place. La vachette apparut. Elle chargea sur quelques mètres, le mufle au ras du pavé, puis s'arrêta. La foule hurlait. Elle releva la tête, promena autour d'elle son regard stupide, hébété.

Muller se sentit envahi de pitié. Comment la bête

aurait-elle pu comprendre ce qui lui arrivait, les glapissements féroces qui saluaient son entrée, la pluie des projectiles – papiers, capsules, poignées de terre, pétards – qui s'abattait sur elle?

Comment aurait-elle pu concevoir leur cruauté?

Ils se croyaient aux jeux du cirque.

Ils étaient la plèbe romaine, ivre de fureur et de joie.

Sous le crâne douloureux de Muller, quelque chose rompit, comme une canalisation qui crève. La chaleur se répandit en lui.

Les eaux noires de sa peur refluaient. Les lumières n'étaient plus des halos vrillant ses rétines, mais des points parfaitement distincts qu'il pouvait contempler froidement. La foule restait une houle, un océan, mais il savait à présent comment faire; comment s'y prendre pour dominer et apaiser la tempête, ou pour la faire gronder.

« Première épreuve! » annonça-t-il d'une voix tonitruante.

Les concurrents prirent leurs places. Les « aveugles » étaient installés sur une estrade, contre le bord de la cuve. De cette manière, ils étaient protégés de la vachette, dont ils ne pouvaient surveiller les évolutions.

La caméra-grue pivota vers cet endroit.

Une nouvelle sonnerie marqua le début du jeu.

« C'est parti! » glapit Muller.

Il jubilait.

D'un coup, la place pavée devint le théâtre d'une agitation burlesque. Les palmes jaunes des concurrents – qui leur donnaient l'allure d'énormes canards – claquaient sur le sol. Les « aveugles » s'amusaient follement, ne ménageant pas les effets de louche. Les vociférations du public avaient triplé d'intensité. Seule la vachette restait immobile, dans un coin de la place, considérant toute cette folie de son œil voilé. Son indécision était comique, car elle faisait d'elle le seul être raisonnable du jeu.

Muller commentait.

C'était revenu tout seul, le métier et ses automatismes lui mettaient dans la bouche le mot juste et le verbe expressif sans même qu'il ait à y penser.

Tout en débitant ses phrases entrecoupées de rires rauques et d'exclamations, il surveillait la vache. Il avait décidé d'en faire son alliée. C'était elle qui allait l'aider à reconquérir cette foule trop indifférente à son égard.

Bouge, bouge, appela-t-il. *Viens par ici.*

Comme si elle avait capté ses pensées, la bête se mit soudain en mouvement. Les cornes boulées s'abaissèrent vers le sol, le cou se tendit, les naseaux se dilatèrent. Elle prit un trot rapide et avança ainsi jusqu'au centre de la place. Elle s'arrêta encore et regarda autour d'elle. Elle cherchait une cible.

Un candidat en maillot rayé, tenant à deux mains son sac plein de peinture, luttait pour garder l'équilibre sur une sorte de planche à bascule enduite de savon noir. La vache n'hésita plus.

Prévenu par les cris de la foule, l'homme se retourna. Il comprit ce qui se passait et lâcha le sac. Une gerbe de peinture éclaboussa tout le bas de son corps. Il sauta de la planche au moment où la bête arrivait sur lui. Ses palmes le gênaient pour courir. Il tomba, se releva.

« Plus vite, monsieur Donald! s'égosillait Muller. Plus vite! La chasse au canard est ouverte! »

L'homme venait vers le praticable. La vache, qui s'était arrêtée le temps de renverser la planche, chargeait à nouveau.

Du coin de l'œil, Muller vit deux des trois caméras converger dans sa direction. Sans cesser de parler, il se prépara. Il savait ce qu'il avait à faire. Il se rapprocha du bord de la plate-forme instable. Il pensa à ce que seraient les titres :

LA CHUTE DE MARCEL MULLER

ou :

MULLER TOMBE EN DIRECT

Pour les photos, ils n'auraient que l'embarras du choix. Les caméras filmaient.

Le candidat arrivait. Muller vit à son expression que le jeu ne l'amusait plus du tout. Il avait peur. La vache le talonnait.

Le gros homme se pencha et lui tendit la main.

« Envolez-vous, vilain canard », hurla-t-il.

L'autre sauta, agrippant les doigts. A ce moment, Muller fléchit les genoux et poussa vers l'avant de toutes ses forces. Ce mouvement, ajouté à la surcharge, suffit à faire basculer le praticable.

Un cri immense monta de la foule, tandis que les pavés se rapprochaient à toute allure.

Le choc fut moins brutal qu'il ne l'avait prévu. Il tomba sur le concurrent, l'écrasant sous un quintal de chair. Puis il ne bougea plus. Les inquiéter juste ce qu'il fallait. Leur donner leur comptant d'émotions. Il écouta. La clameur s'était tue. Sous lui, le pauvre idiot en maillot 1900 remuait faiblement. Il entrouvrit un œil, sans tourner la tête. Apeurée, la vache s'était arrêtée et reculait, les cornes basses, frappant le sol de son sabot.

Muller comptait. Il compta jusqu'à vingt. Des pas se rapprochaient. Vingt-cinq. Deux assistants entrèrent dans son champ visuel. Trente. Il se releva.

La foule se taisait.

« Occupez-vous de lui », cria Muller aux assistants.

Il désigna d'un geste assez appuyé pour être vu de loin le malheureux allongé sur les pavés.

Puis, sans hâte, il retira sa veste.

En un éclair, il se revit sur la scène de l'Odéon un

jour de mai 68. Par ce geste tout avait commencé. Tout finirait par ce geste.

Il avança vers la vache. Il sentit que les caméras le suivaient. Il déploya la veste et la tint sur le côté, comme une cape de toréador. L'animal l'observait. Dans la foule, une rumeur s'enflait.

Charge, supplia Muller. *Charge-moi. Ils vont adorer ça !*

Il agita la veste. Dans son dos, les assistants évacuaient le candidat, qui paraissait assez mal en point.

La vachette fonça.

Muller la vit arriver sur lui. Il ne bougea qu'au dernier moment, avec une légèreté surprenante. Le flanc nerveux de la bête le frôla.

Un hurlement enthousiaste monta de mille poitrines. Ça marchait. Les autres concurrents, qui avaient interrompu le jeu depuis l'effondrement du praticable, s'étaient regroupés près de la grande cuve et parlaient entre eux.

Muller se retourna.

La vachette revenait. Il l'esquiva une seconde fois. De justesse.

« *Olé !* » brailla la foule.

Le spectacle de cet homme corpulent, en bras de chemise, s'appliquant à toréer avec sa veste une vachette furieuse les remplissait de joie.

Muller leur accorda encore quelques passes. Les attaques de l'animal devenaient plus précises. Plus dangereuses. A la dernière, il laissa les cornes lui arracher la veste. La vachette, aveuglée, s'arrêta et secoua la tête pour s'en débarrasser. Derrière les barrières, c'était du délire. Muller sut qu'il avait gagné. Ils l'aimaient. Ils ne l'oublieraient plus. Plus jamais.

La veste tomba. A nouveau, la vache prit le pas de charge. Il fallait conclure. Muller chercha une idée. Il ne pouvait pas s'en aller comme ça, tout simplement quitter l'aire de jeu.

Il se mit à courir dans la direction de l'endroit où se tenaient les concurrents. Les « aveugles » avaient ôté leurs bandeaux et l'observaient, frappés de stupeur.

La vachette suivait.

Du coin de l'œil, Muller vit la caméra-travelling s'animer. Son témoin rouge était allumé.

Il ralentit un peu pour se laisser rejoindre. Les boules de caoutchouc qui garnissaient les cornes touchèrent ses fesses. Il mima la panique. Accéléra.

La foule l'encourageait de ses hurlements.

Il arriva devant l'estrade.

L'animal le talonnait.

Il tomba, exténué.

A ce moment, la clameur fut telle qu'elle l'assourdit, tandis que trois concurrents maîtrisaient la vachette épuisée.

Près du praticable renversé, Raymond Lagnol essayait de parler dans un micro. Mais la foule criait si fort et lui-même riait tant qu'un seul mot était audible : « Extraordinaire... extraordinaire... »

Et Marcel Muller se releva, saluant longuement comme le font dans les arènes les toréadors.

Il lui fallut attendre vingt-quatre heures pour mesurer toutes les conséquences de son exhibition.

Le soir même, on l'avait congratulé, étreint, embrassé, porté en triomphe; à un moment de la folle soirée qui avait suivi l'émission, Lagnol, le visage épanoui par l'alcool et le bonheur, l'avait attiré contre lui et lui avait soufflé dans le cou : « Je vous signe un contrat pour dix ans! » Il avait même eu Annette au téléphone. Lui expliquer ce qui arrivait avait pris dix bonnes minutes, à cause des gens qui hurlaient tout autour. Elle n'avait pas partagé son enthousiasme.

Ce fut seulement le lendemain vers deux heures de l'après-midi, en pénétrant au volant de la Mercedes dans une station Shell de la R.N. 20 quelque part entre Châteauroux et Vierzon, qu'il comprit que la traversée du désert était vraiment terminée.

Il avait faim. A deux ou trois reprises, il avait failli s'arrêter devant une auberge ou un routier. Mais la hâte de regagner Paris l'emportait sur son appétit. Négligeant la petite cafétéria accolée à la station, il alla se ranger directement entre les pompes.

Un type en casquette rouge vint vers lui d'un pas nonchalant. Sa combinaison jaune était immaculée. Muller eut le temps d'enregistrer ce détail avant que le visage de l'homme ne s'encadre dans la portière. Alors, sur cette face anonyme, il vit se produire un phénomène auquel il n'avait pas assisté depuis plus de cinq ans. Cinq interminables années.

Sous la visière, les yeux se plissèrent d'abord, puis semblèrent s'éclairer de l'intérieur. Il y eut un imperceptible recul de toute la tête, correspondant à une expression un peu vacante – entre l'incertitude et la surprise. Enfin, la joie remonta sur le visage, comme un rideau qui se relève, commençant par les lèvres, dont les coins s'étirèrent et s'incurvèrent vers le haut, continuant avec les plis autour de la bouche et des ailes du nez, avec les fossettes des joues, les pattes-d'oie des yeux, pour finir aux rides du front qui se creusèrent davantage et suivirent le mouvement. Oui, dans ces cas-là, même les rides souriaient.

Cette métamorphose était, pour Muller, l'expression même de la célébrité : on ne se lassait jamais de la contempler.

Cette fois, pourtant, elle ne s'arrêta pas sur un sourire. Les commissures des lèvres poursuivirent leur mouvement, puis la bouche elle-même s'ouvrit. La tête se renversa en arrière et un rire tonitruant envahit l'habitacle de la voiture.

Au tour de Muller d'être surpris. Ses yeux s'écarquillèrent. Son incertitude devait être du plus haut comique, car l'hilarité du pompiste redoubla.

Plié en deux, il se tapait sur les cuisses. Dans la

station-service, les têtes se tournèrent, les regards convergèrent vers la Mercedes.

« Alors, Marcel..., balbutiait l'homme à la casquette, entre deux hoquets. Alors, Marcel, prêt pour la prochaine corrida?

– Monsieur, je ne vous permets... », commença Muller sèchement.

Il n'alla pas plus loin. Il comprit que la joie du type était dénuée de toute malice, de toute ironie. Il le vit mimer le geste d'agiter un chiffon rouge comme une muleta et l'entendit s'exclamer :

« Olé!... Olé!... »

Il remarqua aussi que d'autres personnes s'approchaient de la Mercedes, se penchaient, le reconnaissaient.

Ils furent bientôt une demi-douzaine à rire avec lui et à lui manifester leur sympathie.

Alors, il s'abandonna. Leur hilarité se communiqua à lui, comme une maladie contagieuse.

Muller gonflait sa vaste poitrine et savourait enfin un bonheur retrouvé.

Le lendemain, Muller dormit toute la journée. Son premier vrai sommeil depuis cinq ans.

Le soir, Annette dressa la table somptueusement. Durant tout le dîner, elle laissa Marcel parler. Il s'extasiait sur lui-même, sur l'émission, sur le retentissement que sa séance improvisée de tauromachie avait eu. Il riait aux éclats. Il était heureux. Enfin la gloire lui souriait à nouveau.

Il perçut soudain une gêne chez sa femme. Que se passait-il? A l'accoutumée, elle était joyeuse quand il l'était, sombre quand l'angoisse l'étreignait.

« Tu me caches quelque chose, Annette?... »

Elle le regarda, calmement, dans les yeux. Et, avec le ton le plus doux mais le plus ferme, lui dit :

« Marcel, il y a près de trente ans que tu fais ce

métier. J'ai tout subi. Il y a eu tes grands reportages, tes jours, tes semaines, tes mois d'absence. Il y a eu tes années de présentation du Journal où ta compagne, ce n'était pas moi mais la télévision. Il y a eu Auxerre où tu n'as pas voulu que je te suive. Il y a eu les hauts. Il y a eu les bas. Il y a eu ton moral en dents de scie... Aujourd'hui, les enfants sont partis. Je suis seule. Te rends-tu compte que c'est le premier dîner que nous partageons depuis des mois? Te rends-tu compte?... »

Le silence pesait. Il sentit qu'elle n'avait pas terminé. Il n'osa l'interrompre.

« J'ai plus de cinquante ans... Tu as plus de cinquante ans... », murmura-t-elle comme si elle s'adressait à elle-même.

Puis elle ajouta, légèrement plus fort :

« Je ne veux pas vieillir seule... Je te veux avec moi... Je t'ai tant aimé!... »

Une fois encore elle demeura silencieuse comme si elle était enfermée dans une méditation profonde et revoyait d'anciennes images au parfum d'autrefois. Une fois encore il se tut. Elle reprit :

« Je le sens, une intuition me le dit : tu ne pourras continuer longtemps *Pour le Clocher*. C'est une émission trop épuisante pour toi. Elle requiert trop d'efforts. Il faut un jeune pour ce genre de programme et tu n'as plus vingt ans... Je n'ai jamais aimé Paris, tu le sais bien, Marcel... Michel Mougin t'a proposé la direction de la station de Colmar. Tu as tant fait pour la télévision qu'elle te doit bien ça. Ce n'est pas un exil comme Auxerre, c'est un poste honorifique qu'on t'offre. Molsheim n'est pas loin. Tu pourrais continuer ton métier sans trop de fatigue. Nous retrouverions notre maison de toujours et je pourrais enfin te retrouver... Jamais je n'ai dit la moindre parole pour entraver ta carrière... Jamais... Aujourd'hui, je ne peux plus me taire. »

Marcel ferma les yeux. Quelque part le balancier de

l'énorme horloge de Molsheim continuait à battre le temps.

« Annette, ça m'est impossible... »

Il y eut un long, très long silence. Alors Annette, avec le même ton calme mais des larmes dans les yeux, répondit :

« Je pars seule, Marcel... Je t'attendrai à Molsheim. »

Le surlendemain, Muller appela Corinne Jacquet. Il ne pensait qu'à son émission, son triomphe.

« Il se passe une chose extraordinaire, lui dit-il. Quand pourrai-je te voir?

– Je sais tout, répondit Corinne. Lagnol m'a appelée et de toute façon j'avais vu les journaux. Je suis heureuse pour toi, Marcel. Si tu passais prendre un verre ce soir? Mougin est à New York. Moi, je pars cette nuit pour Lyon. J'interviewe demain en fin de matinée le premier ministre. »

Entre l'avenue Victoria et la rue de Berri, il fut reconnu sept fois. Principalement aux feux rouges. Il se gara à l'angle du boulevard Haussmann et marcha jusqu'au 47 en sifflotant joyeusement.

Corinne vint lui ouvrir dans une robe d'intérieur d'épais velours cramoisi. Ses cheveux blonds croulaient sur ses épaules.

Il y avait des années que Muller n'avait plus remis les pieds chez les Mougin. Tandis que son hôtesse versait à boire, il promena autour de lui un regard satisfait. Revoir ces lithographies modernes éclaboussant de couleurs vives le blanc des murs aux moulures strictes, c'était comme rentrer d'un très long voyage, d'un interminable exil.

Ils trinquèrent.

« Au nouveau Marcel Muller », dit Corinne, levant son verre.

Muller rit et l'imita. Puis ils s'assirent sur un grand canapé, l'un près de l'autre.

Il lui raconta fièrement ce qui s'était passé dans sa tête au début de l'émission. Comment il avait compris qu'il fallait retourner ce public hésitant entre la froideur et l'hostilité.

Mougin n'était pas là et cela se sentait. Son absence laissait comme un trou dans l'appartement. Une brèche. Corinne semblait à la fois plus disponible et plus vulnérable.

Ils continuèrent à parler et à boire.

Au bout d'une heure, ils avaient vidé quatre verres. Corinne souriait toujours en l'écoutant.

« J'ai l'impression de me retrouver dans ton petit appartement du XIVe...

– Il y a plus de vingt-cinq ans, Marcel...

– Ce soir-là Michel était présent... A un moment donné, nous nous sommes dévisagés, lui et moi, et j'ai su qu'il t'aimait très fort parce que pendant quelques secondes il m'a regardé avec jalousie. C'est qu'à l'instant, Corinne, je peux te le dire avec le sourire aujourd'hui, un tendre sourire, je te désirais. »

Il y eut un court silence. C'était comme si un vieil air s'était tu et avait convoqué des nostalgies, les douces mélancolies que l'on porte en soi. Chacun savourait l'instant et se baladait au petit bonheur dans ses souvenirs.

« Tu te souviens de *Jules et Jim*? demanda Corinne. Quand j'ai vu le film de Truffaut, quelques années plus tard, j'ai eu la sensation de revivre mon histoire... L'amitié amoureuse remplaçant l'amour tout court, bien sûr. Mais t'avouerai-je que j'avais de la tendresse pour vous deux qui étiez jeunes et beaux et que si tu t'étais déclaré avant Michel, peut-être... Finalement, ajouta-t-elle, tu es mon plus vieil ami.

– Disons que je suis ton plus vieux témoin, que de nous revoir nous permet de nous rappeler tout ce que l'on a fait pour cette satanée boîte à images. Te rappelles-tu le jour où on a interviewé Auriol? »

Aussitôt le fou rire la prit.

« ... Il y avait un seul technicien... Je me suis empêtrée dans les fils au moment où tu demandais : « Quels sont vos projets, monsieur le président? » et je suis tombée dans ses bras... Je crois que Michel a gardé le bout du film que, malheureusement, on n'a pas montré à l'antenne. »

C'étaient deux complices qui se parlaient. Ils n'évoquèrent ni la longue période auxerroise de Marcel, ni les tracasseries auxquelles il était quotidiennement en butte, ni l'idée saugrenue que l'on avait de l'expédier à Colmar. Muller avait extirpé de lui l'inlassable besoin qu'il éprouvait d'exprimer des doléances; inutile ce soir de montrer le suicide professionnel vers lequel Sidar et sa haine aussi tenace qu'incompréhensible l'acculaient. L'allégresse l'habitait. Bientôt le téléphone sonnerait chez lui comme aux plus beaux jours et le courrier s'entasserait dans sa case. Bientôt il signerait des piles de photos. Il goûtait le moment. Le bonheur l'amendait. Même le nom de Michel Mougin ne revint pas dans la conversation. Marcel imaginait que celui-ci le détestait. Une autre fois, peut-être, il en parlerait à Corinne. Car il y aurait d'autres fois. Il lui parlerait de l'échec de son reportage au Mozambique avec Eric Chamberlain. Il lui parlerait de foules de choses. Ils se reverraient. Ah! comme il avait eu raison de ne jamais s'abandonner au fatalisme!

Plus tard, Muller accompagna Corinne au parking souterrain de l'immeuble. Elle ne prit pas sa Fiat mais la SM de son mari. Le voyage serait plus rapide et plus confortable. La nuit, il est plus facile d'enfreindre les règles de limitation de vitesse. Marcel monta dans la voiture. Elle le déposa sur le boulevard Haussmann et, joyeuse, fila vers son rendez-vous lyonnais.

C'est à une dizaine de kilomètres de Mâcon que le drame eut lieu. Nul ne sait ce qui se passa. Corinne s'était-elle endormie au volant? Avait-elle trop bu dans la chaleur des retrouvailles avec Marcel? On découvrit de longues traces noires sur la route. Au bout de ces traces parallèles laissées par des pneus, il y avait la SM retournée. Dans la voiture, une femme. Etait-elle morte? Non. Elle respirait encore. C'est ce que constatèrent un automobiliste qui s'était arrêté puis les secours qu'il avait prévenus. On allongea la femme sur une civière. Elle fut transportée jusqu'à une ambulance. Personne ne la reconnut.

Son visage n'était plus que chairs écrasées et sanguinolentes.

CHAPITRE XVII

23 h 55

« *Bonsoir, Marcel. Je voulais vous dire que je trouve formidable ce que vous faites ce soir, et toute la famille aussi, et voici ma question : pour vous, est-il normal qu'une dame aveugle doive payer une redevance? Ma belle-sœur qui habite à...* »

Laure n'écoute plus. La voix de l'auditrice devient un vague murmure. Muller, la tête penchée, s'efforce de sourire malgré la fatigue qui ravage ses traits. La caméra est un œil impitoyable. Rien ne lui échappe. Ni les joues affaissées qui pendent en fanons de part et d'autre du menton. Ni le tremblement léger de la lèvre inférieure. Ni le voile du regard, derrière les épais verres neutres, où l'épuisement masque l'impatience qui grandit cependant à mesure que se déroule l'interminable question de l'auditrice.

Gouvion fait le barrage. C'est net. Jusqu'à présent, il n'a laissé monter du standard que les appels les plus insignifiants. Rien d'embarrassant. Rien qui dépasse le niveau ordinaire des émissions à débats. Muller répond tant bien que mal. Sa déception se voit.

Du haut du tabouret tournant, Diméo surveille Gouvion d'un œil rêveur. Le présentateur, de l'autre côté de la vitre, est en bras de chemise. La fumée de sa pipe fait des volutes autour du micro.

« Gagnant sur tous les tableaux, soupire le réalisateur. Il fait plaisir aux foules, il se ramasse une écoute maximum, il sauve le coup pour la station vis-à-vis des autorités. Floriandre va aimer ce mec. Il va vraiment l'aimer. »

Laure ricane.

« Il sauve sa peau. C'est normal, non? Tout le monde fait ça.

– Ne sois pas triste, princesse. Il t'a piqué ton truc, mais... »

La porte de la petite régie vient de s'ouvrir. Diméo pivote sur son tabouret.

« Oui?

– Il faudrait passer ça à Gouvion, dit une secrétaire, brandissant une feuille de télex. Ça vient de tomber. »

Laure lui prend le papier des mains. Elle lit.

TLX 220447 AFP GUÉRET CREUSE 23 H 55. SUITE À UNE COUPURE IMAGE ET SON AFFECTANT L'ENSEMBLE DE LA RÉGION, UNE CENTAINE DE PERSONNES SE SONT RASSEMBLÉES DEVANT L'ÉMETTEUR TÉLÉ DE GUÉRET, CREUSE, ET L'ASSIÈGENT AUX CRIS DE : MULLER AVEC NOUS! AFIN D'OBTENIR LE RÉTABLISSEMENT DES ÉMISSIONS. PLUSIEURS ASSAUTS D'UNE VIOLENCE EXTRÊME ONT ÉTÉ REPOUSSÉS PAR LES EFFECTIFS DÉTACHÉS DES GENDARMERIES DE GUÉRET, BOURGANEUF, LA SOUTERRAINE. ON APPREND DE SOURCE OFFICIEUSE QUE LA COUPURE SERAIT VOLONTAIRE ET CONSTITUERAIT LA PREMIÈRE DES MESURES PRISES PAR LES AUTORITÉS À L'ENCONTRE DU PIRATE DE LA TOUR EIFFEL.

« J'y vais, dit Laure, agitant le télex. C'est sûrement plus excitant que leurs problèmes de redevance. »

Quand elle pénètre dans le studio, Gouvion a repris la parole.

« Marcel? Vous m'entendez, Marcel? Encore une question et nous ferons une pause. Une petite pause d'une minute, d'accord? En attendant, je vous passe l'auditeur suivant. Parlez, monsieur... »

En cabine, Diméo bascule un commutateur. Une voix à l'accent traînant remplace celle de Gouvion à l'antenne.

« *Allô? Marcel? Ici M. Bertin, Gérard, de Colmar. La question que je pose est la suivante...* »

Le présentateur étouffe un bâillement et se renverse sur son siège.

« Tout va bien, Laure? J'allais vous faire appeler. C'est à vous tout de suite après. »

La jeune femme, du bout de la table, lui jette un regard furieux.

« Une pause d'une minute, hein? Vous n'espérez tout de même pas vous servir de lui pour vendre de la lessive?

– Pourquoi pas? répond Gouvion, exagérant son étonnement. Peut-on rêver meilleur support que Muller? Nous sommes une station commerciale, non? »

Laure secoue la tête. Une moue de dégoût plisse ses lèvres.

« Ne comptez pas sur moi pour lire les pubs, Gouvion. Et regardez ça. »

Elle jette devant lui le télex, qu'il parcourt avec un détachement très affecté.

« C'est embêtant, dit-il. Ils ne vont pas nous le laisser très longtemps. Il faut se dépêcher de...

– Je voudrais l'annoncer moi-même », demande la jeune femme d'une voix précipitée.

Gouvion se redresse lentement sur sa chaise. Les

coins de la grosse moustache qui barre son visage se relèvent. Son sourire s'épanouit.

« Très drôle, Laure. Très amusant.

– Je ne plaisante pas. Vous pourriez me laisser ça.

– Vous êtes sérieuse? Vous pensez sérieusement que nous allons prévenir Muller? Que nous allons lui signaler d'ici, en direct, que les flics sont en train de le couper? Il a prévu quelque chose à ce sujet, vous ne vous rappelez pas?

– Si c'est moi qui l'annonce... Si je peux lui dire..., balbutie Laure.

– Vous voulez qu'il se fasse sauter, c'est bien ça? Et vous voulez que R.B.C. en soit responsable...

– Mais c'est de la trahison! Continuer à le faire parler comme si de rien n'était pendant que...

– Assez, Laure. Lisez-vous ces pubs, oui ou non?

– Allez crever, Gouvion. Espèce de salaud...

– Ecoutez, mon petit, je reprends l'antenne dans trente secondes. Soyez gentille de vous calmer ou de quitter ce studio. D'accord? »

Blême de rage, Laure le dévisage. Si elle en avait la force, elle se jetterait sur lui. Elle lui prendrait ce micro...

De l'autre côté de la vitre, elle aperçoit Diméo qui les observe, l'air inquiet. Elle se baisse, récupère le télex d'une main tremblante.

« Vous réussirez, Gouvion, crache-t-elle entre ses dents. C'est une spécialiste qui vous le dit. »

Elle se retourne et sort. Dans son dos, le rire du présentateur sonne faux.

Elle hésite dans le couloir trop large, désemparée. A la porte de la régie, la secrétaire qui a monté le télex la regarde. Elle s'oblige à sourire, secoue la tête, montre la feuille.

« Je le garde, hein? Juste un moment. »

La fille opine. Ses yeux disent qu'elle se moque éperdument de ce bout de papier. Muller, ce n'est pas son problème. Laure passe devant elle. Elle marche comme une somnambule. Ses pas la conduisent vers l'escalier.

Au rez-de-chaussée, où est installé le standard, une autre fille l'interpelle :

« Dis donc, il se passe quelque chose dans le Centre. On n'arrête pas d'avoir des appels de la Creuse. Gouvion refoule tout.

– Je sais, dit Laure. Je suis au courant. »

Elle s'éloigne, laissant la fille interloquée.

A gauche du hall s'ouvre un petit bureau. Il est vide. Elle entre, allume et s'enferme. C'est d'ici qu'elle a téléphoné tout à l'heure. Elle s'assied.

La feuille de carnet portant le précieux numéro est toujours là, près de l'appareil.

Laure soulève le combiné.

L'inscription répétée en grosses lettres rondes sur les portes vitrées est identique à celle de la pochette d'allumettes :

AU TAPIS VERT – *Billard-Club*

Derrière le verre cathédrale, deux halos lumineux témoignent d'une présence. L'un d'eux, bleuté, provient d'un tube cathodique. Le bec-de-cane a été retiré de la porte. Abrial jette un coup d'œil à son adjoint, un peu en retrait sur le trottoir, puis se penche et cogne la vitre de son index replié.

La rue est large et sombre. De chaque côté s'alignent des bâtiments bas, délabrés pour la plupart, qui semblent attendre dans un coma lépreux les engins des démolisseurs. Rien de pathétique. C'est seulement sinistre.

Des pas se font entendre à l'intérieur de l'établissement. Une silhouette apparaît, se mouvant lentement derrière le verre. Après quelques claquements métalliques, la porte s'entrebâille. Une bouffée sonore s'échappe. Abrial reconnaît la voix de Muller.

« Ouais? »

Le limonadier est petit, hirsute. Aucune aménité n'éclaire son regard.

« Vous êtes le patron, ici?

– Ouais. C'est à quel sujet? »

Abrial exhibe son portefeuille ouvert.

« Nous voudrions vous poser quelques questions. »

L'autre esquisse un mouvement de recul.

« Je suis en règle, hein! Et pour rentrer à cette heure-ci il vous faut un...

– A titre officieux, bien entendu, coupe le flic. (Il se penche un peu). Vous regardez Muller?

– Pourquoi? C'est interdit?

– Pas du tout. Ecoutez, je vous laisse choisir. Vous préférez répondre maintenant à deux ou trois questions ou m'obliger à mettre tout le bataclan en route? »

L'autre hésite, puis s'écarte en soupirant. La porte s'ouvre.

La salle est en L. Dans la partie la plus longue, obscure, des billards s'alignent sur deux rangs, surmontés de lampes doubles dont les abat-jour coniques luisent de faibles reflets verts. Immenses glaces sur les murs. Tableaux d'affichages. Publicités de bières. Spaten. Kronenbourg. Entre deux râteliers, une pendule carrée marque minuit juste.

Un comptoir et quelques tables occupent le pied du L. Une femme en robe de chambre molletonnée est assise. Elle regarde le téléviseur installé en hauteur, à droite des rangées de bouteilles.

« Ces messieurs sont de la police », lance le petit homme hirsute.

Sans un coup d'œil à Abrial et son adjoint, la femme se lève et disparaît d'un pas traînant par une porte marquée PRIVÉ.

« Ma mère, explique le limonadier. Et maintenant si vous me disiez à quel sujet...

– Passez-moi la photo, François. »

Abrial tend la main vers son adjoint, qui tire de sa poche le meilleur des polaroïds qu'ils ont pris du grouillot du *Soir*.

« Je veux seulement savoir si vous connaissez cet homme. Réfléchissez bien avant de répondre. »

Le cafetier s'empare du cliché et le regarde.

Abrial surveille son visage.

La surprise y passe, suivie d'une ombre d'inquiétude. Ce sont des symptômes qui ne trompent pas.

« Alors? » souffle-t-il.

L'autre hoche lentement la tête, dispersant ses dernières hésitations et peut-être un reste de scrupules. Personne n'aime fournir ce genre d'information à la police.

« Ben, ouais, dit-il. J'ai déjà vu ce gars-là.

– C'est un client?

– C'était, c'était, corrige le bistrot. Il y a un bon moment qu'il ne s'est pas pointé.

– Combien de temps? Vous avez une idée?

– Trois, quatre mois.

– Vous connaissez son nom?

– Pierrot, on l'appelait.

– Pourquoi ne vient-il plus?

– C'est depuis qu'il a arrêté de bosser en face.

– En face?

– Chez TV-Canal. A cent cinquante mètres d'ici. Ils rappliquaient tous les midis, toute la bande, faire leur billard.

– TV-Canal?

– C'est une boîte de télé privée ou je ne sais quoi. Cent cinquante mètres sur la gauche. »

Abrial se tait. C'est énorme. Presque trop. Le cafetier lui jette des regards en biais. Une fois de plus, la voix de Muller envahit le silence.

« *...répondre à votre question, cher ami de Colmar,*

les hommes d'antenne sont moins grassement rémunérés que le public ne se plaît à l'imaginer. C'est pour cette raison qu'ils ont parfois recours à des sources de revenus annexes... »

« Quel était son job, dans cette boîte? » demande Abrial.

L'autre secoue sa tête hérissée.

« Ils sont toute une bande, répète-t-il. Des techniciens, quoi.

– A votre avis, il y a encore quelqu'un là-bas, à cette heure-ci?

– Allez y jeter un œil, mais ça m'étonnerait. Je les vois s'en aller tous les soirs sur le coup des sept-huit heures. C'est grave ce qu'il a fait, le gars Pierrot?

– Pas très, rassure Abrial. Ecoutez, nous allons sûrement avoir besoin de téléphoner. Ça ne vous ennuie pas de nous garder la porte ouverte un moment? »

Ne se sentant plus directement concerné, le bistrot est prêt à tout. Il acquiesce.

« De toute façon, dit-il en montrant le téléviseur, on n'est pas encore au pieu.

– Ça vous intéresse?

– Le père Marcel?... Il raconte des trucs marrants. Mais ce que je veux surtout savoir, c'est comment ils vont faire pour lui fermer sa grande gueule. »

« Totalement extravagant! s'emporte l'homme de l'Intérieur. Nous ne pouvons accéder à une pareille requête. »

Une moue plisse les lèvres de Trembledieu.

« Au contraire, dit-il calmement. Je pense que vous devriez accepter.

– Qui est cette fille, d'ailleurs?

– Laure? Laure Vernier? Vous ne pouvez pas avoir oublié? C'était l'animatrice numéro un de cette chaîne, voici quelques années. Elle a eu depuis certains problèmes, ajoute Trembledieu, coulant un regard en direction de Mougin. Muller s'est toujours senti très proche d'elle. Il m'en parlait à l'époque où nous faisions le Journal ensemble. Sidar doit s'en souvenir. N'est-ce pas, Sidar? »

A l'appel de son nom, le petit homme, debout près des fenêtres, sursaute et se retourne. Son visage est défait. Un battement nerveux agite sa paupière droite. Il parle d'une voix éteinte.

« Oui? Je ne sais pas. Je ne le comprends plus. Que veut-il? Encore nous ridiculiser?

– Pas du tout, dit Trembledieu. Il y a quatre heures qu'il est là-haut; quatre heures qu'il tient l'antenne seul, en plein ciel, dans des conditions de stress épouvantables. Muller est tout simplement en train de craquer.

– Quel rapport avec la fille? » intervient Cézenac.

Le présentateur se tourne vers Mougin.

« Expliquez-leur, Michel. »

Le président hoche la tête.

« Pour qui connaît Muller, cela n'a rien d'étonnant. Il a toujours entretenu des relations étranges avec les femmes, dit-il, les yeux baissés sur ses mains. Et Laure est un cas à part. Il y a des années qu'il en est amoureux. Un amour déchiré. Impossible et romantique. Je ne suis pas surpris qu'il se tourne vers elle dans un moment pareil.

– Et vous estimez aussi que nous devrions la laisser monter là-haut? »

Mougin se tourne vers l'homme de l'Intérieur.

« Pourquoi pas? Si elle est d'accord... Au pire, ça ne changera rien, et avec un peu de chance, elle parviendra à le convaincre de redescendre.

– Vous oubliez les explosifs. Il...

– Vous ne connaissez décidément pas Marcel, coupe Trembledieu. Il est possible qu'il soit à bout, mais il ne fera jamais une chose pareille avec Laure à ses côtés.

– Vous semblez tenir énormément à ce qu'elle le rejoigne, Maxime.

– Je pense à un autre aspect du problème, répond Trembledieu sans se démonter. Au téléphone, Muller nous a prévenus qu'en cas de refus, il ferait état de sa requête à l'antenne. Vous comprenez ce que ça signifie? »

L'homme de l'Intérieur esquisse un geste négatif.

« Guéret, dit Cézenac.

– Exactement, Guéret, Creuse. Sur une brillante idée de notre ami Sidar, nous cherchons à isoler une région et tout ce que nous parvenons à faire, c'est mettre la pagaille dans une préfecture. Demain, ce sera une autre affaire, mais, ce soir, le pouvoir de Muller est énorme. Reconnaissons-le.

– Je ne sais pas, soupire le fonctionnaire. Je ne sais pas. Il faudrait en référer en haut lieu. Il faudrait d'autres avis. Vous, Sidar, Cézenac, qu'en pensez-vous? »

Trembledieu regarde sa montre avec ostentation.

« Libre à vous d'organiser une table ronde, lance-t-il, appuyant son ironie. Mais laissez-moi vous rappeler que si Muller n'a pas obtenu une réponse dans quatre minutes et demie, il va mêler le pays entier à son histoire d'amour. »

Corinne est blottie contre la portière de la Maserati. Elle a ôté son béret mauve. Les cheveux blonds voilent son visage lisse où glissent lentement les larmes.

« Alors pourquoi? souffle Frankel.

– Tout a commencé comme un jeu. Je lui avais rendu ce qu'il désirait le plus au monde. Il était célèbre à nouveau. Il m'a enveloppée de gratitude, mise sur un piédestal. Tu ne peux pas savoir. »

Elle se tait, sanglote sans bruit. Frankel hocha la tête :

« Je comprends. »

De temps en temps, une voiture passe sur le faubourg Saint-Honoré. Ses phares éclaboussent l'habitacle de la Maserati.

« Après l'accident, reprend Corinne de sa voix atone, je n'ai plus vu Marcel. Juste une fois, le jour de ma sortie de clinique. J'avais cet horrible masque sur la figure. Il m'a regardée, il n'a rien dit. Puis je suis partie aux Etats-Unis. Tu n'as pas oublié l'épisode de l'opération-miracle, n'est-ce pas? »

Elle a un rire bref, comme une déchirure. D'un geste brusque, elle remonte ses cheveux. Son visage se relève, beau, grave, avec la froideur de la pierre.

« Ce que tu ignores, ce que tout le monde ignore, c'est qu'à ce moment-là il a commencé à m'écrire. Comment s'est-il procuré l'adresse de la clinique américaine alors que Mougin était le seul à la connaître? Chaque semaine, on m'apportait une lettre de lui. Au début, je me murais, je ne les ouvrais pas. Mais c'est terrible, cinq mois dans un endroit où on ne te garde prisonnière que pour une seule raison : te charcuter. Greffes de peau, greffes d'os, ouvrir, recoudre, refermer... Tous les dix jours, je passais sur le billard. Au bout d'un moment, ses lettres sont devenues aussi importantes que les visites de Mougin. J'avais l'impression de partager quelque chose avec lui. Un secret. Privé d'antenne, il savait ce que ça signifiait, il l'avait été... Fini, fichu, au fond du trou... Tu peux imaginer ça, Jean-Loup, qu'une chose pareille t'arrive? »

Toute la nervosité de Corinne s'exprime dans ses mains qui nouent et dénouent sans arrêt la ceinture de son imperméable. Frankel lui prend le bras, serre doucement.

« Continue.

– Ensuite, je suis rentrée des Etats-Unis. Je ne travaillais plus. Je devenais folle, lentement. Mougin faisait semblant de me comprendre, mais je le sentais s'écarter de moi. Je crois que je lui faisais peur. Il a oublié en se noyant dans ses maudites responsabilités... J'étais seule... Trop seule... Alors, Marcel est revenu. »

A nouveau, les cheveux retombent comme pour masquer l'impassibilité du visage que démentent les intonations douloureuses de la voix. Frankel accentue sa pression sur son bras.

« Ne t'arrête pas, Corinne. Je t'en supplie. »

Il l'observe tandis qu'elle porte une main tremblante à sa bouche. Les doigts se posent aux commissures, étirent les lèvres. Le tic de Corinne. Le geste de Muller. Elle surprend son regard.

« Il voulait que je sourie. Il le faisait toujours. Il disait : *Je t'écris un sourire.* Il...

– Je sais, murmure Frankel, la gorge étrangement nouée, je l'ai vu faire ce geste souvent quand tu l'appelais avenue Victoria. Ce soir lorsqu'il l'a refait en direct... »

Le voile blond des cheveux s'écarte. Corinne jette un coup d'œil au jeune homme.

« C'est comme ça que tu m'as retrouvée?

– Oui... Pourquoi lui as-tu téléphoné là-haut sur la tour?

– Je... Il y avait ces informations que j'étais chargée de lui transmettre... J'appelais d'abord un numéro sur un répondeur automatique... Une voix enregistrée débitait des renseignements sur la manière dont l'émission était reçue en province...

– Je comprends... Mais comment tout cela est-t-il arrivé?

– Il y a quelques mois, je ne sais plus, il m'a demandé de venir chez lui. Il rentrait de province. Il était persuadé que le public l'oubliait, qu'il allait tomber à nouveau en disgrâce. Il avait cette idée..., cette idée bizarre, insensée. Il m'a dit : « Connais-tu « Erostrate? C'est cet homme qui incendia le temple « d'Artémis à Ephèse, afin que nul n'oublie jamais « son nom. Voilà ce que je veux faire! Je mettrai leur « télévision à feu et à sang, puis je quitterai la scène. »

Il m'a suppliée de l'aider. Ne me demande pas pourquoi j'ai accepté. Je l'ignore. Ce soir, encore, je l'ignore. Peut-être simplement parce que je connaissais celui qu'il lui fallait...

– Qui? »

Corinne se rencogne davantage, secouant la tête.

« Qui? insiste Frankel. Tu dois me le dire. Muller est en danger de mort.

– Et moi? crie-t-elle. Et moi? Tu me crois hors de danger? Tu ne sais pas ce que j'ai fait!

– Je t'en supplie, Corinne. Nous n'avons plus de temps à perdre.

– Mais il va me... Et la police... Non, je ne veux pas, je ne...

– Assez. Calme-toi, dit Frankel, s'efforçant d'obéir lui-même à cette injonction. Nous laisserons la police en dehors de tout ça. Qui a aidé Muller, Corinne? Qui? »

Une voiture remonte la rue de Berri. La lumière de ses phares rebondit dans le rétroviseur, illumine leurs visages. D'un mouvement d'épaule, Corinne s'arrache à l'étreinte du jeune homme. Ses sanglots ont cessé. Elle relève la tête. Son regard est farouche, malgré les larmes qui le brouillent.

« Tu le connais très bien, dit-elle. Il s'appelle Eric Chamberlain. »

Dans la glace des toilettes, où elle s'est enfermée, Laure contemple son visage. Elle a commencé à le laisser vieillir à partir du jour où les caméras n'ont plus été braquées sur lui. C'est encore un visage jeune et désirable, mais l'âge s'y est inscrit, posant mille petits coups de griffe qui ne s'effaceront plus jamais.

L'eau coule du robinet. Elle en recueille un peu au creux de sa main et humecte ses tempes brûlantes. La voix de Muller résonne encore à son oreille.

Il n'a pas décroché dès la première sonnerie. La peur

absurde que tout soit fini, qu'il se soit tu ou rendu, s'est emparée de Laure. Puis :

« Oui?

– Marcel...?

– Une seconde. »

Il a dit quelque chose à l'écart de l'appareil, qu'elle n'a pu entendre. Elle a senti son cœur battre comme s'il voulait sortir de sa poitrine.

« Qui m'appelle?

– C'est moi, Marcel. Laure... »

Elle lui a expliqué, bousculant ses phrases, surveillant d'un œil écarquillé la porte du bureau.

« ... et ils ne veulent pas me laisser parler. Je voudrais être près de vous, Marcel. Je voudrais vous rejoindre. »

Il n'a rien dit pendant quelques instants. Elle attendait.

« Où êtes-vous?

– A R.B.C. A la station.

– Ne bougez pas, Laure. Surtout, ne bougez pas. Je m'occupe de tout. »

Le silence a envahi la ligne. Elle a cru qu'il avait raccroché. Elle serrait stupidement le combiné. Puis la voix de Muller est revenue :

« Laure?

– Oui?

– Je suis heureux que tout s'achève ainsi. »

Il a ri, et cette fois la communication a pris fin. Elle est restée assise un bon moment, hébétée. Elle n'y croyait pas. Elle n'arrivait pas à y croire.

Elle passe les doigts dans ses cheveux bruns, taillés court. Elle s'est réfugiée dans ce local exigu pour ne pas devoir affronter les autres.

Et maintenant une voix l'appelle. Elle coupe l'eau et s'approche de la porte.

« Laure! Laure Vernier! »

Elle bascule le loquet, ouvre.

« Oui. »

La fille la regarde en souriant.

« On te réclame dans le hall.

– Qui?

– Sais pas. Deux types. On dirait des flics, ou des militaires en civil. »

Une angoisse glacée lui noue les entrailles. Ses jambes ont perdu toute leur force.

« Je viens. »

Elle ferme la porte des toilettes derrière elle, oubliant la petite radio rouge sur le bord du lavabo.

Ils attendent près de la porte, un peu égarés, mal à l'aise dans cette ambiance survoltée. Laure s'avance vers eux comme dans un rêve. Le plus âgé, nuque raide, cheveux gris fer, s'incline sèchement.

« Mademoiselle Laure Vernier?

– C'est moi.

– Capitaine Durantin, Sûreté du Territoire. Mademoiselle, nous avons reçu l'ordre de vous conduire à la tour Eiffel. Vous savez de quoi il s'agit? »

Laure s'oblige à secouer la tête.

« Le pirate... Marcel Muller vous réclame.

– M... moi?

– Rien ne vous oblige à accepter. Mais, même en ce cas, je vous demanderai de nous suivre.

– Je... Je n'ai pas dit que je refusais.

– Bien, alors allons-y. »

Elle suit les deux hommes. Une 504 est garée devant la station. Dans le pinceau des phares attendent deux motards. Laure et Durantin s'installent à l'arrière. L'autre flic monte devant, à côté du chauffeur.

Derrière les vitres du hall, les gens de la station se sont rassemblés pour regarder partir la voiture précédée des motos, dont les sirènes ont commencé à ululer.

« Inutile de vous le cacher, dit Durantin. Vous courez de gros risques en acceptant de monter. Il y a des explosifs, là-haut. »

Laure acquiesce.

« Je sais...

– Avez-vous idée de ce que Muller peut vous vouloir?

– Non. Nous sommes de vieux amis. C'est grâce à lui que j'ai débuté à la télé.

– C'est vrai, dit le flic, esquissant pour la première fois un sourire. Vous avez fait de la télévision, vous aussi. »

La 504 a remonté à toute allure le quai Branly désert. Au croisement de l'avenue de La Bourdonnais, le chauffeur ralentit. Devant, les motards ont coupé leurs sirènes. La voiture va se ranger près de cars gris, à l'angle nord du Champ-de-Mars.

« Nous y sommes. Encore un petit briefing et vous pourrez y aller. »

Durantin descend et tient la portière ouverte pour Laure.

La nuit est fraîche, presque froide. Le silence qui règne sur la grande esplanade serait total s'il n'y avait l'occasionnel grésillement d'une radio onde courtes. Derrière les cars, une dizaine d'hommes en civil ou en treillis parlent à voix basse en surveillant la tour dont l'immense silhouette noire se dresse à moins d'une centaine de mètres.

« Messieurs, lance Durantin, Mlle Vernier accepte de rejoindre Muller. »

Les hommes hochent la tête. L'un d'eux, vêtu d'un uniforme de drap bleu et coiffé d'un calot, s'avance.

« Les instructions sont simples, mademoiselle. J'ai des hommes jusqu'à la plate-forme intermédiaire, entre le deuxième et le troisième étage. Ensuite, vous serez livrée à vous-même. Continuez en vous arrêtant le moins possible jusqu'à la salle vitrée du troisième.

Une volée de marches conduit au campanile, où se trouve le pirate. Annoncez-vous avant de monter. Déclinez plusieurs fois vos nom et prénom. Ne bougez pas avant d'avoir obtenu une réponse de Muller. Nous ne voulons pas qu'il s'affole inutilement. Une fois le contact établi, restez calme. J'ignore dans quel état nerveux vous allez le trouver. Ne le contrariez surtout pas. Si vous possédez une quelconque influence sur lui, vous pouvez lui suggérer de se rendre, lui signaler qu'il ne risque rien s'il le fait, mais n'insistez surtout pas. J'ignore s'il acceptera que vous redescendiez après vous avoir vue. Néanmoins, considérez que c'est ce qui va se produire. Servez-vous de vos yeux. Aucun détail n'est à négliger, tout pourra nous servir le moment venu. A l'écran, la caméra montre un boîtier noir, doté d'un bouton. Un détonateur. Tâchez de voir à quoi se raccordent les fils qui en sortent. Vérifiez également qu'il ne possède pas d'autre arme, blanche ou à feu. Et n'oubliez pas. Quoi qu'il arrive, pas de geste brusque, pas d'affolement. Au cas où nous recevrions l'ordre de donner l'assaut, nous vous l'annoncerons par deux coups de sirène brefs et rapprochés. A ce moment, il vous restera une minute pour inventer n'importe quel prétexte et vous éloigner de Muller le plus possible. C'est tout. »

Dès le premier étage, le vent est devenu glacé. Les hommes silencieux postés au pied et au sommet de chaque escalier ont regardé passer Laure, transie dans sa veste de velours. Elle a vu de l'admiration dans leurs regards.

Pauvres crétins, si vous saviez...

Oui, s'ils savaient qu'elle l'a voulu ainsi. Et s'ils savaient que ses doigts caressent, tandis qu'elle monte sans s'essoufler vers la dernière plate-forme, la feuille du télex bien pliée dans sa poche. Que va-t-il se passer lorsque Muller apprendra qu'ils ont coupé son émission sur toute une région?

Laure, pour l'instant, s'en moque.

Elle monte, le cœur battant, et les points lumineux qui s'étalent à ses pieds semblent ne briller que pour elle.

CHAPITRE XVIII

ÉTÉ-AUTOMNE 1975

IL ne souffrait pas.

Effondré entre deux voitures, il étreignait à deux mains sa jambe gauche, juste au-dessus du genou. Le sang poissait abondamment ses doigts crispés, mais la violence du choc avait eu un effet anesthésiant et la douleur tardait à se faire sentir. Les seules brûlures – très supportables – provenaient pour l'instant de son coude, qui avait heurté le capot de l'un des véhicules, et de son épaule, sciée par la courroie du Nagra. Bien qu'endommagé, le magnétophone continuait à tourner, émettant des chuintements bizarres.

Tous les autres bruits lui parvenaient à travers une double épaisseur de coton : exclamations assourdies de la foule, crachotements indistincts des mégaphones et des radios. Un soleil lourd éclaboussait l'asphalte et, au-dessus des arbres, le ciel était propre, strié seulement par les filaments blancs de quelques lointains cirrus.

En fermant les yeux, Chamberlain aurait pu se croire ailleurs. En Amérique latine ou dans une capitale d'Afrique équatoriale en proie à la révolution. Mais ce n'était que Paris. Boulevard Voltaire, entre les rues Oberkampf et de Crussol, Paris XIe.

Il suffisait de se pencher un peu pour apercevoir,

juste en face, la petite agence du Crédit lyonnais d'où était parti le coup de feu. La balle ne lui était pas destinée, ni à personne en particulier. C'était ce qu'on appelle une balle perdue.

Il bougea dans le caniveau, de manière à se retourner. En 1970, il s'était traîné cinq kilomètres entre les rizières, sur la route de Wung Tau à Saigon, avec une fracture ouverte du fémur, après que l'Oldsmobile du correspondant de l'Associated Press où il se trouvait eut été attaquée au mortier par le Viet-cong. D'autres fois, encore, sa chair avait connu le plomb et l'acier. Sous le pelage gris qui couvrait son corps, il collectionnait précieusement les cicatrices. Il les aimait. Elles étaient la marque de son métier.

A l'arrière d'un car de Police-Secours, des flics dépliaient une civière sans trop se presser. Chamberlain aperçut son cameraman à quelques mètres d'eux, qui s'était désintéressé de la banque où plus rien ne bougeait pour tourner son objectif vers lui et le filmer sous toutes les coutures.

« Laisse tomber ça, Max ! » cria-t-il, levant une main ensanglantée pour se masquer le visage.

L'autre haussa les épaules et le nez de la Coutan s'abaissa vers le sol.

« C'est toujours plus marrant que ce braquage à la noix, non ?

– Plus marrant..., gémit le baroudeur, et il appuya sa tête à la calandre encore tiède de la voiture de gauche.

– C'est toi le scoop, aujourd'hui, vieux ! »

Chamberlain rouvrit les yeux. Le cameraman le contemplait avec un sourire presque affectueux. Il s'accroupit au bord du trottoir et reprit :

« Blessé en service commandé, tandis qu'il remplissait sa mission d'information...

– Blessé par une balle perdue, coupa Chamberlain. En couvrant un hold-up minable, avec minable prise d'otage. Pas question d'en dire un mot où que ce soit,

Max. Tu m'entends? Et qu'est-ce qu'ils foutent, ces flics?

– Ça vient, ça vient. Tu sais, je ne pige pas que tu refuses toute cette bonne pub.

– Crétin! Peux-tu me dire ce que je fais ici? C'est ça, mon boulot? Tendre le micro à deux loubards lamentables coincés dans un coup foireux?

– N... non, bredouilla Max. Non, bien sûr, ce n'est pas ton boulot, mais... »

Chamberlain grimaça, touché par la première vague de douleur. Puis il se mit à rire sans bruit.

« Tout ça, dit-il, c'est la faute à Gagarine. »

L'autre le regardait avec des yeux ronds.

« Gagarine?

– Qui sont nos pires ennemis, Max? Qui nous mettra au chômage un jour ou l'autre? »

Max secouait la tête.

D'un mouvement du menton, le reporter désigna le ciel bleu.

« Dis-moi, reprit-il, quel intérêt d'envoyer deux ou trois types à dix mille kilomètres de la maison pour qu'ils rapportent huit jours plus tard des images qu'une tonne de ferraille satellisée peut te servir en vingt secondes? Crois-moi, Max, leurs foutus satellites auront notre peau à tous. Le grand reportage a vécu. Nous sommes des dinosaures, mon pauvre gars. Et nous mourrons tous boulevard Voltaire, en face de l'agence X du Crédit lyonnais. »

Le rire et la douleur se combinaient sur son visage mangé de barbe en une expression effrayante, diabolique.

« Mais non, vieux, tu ne vas pas mourir », bafouilla le cameraman, complètement perdu.

Il se releva et se retourna vers le car de police. Les flics arrivaient avec une civière. Il alla à leur rencontre.

« Dépêchez-vous, supplia-t-il en montrant Chamberlain. Je crois qu'il commence à délirer. »

L'entrée de Marcel Muller dans la chambre d'hôpital ressemblait à une scène de *Cléopâtre* pour laquelle Groucho Marx aurait subrepticement remplacé Cecil B. De Mille derrière la caméra.

Pour commencer, il y eut des éclats, non de trompes, mais de voix, suivis d'un grand remue-ménage et d'un fracas de verre et de métal, peut-être un chariot d'infirmier chargé de fioles et d'instruments emboutissant un mur avant de verser au milieu du couloir.

Puis la porte s'ouvrit, livrant passage à la garde d'honneur, deux filles en blouse blanche, ensevelies sous des brassées de fleurs. Une haute et corpulente silhouette comprimée dans une veste à carreaux rouges et verts – une sorte de tartan fantaisie – s'encadra ensuite dans le chambranle, mais tournée dans le mauvais sens, vers l'extérieur.

« Ceci est une visite à caractère strictement privé, cria une illustre voix. Compte tenu des circonstances, je vous *interdis* de me reconnaître! »

Il y eut des huées et de vives protestations au sein de l'assistance qui devait être nombreuse, à en juger par le bruit qu'elle parvenait à produire dans l'étroit couloir d'hôpital.

« Va donc toréer, hé! » glapit une voix plus aiguë et plus distincte que les autres, saluée par des rires insolents.

La haute silhouette plongea en avant.

« Je vous en prie, madame! entendit-on. Votre grand âge ne vous autorise pas à... »

Le reste se perdit dans un concert de vociférations diverses. La silhouette à carreaux réapparut, les mains levées dans un geste de conciliation, recula et, cette fois, entra dans la chambre.

La porte se referma.

Muller se retourna.

Un sourire s'inscrit sur le visage congestionné. La

main se tend. La masse de chair s'ébranle. Son pas pesant fait s'entrechoquer deux verres sur la table de chevet. Arrêt au pied du lit. Regard bref à la jambe bandée, ridiculement levée dans sa petite potence.

« Eric! Mon pauvre Eric! Il y a des semaines que j'aurais dû venir! »

Chamberlain regardait la grosse main tendue.

« Je ne suis ici que depuis trois jours, parvint-il à murmurer.

– C'était une figure de style, dit Muller. Une façon de parler. Eh bien, mesdemoiselles, vous dormez? Ces fleurs vont crever si vous ne les mettez pas dans l'eau. Allons, pressons! »

Les deux filles sortirent de leur torpeur émerveillée et commencèrent à s'agiter dans la pièce.

« Comment allez-vous? demanda Muller en tirant une chaise près du lit. Moi je suis dans une forme éblouissante. Entre l'émission, les déplacements, les conférences, tout le reste, je n'ai plus une minute à moi. Figurez-vous que...

– Muller, coupa Chamberlain d'une voix éteinte, pourquoi êtes-vous venu? »

Le gros homme s'assit. Son sourire était devenu trop large pour garder la moindre sincérité.

« Tout de même! Eric Chamberlain risque sa vie pour servir l'information, il tombe en mission, et vous voudriez que son plus fidèle ami ne lui rende pas visite? C'est au soldat que je viens présenter mes respects. A l'héroïque soldat de l'actualité. »

Le reporter ouvrit et referma plusieurs fois la bouche. Les deux filles papillonnaient dans la chambre, disposant des fleurs un peu partout. Son regard les suivit un moment. Ses paupières clignaient.

« Vous trouvez ça drôle? finit-il par souffler.

– Mais enfin! s'emporta Muller. De quoi parlez-vous? Vous voulez savoir la vérité? Je vous envie, Eric.

– Vous... m'enviez?

– Plus exactement, je vous admire. »

D'un bond, il se leva, écarta les bras et pivota sur lui-même.

« Regardez bien, fit-il. Que voyez-vous? »

Chamberlain secoua la tête, trop éberlué pour répondre.

« Vous voyez le pitre numéro un de la télévision, reprit Muller. Le clown Culbuto qui tombe sur son derrière pour amuser les foules et les petits enfants! »

Son sourire s'élargit encore. Les deux filles s'étaient arrêtées pour l'écouter. Il laissa retomber ses bras. De discrètes marbrures rouges marquaient ses joues. Le signe d'une fatigue extrême.

« Je ne vous crois pas, dit Chamberlain, remuant inconfortablement sur son lit. On ne parle pas comme ça de soi-même. Pas vous, en tout cas. »

Muller haussa les épaules avec emphase.

« Me suis-je plaint? J'ai ce que je voulais. Lagnol et cette pauvre Corinne m'ont rendu ce dont Sidar me tenait à l'écart depuis des mois et des mois. Je suis célèbre à nouveau, Eric. Sûrement plus que je ne l'ai jamais été. Il n'empêche que je vous admire.

– Je ne vois pas ce que ma situation peut avoir d'admirable. »

Muller s'était rassis. Sa main se posa sur le bras du reporter.

« Ecoutez. Pendant très longtemps, j'ai clamé à qui voulait l'entendre que la seule voie de la télévision était l'information. Nous sommes des journalistes, disais-je, pas des bouffons! Et voilà que tout change. Ce que j'admire, mon cher, c'est votre obstination.

– Mon obstination?

– Votre entêtement à vouloir faire une télévision à l'ancienne dans un domaine qui s'est totalement transformé. Le prompteur, les satellites, cette conception du *news* à l'américaine, tout cela a tué l'information telle que nous l'avons connue et aimée. Aujourd'hui, le télespectateur veut savoir, vite et bien. C'est tout. »

Chamberlain retira son bras.

« Croyez-vous? demanda-t-il d'une voix lasse.

– Le talent – disons la conception que nous en avions – la fantaisie, l'improvisation n'ont plus leur place dans un Journal télévisé. On les retrouve ailleurs, précisément dans ce secteur que j'ai méprisé si longtemps... Ce n'est pas un hasard si les gens que j'ai formés, le petit Frankel ou Laure Vernier, se sont dirigés tout de suite, et en dépit de mes conseils, vers la télévision de divertissement.

– C'est votre frustration que vous essayez de faire taire, Muller!

– Pas du tout. Je vous admire et je suis un clown. Mais un clown parfaitement satisfait de son sort. Je vous le jure. Avec Lagnol, je retrouve toute la folie de mes débuts...

– Vous voudriez que j'abandonne le grand reportage pour faire comme vous, ou quoi?

– C'est le contraire qui risque de se produire, Eric. Je veux dire que le grand reportage vous abandonne. En ce cas, n'oubliez pas que vous pourrez compter sur moi, toujours. Ma gratitude...

– Ah! non! s'énerva Chamberlain. Laissez tomber les sarcasmes, Muller. Inutile de prononcer des mots pareils. Je sais ce que vous pensez. »

Une expression interloquée, puis offusquée, s'inscrivit sur la large face.

« Pourquoi criez-vous? Je ne veux pas que...

– Je sais aussi ce que vous voulez. Permettez-moi de vous dire que votre analyse est nulle. Le Journal est peut-être fait par des robots et peut-être est-ce la raison pour laquelle je vais quitter. Mais n'essayez pas de me faire croire que la variété a échappé au changement. Nous avons les satellites, d'accord, mais vous avez les sondages et c'est bien pire. Les sondages qui font de votre Frankel ou de votre Vernier des savonnettes lancées à grand renfort de publicité et qu'on laissera tomber dès que le public en aura marre. Et vous n'échapperez pas à la règle non plus, Muller. Elle est finie, la belle époque des carrières qui duraient une vie!

– Vous vous énervez... Vous parlez sans savoir, Eric. Je vous assure que...

– Je pourrais vous en donner la preuve, glapit Chamberlain, martelant le matelas d'un poing furieux. La preuve de votre fragilité, de votre incroyable vulnérabilité. Ce serait très simple! »

Muller ne répondit pas.

Le silence s'abattit entre eux, lourd, embarrassé, à la mesure de leur curieuse querelle. Les deux filles avaient fui la chambre. Le gros homme contempla ses mains, un long moment, puis son regard vint au visage renfrogné du reporter.

« Vous êtes fatigué, Eric, dit-il d'un ton conciliant. J'imagine que cette blessure vous fait terriblement souffrir. Je vais vous laisser. »

Il se mit debout. Chamberlain l'observait. Muller marcha jusqu'à la table et finit d'arranger quelques jonquilles abandonnées à côté d'un vase.

« J'espère que les fleurs vous plaisent. »

Il se retourna vers le lit, ajouta à mi-voix :

« Si vous avez besoin de quoi que ce soit...

– Merci, fit sèchement le reporter.

– De n'importe quoi. Vous risquez d'être coincé ici un bout de temps, et vous pourriez vouloir..., ah! je ne sais pas... »

Il hésitait près de la porte.

« C'est très aimable, grogna Chamberlain. Je vous appellerai.

– Oui, euh... »

Muller posa la main sur la poignée et dit, très vite :

« Même s'il s'agissait de ce... de ce produit que vous preniez au Mozambique. Je suppose que... l'accoutumance, enfin, le manque... S'il vous en faut, n'hésitez pas. J'ignore où l'on s'en procure, mais... »

Il se tut. De son lit le reporter le dévisageait sans un mot. Il se dandina un peu, mal à l'aise.

« Enfin, c'est ça, reprit-il. Appelez-moi si vous avez besoin de quoi que ce soit. »

Puis il sortit, sans comprendre que les lueurs qui brillaient dans l'œil de l'homme allongé étaient celles de la haine.

« Un film, Marcel! N'est-ce pas merveilleux? »

L'été était là. Dans l'appartement de l'avenue Victoria, l'air qui gonflait les lourds rideaux du salon apportait les parfums tièdes de la ville.

Laure était assise au bord du canapé, vêtue d'une petite robe à col Claudine, les mains croisées sur ses genoux ronds. Le garçon qui se tenait près d'elle ne quittait pas Muller des yeux. Par contraste avec le hâle de Laure, sa pâleur semblait presque maladive. Ses cheveux blonds, coupés court, étaient séparés selon une raie régulière, à la mode des années trente.

« Un film, répéta Muller sans enthousiasme. Oui. Je ne sais pas...

– Florian a déjà trouvé un sujet et un embryon de production, dit Laure. Il pense que sur mon nom nous parviendrons sans mal à réunir le reste des capitaux. N'est-ce pas, Florian? »

Le jeune homme pâle acquiesça, mais son regard délavé resta posé sur Muller.

« C'est l'affaire d'un mois tout au plus. Nous pourrons commencer le tournage en juillet. »

Il parlait sans hâte. Sa voix était douce, teintée d'un accent indéfinissable.

« Vous savez, dit Muller, on n'a jamais vu une vedette de télévision réussir vraiment sa conversion au cinéma. Ce sont deux domaines très cloisonnés, autant dans l'esprit des professionnels que dans celui du public.

– Cher monsieur, répondit Florian, la vérité que vous énoncez n'en est sans doute plus une. La télévision a changé. Le fait que les chaînes soient devenues concurrentes ou l'arrivée en force des sondages, par exemple, stimulent l'émulation et transforment à la fois la situation et l'image des gens de télévision.

– Vous semblez bien sûr de vous », dit Muller, masquant à peine son irritation.

L'autre se pencha et enroula ses longs doigts maigres autour du verre posé devant lui sur la table basse.

« J'ai deux raisons de l'être, dit-il. Je m'intéresse à ces problèmes d'audiovisuel depuis beaucoup d'années et j'arrive d'Allemagne. Il est incontestable que mon pays possède en la matière plusieurs longueurs d'avance sur le vôtre.

– Bien sûr, ricana Muller. N'oublions pas que vous êtes les inventeurs de la première émission de délation publique du monde.

– Vous faites allusion au show au cours duquel la police demande aux télespectateurs de l'aider à retrouver les criminels en fuite, je suppose? Ne vous trompez pas. C'est un pas vers une véritable télévision de service qui...

– C'est cela, coupa Muller. Jolie télévision et jolis services. Tout n'est pas parfait dans la nôtre, mais, grâce au Ciel, nous n'en sommes pas là. »

Il y eut un silence gêné. Laure regardait le tapis. Au bout d'un moment, elle lança avec une bonne humeur qui sonnait faux :

« Le sujet de Florian est fantastique. Il s'agit tout simplement de...

– L'adaptation d'un classique, intervint l'Allemand. Réactualisé, bien entendu. »

Pour la première fois de la soirée, il se tourna vers la jeune femme et la dévisagea avec insistance.

« Je ne veux pas que tu en parles, dit-il, assez

sèchement. Les relations entre un comédien et son rôle ne doivent pas être élucidées avant même d'avoir existé. Donne une chance au mystère. »

Laure acquiesça, subjuguée.

« Oui, Florian. »

Elle regarda Muller.

« Florian a travaillé avec Julian Beck, dit-elle. Et aussi avec Fassbinder, Peter Handke...

– Fassbinder est un vendu », décréta le jeune homme pâle.

Muller se leva. Son visage était congestionné. Il tira sur le col de sa chemise tout en faisant quelques pas vers la fenêtre.

« J'ai très chaud, grogna-t-il. Pas vous! »

Laure secoua la tête :

« Il fait bon.

– Alors, ce doit être la fatigue. »

Elle posa son verre et se mit debout à son tour.

« Nous allons vous laisser. »

Florian l'imita. Son costume de shantung crème flottait élégamment autour de sa silhouette mince.

Dans l'entrée, les deux hommes échangèrent une poignée de main glaciale.

« Heureux de vous avoir connu, dit l'Allemand du bout des lèvres. Vous êtes une légende. »

Muller hocha la tête mais s'abstint de répondre.

Tandis que son compagnon attendait l'ascenseur, Laure s'attarda sur le pas de la porte.

« Vous *êtes* fatigué, n'est-ce pas, Marcel? Vous devriez vraiment faire attention. »

Le gros homme promena une main lasse sur son visage.

« Surtout très seul. Depuis qu'Annette n'est plus là... (Il s'interrompit.) Quant à votre conseil, reprit-il après un regard plein de mélancolie, je pourrais bien vous le retourner. »

Laure baissa la tête. Son Allemand l'appela.

« J'y vais, souffla-t-elle. A très bientôt, Marcel.

– C'est vrai, dit Muller, la regardant s'éloigner. Vous devriez faire attention. »

Muller ne savait pas se ménager.

En quelques mois, Lagnol lui avait délégué l'entière responsabilité de *Pour le Clocher*, et les heures qu'il consacrait à l'émission auraient déjà suffi à occuper la totalité du temps actif de n'importe quel travailleur en bonne santé et pas trop regardant quant aux limitations horaires imposées par les lois sociales. Lorsqu'il ne se trouvait pas dans les bureaux de la production à inventer des jeux nouveaux et farfelus avec son équipe de gagmen – jeux où sa participation devenait toujours plus prépondérante – Muller sillonnait les routes au volant de l'increvable Mercedes, dont l'aile gauche s'ornait désormais du gros rétroviseur de Cadillac à commande électrique. Chacune de ses arrivées dans les villes ou les bourgades où devait se dérouler l'émission était prétexte à des festivités sans fin. On le recevait en monarque, et il adorait cela.

Mais *Le Clocher* ne constituait qu'une partie de ses activités. La plupart de ses soirées et de ses jours de repos étaient dévolus au reste : conférences, inaugurations, galas, signatures... Récemment, il s'était mis à rédiger des articles pour la presse de télévision et – Sidar ayant quitté la chaîne pour suivre sa destinée politique – à honorer de ses commentaires le Service des sports. On avait pu l'entendre et même le voir suivre, à cheval sur le tan-sad d'une lourde Triumph, certaines épreuves cyclistes; dans les tribunes de Roland-Garros, sa présence et ses facéties avaient quelque peu perturbé le cours serein des Internationaux de France.

Cette boulimie de travail ne s'expliquait nullement par des raisons matérielles. Il gagnait trop d'argent, si une telle chose est possible. C'était surtout un moyen de rester en vie en respectant trois règles absolues : ne jamais s'arrêter de bouger; ne jamais se donner le temps de penser; et ne plus jamais laisser s'enfuir la gloire si durement reconquise.

Parfois, il arrachait quarante-huit heures à cet emploi du temps démoniaque et poussait la Mercedes dans la direction de l'Alsace. Annette avait tenu sa promesse. Dans la grande demeure de Molsheim, elle l'accueillait avec des effusions résignées et s'occupait de lui comme une mère soigne son fils soldat rentré blessé du front. Il ne restait jamais plus de deux nuits. Au-delà, il sentait que le temps le rattraperait, jetterait sur lui son grappin d'épuisement. Au-delà, il savait qu'il commencerait à mourir.

L'appartement de l'avenue Victoria était devenu un simple lieu de passage qu'il rendait chaque matin à une femme de ménage entr'aperçue et dont il ne reprenait possession que le soir après huit heures, lorsque aucune première, aucun spectacle – aucune occasion de paraître – ne le retenait dehors. Alors, il s'adonnait à une sorte de rite : il se laissait tomber dans un fauteuil et, tout en regardant d'un œil le speaker du J.T. déchiffrer des deux yeux les messages de son prompteur, dépouillait la presse quotidienne et hebdomadaire pour y relever tous les articles, échos ou entrefilets consacrés à Marcel Muller.

C'est ainsi qu'il vit apparaître, trois semaines après la visite de Laure et de l'Allemand, la première information concernant le film de la jeune femme.

DEUX RÔLES EN OR POUR LAURE VERNIER

La pétulante animatrice de *Pique-Nique*, une émission dont l'immense succès populaire ne s'est pas démenti une seule fois en cinq ans, s'apprête à passer des vacances d'été très studieuses. C'est à l'ombre des plateaux de cinéma et non sur une plage ensoleillée que Laure va vivre tout au long du mois de juillet. Le titre de ce film-événement ainsi que son scénario sont pour l'instant tenus secrets, mais l'on sait déjà que la jeune femme incarnera un personnage violent et déchiré, d'un romantisme fou.

Pour ses premiers pas à l'écran, Laure sera guidée par une main sûre, celle du réalisateur Florian Weiss, récent lauréat du Festival de Venise avec le film *L'Oiseau de cendres*. Une main qu'elle ne lâchera pas une fois le tournage terminé : en septembre, Laure Vernier deviendra Mme Florian Weiss. Actrice et épouse, deux rôles tout neufs : de l'or pour Laure.

Muller reposa le journal et se pencha pour baisser le son du téléviseur. Il approcha le téléphone. Le numéro de Laure faisait partie de ceux qu'il avait mémorisés une fois pour toute. La jeune femme décrocha à la seconde sonnerie.

« Je viens de lire, dit-il. Qu'est-ce que c'est que ça?

– Ah? (Un rire léger vibra dans l'écouteur.) Depuis que Florian a annoncé officiellement la nouvelle, je suis enchaînée au téléphone. Tout le monde appelle, tout le monde veut savoir.

– Je ne suis pas tout le monde, protesta assez vivement Muller.

– Non, bien sûr, Marcel. A vous je peux tout dire.

– Alors allez-y. J'écoute.

– Par où voulez-vous que je commence?

– Ce garçon. D'où sort-il? Que vous veut-il?

– Je l'ai rencontré sur le plateau de *Pique-Nique*, tout simplement. Mes assistantes l'avaient invité parce qu'il a remporté le Lion d'Argent à Venise. Il a fait une très bonne apparition et, pour me remercier, il m'a invitée à dîner. Voilà.

– Cette histoire de mariage, c'est une invention du journaliste, ou...

– Pas du tout. C'est très sérieux. Oh! Marcel, j'ai

l'impression qu'il ne vous a pas plu, l'autre jour, mais vous devriez attendre de le connaître mieux. Il est merveilleux. Sensible, fragile et...

– Vous comptez vraiment l'épouser?

– Je l'aime, Marcel. C'est la première fois de ma vie. Je suis amoureuse. »

Muller resta muet, bâillonné par des sentiments contradictoires. La jeune femme dut le sentir, car elle respecta cette pause. Au bout de quelques instants, enfin, il dit :

« Très bien. Epousez-le, si c'est vraiment ce que vous voulez, mais ne faites pas ce film, Laure.

– Vous ne comprenez pas! s'emporta-t-elle. C'est le contraire. Le mariage ne représente qu'une formalité. C'est le film qui est un acte d'amour. Il l'écrit pour moi...

– *Un personnage violent et déchiré*, n'est-ce pas? *D'un romantisme fou.* Ça non plus, je suppose que le journaliste ne l'a pas inventé. Vous ne savez pas ce que vous faites, Laure!

– Détrompez-vous, Marcel, je...

– L'image, mon petit? Ignorez-vous que le public est le gardien de notre image? Elle est vraie, puisque nous la fabriquons et l'alimentons, mais elle ne recouvre pas forcément toute notre réalité. Que les gens vous voient aimable et pondérée ne signifie pas que vous n'ayez pas vos moments de violence ou de romantisme. Mais attention! Un retournement trop brutal est un acte agressif à l'égard du public, comme une rupture au sein d'un couple. Vous avez le droit de changer, pas celui de vous renier.

– Qu'est-ce qui vous fait croire que ce film va m'amener à me renier? demanda Laure calmement.

– Eh bien, il y a d'abord la personnalité du réalisateur...

– Voilà. Pour une raison ou pour une autre, vous n'aimez pas Florian et vous en concluez qu'il ne peut que me nuire.

– Ce n'est pas si simple, Laure.

– Justement. Figurez-vous qu'il y a des gens qui mettent de l'argent dans ce film. Ce ne sont ni des idiots ni des salauds. Juste des professionnels. Ils savent ce qu'ils font.

– Qui?

– Florian a réuni une moitié des fonds et l'autre est fournie par une société d'audiovisuel. TV-Canal.

– TV quoi?

– TV-Canal. C'est tout récent. Ils veulent s'implanter à tous les niveaux : cinéma, télévision, vidéo... Et ils disposent de moyens sérieux pour y parvenir.

– Peut-être, après tout, dit Muller après un silence. peut-être est-ce moi qui ne suis plus dans le coup.

– Mais non, Marcel. (La voix de Laure s'était faite conciliante.) Vous êtes seulement trop prudent pour les autres et pas assez pour vous.

– Vous croyez? »

Le rire de la jeune femme résonna à nouveau, exprimant cette fois une sorte de soulagement.

« Oh! oui, dit-elle. Vous devriez penser à vous ménager plutôt que de vous faire tant de souci à mon sujet. »

Juillet passa. Temps de repos pour la France, donc de suractivité pour Muller. On le vit beaucoup sur les plages – à La Baule, Royan, Cassis, à Menton où il anima un mémorable *Pour le Clocher* franco-italien – mais jamais en maillot de bain.

Le tournage du film de Laure prit fin avec cinq jours de retard seulement sur le planning prévu. Florian Weiss travaillait avec rigueur et précision. Tandis que l'on en précipitait le montage, les attachés de presse se mirent à l'ouvrage. Le film – intitulé *La Dame de nuit* – intriguait tout le monde et fut annoncé partout.

La première eut lieu à la fin du mois de septembre, un mercredi, dans une salle des Champs-Elysées. Les invités se partageaient en quatre catégories : presse, tout-antenne, show-business, Tout-Paris. Ils étaient un peu plus de quatre cents.

Les lumières s'éteignirent à vingt et une heures.

Quand elles se rallumèrent, une heure trois quarts plus tard, il restait environ cent vingt personnes dans le cinéma. Les critiques étaient sortis les premiers, soit pour aller charitablement se coucher, soit pour affûter leurs plumes meurtrières.

Les gens de télévision, à l'exception de Muller, Frankel, Mougin (sans Corinne) et quelques autres fidèles, avaient préféré s'éclipser avant la fin, afin de n'avoir ni opinion à donner ni attitude à adopter.

Seuls étaient restés les gens du showbiz, pour lesquels Laure, avec son émission pleine de chanteurs, incarnait tout de même une sorte de gardienne du Temple, et ceux du Tout-Paris, qui n'allaient pas rater une si belle occasion de glousser.

Le film à proprement parler était un vague remake de *La Dame aux camélias.* Laure tenait le rôle de Marguerite Gautier et Armand Duval était joué par un jeune inconnu un peu efféminé. L'effort de modernisation consistait surtout à transplanter le gros de l'action dans un Eroscenter. A la fin, Marguerite (Maggie) mourait d'une overdose et non de langueur phtisique. Laure apparaissait nue à trois reprises, une fois de dos dans un plan large et deux de face, en close-up. Quinze secondes en tout d'une nudité plutôt chaste, mais qui firent plus d'effet aux spectateurs encore présents qu'une scène vraiment érotique jouée par n'importe quelle actrice. Pas une seconde on n'oubliait qui était Laure et la voir abandonner ses vêtements après cinq ans de télévision habillée devenait proprement époustouflant.

En quittant la salle, atterré, Muller passa près de Florian Weiss, qui pérorait au milieu d'un groupe d'amis faussement béats.

« Mon but était simplement de détourner l'impact

populaire de Laure au profit de l'œuvre. Une espèce de piratage de l'inconscient collectif, si vous voulez... »

Muller fendit le cercle et s'avança vers l'Allemand de son pas lourd.

« Monsieur, grinça-t-il sans desserrer les dents, vous avez abusé de la confiance d'une femme et mis sa carrière en péril. Permettez-moi de vous dire que je vous méprise. »

Sa large main se leva et s'abattit brusquement, une seule fois. La gifle claqua très fort. Sur la joue pâle du jeune homme, elle laissa la marque bien distincte de cinq doigts épais.

Puis Muller se retourna et, plantant l'Allemand hébété, sortit du cercle. Il tremblait violemment et quelque part dans sa poitrine un point de douleur s'était allumé.

Il reçut deux coups de téléphone.

Le premier à huit heures du soir, le lendemain de la projection. La voix de Chamberlain était rauque, essoufflée. Muller pensa aussitôt à l'opium.

« Vous vouliez une preuve, dit très doucement le reporter. Vous allez l'avoir.

– Comment? De quoi parlez-vous?

– Vous ne vous rappelez pas? Nous évoquions la vulnérabilité de votre position.

– Ecoutez, Eric, je ne comprends rien à ce que vous racontez. Si vous n'êtes pas..., euh, dans votre état normal, dites-le. Ce sera plus simple.

– Imbécile! Vous continuez à m'insulter... Je parle de Laure Vernier. Vous étiez à cette première, pourtant.

– Laure?

– Qui a produit son film?

– Une... Une sorte de société audiovisuelle, mais...

– TV-Canal. Qui est le nouveau conseiller technique de TV-Canal?

– Où voulez-vous en venir?

– Eric Chamberlain. Conseiller technique et membre du conseil d'administration. C.Q.F.D., Muller? »

Il y eut un rire bizarre dans l'appareil, mauvais et comme au ralenti, puis la communication fut interrompue. Muller essaya de rappeler Chamberlain, mais il n'était pas chez lui ou refusa de répondre.

Le second coup de fil le réveilla le lendemain matin à six heures.

Laure sanglotait.

« Il est parti, hoqueta-t-elle. Il ne reviendra pas. »

Muller massa le côté gauche de sa poitrine, où la douleur semblait en expansion.

« Qui?

– Florian. Il ne veut plus... Il...

– Calmez-vous, mon petit. Que se passe-t-il?

– Il ne veut plus de moi. Il me l'a dit. Les promesses, le mariage, c'était pour me tenir le temps du film. Oh! Marcel..., j'ai peur... Je... »

Il la laissa pleurer longuement, puis demanda :

« Où êtes-vous?

– Chez moi.

– Ne bougez pas. Je viens. »

Il s'habilla en hâte. Quand il se baissa pour nouer ses lacets, il fut pris d'un vertige qui l'obligea à s'allonger.

A huit heures, il était dehors. En rejoignant la Mercedes, il passa devant un kiosque à journaux.

L'affiche était parfaitement visible, toute en lettres rouges sur fond bleu.

CETTE SEMAINE DANS
L'ENQUÊTEUR
LES « EXCÈS » DE LAURE VERNIER
Elle se montre nue au cinéma.

Muller revint sur ses pas et acheta l'hebdo à scandale. Laure faisait la Une. Autour de quelques photos du film la présentant toute dévêtue, crapuleusement retouchées de rectangles noirs, s'étalaient les titres racoleurs :

LA FIN D'UNE CARRIÈRE?
ELLE L'A FAIT PAR AMOUR
TOUTE NUE SUR L'ÉCRAN!
ELLE JOUE LES DROGUÉES...

Muller replia rageusement le journal. L'odeur de l'encre, la simple odeur de l'encre, lui donnait la nausée.

Il la trouva effondrée dans son salon. Sous le hâle, son visage était terreux. Ses yeux disaient qu'elle avait pleuré toute la nuit.

Elle le laissa la prendre dans ses bras, la bercer tendrement. Elle était à bout de nerfs.

« Il faut m'aider, Marcel, hoqueta-t-elle d'une voix minuscule. Hier... hier soir, avant de s'en aller, il m'a montré les journaux. Je suis perdue...

– Non, Laure. Tout peut s'arranger. Je vais m'en occuper.

– Il a dit... Il m'a dit que le scandale aiderait le film à marcher..., que c'était ce qu'il voulait..., que...

– C'est un très mauvais film. Personne n'ira le voir. Personne. »

Il l'entraîna jusqu'à la salle de bain et l'aida à se passer de l'eau sur la figure. Dans le grand miroir, la lumière douce tombant des appliques donnait à leurs reflets, penchés au-dessus des robinets à col de cygne, l'allure d'une toile allégorique. Quelque chose comme : la Raison consolant l'Enfance meurtrie.

« *Le Clocher* a lieu ce soir en Normandie, dit-il quand ils revinrent dans le salon. Je ne peux pas ne pas y être. Accompagnez-moi.

– Non. Je n'aurai pas le courage de... Oh! Marcel! »

Et à nouveau elle fondit en larmes.

« Alors je reviendrai dans la nuit, sitôt l'émission terminée. Et dès demain nous nous occuperons de stopper cette affaire avant qu'elle ne prenne des proportions dangereuses. »

Muller la quitta vers onze heures et mit directement le cap sur Gisors, où se dérouleraient les jeux du soir. Il n'avait pas besoin de repasser par l'avenue Victoria. La mallette qu'il conservait en permanence dans le coffre de la Mercedes contenait trois vestes à carreaux de rechange.

Le soir, en guise de dîner, Laure prit cinq comprimés de mépronizine, puis elle alluma la télévision. Le téléphone avait sonné toute la journée sans qu'elle réponde. Maintenant qu'il était débranché, le silence de l'appartement lui paraissait intolérable.

Elle se roula en boule dans un fauteuil, ramenant frileusement les pans de son peignoir autour d'elle. Elle attendait que les somnifères agissent. Que le trou noir s'ouvre. Le sommeil. L'oubli.

Elle commençait à dodeliner de la tête quand la voix monocorde du présentateur du J.T. changea de registre, perçant la brume qui, lentement, se refermait sur elle. Son métier lui avait appris à déchiffrer les intonations aussi bien que les phrases. Elle comprit qu'il s'agissait d'un sinistre ou d'un décès.

Puis les mots lui parvinrent : *... cet après-midi... s'apprêtait à... Marcel Muller...*

Elle s'obligea à ouvrir les yeux. Ses paupières pesaient des tonnes.

Le visage de Maxime Trembledieu exprimait la gravité et la douleur. Ses lèvres remuaient. Elle écouta.

« *... foudroyé tandis qu'il préparait sur place l'émission que vous deviez voir ce soir. Aussitôt transporté à la clinique des Templiers, Marcel Muller a été admis en salle de réanimation où...* »

Une vague de sommeil fit s'estomper la voix, comme dans un poste de radio aux piles usées. Les mots parvenaient toujours à Laure, mais étouffés, hachés, incompréhensibles. Elle essaya de lutter. Les somnifères furent les plus forts. Elle était fatiguée..., trop fatiguée... même pour pleurer..., même pour...

Elle sombra. Elle s'endormit sur son fauteuil, devant la télévision allumée, sans savoir si Muller, son seul, son dernier ami, était encore en vie.

CHAPITRE XIX

0 h 30

BANLIEUE. Une rue large et sombre. Un trottoir venteux. Un portail de fer, pris entre deux petits cubes de béton crépis. A la lueur blafarde d'un réverbère, Abrial contemple la plaque vissée à hauteur de ses yeux, discrètement verte sur le métal vert.

TV-CANAL
AUDIOVISUELS

Il attend. Il vient d'enfoncer le bouton de la sonnette; mais aucun bruit n'a retenti ni dans les bâtiments ni dans l'allée, de l'autre côté du portail. Derrière lui, son assistant allume une cigarette, une main en écran devant la flamme vacillante de son briquet.

« On peut rentrer tout de même », souffle-t-il avec la première bouffée de fumée.

Abrial le regarde et sourit.

« Pas de bavures, François. J'ai déjà assez de soucis avec ma femme... »

Fermant le poing, il cogne contre le lourd vantail. Le grondement du métal roule dans les ténèbres.

Une lumière s'allume sur l'une des faces du cube de gauche.

« Gardien de nuit, murmure l'adjoint.
– Parfait. C'est comme si nous y étions. »
Ils patientent encore. Toutes les trente secondes, Abrial reprend son vacarme. Finalement des pas résonnent, traînants, ponctués de jurons.
« Qu'est-ce que c'est? crie une voix chevrotante. Qui est là? »
Abrial recule de quelques centimètres.
« Police! annonce-t-il, assez fort.
– Qu'est-ce que vous voulez?
– Police! Ouvrez! »
Une chaîne cliquette, des verrous claquent, et la porte s'entrouvre, révélant un petit personnage typique, inattendu tant il est prévisible. Vieux, rabougri, un béret enfoncé jusqu'aux yeux, un blouson de drap passé à la hâte par-dessus une veste de pyjama à rayures bordeaux, il braque sur Abrial le faisceau d'un Lumijet comme s'il s'agissait du rayon de la mort.
« C' que vous voulez? » répète-t-il.
Il mordrait, s'il était encore en âge de posséder des dents. Abrial exhibe sa carte.
« Des réponses aux questions que nous allons vous poser. »
Une ombre d'affolement efface l'expression hargneuse sur le visage du vieux.
« Q... quelles questions?...
– Laissez-nous entrer. »
Le ton d'Abrial est sans appel. La tête chiffonnée s'agite de haut en bas.
Un instant, le portail se referme, du métal grince et claque encore, puis il s'ouvre en grand. Le commissaire et son adjoint pénètrent dans une cour au sol bitumé. A gauche, de la lumière s'échappe d'une porte entrebâillée qui doit mener aux quartiers du vieux. Le cube de béton de droite est totalement obscur. Au fond, la cour se perd sous une espèce de préau, trop sombre pour que l'on y distingue quoi que ce soit, à

l'exception d'une fourgonnette Bedfort portant, entre calandre et pare-brise, les mots : *TV-CANAL.*

« Vous êtes seul ici? demande Abrial, surveillant d'un œil son adjoint qui a compris sa tactique et s'est méchamment adossé au portail.

– Tout seul », bêle le vieux.

Le flic acquiesce, mais garde le silence. Il promène autour de lui un regard soupçonneux. L'adjoint tire sur sa cigarette avec des mines patibulaires.

« Vous risquez des ennuis, reprend Abrial au bout d'un moment. Des gros.

– Des ennuis? Mais je n'ai... »

Il sort brutalement le polaroïd de sa poche et le colle sous le nez du gardien.

« Qui est-ce? »

L'autre secoue pitoyablement la tête.

« J'ai pas mes lunettes, il faut que...

– Qui est-ce? » répète Abrial, plus durement.

D'un Lumijet tremblant, le vieux éclaire le cliché.

« C'est Pierrot, dit-il très vite.

– Pierrot qui?

– Pierrot Cavolo.

– Depuis combien de temps ne travaille-t-il plus ici?

– Comment vous savez que...?

– Combien?

– Cinq mois... mais...

– Pourquoi est-il parti?

– Il... On l'a viré...

– Pourquoi?

– Les bandes. Il piquait des bandes vidéo. Il les revendait pour se faire des sous. Si c'est pour ça que vous êtes là, laissez-moi vous dire que...

– Qui l'avait fait entrer dans la boîte? Vous le savez?

– Ça... Oh! peut-être bien M. Robert ou M. Eric, tout au début.

– Robert? Eric? Donnez-nous les noms.

– Robert Delrose et Eric Chamberlain. C'est eux qu'ont créé la maison, pour ainsi dire.

– Eric Chamberlain... Qu'est-ce que ça vous rappelle, François? »

L'adjoint sort de l'ombre et prend le temps de jeter sa cigarette avant de répondre :

« Grand reporter au Journal dans les années 65-70. Il couvrait tous les points chauds du globe.

– N'était-ce pas un ami de notre ami?

– Je ne sais pas. »

Abrial reporte son attention sur le gardien.

« Chamberlain fait toujours partie de TV-Canal?

– Je veux, oui! Même que depuis que M. Robert est aux Amériques, c'est quasiment lui le patron.

– Le patron. Je vois. Donc, c'est lui qui a engagé Pierre Cavolo?

– Hé! attendez! chevrote le vieux. J'ai pas dit ça. J'ai seulement dit : peut-être.

– Ah! C'est ce que j'avais cru comprendre. S'il ne l'a pas engagé, il l'a au moins renvoyé, non?

– C'est que... »

Notant l'hésitation du vieil homme, l'adjoint plonge dans la brèche.

« Attention! Il ne faut rien nous cacher. Rien. Ce serait très grave! »

Sous son béret, l'autre roule des yeux effarés.

« M. Eric, il l'avait plutôt à la bonne, Pierrot. C'était rapport à la boxe, qu'ils en avaient fait tous les deux. Quand M. Robert – il était encore là – a voulu virer le môme, je me souviens qu'y a eu tout un barouf avec M. Eric. Et ensuite, Pierrot est revenu et il a raconté à des gars d'ici que M. Eric avait été chic et lui avait retrouvé une place encore mieux ailleurs. »

Abrial et l'adjoint échangent un regard.

« Il faut que j'appelle le bureau de Mougin, dit vivement le commissaire. Si ce que je pense se vérifie, je crois que nous avons décroché la timbale. »

Il se tourne vers le vieux qui le surveille d'un œil écarquillé.

« On peut téléphoner, je suppose.

– C'est par là, bêle l'autre, montrant la porte entrouverte d'où filtre la lumière. Tout de suite à droite en entrant. »

Au pas de course, Abrial se précipite vers le bâtiment.

« Laure! crie la jeune femme. Laure Vernier! »

La porte, en haut de l'escalier, est ouverte et le vent mugit en s'engouffrant dans la cage métallique. Son lamento couvre tout. Avec nervosité, Laure resserre le col de sa veste de velours. Elle ne sait si c'est le froid ou l'appréhension qui fait se hérisser sa peau. Son cœur bat à tout rompre.

« Laure Vernier! » hurle-t-elle à nouveau, mais sa voix meurt avant d'atteindre l'étage supérieur.

Elle pose un pied sur la première marche. Derrière elle, la salle vitrée est plongée dans l'obscurité. Le ciel, à travers les baies, semble orange. Elle ne se retourne pas.

Elle monte. Prudemment.

A mi-course, elle s'arrête. Il lui suffit de se dresser sur la pointe des pieds pour amener ses yeux au niveau de la dernière marche. Elle voit. Pas grand-chose. De la lumière.

Elle s'adosse à la paroi froide, reprend sa progression. Elle a peur. Elle se demande pourquoi elle est ici, dans cet endroit terrible, dans cet immense cercueil de fer.

Ses doigts glissent dans sa poche, à la rencontre du télex plié. C'est la réponse. Un élément de la réponse. Il y a Muller, qu'il faut aider, il y a les autres, qui la méprisent, il y a...

Elle est en haut. Le vent la frappe de face, hargneux, brutal.

« Laure! Ici Laure Vernier! »

Elle découvre Muller au moment où il l'aperçoit. Sa silhouette massive, penchée sur un bureau Louis XV bien trop frêle – battu d'avance dans une confrontation chair contre bois – s'encadre parfaitement dans l'un des hublots rectangulaires du bureau d'Eiffel. Il a levé les yeux vers Laure, mais sans cesser de parler. Ses lèvres remuent. D'où il se trouve, il a vue directe sur le seul accès au campanile.

Sa main droite, hors du champ de la caméra, fait un geste, appelle la jeune femme. Elle s'avance.

Elle marche sous le ciel grillagé et tout change. Le vent ne frappe plus, il caresse, fait voler ses courts cheveux tout autour de son visage. Son cœur cogne encore comme un sourd, mais ce n'est plus de l'angoisse qu'il envoie à grands jets dans ses veines.

Transportée de joie, elle vole jusqu'à la porte du bureau. La porte est ouverte, il suffit de la pousser. Elle le fait. Elle entre.

La chaleur qui la touche comme une vague remontant du passé est lourde, odorante. C'est une chaleur oubliée, celle des projecteurs, celle des plateaux. Elle se laisse bousculer, rouler, abasourdie de bonheur.

Muller – son visage est gris, ses yeux rouges – termine une phrase sans importance, puis se tait. Son sourire s'étire lentement, comme si ses muscles faciaux étaient à bout de force.

« Voici notre visiteuse, dit-il. Celle que nous attendions. »

Elle comprend soudain que c'est à des millions de gens qu'il s'adresse. Le vertige la prend. Elle pourrait tomber.

« Approchez-vous, dit-il. Venez, petite Laure. »

Au milieu de son fouillis de câbles et de machines, il paraît lointain et inaccessible comme un cosmonaute en détresse sur une planète oubliée, comme un sorcier du futur dans sa caverne de lumière.

La jeune femme oscille sur le seuil.

La distance réduite qui la sépare de Muller lui semble soudain infranchissable. Ses jambes refusent d'avancer.

« Elle est là, mes amis, reprend-il, tourné vers l'interlocuteur électronique. Ah! je voudrais que vous puissiez la regarder.., qu'il vous soit possible de partager mon émotion. Voici plus de trois ans que nous ne nous sommes vus, comprenez-vous? Et elle surgit de la nuit, à la porte de ce bureau, comme une chimère, une fantasmagorie... Venez, Laure! Je vous en prie, venez montrer à nos amis que vous n'êtes pas seulement le fruit de l'imagination d'un vieil homme harassé. »

Elle fait un pas. Deux. La lumière blanche touche le côté gauche de son corps. Elle perçoit, sent, la frontière intangible de l'arc de cercle magique, de ce territoire imaginaire dont elle s'est crue chassée à jamais, ce coin de paradis fiché dans l'œil d'une caméra. Un pas de plus, et des millions d'yeux pourront la voir, et ce qui est, ce qui fait, Laure Vernier voyagera entre les étoiles, sa voix, son visage, son âme, à la vitesse de la lumière. C'est une drogue, ce flux d'électrons qui va l'arracher à elle-même et l'emporter par les espaces tourbillonnants, infiniment courts, infiniment longs... Elle était en manque et l'ignorait... A présent, elle sait... C'est la seule raison qui l'a conduite ici : retrouver la caresse vampirique de la caméra... Partir... S'éclater en millions d'images, toutes identiques...

Sur l'écran de contrôle, sa silhouette vient d'apparaître, floue, sombre, masquant en partie celle de Muller.

Elle contourne le bureau, se retourne. Les projecteurs l'éclaboussent, l'auréolent de leur gloire blanche.

Sa peau se hérisse. Sa peau devient plaque sensible, lieu unique où naissent et meurent toutes les sensations.

Elle s'assied près de Muller, sur le tabouret qu'il a

préparé pour elle. Elle se voit sur le Barco, à droite de la caméra.

Un micro est posé sur la table, devant elle. Elle se penche.

« C'est bon, balbutie-t-elle. Oh! c'est si bon... »

La Maserati est rangée en face de l'Hôpital américain, à la bouche d'une allée perpendiculaire au boulevard Victor-Hugo. Neuilly paraît désert, abandonné. Aucune voiture ne passe.

Etreignant le bras de Corinne qui se laisse traîner, Frankel remonte entre les façades obscures et les volets clos. Le gravier de l'allée crisse sous leurs pas.

« C'est ici », souffle brusquement Corinne en montrant une maison étroite et blanche, retranchée derrière une grille et un petit jardin.

Ils s'arrêtent. Frankel tend l'oreille. De très loin, presque imperceptible, lui parvient une rumeur. Son ouïe experte, formée par des années de métier, reconnaît le son métallique d'un téléviseur.

Sur l'un des montants de la porte blanche est fixé un système d'interphone. Une petite ampoule fait briller le bouton d'appel.

« A toi, dit le jeune homme à sa compagne. Si tu prends une voix suffisamment affolée, il t'ouvrira. »

Corinne secoue la tête.

« Je ne veux pas... Je ne veux pas le voir.

– Il le faut, Corinne. La vie de Marcel en dépend. Nous ne pouvons plus perdre une minute. »

L'urgence dans la voix de Frankel est si impérieuse, son regard si intense, que la femme au visage glacé ne résiste pas. Elle lève vers le bouton lumineux un index tremblant.

Elle appuie. Un grésillement s'échappe de l'appareil. Rien d'autre. Elle attend, la main immobilisée à la hauteur de l'interphone.

« Il n'est pas là..., murmure-t-elle au bout d'un moment.

– Encore! ordonne le jeune homme. Recommence! »

Elle obéit.

Cette fois, une voix répond, irreconnaissable dans le petit haut-parleur.

« Oui?

– Eric? C'est moi... Corinne. Ouvre!

– Qu'est-ce qu'il y a?

– Ouvre! »

Quelques paroles indistinctes, puis un bourdonnement. La porte est déverrouillée.

« Passe devant, souffle Frankel. Il ne faut pas qu'il me voie. Pas encore. »

Elle entre dans le jardinet. Lui reste derrière le battant métallique.

Un claquement lui apprend que la porte de la maison vient de s'ouvrir à son tour. Il se penche, risque un œil.

Chamberlain se tient en haut du perron. Il est vêtu d'une longue djellaba brodée. Il regarde Corinne approcher.

« Qu'est-ce que tu veux? » demande-t-il sans aménité.

Elle écarte les mains pour gagner du temps, pour ne pas répondre.

Frankel bondit dans le jardin.

« Ce que nous voulons? clame-t-il d'une voix forte. Quelques explications, mon cher! »

Chamberlain a une réaction inattendue.

Il rit. Il rit doucement et dit :

« Ah! mais ils sont tous là. Même notre minet de luxe. Bonsoir, petit Frankel. »

Il se retourne et, comme s'il prenait congé, fait mine de rentrer dans la maison. En trois foulées, le jeune homme est près de lui.

« Juste quelques explications, Chamberlain! » répète-t-il, les dents serrées.

Il s'appuie contre la porte pour éviter que l'autre ne la referme.

L'ancien reporter le dépasse d'une bonne tête et lui rend au moins trente kilos, mais Frankel a compris qu'aucun contact physique n'est à redouter. L'avachissement des muscles sous la djellaba, l'inexpressivité du visage mangé de barbe grise, les pupilles étrécies..., tout indique la présence de l'opium.

Cette impression se confirme quand le jeune homme, ayant poussé Corinne à l'intérieur, entre à son tour. Dans le vestibule décoré de masques nègres, d'ivoires et d'armes anciennes, flotte une odeur lourde, à la fois sucrée et âcre.

La pièce dans laquelle est retourné Chamberlain, à gauche de ce vestibule, est à peine éclairée. Des divans bas, des fauteuils de cuir et de bois sombre, des meubles aux formes contournées, des tentures aux couleurs sanglantes lui donnent l'allure d'une tanière exotique, entre la case africaine et la maison de thé de Shanghai. Près d'une natte, Frankel aperçoit un petit réchaud, une série de longues pipes et un coffret de laque noire. Ici, l'odeur est vivante, presque insupportable.

L'Occident rappelle sa présence, tout au fond de la pièce, sous les espèces sonores et luminescentes de divers appareils audiovisuels. Un magnétoscope tourne et enregistre. Un téléviseur diffuse...

Deux silhouettes, deux têtes occupent à présent l'écran. Frankel s'immobilise, bouche bée.

« Mais... C'est Laure! »

Chamberlain lâche à nouveau son rire étrange.

« Je vous l'ai dit, coasse-t-il, la voix altérée par la drogue. Tous les ringards sont là, ce soir. »

Il s'est assis en tailleur sur la natte, son ventre proéminent posé sur ses cuisses, comme un bouddha gris et titubant. Entre ses doigts roule une boulette d'opium.

« ... *et lorsque je suis rentré de cette interminable convalescence,* est en train d'expliquer Muller, dont le regard va sans cesse de la caméra à la jeune femme assise près de lui, *Laure avait disparu. Où était-elle? On ne me le dit pas. On m'apprit seulement qu'elle avait fui la campagne de calomnies qu'une certaine presse avait déchaînée contre elle.*

– *C'était affreux*, enchaîne Laure, sur un coup d'œil de Muller. *Il ne se passait pas de jour sans que paraisse un article, un écho, qui me salissait davantage. On m'inventait tous les vices, on me chargeait de tous les péchés. L'homme à qui j'avais fait confiance, le réalisateur du film, ne se manifesta pas une seule fois, au cours de cette période. Il semblait s'être volatilisé. J'ai compris que rien de tout cela n'était un accident, qu'on avait délibérément abusé de moi, le jour où j'ai voulu faire retirer le film des circuits de distribution. Un public assoiffé de scandale se bousculait dans les salles où il passait. Les avocats de la production m'ont conseillé de relire attentivement mon contrat. Je l'avais signé sans y prêter grande attention. Vous comprenez, l'homme qui l'avait fait rédiger devait devenir mon mari... En l'examinant, j'ai découvert qu'il ne comportait aucune clause morale. J'étais pieds et poings liés... Il n'y avait rien à faire... Rien d'autre que de quitter Paris en attendant que tout se calme...* »

Un rire spasmodique secoue la poitrine de Chamberlain.

« Ils ne sont pas touchants, tous les deux? hoquette-t-il. Les tourtereaux, tout là-haut, dans leur pigeonnier de...

– Assez! »

Frankel s'est approché. D'un coup de pied, il renverse le matériel à fumer. Une pipe au tuyau fragile se brise. L'ancien reporter cesse de glousser et lève sur le jeune homme un regard navré.

« Pourquoi faites-vous ça?

– Ça suffit, Chamberlain. Il n'est plus temps de rire. Pourquoi avez-vous aidé Muller à pirater l'antenne?

– Ah! vous saviez? (D'un air détaché, le bouddha désigne Corinne, prostrée dans un coin reculé de la pièce). La vieille peau a craché le morceau, n'est-ce pas?

– Pourquoi? répète Frankel, les dents serrées.

– Eh bien..., laissez-moi réfléchir... Sans doute par pur ennui.

– Muller a des explosifs, Chamberlain. Et vous êtes son complice. S'il vous reste une chance de sauver la situation, profitez-en. C'est un conseil. Profitez-en vite!

– Ah! oui, acquiesce l'ancien baroudeur avec un sourire ambigu. Les explosifs... Que voulez-vous savoir, mon petit Frankel adoré, ma petite savonnette inusable...

– Pourquoi et comment. Dites-moi tout. Nous trouverons peut-être un moyen de vous tirer de là, Muller et vous.

– Mais c'est vrai... Je vous dis la vérité... J'ai aidé Muller par ennui, par désœuvrement. Vous comprenez, les médias ont fabriqué un monde où plus rien n'arrive, un monde totalement prévisible. Chamberlain était reporter, spécialité coup dur, coup fourré... Maintenant, on suit les guerres par satellite, on peut compter les troupes au troufion près avant même que la mobilisation ne soit rendue officielle... C'était comme ça pour le petit match Chine-Vietnam, non? On savait tout à l'avance. Résultat : Chamberlain n'a plus de boulot et il périt d'ennui.

« Alors, ce soir je crée l'événement. J'invente l'actualité. Et avouez que ça a son charme. Ce gros idiot en terroriste, avec ses... ah! ses explosifs... Et maintenant, le duo d'amour. Dites-moi que les gens bâillent devant leur télé, ce soir. Dites-le, Frankel et je ne vous croirai pas.

– Comment, Chamberlain? Comment avez-vous fait?

– Lorsque Corinne est venue me trouver pour me demander d'aider son vieux copain, j'étais déjà le seul maître à bord de cette société : TV-Canal. Nous avions réalisé pas mal de trucs pour la télé. Les contacts ne manquaient pas, à tous les niveaux. Nous avions les techniciens. Le matériel, non plus, n'était pas un problème. Dans ces conditions-là, pirater le réseau national était un jeu d'enfant. La tour Eiffel est à qui veut la prendre. Il a fallu aussi payer des gens, mais ça valait le coup, d'autant que le fric était celui de Muller. Vous ne le savez pas, mais notre homme a investi toutes ses petites économies dans ce 18 Brumaire télévisuel. Allons, ne faites pas cette tête-là. C'est une soirée formidable!

– Une soirée qui a mis le pays à feu et à sang, Chamberlain. La moitié de Paris est paralysée. On se bat autour d'un émetteur dans le centre de la France. Je ne parle même pas de Corinne, que vous avez compromise, ni de Muller, qui est un homme usé, au bout de son rouleau...

– Une blague à la mesure de notre époque, mon petit garçon », coupe Chamberlain, railleur.

Il se lève soudain et marche jusqu'au téléviseur d'un pas vacillant.

« Maintenant que vous savez ce que vous vouliez savoir, j'apprécierais que vous me foutiez la paix. Je compte profiter jusqu'au bout de mon petit show... »

Il se penche et, brusquement, tourne le bouton de volume. La voix de Muller roule dans la pièce.

« *... et cet homme se nomme Chamberlain.* »

« Hein? » sursaute le reporter.

« *C'est lui, Laure, le responsable de tous vos tourments. Eric Chamberlain. Ancien grand reporter.*

Ancien homme d'honneur et de valeur. Aigri par l'échec, par les blessures physiques et morales de son terrible métier. Rongé par un vice misérable rapporté d'Orient : la drogue. Ce pauvre type ne vous visait pas personnellement, Laure. C'est moi qu'il cherchait à atteindre à travers vous. »

« Tais-toi, salaud », crie Chamberlain, trépignant devant le téléviseur.

Frankel s'approche.

« On dirait que la bonne blague se retourne et mord le farceur! »

Corinne s'est levée, elle aussi. Elle est blême et triture sa lèvre inférieure entre pouce et index.

« Il va... Il va tout raconter, gémit-elle. Jean-Loup, ce n'est pas possible. Mougin... »

« *Chamberlain voulait simplement faire la preuve de la fragilité de nos carrières. Il ne pouvait pas admettre que j'aie reconstruit la mienne alors que la sienne était sur la pente fatale... A cette époque, il quittait le service de l'information pour entrer dans cette société de télévision privée, TV-Canal. Il s'est acharné sur vous, Laure. Impitoyablement. Il a tout organisé, et...* »

« Tais-toi, geint Chamberlain, comme si Muller pouvait l'entendre. Assez! »

Avec des gestes maladroits, il cherche à tâtons l'interrupteur du récepteur. Frankel lui prend le bras, l'oblige à reculer. Il est énorme, et lourd, mais faible comme un enfant.

« Vous écouterez, dit le jeune homme. Jusqu'au bout. »

Près d'eux, Corinne s'est remise à sangloter.

« *J'ignore si le réalisateur était dans la confidence,* continue Muller au profit de Laure et de quelques millions de témoins, *mais cela ne fait aucune différence. Chamberlain, qui produisait le film par l'intermédiaire de sa société, savait ce qu'il faisait et le scandale qu'il provoquerait...* »

Echappant à l'étreinte de Frankel dans un sursaut de désespoir, l'ancien reporter se rue sur l'appareil, le renverse avec un cri sauvage. Le téléviseur bascule et tombe, mais ne se casse pas. La voix de Muller continue à retentir dans la pièce, la lumière bleue danse au plafond.

« Il me trahit, balbutie Chamberlain, le visage ravagé de tics. Encore une fois... Voilà ce que je voulais faire... Briser cette chaîne, une fois pour toutes.. Qu'est-ce que vous êtes? Une race? Une famille? On ne peut pas toucher à l'un de vous sans que tous les autres s'en mêlent. Corinne, Muller, Laure, Frankel, Mougin, Trembledieu, Sidar... La foutue chaîne de sang..., il fallait la casser... Muller était le maillon le plus faible... Et vous savez ça, petit Frankel : la résistance d'une chaîne est égale à celle de son maillon le plus faible... Peut-être ai-je réussi, après tout..., peut-être n'est-il pas trop tard? Venez... Ecoutez ce que je vais vous dire... »

Méfiant, le jeune homme tarde à s'exécuter. Avec des gestes maladroits, empesés par la drogue, le reporter lui fait signe de s'approcher, plus près, plus près encore...

Il pose sa patte grise sur l'épaule de Frankel. Il se dandine comme un ours de cirque. Se baissant, il amène sa bouche à la hauteur de l'oreille du jeune homme.

« IL N'Y A PAS D'EXPLOSIFS! »

Le hurlement fait sursauter Frankel, qui recule d'un bond. Chamberlain éclate d'un rire incohérent.

« C'est vrai, bafouille-t-il. Il n'y en a jamais eu. Je ne suis pas fou. Avec ce gros abruti, pas moyen de savoir. La valise qu'on lui a remise est pleine de pâte à modeler. Bonne blague, n'est-ce pas? Il tient le pays en respect avec une valise aussi dangereuse qu'un vieux tas de linge sale...

– C'est un bluff, Chamberlain?

– Croyez ce que vous voulez, petit Frankel de mon

cœur. Moi, je suis couvert. Et la chaîne est cassée de toute façon. Mougin va savoir que sa femme a comploté contre lui, la carrière de Sidar est...

– C'était pour Marcel! » sanglote Corinne.

Avant que Frankel ait pu la retenir, elle s'est jetée sur le reporter. La rage la secoue de la tête aux pieds, mais laisse son visage parfaitement impassible.

« Pour Marcel! hurle-t-elle. Pour Marcel! »

Elle frappe de toutes ses forces le bouddha gris qui protège tant bien que mal sa figure entre ses bras repliés.

« Assez! crie Frankel. Corinne, assez! »

Il la prend aux épaules pour la tirer en arrière, mais l'hystérie a décuplé ses forces. Elle s'accroche à Chamberlain, ses griffes labourant le torse là où l'échancrure de la djellaba le dévoile.

Leurs gémissements, halètements, grondements, les bruits de leur lutte, la voix de la télé, tout cela s'emmêle en un concert discordant, irréel.

Le timbre de l'interphone bourdonne longuement.

Frankel l'entend le premier. Il s'arrête.

Puis c'est le tour de Chamberlain, qui recule d'un pas et relève sa tête hébétée.

Corinne continue seule, se débat dans le vide, lutte contre sa propre fureur.

Le timbre retentit à nouveau, un rappel à l'ordre, à la réalité.

Frankel fait un pas vers la porte.

« N'y allez pas! supplie Chamberlain. N'ouvrez pas. Que tout ça reste entre nous. »

Le jeune homme l'observe, sans un mot. Il hausse les épaules puis repart vers l'entrée.

« Attendez! Ne le faites pas. Pensez au scandale. Pour nous tous... Nous nous connaissons tous, Jean-Loup. Ce n'est pas comme si... »

Frankel s'arrête encore. Il se retourne.

« La chaîne, Chamberlain. Elle est cassée. »

Il sort de la pièce.

Deux types attendent devant la grille du jardin. Leurs imperméables, leurs visages tirés de fatigue parlent pour eux. Frankel ouvre.

« Commissaire Abrial, de la D.S.T., annonce le plus âgé.

– Chamberlain vient d'avouer, commissaire.

– Vous êtes Jean-Loup Frankel, n'est-ce pas? »

Le jeune homme acquiesce.

« Mes gosses adorent votre émission, dit le flic. Ma femme aussi d'ailleurs. »

Avant de le laisser entrer, Frankel le retient par le bras.

« Commissaire. Il y a quelqu'un d'autre dans cette maison. Une femme. Elle... C'est une malade en quelque sorte. Elle n'a rien à voir dans toute cette histoire. Elle m'accompagnait...

– Compris, dit Abrial.

– Encore une chose. Chamberlain prétend qu'il n'y a pas d'explosifs, là-haut. La valise qu'il a remise à Muller ne contiendrait que de... de la pâte à modeler.

– Ça change tout! s'exclame le flic. Nous avons reçu en venant un message radio annonçant que cette fille qui l'a rejoint, Laure Vernier, détenait probablement une information dont Muller n'était pas en possession. L'affaire de l'émetteur creusois. On craignait qu'elle ne la lui communique et qu'il ne reprenne son chantage aux explosifs pour obtenir la remise en route de l'émetteur. Les commandos des C.R.S. et les antigangs sont en alerte sur la tour.

– Il faut empêcher ça, s'écrie Frankel. S'ils montent, Marcel va s'affoler. Dans l'état nerveux où il se trouve, sa réaction est totalement imprévisible. Prévenez-les qu'il est inoffensif. »

Abrial fait la grimace.

« Ce n'est pas si simple. Nous n'avons aucune preuve formelle de ce qu'avance Chamberlain. »

Frankel se mord la lèvre.

« Je comprends, dit-il. Ecoutez, prévenez-les tout de même. Moi, j'y vais. Je me charge de les convaincre.

– Mais c'est... », commence le flic.

Il est trop tard. Déjà, le jeune homme dévale les marches du perron.

« Faites-moi confiance, commissaire, lance-t-il sans se retourner. Et prenez soin de cette femme. »

Il est dehors, il court le long de l'allée.

Sur le boulevard Victor-Hugo, totalement désert, la Maserati attend.

CHAPITRE XX

AUTOMNE 1978

MULLER était heureux comme un enfant.

Un soleil d'automne encore jeune frappait de ses rayons obliques la petite route, droite comme un trait de plume entre la double haie de peupliers. Il pénétrait à flots par la vitre arrière de la 504 roulant plein ouest et réchauffait délicieusement la nuque du conducteur.

Le cuir neuf des sièges répandait dans la chaleur de l'habitacle ses parfums confortables. Le moteur ronronnait imperceptiblement. Du déflecteur ouvert montaient de vives bouffées d'air campagnard.

Il était neuf heures du matin. A peine.

Muller savait qu'en voyageant sans se presser il atteindrait la mer vers midi. Alors, il se perdrait un peu dans les rues animées de Boulogne, entre les façades de maisons déjà presque anglaises. Il demanderait son chemin, une fois ou deux, surveillant d'un œil gourmand la réaction des passants dans le gros rétroviseur d'aile – le seul souvenir restant de sa vieille Mercedes et de toute la folle période qui s'y rattachait.

A midi et demi, il aurait trouvé le stade municipal.

Il frissonna de plaisir anticipé en imaginant l'ambiance qui l'attendait là-bas. Les cars vidéo..., les caméras..., la plupart des techniciens partis déjeuner, mais quelques électros l'accueillant d'un bref signe de tête... Il découvrirait le réalisateur dans l'un des cars, indifférent à l'exiguïté du lieu, s'arrachant les cheveux avec deux de ses cadreurs à propos d'angles de prises de vues impossibles... A leur tour, ils iraient déjeuner, et l'on demanderait à Muller quelques bonnes histoires de la télé d'autrefois... Il les raconterait sans trop se faire prier.

A deux heures, il irait prendre sa place dans la tribune du stade, devant les écrans de contrôle. Il y aurait les essais de micro, un-deux-trois, un-deux-trois...

L'excitation monterait doucement, tout le monde y serait sensible. Vers trois heures et demie, les gestes se feraient plus nerveux, les paroles plus concises.

Le match-exhibition de criket que le Service des sports avait décidé de retransmettre intégralement et en direct commencerait à quatre heures.

Depuis quinze jours, Muller potassait les règles et l'histoire de ce noble jeu. Il savait tout, désormais, sur les guichets, batteurs et autres lanceurs, sur le palmarès des équipes-vedettes – comtés du Kent, Yorkshire, Middlesex – ou le score personnel de Mike Brearley, capitaine de l'équipe nationale d'Angleterre. Il s'était fait projeter les quelques films dont les archives disposaient sur le sujet, supprimant parfois le son pour commenter « à blanc » certaines phases de jeu difficiles.

Une telle dépense d'énergie était sans proportion avec le travail que l'on attendait de lui. A un détail près : ce commentaire serait sa première intervention à l'antenne depuis deux mois.

Trois ans plus tôt, quand, par un bel après-midi d'automne, il s'était effondré sur la place du Marché de Gisors, foudroyé par une crise cardiaque, les médecins lui avaient donné quelques heures à vivre.

Annette était arrivée d'Alsace vers la fin de la nuit. Muller reposait sous une tente à oxygène. Son cœur battait encore.

Elle était restée deux mois à son chevet, attentive au moindre de ses mouvements, guettant des nuits entières la plus petite altération de son souffle. Sans doute avait-elle prié. En tout cas, elle avait pleuré de joie en l'aidant à refaire ses premiers pas; ri en le voyant sourire; chantonné avec lui leurs vieux airs d'autrefois tandis qu'il réapprenait le goût de la vie, assis sur son lit, pâle et amaigri dans la chemise de nuit blanche de la clinique.

Les médecins avaient conseillé une convalescence au soleil. Avec elle, il avait passé l'hiver loin de France, dans un jardin plein de fleurs et d'odeurs.

En avril, ils avaient retrouvé Paris.

« Rentrons en Alsace, lui dit Annette. Accepte le poste que Mougin te propose. Tu ne peux plus recommencer. »

Il avait seulement secoué la tête.

Il ne gardait qu'un souvenir vague de la scène qui avait suivi. Les pleurs, les supplications de sa femme, ses menaces, la perspective de retomber dans cette vie solitaire qu'il détestait, rien de tout cela ne parvint à entamer sa résolution.

L'histoire se répéta.

Avec l'entêtement farouche propre aux gens de la terre, Annette repartit pour Molsheim.

« Je t'attends, dit-elle. Je t'attendrai jusqu'à la fin. »

Muller resta seul. Il commença à téléphoner.

Laure avait disparu. Il essaya de la retrouver, mais n'y parvint pas. Frankel lui raconta comment elle ne s'était plus présentée, un jour, sur le plateau de son émission. La campagne de presse faisait rage et au sein de la boîte même c'était une véritable affaire Dreyfus.

Les partisans de Laure affirmaient qu'elle avait été abusée et flouée, tandis que ses adversaires assuraient qu'elle n'était plus digne de paraître jamais sur le petit écran. Nécessité faisant loi, on finit par la remplacer par une speakerine de province possédant le dixième de son expérience, mais plus jeune qu'elle, beaucoup plus jeune.

Lagnol appela Muller pour lui annoncer la fin du *Clocher*. Sans lui, dit-il, l'émission périclitait. Tout devenait ennuyeux, sans saveur. Plusieurs fois au cours de cette conversation, Muller affirma qu'il était prêt à reprendre le collier, mais l'autre, comme s'il ne l'entendait pas, continua à répéter qu'il mettait la clef sous le paillasson.

Ce fut ensuite le tour de Mougin, qui réitéra l'offre de Colmar, de Trembledieu, qui proposa les piges pour le Journal (« *Evidemment, rien de trop fatigant. Il faut penser à vous ménager, Marcel!* »)

Il y eut des journalistes, qui voulaient connaître ses projets. Pas de projets dans l'immédiat.

Il y eut enfin Corinne Jacquet. Elle lui dit qu'elle était en train de devenir folle. Elle le supplia de la recevoir.

Ils se virent un après-midi, dans le grand appartement silencieux de l'avenue Victoria.

A partir du magma de chairs écrasées qu'avait été le visage de Corinne, les chirurgiens américains avaient redessiné des traits beaux et réguliers. Mais ils n'avaient rien pu faire pour la plupart des muscles sectionnés, hachés. De toute la gamme des expressions dont est capable une face humaine, celle-ci ne pouvait plus en adopter qu'une demi-douzaine, très approximatives.

Muller découvrit que Corinne développait des phobies insolites. Elle ne pouvait supporter la vue d'un poste de télévision allumé. Il découvrit aussi qu'elle s'était mise à boire. Beaucoup. Jamais de sa vie il ne s'était senti aussi proche de quelqu'un. Proche dans le malheur. L'un comme l'autre, ils avaient donné leurs existences à la télévision, et la télévision ne voulait plus d'eux, lui à cause de son cœur trop fragile, elle en raison de son visage de pierre...

Ils se revirent. Souvent.

C'était comme un pacte secret. Ils se retrouvaient avec des prudences, dans une clandestinité, inutiles. Ils parlaient. Ils s'aidaient. Tant bien que mal.

Muller continua à téléphoner. Comme aux pires moments de sa disgrâce, il éplucha son carnet d'adresses. Cette fois, pourtant, il obtint tous ses correspondants et tous se déclarèrent prêts à lui donner un coup de main. Les producteurs, les animateurs l'invitèrent à leurs émissions. Les journalistes promirent tous les papiers ou interviews qu'il voudrait. Il comprit qu'il était toujours une vedette. Mais il n'eut pas une seule proposition de collaboration régulière. Il comprit qu'il était *plus* qu'une vedette. Un mythe. Une légende.

Les mois passèrent.

Il refit de la télévision. Un peu.

A l'occasion, Trembledieu lui demandait de commenter un match de tennis, un événement mondain.

Aucun débat sur l'audiovisuel ne pouvait avoir lieu sans qu'il en fût l'invité d'honneur.

Il donna des conférences, signa des milliers d'autographes, inaugura des écoles.

Il retournait plus souvent à Molsheim, mais sans parvenir à s'y fixer. Au bout de quelques jours, il finissait par se surprendre à soulever le téléphone toutes les heures pour vérifier que la ligne n'était pas en dérangement.

Il reçut sa Légion d'honneur en direct. La chaîne retransmit un après-midi toute la cérémonie, au cours de laquelle un ministre immortalisa ces paroles : « Marcel Muller n'est pas un homme de télévision. C'est la télévision faite homme! »

Enfin, un éditeur lui offrit une somme énorme pour

ses Mémoires. Il s'assit à son bureau et se remit à écrire.

Il avait tout son temps devant lui.

Et tous ses souvenirs derrière.

Vers dix heures, alors qu'il venait de traverser un village nommé Le Toul et se trouvait en rase campagne, Muller entendit le moteur de la 504 hoqueter. Le bruit anormal éparpilla comme des oiseaux ses pensées bienheureuses. Il fronça les sourcils et rétrograda. En troisième, la voiture retrouva un régime normal. Elle put rouler ainsi cinq cents mètres, puis les crachotements reprirent.

Cette fois, rien n'y fit. Muller eut beau jouer de l'accélérateur et de l'embrayage, la voiture perdait irrémédiablement de la vitesse. Le moteur toussa, une, deux fois, avant de se taire définitivement. Encore une centaine de mètres en roue libre et il donna un coup de volant pour engager la 504 sur le bas-côté.

La route était parfaitement rectiligne et désertique.

Il descendit. Quand il souleva le capot, une épaisse fumée déroula ses volutes dans l'air du matin.

Il se pencha et se brûla la main contre le radiateur. Jurant, à demi asphyxié, il tenta de localiser la panne. De toute façon, il n'y connaissait rien en mécanique.

Lorsqu'il se redressa, une longue traînée d'huile noire maculait le devant de sa veste à carreaux beige et saumon. Désespéré, il fit quelques pas autour de la voiture, scrutant l'horizon. Rien. Pas un véhicule, pas une maison en vue.

Il essaya d'évaluer la distance qui le séparait du précédent village. S'il n'y trouvait pas de garage, du moins pourrait-il téléphoner à Paris, qui préviendrait Boulogne, d'où on lui enverrait une autre voiture.

Il lui fallut cinq bonnes minutes pour découvrir entre les hautes herbes du bas-côté l'une de ces anciennes bornes kilométriques aux inscriptions presque effacées.

Il déchiffra : *LE TOUL – 5 KM.*

Il n'y avait rien d'autre à faire : il se mit en marche.

Des cinq véhicules qui le croisèrent tandis qu'il progressait, aucun ne s'arrêta.

Pourtant, Muller faisait en sorte de ne pas passer inaperçu, avançant à contre-sens bien au milieu de la voie, silhouette énorme et incongrue, aussi à sa place dans cette morne campagne qu'un dirigeable dans une cathédrale.

Il avait parcouru deux kilomètres quand un panneau attira son attention.

Il était placé à l'entrée d'une route minuscule, encaissée entre deux talus, l'une de ces routes si proches du chemin qu'une bande d'herbe pousse en leur centre.

COLONIE DE VACANCES
LE NID DE PICARDIE

indiquaient des lettres gothiques surmontant une longue flèche.

Muller n'hésita pas. Il prit cette direction.

Au bout de cent mètres, la vicinale amorçait un virage à la sortie duquel il découvrit des bâtiments. Une grande ferme rectangulaire, cernée d'arbres. Une cheminée fumait, son panache montant droit dans le ciel sans nuages. Inexplicablement, sa gorge se noua devant ce paysage paisible. La gravure appelait une autre gravure. Il repensa au supermarché défigurant une image tout aussi calme que celle-ci, où son passage avait déclenché une émeute. Il repensa à Laure. Où était-elle? Quelqu'un lui avait dit, sans pouvoir l'affirmer, qu'elle travaillait à présent pour une station de radio. Il n'avait pas eu le temps de vérifier.

Tout à ses souvenirs anxieux, il arriva sans s'en

rendre compte à l'entrée de la ferme. Des voix enfantines résonnaient dans l'air tranquille.

Un petit cochon
Pendu au plafond,
Tirez-lui la queue,
Il vous pond des œufs,
Tirez-la plus fort,
Il pondra de l'or.

Muller pénétra dans la cour. Ils étaient une vingtaine à faire la ronde, tout en scandant la comptine. Le plus jeune devait avoir cinq ans et le plus âgé dix ou onze.

Ceux qui faisaient face à l'entrée l'aperçurent et cessèrent aussitôt de chanter et de danser. Progressivement, tous les autres les imitèrent.

D'ordinaire, Muller avait avec les enfants un contact très facile. Ils l'adoraient. Mais dans ce silence, scruté par vingt paires d'yeux méfiants, avec vingt petits visages fermés levés vers lui, il se sentit mal à l'aise. Il esquissa un geste emprunté, força un sourire sur ses lèvres...

Depuis la panne, tout marchait de travers. Cette route déserte..., ces voitures qui ne s'arrêtaient pas..., ce lieu si étrangement banal qu'il en rappelait un autre... et maintenant, ces gosses qui attendaient qu'il parle.

« Bonjour », coassa-t-il.

Silence.

Il s'avança de deux pas et tendit la main pour caresser la tête d'un gamin blond en boxer-short. L'enfant se baissa avec vivacité et lui échappa.

« N'aie pas peur, je... »

Il s'arrêta, regarda autour de lui.

« Il n'y a que vous, ici? Où sont les... (Il chercha le mot qui convenait.) Vos moniteurs? »

Une petite fille l'observait avec un air moins hostile

que les autres. Il alla vers elle. Les enfants, d'habitude, le reconnaissaient plus vite encore que leurs parents. *Pour le Clocher* avait toujours été diffusé les veilles de congé scolaire. Il se baissa imperceptiblement, de façon qu'elle puisse bien voir son visage.

« Toi, dis-moi, lui souffla-t-il, presque tendrement. Où sont-ils, vos moniteurs? Mon auto s'est cassée et... »

La gamine détourna son regard.

« Hé! m'sieur! fit dans son dos une voix épaissie par un accent du Nord. Pourquoi qu' t'es gros? »

Il y eut des rires étouffés, qui cessèrent dès qu'il se retourna.

« Je ne suis pas gros, répondit-il doucement. Tu ne sais pas qui je suis?

– Si, t'es gros! cria une voix flûtée, sur sa gauche. Gros comme... comme une patate! »

Cette fois, ils s'esclaffèrent sans se cacher.

Il s'obligea à rire avec eux.

« C'est ça, c'est ça! Je suis une vraie patate.

– Non, t'es un clown!

– Un gros clown!

– T'es pas beau!

– Vous ne me reconnaissez pas! Personne ne me reconnaît ici?

– Et pis t'es moche!

– Et t'es bête!

– Oh! la pata-te! Oh! la pata-te!

– Personne ne sait qui je suis? »

Il se rendit compte qu'il avait dû crier pour couvrir leurs piaillements. Et il se rendit compte que sa voix tremblait.

Ils étaient vingt.

Le plus âgé avait dix, onze ans.

Et aucun d'entre eux ne le reconnaissait.

Il bondit au milieu du groupe, les éparpillant comme une volée de moineaux. Il parvint à en saisir un par l'épaule. Il l'obligea à se retourner, s'accroupit devant lui.

« Regarde-moi, dit-il. Regarde-moi. Qui je suis? »

L'enfant se débattait pour échapper à son étreinte. Il comprit qu'il allait lui faire mal et le lâcha.

Un caillou le frappa à l'épaule.

« Va-t'en, méchant, sale clown! cria une fillette aux cheveux nattés, un peu plus grande que les autres.

– Regarde ma veste! supplia-t-il. Tu ne la reconnais pas? »

Un autre caillou, minuscule, le toucha près de l'œil.

« Méchant! Méchant! »

Il se redressa, furieux, fit deux pas menaçants, puis s'arrêta, géant stupide, deux fois plus haut que n'importe lequel d'entre eux, empêtré dans sa folie.

Il écarta les mains.

« Attendez! Vous n'avez pas la télé? Vous ne la regardez jamais? »

Ils ne l'entendaient plus. Regroupés à quelques mètres de lui, ils le bombardaient frénétiquement avec tout ce qu'ils pouvaient trouver : petites pierres, poignées de terre, pommes desséchées. La plupart des projectiles n'atteignaient pas leur cible.

Alors, du coin de l'œil, Muller aperçut une silhouette qui surgissait de l'un des corps de bâtiment, à une quinzaine de mètres de lui. La silhouette d'un adulte.

Une peur irraisonnée le glaça. En un éclair de lucidité, il en vit la nature exacte. Ce n'était pas la peur de ne pouvoir s'expliquer. Seulement celle de ne pas être reconnu une fois de plus.

Il fit demi-tour et, arrachant des hurlements de victoire à ses minuscules adversaires, s'enfuit, à toutes jambes.

Il garda de son retour sur Paris un souvenir très vague. Il y eut un camion, dont le conducteur lui demanda un autographe pour sa fille. (« *Hé! mais vous êtes ce type de la télé? Pas croyable!* ») Puis il y eut une gare, l'attente sur un quai, un train. Un taxi. La nuit n'était pas encore tombée quand il referma sa porte, avenue Victoria.

Corinne décrocha à la septième sonnerie seulement. Sa voix était lourde, son élocution un peu pâteuse.

« Corinne..., balbutia-t-il, obligé d'étreindre le combiné à deux mains tant il tremblait. Ils... Ils ne savent plus qui je suis.

– Tu n'es pas à Boulogne?

– Ils m'ont oublié, Corinne. Ils m'ont déjà oublié! »

Il y eut un silence, une respiration lente, puis :

« J'arrive », dit-elle.

Elle arriva. Les réverbères s'allumaient lorsqu'elle sonna à la porte.

Il lui raconta tout, trébuchant sur les mots, s'emmêlant.

Elle l'écouta.

Ils parlèrent longtemps. Très longtemps. Jusqu'à l'aube.

CHAPITRE XXI

1 HEURE

LANCÉE à cent cinquante, tous phares allumés, avertisseur coincé, la Maserati dévale l'avenue Marceau. Frankel ne respecte plus rien, ni feux ni priorités. La radio de bord lâche un flot continu de paroles, une pulsation sonore en accord avec le rythme cardiaque du conducteur.

« ... *la jeune femme a pris le risque de révéler au pirate les mesures appliquées par les autorités et, à présent, Muller menace d'utiliser ses explosifs si l'émetteur de Guéret n'est pas remis en marche dans les plus brefs délais. Il prétend être à même de contrôler le rétablissement effectif de l'image sur cette région et bien que la police affirme...* »

Une R5 surgissant de la rue Quentin-Bauchard oblige Frankel à un brutal écart. La Maserati saute un trottoir. L'arrière chasse. Coup de volant. Il revient en ligne.

L'Alma. La place. Noire de monde. L'aiguille du compte-tours tombe. Chute vertigineuse. La tension se relâche. Entre les obstacles, la voiture glisse son museau effilé.

« ... *le préfet, actuellement sur les lieux, déclare que*

les mesures d'évacuation sont, quoi qu'il arrive, une garantie suffisante contre toute espèce d'accident... »

Le pont. Barrage. Frankel pousse un bouton, la vitre descend en chuintant.

« Jean-Loup Frankel », annonce-t-il au flic en treillis gris qui déjà lui fait signe de reculer.

Il montre le coupe-file du ministère de l'Intérieur sur le pare-brise. Souvenir... Muller refoulé de la même manière, onze ans plus tôt... Les quolibets des C.R.S.

Mais cette fois ça passe. Le type salue, écarte une barrière. Cette fois, ce n'est pas la révolution.

La Seine. Un bateau-mouche manœuvre en aval du zouave. Ses lampions éteints, il fait demi-tour pour repartir vers la Concorde. Même le fleuve est barré, avant le pont l'Iéna.

Et à nouveau le quai Branly, vide. 5 000 tours. Le moteur chante.

Les véhicules gris sont rangés en épi à l'aplomb du pilier nord. Sous les pneus, le sable de l'esplanade crisse. Contact coupé, Frankel laisse la Maserati finir sur sa lancée.

Il est dehors. Il court dans la lumière de ses propres phares. Des visages, lunaires derrière les vitres grillagées des cars, se tournent vers lui.

Il zigzague entre les mastodontes. Des sentinelles, mousqueton à l'épaule, le regardent passer sans l'inquiéter, comme des cornacs paisibles parmi les éléphants. Les sons le guident. Les lumières. Une radio crachote, droit devant lui.

Un groupe d'hommes. En uniforme ou en civil. Ils ont tous la tête levée vers les yeux rouges de la tour. Il fonce vers eux. Peu se retournent à son approche.

« Messieurs... »

Un gradé se détache du groupe.

« Oui? (Il se penche. Un bref sourire, sur son visage sévère.) Vous êtes Jean-Loup Frankel. »

Le jeune homme acquiesce, cherche à reprendre haleine.

« Le complice de Muller..., celui qui a tout organisé... Je... Nous l'avons retrouvé. Il est actuellement sous la garde du commissaire Abrial, de la D.S.T.

– Nous sommes au courant. Abrial a prévenu par radio.

– Il n'y a pas d'explosifs là-haut. Muller l'ignore, mais...

– On ne possède aucune certitude à ce sujet. Seulement le témoignage verbal de ce...

– ... Chamberlain. Je suis certain qu'il m'a dit la vérité. Il était...

– Même pas une déposition écrite, poursuit le gradé, secouant la tête. On ne peut prendre aucun risque sur une information pareille. »

Le jeune homme regarde la tour un instant. Lorsque ses yeux reviennent à son interlocuteur, toute incertitude en a disparu.

« Laissez-moi monter. Je peux raisonner Muller. »

L'autre fait claquer sa langue, sèchement.

« Impossible, monsieur. Il y a une opération en cours.

– Quoi?

– Les menaces du pirate sont précises. Nous ne pouvons courir aucun risque, répète le gradé.

– Vous n'allez pas...

– Nos commandos et les membres de la brigade antiterroristes qui les appuient connaissent leur métier, monsieur.

– Mais c'est absurde! Même s'il avait vraiment des explosifs, Muller ne s'en servirait pas avec Laure Vernier à ses côtés. Il bluffe...

– La présence de la jeune femme est une raison de plus en faveur de l'intervention. Nous l'avons autorisée à monter. Nous sommes responsables de sa sécurité.

– Vous êtes bouchés! » s'énerve Frankel.

Il tourne les talons, comme pour s'éloigner, puis pivote sur lui-même et se met à courir vers la tour.

« Ne faites pas ça, crie le gradé.

– Essayez de m'en empêcher! lance-t-il sans se retourner.

– Il y a une opération en... »

Déjà, le jeune homme n'entend plus la voix qui cherche à le retenir. Le vent siffle à ses oreilles, tandis que la dame de fer grossit dans son champ visuel, l'envahit totalement.

Il aperçoit un groupe d'hommes devant le pilier nord. Instinctivement, il se déporte vers la gauche et, contournant l'immense structure, fonce vers le pilier est.

Il s'arrête à l'ombre des poutrelles, reprend haleine. Des voix. Le grésillement d'un talkie-walkie. Il repère les sentinelles. Trois C.R.S. casqués.

Le dos plaqué à la pile où s'ancre l'énorme pied de fer, il se coule vers les escaliers. L'ombre est propice. Il passe.

Une chaîne, une plaque : *INTERDIT AU PUBLIC*, une porte. C'est ouvert.

Il monte. Il s'élève, son souffle léger troublant à peine le silence, ses pieds frôlant les marches métalliques.

Premier étage. Il s'arrête avant la plate-forme. Il se tapit dans l'obscurité. Devant lui, une paire de rangers noire et brillante va et vient, martelant le plancher. Il attend. Un appel étouffé lui parvient.

« Hé! vieux! »

Les rangers s'éloignent. Il bondit.

Le C.R.S. lui tourne le dos, il parle avec l'un de ses collègues.

Et j'étais seulement dans le service cinématographi-

que des armées! pense Frankel en atteignant, le cœur battant, le refuge de ténèbres du second escalier.

Au deuxième étage, les choses sont différentes. L'ombre grouille d'hommes en uniforme. Pas question d'appliquer ici la tactique du courant d'air. Frankel joue son va-tout. Il se redresse et monte les dernières marches d'un air dégagé.

Le type en faction le regarde venir. S'il a été prévenu, tout est à l'eau.

« J'espère qu'il n'est pas trop tard! » s'exclame le jeune homme en tirant son portefeuille de sa poche, comme dans un geste machinal.

Il exhibe sa carte de presse, mais l'autre n'y jette qu'un vague coup d'œil.

« Vous êtes Jean-Loup Frankel », dit-il, souriant avec chaleur.

Frankel pousse son avantage. Il a remarqué les chevrons sur le blouson d'uniforme.

« Et je suis également pressé, brigadier! Cette montée n'en finit pas. L'opération est commencée?

– L'opération... »

Le C.R.S. a pris un air gêné.

« Oui. Votre commandant m'a donné l'autorisation de la suivre.

– C'est que... vous n'avez pas un papier, un laissez-passer, quelque chose?

– Rien! s'écrie le jeune homme, mettant toute la sincérité dont il est capable dans ce simple mot. Absolument rien. Nous n'avons pas eu le temps.

– Il faut que je vérifie au P.C., alors.

– Et tout sera terminé quand vous me donnerez le feu vert. Merci bien, brigadier! Vous savez, je ne veux me mêler de rien. Juste suivre l'opération des commandos à distance. Faire mon métier, quoi! »

Le C.R.S. réfléchit, le front barré par une ride soucieuse.

Saisi d'une inspiration soudaine, Frankel se retourne et désigne l'escalier.

« Vos collègues des étages inférieurs se sont montrés moins tatillons. »

Le visage de l'autre s'éclaire. S'il y a eu d'autres contrôles – et il y en a eu, forcément – il est couvert.

« C'est bon, dit-il avec empressement. Vous pouvez y aller. »

Frankel a un second coup de génie :

« On va encore m'arrêter tous les dix mètres. Si je pouvais être escorté... »

Le brigadier acquiesce. Il appelle l'un de ses subordonnés.

« Machecoule, tu peux accompagner Jean-Loup Frankel? Il doit suivre l'opération commando. Ordre du P.C.

– Ah! les gars partent, justement! » dit l'autre avec un fort accent du Sud-Ouest.

Frankel lui emboîte le pas. Sur ses talons, il traverse le deuxième étage, où règne une activité silencieuse, mais fébrile.

L'escalier à vis, seule liaison avec le troisième, puisqu'il est exclu d'utiliser les ascenseurs, surgit du bâtiment central. C'est devant ce bâtiment qu'une demi-douzaine d'hommes en tenue sombre finissent de se harnacher. La plupart d'entre eux portent une arme curieuse, entre le pistolet mitrailleur et le fusil, visiblement très légère.

Celui qui semble le chef de groupe jette à la tenue civile de Frankel un regard sans aménité.

« Qu'est-ce que c'est que ça? aboie-t-il.

– M. Frankel, mon capitaine, explique Machecoule. Il a l'autorisation du P.C. de suivre l'opération. »

Le chef secoue la tête.

« Vont finir par nous coller des maternelles! C'est une opération de commando, pas une leçon de choses, merde! En tout cas, je ne veux pas vous voir. Un demi-étage derrière, toujours. Compris? »

Frankel hoche la tête, humblement.

« On y va! » glapit le chef, se désintéressant de lui.

Les hommes se mettent en mouvement. Leur démarche est souple, celle de grands félins. Dans l'ombre, le plastique de leurs armes ne luit pas. Frankel pense à Muller, deux cents mètres plus haut. Il ne peut réprimer un frisson.

« Vous céderez, répète Muller, regardant droit dans la caméra, parce que vous ne pouvez rien faire d'autre. Ce soir, nous sommes tous solidaires! Les gens de Guéret se battent autour de cet émetteur. Soyez raisonnables! Rendez-leur ce qu'ils réclament. »

Cachée sous le bureau Louis XV, sa main étreint celle de Laure, comme pour la rassurer, comme pour lui dire qu'il bluffe, qu'il n'ira pas jusqu'au bout de ses menaces.

La paume de la jeune femme est glacée, mais elle ne tremble pas.

« J'ai communiqué cette information à Marcel, enchaîne-t-elle, penchée vers le micro, lorsque son compagnon se tait. J'irai jusqu'au bout de mes actes. Si nous n'obtenons pas la remise en route de l'émetteur de Guéret et la libération de toutes les personnes arrêtées au cours des affrontements, nous mettrons ces explosifs à feu!

– Monsieur Sidar, reprend Muller, encore goguenard malgré son épuisement, je suppose que vous êtes toujours avec nous. Passez-nous un coup de téléphone pour annoncer que vous rappelez vos troupes d'assaut et nous pourrons reprendre tranquillement notre programme. Je vous donne encore dix minutes. Passé ce délai... »

Soudain, le gros homme s'interrompt. La pression de sa main sur celle de Laure se fait plus forte.

« Ecoutez! souffle-t-il, oubliant la caméra. Vous avez entendu? »

La jeune femme tend l'oreille. Mais elle n'entend qu'une chose. Les battements de son propre cœur.

« Ils viennent, dit Muller. Ils arrivent! »

Imperturbable, l'œil électronique observe ses réactions et filme l'incompréhension qui s'inscrit sur le visage de sa compagne.

« Doucement, halète Machecoule. Vous montez trop vite, monsieur Frankel! »

Le jeune homme ne ralentit pas pour autant. Il grimpe deux à deux les étroites marches de l'escalier à vis. Au-dessus de lui, les foulées élastiques du commando ébranlent toute la cage. Un vent violent siffle dans les entretoises.

Je ne les rattraperai jamais!

« Attendez-moi », supplie Machecoule.

Insensiblement, Frankel le lâche. Il possède déjà une demi-révolution d'avance sur lui.

Une demi-révolution d'avance sur le C.R.S., se dit-il pour tromper l'angoisse qui lui noue le ventre. *Très drôle!*

Quand il arrive au petit palier qui s'ouvre à mi-course, les hommes du commando ont déjà disparu dans la salle vitrée. Malgré les instructions, il ne s'arrête pas. Son escorte, à bout de souffle, s'appuie à la rambarde et le regarde s'enfoncer dans la nuit.

Plus vite!

Ils ne savent pas que Muller n'a pas d'explosifs. Muller lui-même l'ignore. Montant farouchement, les yeux brûlés par la sueur qui ruisselle de son front, Frankel essaie de ne pas imaginer ce qui peut se produire.

Le gâchis. L'horrible gâchis.

Muller s'est levé.

« Allez-vous-en, Laure! Redescendez pendant qu'il en est encore temps.

– Non! crie-t-elle. Je reste avec vous. Prévenez-les. Dites-leur que nous allons tout faire sauter. »

Muller attrape le bras de la jeune femme et la force à se mettre debout.

« Partez. Je ne veux pas de vous ici!

– Non! Marcel, je vous en supplie...

– Trop tard. Vous entendez? Ils sont juste en dessous de nous. On ne peut plus les arrêter. »

Il la tire vers la porte. Elle se laisse traîner, inerte. Son pied accroche l'un des projecteurs, qui bascule. La lampe brûlante explose avec un bruit sec.

Il l'oblige à sortir du bureau.

Le champ de la caméra est vide.

Sur les écrans de la France le visage de Marcel Muller a disparu.

Frankel arrive dans la salle vitrée où les commandos ont pris position. Accroupis près de l'escalier, ils écoutent les bruits de la lutte qui se déroule à l'étage supérieur. Le jeune homme s'approche le plus silencieusement possible. Aucun d'entre eux ne l'a encore remarqué.

C'est le moment le plus difficile. Il prend une inspiration profonde. Sous son crâne, une voix hurle : *Maintenant!*

Il bondit.

Il passe entre eux, si vite qu'ils n'ont pas le temps de s'interposer. Il est déjà sur la cinquième marche de l'escalier qui mène à l'air libre.

Il court.

Il crie :

« Marcel! Marcel Muller! »

Dans son dos, quelqu'un glapit :

« Ne tirez pas! »

Au moment où il va poser le pied sur le campanile, une masse le frappe en pleine poitrine. Il part à la renverse. Il pense : *Tout est foutu!*

Mais, juste avant de dégringoler dans l'escalier, il parvient à accrocher la rampe. Il ne tombe plus. Des bras s'agrippent à son cou. Des bras de femme.

« Laure! »

Elle le plaque contre la paroi, hystérique.

« Ils vont le tuer... Je ne veux pas... Je ne veux pas... »

Déjà, deux commandos les ont rejoints.

« Redescendez, nom de Dieu! En vitesse! »

Frankel est tenté d'obéir, puis il tourne la tête et voit le ciel par l'ouverture. Si près du but... Si près...

Il fait mine de se dépêtrer de l'étreinte incontrôlée de Laure. Les bras se dénouent. Il peut se redresser.

« Occupez-vous d'elle, souffle-t-il aux deux types. Elle est mal en point. »

Il la pousse très légèrement vers eux. Elle tombe, lourde, inerte. Il profite de la confusion, se baisse et saute les deux marches qui le séparent du campanile.

Les commandos hésitent. Ils n'osent pas le suivre dehors tant que l'ordre d'assaut n'a pas été donné.

Frankel court sous le ciel grillagé.

Par les fenêtres rectangulaires, il découvre le petit studio. Projecteurs, récepteurs, caméra... Il ne voit pas Muller.

Près d'un bureau Louis XV où traîne un micro abandonné, il y a un coffrage oblique. Le jeune homme remarque l'absence de la face supérieure du parallélépipède de bois sculpté. Dans le coffrage se cache une poutrelle à laquelle sont soudés les barreaux métalliques d'une échelle.

Frankel comprend. Il lève la tête.

Muller est juste au-dessus de lui, sur le grillage de fer étiré. Accroupi, il l'observe en silence.

« Bonsoir, Jean-Loup, souffle-t-il.

– Marcel, balbutie le jeune homme. Vous pouvez redescendre. C'est fini! Ils ne vous feront aucun mal. »

La réponse de Muller est un rire muet. Un rire sans rire.

« Vous n'avez plus rien à craindre, plaide Frankel. Chamberlain a avoué. Il n'y avait pas d'explosifs dans la valise. Il n'y en a jamais eu...

– Chamberlain n'a pas pu s'empêcher de trahir! Il a ça dans le sang, ne croyez-vous pas, Jean-Loup? De toute façon, je ne m'en serais pas servi.

– Maintenant, descendez, Marcel. Je peux vous jurer que vous ne risquez rien, ni sur le plan légal, ni...

– Le plan légal? »

Eclairé par la lumière qui s'échappe du bureau, le visage de Muller ressemble à un masque funéraire.

Plus que tout ce qu'il a vécu au cours de cette nuit, c'est l'expression inscrite sur ce visage qui brûlera au fer la mémoire de Frankel.

Le détachement absolu.

La pureté glacée d'une âme déjà de l'autre côté, au-delà du bien et du mal.

Il ne l'oubliera plus, aussi longtemps qu'il vivra.

Muller a déchiffré son regard. Le masque s'ouvre d'un sourire.

« J'étais mort en montant, dit la voix lointaine mais si proche qu'elle semble résonner à l'intérieur même de la tête du jeune homme. J'étais mort depuis très longtemps. Je voulais seulement qu'on ne m'oublie pas. A présent, je sais que c'est sans importance. Ma leçon de la nuit... Même les morts ont besoin d'apprendre. Adieu, Jean-Loup. Ne vous damnez pas pour quelques images. »

Il s'est levé.

Lentement, avec précaution, ses pieds se sont posés aux intersections du grillage. Il s'éloigne.

Frankel le suit du regard. Il ne peut pas parler.

La gorge nouée, les yeux brûlants, il tend vers le ciel une main qui ne changera rien à l'ordre des étoiles.

Il monte.

Il y a onze ans qu'il monte. Ce n'est pas une image : onze ans exactement.

Sous ses pieds clignotent les lumières..., petits cercles multicolores..., petites vies, allumées, éteintes, allumées...

Il s'accroche aux entretoises, saisi par le froid, ballotté par le vent. Il grimpe – alpiniste épuisé – s'agrippant aux antennes qui hérissent la tête de la dame de fer. Il gagne son toit du monde. Plus haut, c'est le ciel.

Il pense à ceux d'en bas dont il a, cette nuit, bouleversé les existences. Il se demande... Mougin, Corinne, Laure, Jean-Loup, tous ceux qu'il connaissait... Annette. Vivront-ils différemment, désormais? Qu'auront-ils appris?

Et les autres? Tous ces points de lumière solitaires qu'il a su réunir quelques heures. Que garderont-ils de ce grand embrasement?

Rien.

... ou peut-être le souvenir de lueurs bleutées qui ont nimbé villes et villages... une nuit..., presque une nuit entière...

Lui seul aura réellement choisi.

Il le sait, tandis qu'il monte, échappant à jamais à l'attraction terrestre.

Le ciel s'ouvre. Il n'a plus de poids. Il peut voler.

Au fond de sa vaste poitrine, l'œil rouge flamboie et s'écarquille. La douleur n'est plus le mal. La mort n'est plus que l'apesanteur.

Il s'en va. Et il reste.

Ceux d'en bas, les flics et les stars, les amoureuses éperdues, les traîtres de profession, les riches et les solitaires, ceux qui en ont bien ri, ceux qui en ont pleuré, ceux qui n'y ont pas cru un seul instant – les hommes – diront qu'il est mort.

Ils diront simplement qu'il est mort – Marcel Muller – à 1 h 35 du matin, d'une embolie, accroché dans les antennes de la tour Eiffel, écartelé au-dessus de Paris.

TABLE

IMPRIMÉ EN FRANCE PAR BRODARD ET TAUPIN
58, rue Jean Bleuzen - Vanves - Usine de La Flèche.
LIBRAIRIE GÉNÉRALE FRANÇAISE - 14, rue de l'Ancienne-Comédie - Paris.
ISBN : 2 - 253 - 03945 - 4

30/6226/2